卷十一　谒金门

李羡鱼慌乱地抬眼，绯色迅速地在她的面上蔓延，从双颊一直到耳根。

"我没有说过这样的话。"她慌忙否认。

临渊蓦地转回视线，握着她皓腕的长指收得更紧："公主当真不记得？"

他俯身欺近，步步进逼，炽热的呼吸拂上她的眼睫，带来不属于冬日的烫意。

李羡鱼本能地往榻上躲，跕好的绣鞋重新落在脚踏上，绣着云纹的斗篷在枕间铺开。她将自己往锦被里藏。

"我……我大抵是还没睡醒……"

她为自己找着理由，而临渊显然并不想听。

他单膝跪在榻上，左手扣住李羡鱼还未藏进锦被里的皓腕抵在榻上，右手松开原本握住的剑，攥住她的下颌托起，俯首，吻上她鲜艳的红唇。

李羡鱼的语声顿止。

紊乱的心跳声中，昨夜被她遗忘的事重新浮现在眼前。

散乱、零碎、不连贯的画面，但每一块细小的碎片都令她羞赧得想将自己藏进妆奁里去。

她好像真的说过那样大胆的话，还做了那样出格的事。

如今临渊找上门来，向她"兴师问罪"，她应该认吗？

她胡乱地想着，羽睫轻颤，脸颊滚烫，甚至都忘了挣扎。

临渊也停住了动作，克制着未将这个吻深入，像是在等她回答，也像是在等她回应。

李羡鱼面红欲烧。

寝殿内这般安静，将所有的感觉都无限放大。

临渊身上清冷的香气、指尖炙热的温度、唇瓣上传来的酥麻触感都令未经人事的少女不知所措。

她指尖轻蜷，不知是该先推开临渊，还是应当先去捂自己被吻得发烫的唇瓣，而他已经等了太久，等到呼吸都变得粗重。

正当他决定向她索取更多的时候，远处的隔扇却被人叩响。

外间传来竹瓷的声音："公主，您昨日吩咐奴婢送到流云殿里的银丝炭，奴婢已送过去了。"

银丝炭、流云殿，看似寻常的两个词汇，打破了李羡鱼眼前旖旎的氛围。

李羡鱼像是自美好的梦境中醒转，又想起在流云殿花窗前听见的话语，想起那碗被打翻在地上的樱桃酪，想起即将来朝的呼衍。

红云渐渐自少女的双颊上褪去，她伸手去推他。

临渊抬眸看向她，同时松开了紧握着她皓腕的手，重新直起身来。

他立在榻前不走，像是等着她的答复。

李羡鱼也拥着锦被坐起身来，匆匆地趿上绣鞋，又拿过那件厚实的兔绒斗篷裹在自己身上。

她自锦榻上起身，察觉到临渊的视线始终落在她的面上。她轻轻侧过脸去，避开了他的目光，语声轻得像蚊蚋："我没有说过这样的话，应当……应当是你听错了。"

临渊垂在身侧的长指蓦地收紧，他咬牙："臣还没有到耳聋的时候。"

李羡鱼越发心虚，不敢看他，支支吾吾道："我昨夜定是喝醉了，即便说过什么，那说的也是醉话，你……你不能当真的。"

临渊凝视着她，薄唇紧抿。

他想过无数种李羡鱼的回答，没承想，她还能将说过的话吞回去。

不记得，没说过，不能当真，他眼前的少女竟比他见过的最薄情的登徒子还会抵赖。

李羡鱼被他看得双颊发烫，在原地站立不住，唯有拢着斗篷，慢腾腾地往隔扇前挪步。

临渊敏锐地察觉，箭步上前握住她的皓腕，问："公主不梳妆，不洗漱，想去做什么？"

李羡鱼低垂着脸，用蚊蚋般的声音解释道："我……我去东偏殿里陪陪母妃……"

她也想洗漱，但是殿内的气氛这样迫人，像是要将她放在蒸笼上蒸，放在火上烤，她怕自己还未来得及洗漱，便被蒸熟烤焦了。

幸而，临渊最后放开了手。

他立在原地，剑眉紧皱，一言不发。

李羡鱼却不敢回望。她连趿着的软底睡鞋都没敢回去换，便提着裙裾小跑到隔扇前。

雕花隔扇一启，又一掩，迅速地将少女娇小的身影吞没。

她落荒而逃，唯留临渊在殿中，面对着紧闭的隔扇，眸底的霜雪堆了一层又一层。

李羡鱼逃离了自己的寝殿。

她先是带着竹瓷去偏殿里洗漱，又躲到东偏殿陪着她的母妃。不过今日，她留得分外久，从正午时分留到华灯初上，连晚膳都没敢回去用。

直至母妃服过汤药，到了安寝的时辰，李羡鱼才不得不提灯返回。

她自知理亏，便特地从东偏殿绕路到小厨房，装了整整一食盒的点心。等沉甸甸的感觉从掌心传到心里，她才像是鼓起勇气来，让自己顺着游廊徐徐往回走。

一盏茶的时间后，李羡鱼立在自己的寝殿前，将紧闭的隔扇重新推开。

殿内静谧，并未掌灯。

李羡鱼透过从支摘窗洒进来的月色，仅能勉强看清少年的轮廓。

临渊并未回到梁上，而是坐在临窗的长案后，手里拿着本翻开的话本。

李羡鱼偷偷松了口气。她想：临渊都有心情看话本了，应当没有那么生气了吧。

她踱步过去，将手里的食盒放在他跟前的长案上："临渊，我给你带了点心来。"

临渊没有回头。

李羡鱼羽睫轻扇，寻到火折子将他手畔的银烛灯点亮，轻声问："临渊，你还在生我的气呀？"

临渊冷冷地吐出两个字："没有。"

李羡鱼杏眸微亮，高悬的心重新落下。

"你没有生气便好。"她莞尔，在临渊身畔的另一张靠背椅上坐下，低头去看他手里的话本，语声轻快，"你在看什么话本？是新买的？好看吗？"

毕竟，这还是她第一次看见临渊主动去拿话本。

她有些好奇：他喜欢的话本会是什么样的？是不是也和她喜欢的一样？是狐狸与卖花女郎的故事？

临渊并不答话。他拇指使力，将手中的话本对半摊平，好让她看清。

李羡鱼便借着烛光，从第一行认真地看了下去。

故事和她想的不大一样。

主角竟是个登徒子，凭借着一副清秀的容貌，在女子之间左右逢源。

有一日，他遇见个良家女子，花言巧语哄得女子动了春心，又和人家花前月下，骗了人家的清白身子，还不认账。

李羡鱼看不下去了，蹙眉愤愤地道："这世上怎么会有这样的人？着实可恶！"

她话音未落，身侧的少年便已抬起羽睫，一双寒潭似的凤眼望向她。

从他的眼眸里，看不出情绪，却清晰地映出她的影子。他看着她，目光锋利："确实可恶。"

李羡鱼愣了愣，这才后知后觉地意识到，方才的故事似乎有些熟悉，似乎有些……像她今日对临渊做的事。

李羡鱼心虚不已，连语声都低了下去，不似方才那般义愤填膺，讪讪地说道："兴许……兴许是有什么苦衷呢。"

临渊面上笼霜，修长的手指迅速地将书册翻过一页。

李羡鱼小心翼翼地看了看，看见那登徒子不仅诓骗良家女子，隔日还反手将人卖进了花楼里。

李羡鱼涨红了脸，为自己辩解："我没有做过这样的事。"

临渊抬眼与她对视，一字一字地说道："公主也不遑多让。"

少年的语声里带着他自己也不知从何而来的怒气。

他想：大抵是因为，这是他这辈子上过的最大的当。

李羡鱼骗他。

她既不承认昨夜的事，也不承认她说过的话，还为了躲他，穿着睡鞋不知道去哪里待了一整日。

这个认知甚至比谢璟邀他去林中猎鹿，却想趁机以乱箭将他射杀更令他无法释怀。

李羡鱼往后缩了缩身子，语声很轻地道："你还说没有生气……"

临渊睨她一眼，将眸底的情绪一一敛下，转身，背对着她，继续看手中的话本。

李羡鱼手里没有话本可看，在旁侧安静地坐了会儿，觉得有些局促，唯有打开食盒，开始吃点心，以填饱她没用晚膳的肚子。

二人分别坐在两张靠背椅上。

李羡鱼小口小口地吃着点心，而临渊继续心烦意乱地看那本令人生气的话本。

寝殿内静谧得有些迫人。

眼见着窗外的月影渐渐沉落，又一日即将过去，李羡鱼终于放下手中那块咬过一口的玫瑰糕，轻轻碰了碰少年的袖口。

"临渊。"她轻声唤道。

临渊翻动书页的动作微顿，他并未抬首，只是启唇冷冷地问："什么事？"

李羡鱼语声很轻，带着点儿她自己也分不清的情绪："那……我要是有事想做，你还帮我吗？"

临渊皱眉，半晌没有答话。

良久，就在李羡鱼将要放弃的时候，他终于"啪"的一声合拢了手里的话本："公主又想去何处游玩？"

李羡鱼轻轻摇头："不是游玩。"

她说着，站起身来，从箱笼里拿出一把精致的长命锁交给他。

"临渊，这把长命锁，是我周岁的时候，祖父送给我的生辰礼。"

临渊顿了顿，还是回过身来，伸手将那把长命锁接过，目光扫过其上的生辰八字，羽睫轻垂，敛下眸底的情绪，问："公主给臣长命锁做什么？"

李羡鱼望向他手中的长命锁，语声轻得像是窗外的月色："我有好久没见过外祖了。"

她在摇曳的烛光里安静了一阵，许久才像是下定了决心，轻轻弯起明眸，向他绽开笑颜："我想写一封信，请你带到江陵去交给他。这把长命锁，便是信物。"

她的话音落下，少年原本柔和了些的唇线重新绷紧，他蓦地将长命锁拍到长案上，眸底含霜，语声冷硬："不去！"

李羡鱼没想到他会这样直截了当地拒绝，不由得愣了愣，继而便有些焦急。

毕竟呼衍的使队随时都会入京，若是等到他们的使臣来了，宫中大摆宴席，临渊便不可避免地会知道她要去和亲的事。

他应当……不会同意吧，那时便要刀兵相见。

她知道临渊的身手很好，可是，一人之力，又怎么抵得住一国之威呢？

他好不容易才想起自己的身世，好不容易才有安稳下来的机会，不应当因此而送命。

李羡鱼想至此，越发惴惴不安。她抬步向他走近，试图用最短的时间将人哄好。

她努力地在脑海里翻找着哄人的办法，最终却只想起在话本里看过的一句话来。

"他是狐狸又有什么关系？纵使他有千年道行，我只消过去亲他一下，他照旧得对我俯首称臣。"

临渊不是狐狸，她也不需要他向她俯首称臣，但是，他既然是因为她亲了他又不认账才生气，那么，她再亲他一下，是不是便能把他哄好了？

李羡鱼这般想着，抬步走到临渊近前。

月色照人。

李羡鱼压抑着自己的心跳，不去看他的眼睛。

临渊察觉到她的靠近，握着话本的长指收紧，却仍然抬眼看向她，语声有些冷硬地问："公主又想说什么？"

李羡鱼却没有回答。她俯下身去，轻轻吻上少年淡色的薄唇。

她的吻极轻浅，如蜻蜓点水般扫过临渊的唇，未待温柔的触感从唇上传来，她便匆促地直起身来，慌乱地转过脸去，伸手掩口，白瓷般的小脸从双颊绯红到耳根，像是后知后觉地回过神来，明白自己方才做了多么大胆而出格的事。

"怦怦"的心跳声里，她面色通红，掩饰似的侧身拿起放在案上的长命锁，试图将话茬儿转开："临渊，你能不能……？"

临渊依旧坐在靠背椅上，薄唇紧抿，像是对她的突然撤离极为不满，未等她说完，便将手里的话本丢下，修长有力的手抬起，紧握住她的玉臂，将她重新带向自己。

李羡鱼没有防备，踉跄着往临渊这边走近一步，鞋尖踏上了自己的裙裾，身子随之重心不稳，往前倾去，顺着他的动作，不偏不倚地栽倒在他的身上。

冷香环绕，李羡鱼面上却烫得像是要被蒸熟。

她匆匆地将指尖抵在临渊的手臂上，想将身子撑起，但还未使力，他握着她玉臂的手便已松开。

李羡鱼失去支撑，如一朵蒲花般轻盈地坠入他的怀中。

临渊本能地抬手，紧紧地拥住了她。他将下颔抵在她的肩上，一只手托住她精致的蝴蝶骨，另一只手环过她纤细的腰肢，不让她逃离。

烛影摇曳处，他语声低哑："臣再问一次，公主可是喜欢臣？"

李羡鱼低垂的羽睫轻轻颤抖，呼吸也如心绪般紊乱。

酒醉时，所有的感知都似笼在云雾里，缥缥缈缈地隔着一层。

如今，所有的感知却是如此清晰。

她清晰地感受到，少年洒落在她耳畔的呼吸低沉而炽热，半束的墨发散落在她的颈侧，触感凉而微痒，环过她腰身与蝴蝶骨的手这般修长有力，指腹上的热度隔衣传来，烫得惊人。

这一切都是这般清晰。

从未有过的感触让李羡鱼局促又不安，羞赧且慌乱。

她顾不上回答临渊的问话，只是本能地将素手抵在他的肩上，想将人推开，好给自己空出些喘息的余地。

临渊却将她拥得更紧，低哑的语声里略带咬牙切齿的意味："还是，只喜欢臣的身子？"

李羡鱼分不出这两者之间的区别。

她也不敢回答。

寝殿内沉寂了一阵，直至察觉临渊的身上似乎越来越烫，她才强迫自己启唇，怯生生地问他："临渊，你现在还在生我的气吗？"她拿手背捂着发烫的双颊，语声很轻，"如果不生气，你是不是……便可以替我送信去了？"

如今这样的情形，她还只想着她的信！

临渊凤眼晦暗，压抑住腾涌的怒气，将桎梏着她的手臂微松，空出一些余地，身子往后，后背抵在木椅的靠背上，眼睛一眨不眨地与她对视。

他问："公主就这般急着撵臣走？"

李羡鱼随之抬眼，对上少年寒意十足的双眸，隐约觉得，她这番哄他，好像适得其反，他似乎越发生气了。

她往后缩了缩身子，低声辩解："我没有……"

她没有再解释下去。

临渊却已察觉到端倪。他敏锐地追问："公主可是听见了什么流言？"

李羡鱼指尖轻蜷，随即摇头否认："没有。"

毕竟，那不是流言。

呼衍要来朝是既定的事实，不过早晚罢了。

临渊端详着她，从她低垂的羽睫看到轻抿的红唇，再到衣袖下不自觉握住袖口的指尖。

临渊觉得自己似乎猜到了什么。他没有再逼问下去，只是迅速地收敛思绪，彻底松开了桎梏着她的手。

李羡鱼得了自由，本能地撑着椅子的扶手站起身来，还未站稳，临渊也起身。

他身量颇高，将烛火与月色尽数遮掩，在她的身前投下一片深浓的影。

李羡鱼站在他的影子里，羽睫轻扇，有些慌乱，似怕他再问出什么难以回答的问题。

临渊却没有再逼问她什么，只是俯身垂手，从旁侧的屉子里拿出文房四宝铺在长案上。他抬眼看向站在稍远处的李羡鱼，语声清冷如常："公主不是要写家书吗？"

李羡鱼愣了愣，少顷才回过神来，发觉方才令人局促的事已被他揭过。

李羡鱼悄悄松了口气，轻轻点了点头，挪步过来，在长案后坐下，就着临渊新研好的墨给祖父写一封家书。

她反复斟酌，写得缓慢。

临渊并不窥视，只是平静地垂眼，看向窗畔散落的月影。

他确实要出宫一趟。

他要去清水巷的杂货铺，找侯文柏重新商议呼衍来朝之事。

他想：等此事处置妥当后，自己再问李羡鱼一次，兴许会有不同的答案——她一直努力掩藏，不让他知晓的答案。

临渊思绪起伏间，李羡鱼已将家书写好。

她用镇纸将生宣压了，在窗前晾了会儿，待墨迹稍干，便装进信封里，与长命锁一同递给临渊。

"我的祖父住在江陵城的银杏巷里。你向巷子里的住户打听一下，就说是来寻数年前告老还乡的顾大人，便能找到祖父的宅子。"

她语声轻柔，却藏着自己的私心。

信封里的不仅仅是家书，还有一封举荐信。

临渊若是愿意，便可以就这样留在大玥山清水秀的江陵城里，她的祖父会为他谋个好前程。

临渊并未多问，仅将信封接过："臣这便前去。"

临渊还有半句未说：这便前去，将信交给侯文柏，让他遣人送去。

毕竟这段时日内，他绝不能离开玥京城半步。而待此事过去，他要立即回胤朝，自然无法亲自为李羡鱼送信。

不过，待一切平息后，他再回大玥，应当便能与李羡鱼同回江陵，与她去见见久未谋面的外祖。

他思及此，不再停留，抬步往外。

李羡鱼也从长案后站起身来，指尖轻轻握住他的袖口，垂眸轻声问道："临渊，你这便走吗？"

临渊回身看向她，眸色微深："公主不想让臣走吗？"

李羡鱼愣了愣，像是察觉到自己的失态，慢慢松开了指尖，低低地垂下羽睫，掩住了眸底的情绪，半响只是轻轻道了句："也好。"

临渊离开的当夜，玥京城里刮了一夜的北风。

李羡鱼睡在锦榻上，听见呼啸的风在游廊上来去，一声连着一声，直至破晓时仍未停歇。

当辰时的更漏声响起时，月见带着宫娥鱼贯进来，伺候她起身的时候，窗外的风声已经停歇。

李羡鱼趿鞋坐起身来，洗漱、更衣、梳妆，如在宫中的每一个清晨一样，安静地由着她们摆弄。

她的视线落在窗外遥远的天穹上。

天幕低垂，阴云满天，像是随时都要落雨。

"这冬雨一落，玥京城里就越发地寒了，公主近日可得多添些衣裳。"月见自言自语地嘀咕着，又给她戴上一条兔毛的围脖，将她严严实实地裹住。

李羡鱼轻轻点了点头。

许是天寒的缘故，李羡鱼也不愿出门，便一整日都将自己关在寝殿里，安静地翻看着临渊留下的话本。

直至黄昏徐至，窗外落珠声起。

李羡鱼自窗畔抬眸，望见这场蓄势已久的冬雨终于落下。

她拢紧身上厚实的兔绒斗篷，抱起个新灌好的汤婆子，走到抄手游廊里，看着庭前的凤凰树在雨中落下第一片黄叶。

枯叶坠地，不属于大玥宫廷的鼓乐声动地而来，携风带雨，"隆隆"入耳。

李羡鱼不由得侧首，向着声来之处望去。

天地喧嚣，她目之所，唯有绵延无尽的红墙与天地间连绵不断的雨线。

她缓缓垂下眼帘，依稀记起，上回贺术来朝的时候，宫里便是这样热闹。

这份热闹，带走了她的皇姐。

她思绪未定，几名小宫娥便从廊前冒雨而来，白着脸向她行礼："公主……"

李羡鱼让她们走到廊里来，略想了想，还是轻声询问道："远处的响动，是礼部在迎呼衍的使臣进宫吗？"

宫娥们皆是一愣，许久，终于低头称"是"。

李羡鱼慢慢垂下羽睫，看着落在青石上的雨丝，良久无言。

呼衍使臣入宫朝拜的消息很快便传遍了每一座宫室。

流云殿内，数个炭盆围着雅善的锦榻剧烈地燃烧着，但她仍觉得冷，双手紧紧地拥着身上的狐裘，低垂的羽睫随着呼吸微微起伏着。

她问身旁的影卫："浮岚，我听见外头的热闹声，是呼衍的使臣进宫了吗？"她有些无力地扬唇笑了笑，"之后，父皇是不是又要在承徽殿里大设宴席，为他们接风洗尘？"

然后，便又是和亲，嫁公主，结所谓永世之好。

浮岚沉默一瞬，答道："是。"

雅善低应了声，松开拥着狐裘的素手，艰难地趿鞋起身。

浮岚立即上前，搀住她消瘦的身子。

雅善将半个身子的力道都倾注在浮岚身上，这才勉强站起身来，行至妆奁前坐下。

她唤自己的侍女："清桐，过来为我上妆吧。"

浮岚重新隐入暗处，而名唤清桐的侍女打帘进来，满是担忧地劝她："公主，今日黄昏时落雨，外头的风寒得都冻骨头。您若有什么事，奴婢替您去做，您可千万不能再被冷风扑着了。"

"清桐，这桩事，你无法替我。"

雅善微微摇头，安静地打开枕畔的瓷瓶，从其中倒出些褐色的药丸，以水送服，一丸一丸地吃了。

一连用了三丸，她才像是有了些力气，端庄地在妆奁前坐直了身子，语声柔和地吩咐道："清桐，为我梳个好看些的妆吧。

"我要去承徽殿，见一见呼衍来的使臣。"

清桐一愣，再开口时已有些哽咽："公主，您何必……"

雅善垂下羽睫，不再多言。

清桐僵立了会儿，见雅善并无收回成命的意思，唯有上前，打开妆奁，含泪为自家公主上妆。

随着更漏滴下，铜镜里映出的容貌渐渐有了变化——浅红的胭脂掩住苍白的双颊，海棠红的唇脂在她没有血色的双唇上染出从未有过的鲜艳的色泽。

她穿上许久未穿的织金罗裙，戴上精致美丽的红宝石首饰，对铜镜轻轻扬唇，过于清丽而略显清冷的面上绽开一个笑靥，像一朵即将枯萎的花在冬日里重新开放。

浮岚也重新现身，为她披上雪白的狐裘，扶她自妆奁前起身，一步一停地行出温暖的寝殿，又为她撑伞，送她往正落着冬雨的廊前行去。

冷雨寒风中，玉骨伞下的少女缓缓抬起眼来。

这还是她有记忆以来，第一次在冬日里踏出流云殿朱红的殿门。

殿外是绵延无尽的红墙，飞檐斗拱处，承徽殿浅金色的琉璃瓦如日光般耀眼。

她想：她这短暂的一生里，能为大玥、为自己的姊妹们做的事并不多，这应当是最后一件。

潇潇冷雨中，天际白光收尽。

承徽殿里，丝竹声声，宴饮连天。

一场接风洗尘宴正至酣处。

皇帝坐在特制的桌案后，膝上盖着张厚实的金线毯子，以掩住他自那次昏厥后便毫无知觉的双腿。

他今日用过重药，难得没犯头疾，此刻酒意上头，正举杯对着来使，涨红着脸，满是快意地振臂高声道:"这一盏,贺大玥与呼衍结永世之好!"

下首的来使纷纷举杯回应。

他们并非中原长相,蜜肤金发,眼瞳宝蓝,习俗也与中原人的截然不同,此时正以一口不算流畅的官话齐声回道:"大玥陛下慷慨,我等敬服。"

皇帝因此抚掌大笑,像是又找回了久违的上邦尊严。

他连喝几盏御酒,口齿不清地对身旁的承吉命令道:"去……去唤嘉宁过来。"

承吉连连应声,退开几步,直至行至宴席的边缘,方转过身来,打算往披香殿的方向走,还未踏出几步,便见另一名内侍从外间疾步前来。

承吉瞪他一眼,压低尖细的语声:"小衫子,跟你说了多少次,在御前伺候要分外注意自个儿的仪态,你这浑身的雨水都没掸就敢进承徽殿里?我看你是不想要自己的脑袋!"

小衫子闻言出了一脑门的汗,连忙向他连连拱手,满脸苦相:"不是奴才不仔细,是……是雅善公主来了,此刻正等在承徽殿外。"他也压低了语声,神色愈苦,"承吉公公,您是知道的,雅善公主那身子……若是在冬雨里等得久了,出了什么事,奴才不还是得掉脑袋?"

承吉一听,倒抽了口凉气,也万分惊诧。

往年这等宴席,公主们皆是避之不及,这还是第一次听见有公主主动前来的,还是这样一位病得快没多少时日的公主。

他同样不敢担待,赶紧应了声,回头上前,去皇帝身侧回禀此事。

"陛下,小衫子通禀,说是雅善公主过来请安,此刻正等在承徽殿外。"

"雅善?"皇帝皱起眉来,思索了一阵,才想起自己还有个久病的女儿,"她不是病得都不能下榻了吗?"

承吉答不上话,唯有招手让小衫子过来。

小衫子在皇帝跟前跪下,满头满脸的汗:"奴才不知道,只是……只是公主今日……看着气色尚好。"他小心翼翼地补充道,"公主不过是消瘦了些。"

好在皇帝全副心思都在公主和亲的事上,未曾注意到他满身的雨水,只睁着双醉眼,抬手一挥袍袖:"罢了,既然来了,便让她进来。"

小衫子如蒙大赦,连忙低头连连称"是",起身退下。

一盏茶的工夫后,席间又起了一曲新的丝竹。两名绿衣宫娥推开紧闭的殿门,引前来请安的雅善公主入殿。

皇帝正在大口饮酒,本未察觉,听见承吉通禀,这才短暂地放下手中的金盏,眯眼看去。

宴席尽头,朱红的宫门左右敞开。清瘦的少女踏着蒙蒙夜雨款步而来,身披雪白狐裘,手里提着盏格外明亮的宫灯。

寒风卷入,吹得她手中的风灯随步履摇曳,淡淡的光照得她的面容清丽,身形修长而纤瘦,在这般喧闹的宴饮中,她如大雪之中盛开的一株红梅。

呼衍之人身为异族，从未见过这般清丽的中原女子。一时间，不少使臣停住杯盏，目光大亮，纷纷用呼衍语交谈着，声音嘈杂，不知在说些什么。

雅善并不旁顾，就这般提灯款步行至皇帝的桌案前，仪态端庄地缓缓俯身下拜："雅善拜见父皇，父皇万福金安。"

皇帝的视线停住，少顷，他无声地笑起来，伸手摸着自己的下颌。

他想起，自己似乎已经许久没去过赵婕好那里了，都想不起赵婕好是不是也与她所生的公主一样，生了副清丽动人的好相貌。

他这般想着，在酒后本就布满血丝的双眼越发浑浊，迫不及待地等宴席结束，好召赵婕好侍寝。因而，他不再耽搁，立刻对雅善抬手："起身吧，朕在右下首给你留了席位。"

雅善称"是"，缓缓起身，于下首入席。

隔着一道垂落的金帘，呼衍使臣的目光仍旧不断地往雅善的方向投过来，打量、狎昵……何等目光都有，令人如芒刺在背。

然而，很快，为首的使臣便几不可察地轻轻摇了摇头。他召来随宴的内侍，低声叮嘱了几句。

内侍闻言大惊，却仍旧不得不行至皇帝身侧，瑟瑟发抖地在他的耳畔出声道："陛下，使臣说，这位公主不成，让您……让您再换一位……年纪小些的。"

皇帝愕然。他不由得转过脸去，上上下下地重新打量了雅善一番，继而紧皱双眉，去问承吉："雅善今年几岁？可过了双十年纪？"

承吉低声道："回陛下，雅善公主是子未年生，三年前的春日方及笄。"

他说得委婉，但皇帝即便酒意上头，略微一算，也知雅善今年方至十八岁，远称不上老女。

他皱眉，只当这些异族不同于中原人，并不懂得欣赏清雅的女子，因此随意找了个借口推托，便一挥龙袍，不耐烦地道："那便让她退下。"

他又喝了一口酒，语声毫不迟疑："令嘉宁过来。"

接到通禀的时候，李羡鱼正在东偏殿中。彼时，她正陪着自己的母妃，怀里抱着她的小棉花，安静地等着窗外的雨停。

直至御前伺候的大宫女青棠立于垂帘外，恭敬地向她福身："传陛下口谕，召嘉宁公主李羡鱼前去承徽殿请安。"

东偏殿内的平静随之被打破。

宫人们或面露担忧，或眼含难过，纷纷望向坐在长窗畔的李羡鱼。

李羡鱼也因此而微微出神。

她其实早便知道，迟早会有这样一日的。可当真的轮到她的时候，她还是会不舍，会害怕，会迟疑。

唯一令她觉得庆幸的是，她昨夜便放临渊离开了。若是他骑马走得快些，此刻应该早已过了两座城池了吧。

她这般想着，终于鼓起勇气从木椅上站起身来，尽量平静地往青棠声来的方向走去。

然而，走到东偏殿的隔扇前，在竹瓷打起门帘的时候，李羡鱼还是忍不住停住了步子，回过身去，向着淑妃的方向轻轻唤了声"母妃"，又俯身将小棉花放在绒毯上，如每一次入夜前和淑妃告别时一样，轻轻弯眉："昭昭走了。"

淑妃背对着李羡鱼，一双曾经流光溢彩的美目此刻只是茫然地望着庭院内萧索落叶的凤凰树，并无半分回应，仿佛这宫苑内的一切早已与她无关。

李羡鱼想：其实这样也好，至少母妃不会因此感到难过。

她垂下眼，从竹瓷手中接过那盏明亮的琉璃风灯，跟在青棠身后，徐徐踏出了披香殿的殿门，走向远处夜幕中的承徽殿——呼衍使臣们聚集的地方。

承徽殿中，宴饮依旧。

原本柔和的丝竹声此刻已经转急，几名呼衍使臣带来的异族美姬正在软毯间踏歌而舞。

金发蓝瞳的美姬身着薄纱，细腰扭动，玉臂轻舒，旋转蹬踏间，足踝与手腕间的金钏互相碰撞，响声清脆，动人心弦。

皇帝坐在上首，一双通红的眼睛微微眯起。

他算是明白，为何外族总喜欢求娶中原的公主了。

非我族类的女人看着总是这般新奇，这般轻易地勾起人原始的征服欲望。

他眼眸幽暗，招手让承吉过来，压低嗓音命令道："宴席散后，告知呼衍的使臣，朕多给他们一车红宝石作为公主的陪嫁，让他们将这些舞姬统统留下！"

承吉连连称"是"，正欲前去准备，皇帝却似又想起什么，双眉拧起，不悦地斥问道："嘉宁呢？为何还不前来？"

皇帝话音未落，便见朱红的殿门左右开启。

两名绿衣宫娥挑着风灯，引着方及笄的少女从敞开的殿门提灯走近。

李羡鱼今夜并未盛装打扮，只是一身寻常时日穿的兔绒斗篷，乌黑的长发绾成乖巧却并不繁复的百合髻，发上也只简单地戴了一支玉蜻蜓簪子。

随着她的身影渐近，宫娥手中琉璃风灯的辉光洒在明净的汉白玉宫砖上，映出少女精致的容貌——她俏脸莹白，杏眸乌黑，唇色鲜艳如涂丹脂，是明净而纯粹的美好，鲜妍得像是早春枝头新绽的棠花。

皇帝注视着她，无声而笑。

他想：这样的公主，一定能令呼衍的使臣满意而归。

于是他向李羡鱼招手，不计前嫌般对她重复了方才与雅善说过的话："嘉宁，过来，朕在右下首处给你留了席位。"

李羡鱼的呼吸微顿，她察觉到整座大殿里的目光都随着皇帝的这句话落在她的身上，似殿外的雨水，阴冷潮湿，绵延不尽。

李羡鱼努力让自己目不斜视地往前走，不去看那些穿着薄纱的舞姬与那些目光意味不明的使臣。

她在皇帝的金座前拜倒："嘉宁拜见父皇，父皇万福金安。"

皇帝立刻抬手，迫不及待地让她去金帘后落座。

李羡鱼起身，行至皇帝右下首的长案后，在雅善皇姐坐过的席位上乖顺地落座。

她低垂着眼，看着面前的珍馐美酒，却毫无动筷的欲望，只是在心里一声声数着更漏，期待这场漫长的宴饮早些过去。

但很快，她便察觉到，似乎有视线隔着金帘斜斜投射而来。

目光来自那名为首的使臣。

他名唤乌勒格，今年四十余岁，身材有些发福，此刻正毫不避讳地从垂帘的缝隙打量着她，目光幽冷又黏腻，像一只多足的虫子顺着她的裙裾攀爬上来，想往她的袖口、领口里钻去，令她藏在斗篷下的肌肤一寸寸地起了鸡皮疙瘩。

正当李羡鱼忍不住想要起身避开的时候，乌勒格短暂地收回了视线，侧首，对身旁随宴的宦官不知嘀咕了些什么。

那宦官匆匆地行至御座前，低声向皇帝转达了乌勒格的话。

李羡鱼坐得稍远，听不清他们究竟说了些什么，只见皇帝瞪大了一双酒醉后赤红的眼睛，不知为何骤然腾起怒气。

他高声怒斥李羡鱼："还待在这儿做什么？！回你的披香殿去！"

皇帝的语声凌厉，似蕴着雷霆之怒。

李羡鱼正在心中数着更漏，冷不防被他这般怒斥，低垂的羽睫轻轻一颤。

害怕的情绪还未来得及升起，侥幸的感觉就在她的心中冒出。

至少，她现在能够离开这座令人浑身难受的大殿，回到自己的披香殿里去，去继续陪着自己的母妃，直至和亲的国书被签下。

她这般想着，即刻从桌案后站起身来，向皇帝行礼告退，在众目睽睽下出了殿门，于殿外的玉阶上打起一柄洁白的绢伞，走进夜雨中。

皇帝坐在上首，胸口剧烈地起伏着，似乎余怒未消。他想起方才乌勒格说的话，忍不住厉声问承吉："他们方才说，对嘉宁何处不满意？"他逼问，"是容貌，还是仪态？"

承吉眉心发汗，躬身回禀道："回陛下，皆不是。他们说……他们还是说，公主的年纪大了些。"

此言一出，皇帝甚至疑心自己听错抑或记错了李羡鱼的年纪。

他短暂地冷静下来，压抑着怒气质问承吉："嘉宁是何时及笄的？"

承吉如实答道："回禀陛下，嘉宁公主是今年秋日才及笄的。"

如今也才过去短短三个月而已。

皇帝愕然，正百思不得其解的时候，却见乌勒格离席，上前向他致礼。

乌勒格操着一口语调略怪异的中原话对皇帝道:"大玥的陛下,并不是你们的公主不好,而是我们的王喜欢年轻些的姑娘。"

皇帝双手撑着龙案往前倾身,试图让他回心转意:"嘉宁也不过才及笄三个月,算得上年轻的姑娘。"

更何况,她还是大玥及笄的公主中年纪最小的一位。

乌勒格闻言,嘴唇翘起,古怪地笑了声,压低了声音:"陛下,及笄的少女便像是枝头初开的花,而我们的王喜欢那些尚未绽放的花。最好只是个花苞,越鲜嫩越好……"

此言一出,连皇帝都愣怔了一瞬。

他从浑浊的酒意里抽出几分神志来,一双泛红的眼睛直勾勾地盯着对方。

作为大玥的君王,作为一名女孩儿的父亲,他此刻理应勃然大怒。然而他想起了更多东西,想起了他的皇位,想起了他的美人,想起了他还未建成的神仙殿与承露台。

皇权与富贵,对他而言才是最重要的东西。

一名公主算得了什么?公主即便年纪小些,又有什么?反正身为女子,她们总归是要出嫁的。

他这般想着,自龙案后抬手,斩钉截铁地对承吉道:"去,替朕将康乐带来!"

雨夜黑沉,东宫寝殿内却并未掌灯。

太子李宴独自立在一扇长窗前,举目眺望着皇城的方向。掌心中的几张生宣已被他握得皱起,他却始终没有察觉。

夜已深,他却仍因为今夜的事而无法入眠。

突然,一名长随入内,向他拱手:"殿下,前去呼衍和亲的人选已定。"

李宴转身注视着他,眼中的情绪复杂。

人选已定。

尘埃落定,不可转圜。

无论他是否迟疑过,此刻都该将那些已无用的心思敛去。

李宴转首合眼,不再去看窗外细密的雨幕。他将手中握得发皱的生宣一一展平,递向那名前来传递消息的长随。

"这是礼单。"他语声微哑,"你去将其中罗列的东西整理出来,以东宫的名义赠予小九,便说……是孤送给她的礼物,而非嫁妆,她可以随意支配。"

此次李羡鱼远去呼衍,万里之遥,恐怕连书信都难送回一封。

作为皇兄,他无力改变她的境遇,唯有送些财帛等物,望她有银钱傍身,能在呼衍过得略微顺意。

这也是他唯一能以皇兄的身份为她做的事。

长随接过礼单,却没有退下,顿了顿,面上的神色很是复杂:"陛下钦定的此次前去和亲的人选并非嘉宁公主。"

李宴蓦地回首，继而他面上的神情越发凝重："父皇选中了宁懿？"

长随却仍然否认，面上的复杂之色更甚。

李宴觉出有异，立刻追问："究竟定了哪位公主？"

长随沉默一瞬，低声回答："陛下定了康乐公主前去呼衍和亲，三日后便自宫内启程。"

"康乐？"李宴念出这个封号，先是难以置信，继而，素来温和的眸中有怒意涌起。他强压着自己的情绪，又一次向长随确认："事关重大，不可妄言，你可敢以性命担保，所言不曾有误？"

长随垂首："属下敢以性命担保，此言绝无差错。"

李宴眸底的怒意终于凝成惊涛，像是要将素日那个温润的自己吞没。

他厉喝出声："康乐今年刚满八岁！"

长随身体微震，霍然抬首。

他跟随李宴十余年，还是头一回见太子如此盛怒，但……他并不觉得有何不妥。

这原本便是一件应当勃然大怒的事，若是有人习以为常，才是令人心惊的麻木。

他霎时间便下定了决心，霍然撩袍跪下，对李宴重重地叩首："陛下昏聩。属下与一众弟兄愿誓死效忠殿下，唯殿下马首是瞻。"

他话中的隐喻如此明显，近乎摆到明面上。

李宴注视着他，抬手抵上自己的眉心，竭力冷静了下来，说道："你先退下。"

他自小受到的教导告诉他，绝不能在愤怒之时做任何决定。

长随叩首，应声而退。

李宴独自留在寝殿内，连饮两盏冷茶，却仍旧无法令自己从这件事中冷静下来，最终唯有离开寝殿，大步走进廊下的夜雨中，任由天穹上落下的雨水打湿他的墨发，渗入他的衣袍里，仿佛唯有这样冰冷刺骨的感受才能令他清醒。

所谓"忠孝"二字，不过是忠于君国，孝于父母。

但若是君不配为君，父不配为父，可还值得去忠，去孝？

冰冷的雨夜里，李宴叩问自己。

同时，宫内的凤仪殿中。

宁懿正慵懒地倚在锦榻上，一壁吃着银碗里上好的甜瓜，一壁端着只薄胎玉杯，心情颇好地饮着甜酒。

她拿护甲轻刮着手中薄如蝉翼的玉杯，盈盈笑道："还是入夜了好。老古董回了自己的宅邸，终于无人再来烦扰本宫了。"

执素自然知道她说的是太傅，端着装甜瓜的银碗不敢应声。

宁懿也不在意。她漫不经心地提壶，给自己重新斟了满满一杯甜酒，看似漫不经心地询问执素："承徽殿里的亲事，可定下了？"

执素捧着银碗的指尖一颤，她低声回禀道："定……定下了。"

宁懿凤眸微眯，语声微寒，似有不满："那小兔子为何还不哭着过来求我？"她说着，又放缓了语声，慢悠悠地品了口甜酒，"是夜里出不了殿门，等着本宫过去找她吗？"

执素瑟瑟发抖，欲言又止。

宁懿冷眼看向她，冰冷的护甲轻轻抬起她的下颌："怎么？有事瞒着本宫？"

执素不敢不答，唯有颤声道："公主，今日承徽殿上定下的，不是嘉宁公主，而是……而是……"她闭了闭眼，说得艰难，"而是，康乐公主。"

宁懿的动作微顿，少顷，她缓缓从锦榻上坐起身来，素日妩媚的凤眼里像是凝了一层寒冰。

宁懿扬唇笑起来，笑声也冷，带着些切齿的意味："执素，你最好告诉我，康乐要嫁的人今年不过十岁。"

执素张了张口，终于颤声回禀道："公主，康乐公主要嫁的是……呼衍王。"

年逾五十岁，已有七名阏氏的呼衍王。

语声方落，执素便听见耳畔传来清脆的一声。

她慌忙地睁眼，望见宁懿坐在榻上，蓦地收紧玉指，捏碎了手中的薄胎玉杯。

碎片划破宁懿的指尖，鲜血一滴连着一滴坠在本就赤红的锦被上，而她对此浑然不觉，面上仍旧带着妩媚的笑意，只是那双凤眼格外亮，仿若有火焰在其中腾腾燃起。她轻咬着鲜红的唇瓣，看向太极殿的方向，低而缓慢地笑出声来。

"送康乐去和亲，可真是个好主意。

"本宫要亲自为他送上贺礼。"

冬雨落了整夜，终于在清晨时分渐渐停歇。

天穹上的云层始终厚密，将冬日稀薄的日光阻隔在后，给整座皇城上空笼上一层阴霾。

李羡鱼坐在窗畔的玫瑰椅上，由月见伺候着洗漱梳妆，心绪微澜。

往年，赐婚的圣旨皆是当夜颁下，可她在披香殿里等了整夜，等到最后和衣倚在大迎枕上睡去，又在翌日清晨的日光里醒转，依旧未接到从承徽殿处传来的圣旨。

她不由得想：难道是呼衍求娶了其他公主？

可是，宫里及笄未嫁的公主仅有三位，宁懿皇姐、雅善皇姐与她自己。

雅善皇姐常年缠绵病榻，无法承受这一路的车马颠簸，应当不会被选中。

那便只有宁懿皇姐。

李羡鱼愣了良久，终于从妆奁前站起身来。

"月见，你替我去小厨房备些点心吧。"

无论是与不是，她都想去凤仪殿看看宁懿皇姐。

披香殿离凤仪殿并不算远。

李羡鱼带着月见提着一食盒点心走到殿前的时候，也不过是方过了早膳的时辰，连乳白的晨雾都还未散尽。

　　她踏着犹带水汽的长阶行至殿门前，还未启唇，守在殿门前的执霜已福身向她行礼，神情满是歉然："公主，我家公主如今正在小憩，恐怕不宜见您。"

　　李羡鱼唯有点头："那我等晌午后再来拜见皇姐。"

　　她说着，便回过身，提裙想要原路而下，方一抬眼，却望见宁懿皇姐正自外面归来。

　　冬日天寒，万物衰颓，可宁懿依旧是一身明丽的织金红裙，披着件柔顺鲜亮的玄狐斗篷，乌黑的长发被绾成华美的堕云髻，簪以数支镶嵌红宝石的赤金步摇，是难得一见的盛装打扮。

　　李羡鱼视线被吸引过去，不由得启唇唤她："宁懿皇姐。"

　　宁懿也瞧见了李羡鱼，红唇微抬，步履从容地行至她身前，如常抬手去捏她的脸，语声慵懒："真是难得，小兔子这么早便自个儿送上门来。"

　　宁懿从外面归来，指尖有些寒凉，李羡鱼却没有闪躲，轻声道："嘉宁过来看看皇姐。"

　　宁懿笑了声，带着她抬步向内。

　　执霜脸色微红，退至一旁，却没有向宁懿请罪。

　　李羡鱼便猜到，执霜方才的答复应当是皇姐授意的。她便也不多问，只是抬步从执霜身侧走过。

　　宁懿却启唇："执霜，"她漫不经心地道，"进来，替本宫重新染个指甲。"

　　执霜垂首称"是"。

　　于是三个人一并进了内殿。

　　李羡鱼在玫瑰椅上落座，将食盒放在手畔的长案上，而宁懿斜倚在贵妃榻上，将皓腕搁在腕枕上，由执霜替她将指上的镂金护甲一一取下，再以温水净手。

　　宁懿睨了李羡鱼一眼，不紧不慢地问道："说吧，今日寻本宫是做什么来了？"

　　李羡鱼轻声道："嘉宁带了点心，过来陪陪皇姐。"

　　宁懿随手丢了个小瓷瓶给执霜，漫不经心地笑道："就这样陪本宫干坐在这儿吗？"

　　李羡鱼想了想，又小声答道："皇姐想去哪儿游玩，嘉宁都可以陪皇姐过去。"

　　宁懿眯起眼来，察觉了李羡鱼不同寻常的亲近，思索着她究竟知道了什么，知道了多少。但当视线落在她那双清澈而略带担忧的杏眸上时，宁懿又笑出声来，像是已洞悉了她本就简单的心思。

　　宁懿抬唇，曼声邀请："去太极殿向父皇请安。"她抬眉，唇畔笑意愈浓，"你是想与本宫同去吗？"

　　李羡鱼被宁懿问住，羽睫半垂，秀眉轻蹙，在心里天人交战。

　　她不想去父皇的太极殿，怕在那里遇见呼衍的使节，但若是不去，又怕自己往后便没有见到宁懿皇姐的机会了。

宁懿也不急,饶有兴致地望着李羡鱼,像是等着她胆怯地摇头。

一旁的执霜已将宁懿的护甲卸尽,打开了她丢来的瓷瓶。

瓷瓶里头的粉末是朱红色的,看着像是春日里留下来的蔻丹花粉。

执霜试着加水匀开,见色泽红艳,便取了些以布片蘸了,小心翼翼地裹在宁懿的指上,又用棉线缠起。

第一根玉指还未缠裹好,李羡鱼就轻轻点头。

她像是下定了决心:"若是皇姐一定要去,嘉宁会陪皇姐过去。"

宁懿凤眸微眯,视线投来。

"小兔子什么时候变得这般大胆了?"她习惯性地想伸手去捏李羡鱼的脸,指尖一抬,才想起自己还在染指甲,便又倒了兴致,"还是罢了。你过去只会碍手碍脚,倒不如赶紧回你的披香殿,找你的那个小影卫玩去吧。"

"皇姐!"李羡鱼被她说得红了脸,想要起身回去,方站起身来,还未走出几步,又忍不住回过头来,放轻了语声问,"皇姐,您真的要嫁到呼衍去吗?"

宁懿闻言,像是听到了什么可笑的事情一样,笑得连鬓上插着的步摇流苏都摇曳出一道光来。

她不再管自己的指尖还缠着布片,招手让李羡鱼过来,目光灼灼:"小兔子,你过来。"

李羡鱼依言走近了些,又顺着她的话略微俯下身去,将耳朵凑到她的唇畔,等着听她要和自己说什么秘密。

宁懿也半直起身来,在李羡鱼的耳畔轻笑出声,语调轻快,一双妩媚的凤眼里却像是结着冰凌:"让那个恶心的老东西别做梦了。

"大玥没有公主会嫁给他!"

李羡鱼微愣,还想再问,宁懿却似有些厌烦了。她令执素抱来雪貂放到自己的榻边,凤眼里冰凌化去,波光流转:"你若是再不回去,我便令人将它丢进你的披香殿里。冬日兔肥,正好够它饱餐。"

李羡鱼知道皇姐言出必行,慌忙噤声,起身向她辞行。

冬日酷寒,宁懿也懒得起身送她,索性合眼,拥着狐裘在贵妃榻上小睡。

半个时辰后,她小睡初醒,见执霜、执素仍旧守在身畔,而指上的蔻丹也已染好。

她抬手,就着今日微弱的日光细细地看了看,见蔻丹鲜红如血,鲜艳欲滴,凤眼里的笑意更浓。

"走吧。"她站起身来,将木托盘里的镏金护甲一枚一枚地戴好,红唇勾起,脸上带着笑意,"去太极殿给父皇请安。"

太极殿内铺着厚密的波斯绒毯,墁地的金砖底下烧着地龙,即便是在冬日里,也温暖如春。

入内拜见时，李宴却在其中见到了意想不到的人——宁懿。

彼时，宁懿正坐在皇帝下首的圈椅上，卸了自己的镏金护甲，亲手为他剥着一碟葡萄，场面看起来温馨和谐，父慈女孝不过如此。

但当内侍通禀，宁懿亦抬眼看见李宴后，她面上的神情便冷了下来。她拿帕子拭去指尖残留的葡萄汁，起身向皇帝随意地福了福身："既然皇兄来了，那宁懿先行告退。"

许是昨夜纵情过度，皇帝白日里头疾又犯了。适才太医又是施针又是用药，方将疼痛勉强压下，此刻听闻太子前来，皇帝脑内更是没来由地泛起一阵钢针刺似的疼痛。

皇帝赤红着眼，双手捂着眉心，先是挥手让宁懿退下，又将头疾发作的怒意尽数倾泻到李宴身上。

他拍着龙案，赤红着双眼厉声怒斥道："逆子！你还来朕的太极殿做甚？！"

自东宫围府之事后，他态度一直如此，想是心中有了忌惮。

李宴态度仍然谦恭："儿臣此次前来，是为呼衍之事。"他道，"康乐年幼，前去呼衍和亲多有不妥，还望父皇收回成命。"

皇帝一听是此事，本就扭曲的面容越发阴沉。

他双腿毫无知觉，无法起身，唯有抬手大力拍上一旁的木制扶手，声色俱厉："朕已下旨，岂容旁人在此置喙！"

他抬目看向李宴，神情阴鸷："还是，你连这等小事都想抗旨？"

他厉喝："你真想谋逆不成？！"

李宴垂眼，低声告罪。

若是往日，他仍会再劝。但今日，他就这般平淡地将此事揭过，转而说起另外几件政事。

皇帝的态度同样不耐烦，他烦躁地道："这等小事，交给左右丞相协理便可！何须朕亲自裁断！"

李宴不再多言，如皇帝所愿，温顺地起身告退。

皇帝并未留他，甚至不等他走过面前的那座金龙屏风，便迫不及待地对承吉命令道："昨夜的那些舞姬可安顿好了？快让她们来朕的太极殿里。"

他双目放光，仿佛连头疾都暂时好转："也不知她们穿上大玥女子的服饰又是个什么光景。"

他光是想着，便觉得口干舌燥，立刻便喝了一盏热茶，又拈起一颗宁懿剥好的葡萄吃了。

李宴退至太极殿外时，宁懿并未离去。

她站在太极殿的滴水下，抬目望着远处祈风台上巨大的朱雀神像。

那座神像是由红宝石雕成的，即便在这般阴沉的天色中，亦是流光溢彩，辉煌夺目。

她看得唇角抬起，就连李宴行至她的身畔时也并未移开视线，只轻嘲道："这么好的天气，却看见败兴的人，真是可惜。"

李宴在她的身旁止步，并不因此愠怒，语声平和地问道："皇妹在此等候，仅仅是为了出言讥讽几句？"

宁懿打量着他，唇畔的笑意浓了些。她走近了些，将自己刚戴好的镏金护甲在他的衣襟上擦了擦，拭去其上并不存在的尘埃："不然呢？本宫还有什么等你的理由？"

李宴淡淡地道："就算皇妹不在此等孤，孤亦会去凤仪宫寻你。"

宁懿挑眉，低笑出声："怎么？皇兄还有多余的太傅送给本宫？"

"没有。"李宴垂首，以仅二人能听见的语声淡淡地道，"孤想问你要一样东西。"

不待宁懿发问，他便启唇，一字一顿地向她言明："孤想要母后留下的半块玉符。"

他的语声落，宁懿面上的笑意霎时间尽消，她抬起凤眼，目光幽深地审视他良久，却又蓦地笑出声来。

她笑得快意，笑得几乎俯下身去："这么多年，皇兄可算想起要这样东西了。"

李宴不答，只是安静地等着她平复心情。

良久，宁懿渐渐止住了笑声。她从袖袋里取出一只锦囊，也不解开，便这般整个丢给他。

"皇兄要的东西。"她抬步，走过他的身旁时，又大笑起来，"可惜，皇兄要得晚了些，恐怕用不上了，倒是平白辜负了母后的心意。"

李宴垂眼，目送她的身影消失在玉阶尽头，垂手将那只锦囊打开。

锦囊里头赫然是半枚海东青形状的玉符。

这是他们的母后留给他们最珍贵的一件遗物。

他与宁懿各执一半，合到一处，便是信物，可以号令千军万马的信物。

李宴缓缓转身，看向身后太极殿的方向。

飞檐斗拱，琉璃赤红，金脊上的屋脊兽在层层阴云中并不明晰，远远望去，似人立而起。

他握紧了手中的玉符，眼底波澜渐起。

登基太久，安逸太久，或许他的父皇都已经忘了，他们的母后，出生于世代从军、执掌无数兵马的永涉王氏。

天色阴沉，不见日光，连宫道旁栽种的冬青树似乎也减了绿意。

李羡鱼步履轻盈地自树下走过，手里抱着一捧新折的梅枝，想要带回自己的披香殿里插瓶。

她心情雀跃地与身旁的月见说着方才的事："我刚刚在寝殿里问过雅善皇姐，皇姐也说，呼衍并未选她，而我也没有接到和亲的圣旨。"

月见闻言也笑起来："您这一日里都跑了三座宫室了，这和亲的圣旨谁也没收到，兴许根本便不存在，是咱们想多了。"

李羡鱼轻轻点头。

她想：既然谁都没拿到圣旨，那兴许便是像宁懿皇姐所说的，粗鄙的呼衍王不会得到任何一位公主。

她并不知道这是呼衍的主意，还是父皇突然转了心思，但是对她而言，这是一件天大的好事。她杏眸弯起，步履越发轻快，恨不能立刻便回到披香殿里去，将这个好消息告诉所有的宫人。

漫长的红墙随着她的步伐流水般往后退去。

大抵一盏茶的工夫，她已遥遥望见披香殿朱红的殿门。

李羡鱼快步往前，还未行至殿门前，便见门口的石狮子上百无聊赖地倚着一个人。

远远地见到她，那人像是突然来了精神，立即挺身而起，还操着一口蹩脚的中原话向她挥手："大玥的小公主！"

李羡鱼微讶，本能地停住步子，而此人迈步向她走来。

他步子迈得很大，没几步便走到她的近前。

李羡鱼这才看清他的容貌。

他看着跟她差不多年纪，身上穿着一件红底白边金纹的呼衍袍服，腰间挎一把镶嵌着各色宝石的弯刀，蜜肤蓝瞳，高鼻深目，半束的金发被拢在右侧肩上，发尾微鬈，而左耳上并排戴着两枚黑色的圆环，圆环似玉而非玉，似骨而非骨，看不清是什么材质。

他对她笑得格外热情，露出一口雪白的牙齿。

在李羡鱼讶然的视线里，他用并不流利的中原话问她："大玥的小公主，你叫什么名字？"

月见回过神来，立刻上前，紧张地护在李羡鱼身前，唯恐这个呼衍人意图不轨。

李羡鱼的视线落在他不同于中原人的容貌上，也本能地往后退开一步，她问道："你是呼衍来的使臣吗？为什么要堵在我的披香殿外？"

她说着，有些不安。

难道这个人是来给她传和亲的圣旨的吗？

少年开口，简短地说了句她听不懂呼衍话，又很快用那不正宗的中原话给她翻译："郝连骁，我的名字。"

他笑着道："我听乌勒格说，大玥有个漂亮的小公主，便过来看看。"

他说着，端详了下李羡鱼，毫不避讳地夸赞她："你像你们国家的红宝石一样美丽。"

李羡鱼被这突如其来的夸赞砸得一愣，想了想，还是守礼地道了声谢，又轻声问他："你难道不是呼衍的使臣吗？"

郝连骁抬手摸了摸自己的下巴，像是思索了一会儿"使臣"这个有些陌生的词，然后果断地否认。

"不是。"他爽快地将自己的身份和盘托出，"呼衍王是我的王兄，我是他最小的兄弟。按你们中原的身份来说，我应当是个王爷。"

李羡鱼有些疑惑地重复了声："王爷？"

郝连骁应声，理直气壮地笑开："你问的我可都告诉你了，那现在你是不是能告诉我你叫什么了？"

李羡鱼却警惕起来。

"你要我的名字，是不是想写到和亲的请书上去？"她绕开他，快步往披香殿里走，"我不会告诉你的。"

郝连骁挠头："我给你写到那上面做什么？"

那是给他王兄的女人，即便他王兄死了，也轮不到他来继承。

他话音刚落，见李羡鱼已经快要走进朱红的殿门里，便赶紧回过身去，三步并作两步追上了她。

他挡在李羡鱼面前，大大咧咧地在披香殿高高的门槛上坐下，单手托脸从下往上看着她，执着地追问："我不写在请书上，你便告诉我你的名字吗？"

他生得长手长脚，又坐在门槛的正中间，手臂一伸，将自己的腰刀往身旁一放，便占据了整个门槛，李羡鱼要想走，只能从他的身上跨过去。

她唯有停下来，秀眉微微蹙起："我为什么要告诉你我的名字？"她道，"我也没问你的名字，是你自己告诉我的。"

郝连骁却丝毫不觉得是这回事。

"在我们呼衍，女子遇到男子这样问好几次都不搭理他，不是瞧不上他，便是她已经有男人了。"他坦然地挽起袍袖，露出自己文着金色图腾的结实小臂，又拍了拍自己修长的腿，直截了当地问，"小公主，你已经有男人了吗？"

月见惊叫出声，忍不住斥责他："公主的清誉岂是你能诬蔑的？！你……你简直是……"

她一时没想到什么合适的话回敬他。

李羡鱼也慌忙转过身去，面上涨红："月见，快去请金吾卫来，将他打出去。"

郝连骁看出她们生气了，但并不理解李羡鱼为什么突然生那么大的气。

难道是他中原话学得不好，用错了词汇？

于是他坐在披香殿的门槛上认真地想了想，还嘀咕着："你们大玥管这种野男人叫什么来着？"

他想了阵，恍然大悟："我想起来了！叫作'情郎'。"

李羡鱼面色更红，伸手推了推月见："还不快去。"

月见这才从震惊里回过神来，点了点头，匆匆地往宫道的方向飞奔。

郝连骁也不惧，一抬腿从门槛上站起身来，绕到李羡鱼的跟前，笑得格外爽朗："大玥的小公主，你有情郎了吗？"

李羡鱼因这个词汇而脸色通红，立刻转过身去，打定主意绝不理会这个呼衍人。

郝连骁却又转到她跟前，扬起自己两道漂亮的浓眉，又俯下身来，炫耀似的给她看自己高挺的鼻梁和线条清晰的下颌，像一只骄傲的孔雀："他生得有我好看吗？若是不好看，你不如把他丢了。"他笑起来，向她伸手，"我来做你的情郎。"

李羡鱼被他的直白震住。

就当她着急金吾卫们怎么还不来的时候，耳畔一道劲厉的风声响起，带得她步摇上的流苏摇曳相撞，清脆作响。

郝连骁察觉到危险，迅速地后撤，才挪开半步，便听到金石交击的"铮铮"之声。

一柄玄铁长剑穿透他面前坚硬的汉白玉宫砖，直立在披香殿前的地面上，剑尾犹在颤动，剑身嗡鸣不止，可见长剑主人的怒意。

李羡鱼回过身去，见寒风掠起玄色的氅衣，少年身姿英挺，目光锋利如刃，向她而来。

"临渊。"李羡鱼秀眉微弯，轻轻唤了声他的名字。

临渊应声，抬步挡在她的身前，一双满是冷意的凤眼逼视着眼前的郝连骁，又伸手给她："公主。"

李羡鱼抬起指尖，想要如常放在他的掌心里，又怕被路过的宫人们瞧见，便微红着脸，转而蜷起指尖，轻轻握住他的袖口。

她轻声问他："临渊，你什么时候回来的？"

临渊并不回首。他冷眼看着面前正打量着他的异族少年，眸底霜色更浓，语声中也似带着迫人的寒意："在他说要做公主情郎的时候。"

临渊的语声落入耳中，李羡鱼方降了几分热度的面上又滚烫起来，双靥绯红得都快与跟前朱红的殿门一色了。

她藏在临渊身后，红着脸想与他解释："临渊，这是个误会……"

她话未说完，却被郝连骁打断了。

他打量着临渊，有些不高兴地抱臂而立，用语调奇怪的大玥话问她："小公主，这就是你的情郎吗？"

他的话音落，披香殿前一片寂静。

临渊身形微顿，半转过身来，视线落在她的面上，凤眼深沉，看不出情绪。

李羡鱼面色更红，在众目睽睽之下羞赧地轻声道："临渊是我的影卫。"

她的回答原本没有问题，可惜，郝连骁显然不能理解"影卫"这个中原特有的词汇。

本着不懂就问的原则，他大大咧咧地道："影卫是什么？是情郎的一种吗？"

临渊薄唇微抿，视线再度投来，似在等她回答。

李羡鱼被他看得连耳根都红透了。她轻轻拉了拉临渊的袖口，示意他帮她解释。

临渊却像是没读懂她的暗示，皱眉，侧过脸去，一言不发。

李羡鱼也不知该如何解释，想了好久，才将羌无当时说的话重复了一遍："影卫是公主的影子，跟在公主身侧，寸步不离。"

郝连骁仍然不懂。但他很快便将此事放下，又对李羡鱼笑起来，露出雪白的牙齿：

"是不是都无所谓,反正在我们呼衍,女子可以拥有不止一个情郎。"他抱臂的双手松开,对此十分大度,"我可以和你的情郎错开,他单日,我双日。若是你还有其他情郎,也好商量……"

他话还未来得及说完,就骤然对上少年森寒的目光。

临渊蓦地回首,箭步上前,单手拔出竖立在地上的长剑,向他横劈而去。

破风声起,玄铁长剑去势凌厉。

郝连骁立刻戒备,拧身避开。

风声"猎猎",带起他耳上的两只黑环"当当"相撞。

"这才对嘛。"郝连骁拔出腰间束着的弯刀,宝蓝色的眼眸发亮,像是被激起了骨子里的凶性,"在我们呼衍,抢女人的时候就是这样,谁打赢了就归谁!"

临渊目光冷厉,并不多言,再度持剑迎上。

刀剑相击,映出少年们凌厉的眉眼。李羡鱼立在旁侧,捧着满怀的蜡梅,眼里满是焦急,想劝架,却又不知道该从谁劝起。

郝连骁与她不熟,想来不会听劝。

可若是去劝临渊,李羡鱼又怕他分心吃亏。

正不知如何是好的时候,她却听遥遥地有人唤她:"公主——"

李羡鱼回眸,却见月见提裙自宫道上跑来,身后铁靴踏地声整齐,竟然来了一整列金吾卫,足有十数人之多。

李羡鱼杏眸微亮,抬手为他们指路:"快,快去将呼衍的小王爷拉开!"

她的本意是让他们不要再打下去,以免将事情闹大,郝连骁闻言却惊叫:"大玥的小公主,你拉偏架!"

李羡鱼两靥微红:"我没有。"她道,"这是我们大玥的金吾卫,自然是帮着大玥的人。若是你们呼衍的使臣在场,也会偏帮你。"

郝连骁愣了一下:"可我没带他们过来。"他叫嚷,"这不公平!"

言语间,金吾卫们已将他团团围住。

他的身份特殊,为防引起两国战事,金吾卫们不好伤他,唯有将佩剑连带着剑鞘一同举起,试图寻找机会将他手里的弯刀挑飞,再将他制住。

眼见着有人相助,郝连骁败局已定,临渊却猛然收剑。他侧身避开郝连骁的刀锋,语声又冷又低,确保李羡鱼不会听见:"你若是不服,待子时来御河前,我们再打一场。"

这一句掷下,他身形立刻后撤,回到李羡鱼的身畔。

李羡鱼抬眸望向他,心弦缓缓松开。她抬手,轻轻握住临渊的袖口,带着他往披香殿里走:"临渊,我们先回披香殿去吧。"她杏眸弯弯,"听说今日小厨房准备了好吃的樱桃酪。"

临渊颔首,将长剑归鞘,与李羡鱼并肩转身。

同时,围拢的金吾卫们寻到机会,一拥而上,将郝连骁手中的弯刀挑飞,架着他往北侧宫门的方向去，好将这个麻烦的小王爷交还给呼衍的使臣。

郝连骁寡不敌众，索性也不再反抗，只是摁着一名金吾卫的肩，在人堆里探出头来，对正提裙迈过披香殿门槛的李羡鱼挥手，笑得灿烂："大玥的小公主，我还会来找你的！"

李羡鱼踉跄回首，还未来得及说些什么，就见临渊握着佩剑的长指蓦地收紧。

他目光凌厉，骤然回身。

李羡鱼心猛地一跳，匆促地握住了他的手腕。

她手指纤细，触感温柔，令身畔的少年硬生生地顿住身形。

他轻轻垂下羽睫，掩下眸底的寒意，对李羡鱼道："臣去去便回。"

李羡鱼闻言越发不敢松手。

毕竟呼衍的小王爷若是真的在她的披香殿前出了什么事，父皇必不会放过临渊。

李羡鱼这般想着，便踮起足来，将自己怀里抱着的蜡梅尽数塞到他的怀里。

冷香如雨，簌簌落下。

临渊唯有抬手，将这些散落的梅枝一一接住。

他皱眉："公主。"

李羡鱼认真地看着。见他一手的梅枝，看着怎么也腾不出手去打架了，她忍不住轻轻笑起来。

"临渊，我们先回披香殿里去吧。"她明眸弯起，拉着他的箭袖软声催促，"我们再不走，小厨房新蒸好的樱桃酪可就又要凉透了。"

阴霾冬日，天地晦暗，唯独少女眼眸清亮，明媚如春。

临渊微顿，终于转过身形，低声应了她："好。"

他抬步，与李羡鱼一同迈过披香殿的门槛。

昨夜落了整夜的雨，披香殿内的宫砖缝隙中犹有水汽。

李羡鱼在行走的时候便格外留意，比往常多用了一盏茶的工夫，才回到自己的寝殿中。

她并未着急传膳，而是先从多宝阁上拿了个细颈的梅瓶过来，又将临渊怀里的梅枝接过，放在临窗的长案上。

她在长案后落座，略想了想，还是问他："临渊，你不是去江陵给我的祖父送信了？怎么那么快便回来了？"

临渊俯身，替她理了理长案上凌乱的梅枝，答道："臣将书信转交给了可信之人。"他顿了顿，向李羡鱼保证，"绝不会出什么差错。"

李羡鱼莞尔："这样也好。"

毕竟她现在不用去呼衍和亲了，临渊没有去江陵送信，便能在宫里多陪她几日了。直到，他自己想要离去，抑或新的使节来朝。

她这般想着，心绪重新轻盈起来，很快便将手中的蜡梅分拣出来，拿小银剪修了修，依次插进梅瓶里。

341

临渊替李羡鱼将剩余的枯枝残叶收拾了，还未丢进竹篓里，又听她轻"咦"了声。

她后知后觉地想起："既然你没去江陵，那怎么现在才回来？"

临渊动作微顿，淡淡地回答："我遇到些事，耽搁了一夜。"

原本他已让侯文柏召集死士，选好信物，早早候在城外，只待今日天明，城门开启，便以胤朝使臣的身份入宫，拜见大玥皇帝，不承想，在一切完备之时，宫中的细作却连夜递来消息，告知他大玥皇帝选中的是一名封号为康乐的公主，并非李羡鱼。

康乐公主，他并未听李羡鱼提起过，想来两个人并不亲厚，便也不再管。

唯独令他在意的，是方才见到的那名不知廉耻的呼衍人。

想至此，临渊剑眉紧锁，语声微寒："方才殿外之人是谁？公主认识他？"

李羡鱼摇头："我不认识他。他突然出现在我的披香殿前，说要做我的……"

她脸颊微红，没好意思将"情郎"两个字说出来。

临渊唇线紧绷，继续问她："公主如何想？"

李羡鱼脸颊更红，抿了抿唇，小声道："我才不要。"

她才不想跟着他到呼衍去。

临渊"嗯"了声，紧绷的唇线柔和了些，正想启唇，却又听身旁的少女好奇地询问："可是，他们呼衍的女子真的能有好多情郎吗？"

临渊羽睫抬起，眸中透出一丝寒意，一字一顿地问："公主也想要？"

李羡鱼脸颊微烫，匆忙地启唇解释："我只是好奇。"

临渊闻言，重新垂下羽睫，向她解释道："呼衍除王室外，皆是走婚，暮至朝离。

"女子能有无数名情郎，同时，情郎亦会有无数女子。"

李羡鱼因这样新奇的制度而震惊了。

她道："那若是女子有三五个情郎，每个情郎又有三五个女子，那他们聚在一处，岂不是便有一屋子的人了？"她感叹，"好热闹！"

"热闹。"临渊冷冷地重复，长指收紧，掌心中的几根梅枝被生生折断，发出切金断玉般的一声。

他将梅枝弃至竹篓里，向李羡鱼步步进逼，深沉的眸中似有冰凌寸寸凝结。

"臣与顾悯之，加上方才的呼衍人，正好三个人。剩下两个，公主想找谁？"

李羡鱼面红欲烧，本能地站起身来，随着他的逼近不住地挪步后退。

"我只是觉得新奇……"她并不是说也想尝试。

只是她话还未出口，她的后背倒是先撞上了放在身后的多宝阁。

格架轻轻晃了晃，一件置于高处的摆件应声坠下。

临渊伸手，紧握住那只砸向她发髻的玉狸奴。手中的羊脂玉触感温润，像少女纤细的手腕，临渊指尖微顿，不由得垂眼看向她。

李羡鱼站在他跟前，后背倚着身后的多宝阁，尖巧的下颌微微抬起，一双潋滟的杏眸清晰地映出他的影子。

"临渊，"她轻唤了声，柔软的指尖轻轻碰了碰他的手背，"你在生我的气吗？"

临渊抬手，将她的素手握住，拢进掌心里。

在寝殿内晦暗的光线中，他俯下身来，一字一顿地问："公主就没想过只与一个人相守？"

李羡鱼微愣，缓缓抬起羽睫，望向眼前的少年，而他侧过脸去，语声冰冷："臣不喜欢热闹。"

不喜欢热闹。

这句话本就冰冷，在这般万物衰颓的冬日里听来愈显清寂。

李羡鱼微启的红唇轻合，将原本想说的话咽下。

风吹落叶的"簌簌"声里，她想起二人初见时的情形。

叶影深浓处，少年孤身而立，眉眼冷峻，手中弯刀锋利，寒潭般的眼中，是拒人于千里之外的戒备疏离。

那时候的他孤僻、冷寂、离群索居，似一头独行的野兽。

是她一时心念起，将人半哄半骗地带回了宫里，带到了这个天底下最热闹的地方。

如今三个月过去，两个人当初的约定早已期满。

临渊在大玥既没有亲人，也没交到朋友。按理说，他应当头也不回地离开这个令他觉得厌烦的地方才对，但……他三番五次地回来。

"临渊，"李羡鱼轻轻唤了声他的名字，雪白的双颊染上薄红，"你是为了陪我，才留在宫里的吗？"

这是她唯一能想到的答案。

临渊皱眉，薄唇抿得更紧，似乎有些不愿承认，好半晌，才低低地"嗯"了声。

他并未转过脸来，却将李羡鱼的素手握得更紧，眸底微澜，语声也不似素日那般平静："若是臣不能久留，公主可愿随臣离去？"

殿外的风声仍未停歇。

李羡鱼倚在木制的多宝阁上，听见窗外凤凰树的果实随风落下，砸得平静的心湖漾开涟漪。

她双颊上薄红晕开，语声轻得宛如蚊蚋："要是父皇与满朝文武同意……"

她残留的理智告诉她，这是不可能的事，但她还是轻声说了下去，像是在给自己编造一个值得向往的梦境："而且，我还要带上我的母妃。"

临渊回首，剑眉方展，却似又想起什么，重新皱紧。

他道："公主不会抵赖？"

"我什么时候……"李羡鱼说到一半，却突然想起当初的事来，面上有些发热，再启唇的时候，便有些心虚，"要……要不，我给你立个字据。"

临渊却道："臣要字据做什么？"

李羡鱼想不出其他证明的方法。她轻轻抬起羽睫，望向临渊，像是在征询他的意见。

临渊却并不回答。他只是将手里的玉狸奴重新放回多宝阁上，继而向她俯身，直至视线与她的视线平齐。

这样近的距离，像是连彼此的呼吸都交融了。

李羡鱼耳根红透，踮起足，亲了亲他的眼睛。

她用蚊蚋般的声音道："临渊，这样你总该相信我了。"

临渊将半垂的眼睫抬起，凤眼浓黑，目光深沉。他注视着她，从她潋滟的杏眸看到绯红的双颊，最终停留在那双鲜红润泽的唇瓣上，眸色微深。

但许是本着事未办成，不应收取太多利息的原则，他终于垂下眼帘，将下颔抵在她的肩上。

"臣再相信公主一次。"

他的语声淡而冷，带着不易察觉的缱绻，似殿外的北风为她驻足。

冬日昼短，仿佛转眼间又到了就寝的时辰。

披香殿内今日无事，李羡鱼用过晚膳后便早早睡下。可不知为何，她睡得不大安稳。

大抵是日有所思的缘故，她在夜里梦见了呼衍的使臣。他们对着她嘀嘀咕咕，用呼衍语不知商讨了些什么。隔日，父皇便降下圣旨，强令她前去呼衍和亲。

李羡鱼亦在此刻惊醒，汗涔涔地从榻上坐起身来。

"临渊！"

她捂着心口，本能地唤了声，又伸手撩起红帐，看向远处光线明亮的长窗。

远处的天穹上夜雾已散尽，一轮明月高悬。

莹白的月光自窗口洒落，映得立在窗畔的少年眉眼如霜。

他手中持剑，目光锐利，玄色的氅衣里着一件贴身的箭袖武袍，黑靴踏在窗台上，似正要出行。

听见她的语声，临渊顿住身形，回首望向她，眸底的冷意甚至还未来得及散尽。

李羡鱼微愣，揉了揉蒙眬的睡眼，披上斗篷，趿鞋站起身来："临渊，这么晚了，你要去哪儿？"

临渊未承想会被她当场撞破，动作微顿，于是自窗畔回返。

"公主。"他并未回答，而是在李羡鱼的榻前俯身，以手背碰了碰她的眉心，问道，"公主可是梦魇？"

李羡鱼点头，指尖拢着斗篷的边缘，轻声解释道："不是什么要紧的事，我只是梦见了呼衍的使臣……"

她话音未落，却见临渊蓦地抬眼，眸底寒意迫人。

李羡鱼回过神来，脸颊滚烫："不是你想的那样。我只是……只是梦见他们背着我，在父皇跟前说我的闲话。"

临渊敛眉。

这些粗蛮无礼的呼衍人，即便是在梦境中也如此令人不悦。

他语声冷得彻骨："臣会替公主教训他。"

李羡鱼羽睫轻扇，努力将自己未散的睡意扇去："教训谁呀？"她想起白日里听过的名字，便问，"是郝连骁吗？"

这三个字一落下，披香殿内霎时间静谧得落针可闻。

临渊握着长剑的手指霍然收紧，他眸色格外晦暗："臣几日不回，公主便连名字都知道了。"

"我没问他，是他自己告诉我的。"李羡鱼匆促出声，将一切串联起来，越发震惊，"你方才是要出去教训他吗？"

临渊不答，却近乎默认。

李羡鱼仅剩的睡意都消弭在夜风里。

"临渊，你别去。"她伸手握住临渊的袖口，轻声与他解释，"他是呼衍的小王爷，若是在大玥的皇城里出了什么事，父皇追查下来，一定不会放过你。"

临渊淡淡地道："臣自有分寸。"

他俯身，将还握着他袖口不放的李羡鱼打横抱起，重新放回锦榻上，用锦被裹住："公主早些安寝。"

李羡鱼却没有睡意。

毕竟刀剑无眼，谁也不能保证最后会出什么样的事。

无论是临渊伤了郝连骁，引起两国战事，还是郝连骁伤了临渊，都不是她想看见的结果。

她越发不敢放手。

临渊轻轻垂下羽睫，抬手将自己身上的氅衣解下。

李羡鱼握在他袖口上的指尖随之滑落。

李羡鱼微愣，伸手去握他的手腕。

临渊闪身避开，对她道："臣很快回来。"

李羡鱼有些着急，从榻上起身，对已背过身去的少年唤道："临渊！"

临渊短暂地回身，还未启唇，却见李羡鱼又站起身来。

宽大的氅衣从她的身上滑落，下摆坠在地上，匆促起身的少女被绊了一下，往前摔去。

临渊箭步上前，一只手握住她的手臂，另一只手环过她的腰肢，将她往前倾倒的身形重新稳住。

李羡鱼也像是被这突如其来的变故惊了惊，本能地伸手环过少年劲窄的腰身，紧紧地抱住了他。

临渊身形微顿，终究没有躲开。

顷刻，李羡鱼从这变故中回神，一张雪白的小脸蓦地通红。

她想要松手，却又怕临渊转身便走，迟疑了一瞬，索性将滚烫的脸埋在他的胸膛上，本着他瞧不见便没有的心理，轻轻出声："临渊，你别去。"

临渊呼吸微顿，于是抬手将环抱着他的少女紧紧地拥入怀中。

清新的木芙蓉香气盈满临渊周身，在寂静的夜中将所有的感知无限放大。

他感受到李羡鱼身上穿着的兔绒斗篷柔软，散落在他手臂上的乌发柔软，环抱着他的指尖同样柔软，令人沉沦眷恋。

临渊俯身，将下颌抵在她的肩上，凤眼里的冷霜退去，渐渐生出几分被情愫挟裹的晦暗。

有一瞬，他甚至想整夜留下，想就这样让那个呼衍人自己在御河畔吹上一夜的冷风。但旋即，他又想起白日里的情形，想起郝连骁松开抱臂的双手，对李羡鱼十分大度地道："我可以和你的情郎错开，他单日，我双日。若是你还有其他情郎，也好商量……"

思及此，少年目光乍寒，在月色下锋利如出鞘的白刃。

他启唇，本就冷的嗓音寒如冬雪："臣不能不去。"

若是今夜不去，等郝连骁回了呼衍，他在胤朝的卧榻上想起，还要为此彻夜难眠。

李羡鱼从他的怀中仰脸，抬起纤长的羽睫望向他，见少年目光深沉，神色冰冷，显然下定了决心，不容更改。

许是知道难以劝住他，李羡鱼唯有退而求其次。

她轻声询问："那你可以带我同去吗？"

临渊微顿，看向她："公主在说什么？"

李羡鱼轻轻重复了一次，还向他保证："我这次一定不会唤人过来。"

临渊沉默少顷，说道："公主更衣。"

李羡鱼杏眸微亮，知道他是答应了，便匆匆地放开他，从衣箱里寻了几件素日穿的衣物，团身回到红帐里。

大抵是怕他先走的缘故，李羡鱼衣裳换得格外快。还不到半盏茶的工夫，她便从红帐里出来了。

身上的寝衣已被换下，她穿着素日常穿的织金裙子，外头还裹了件厚实的兔绒斗篷，柔顺的乌发也被盘成了乖巧的百合髻，以一支白玉簪子绾住。

临渊看良久，又上前替她添了条兔毛围脖，掩住她纤细雪白的颈，这才俯身，将她打横抱起，踏过夜色里的窗台，往御河的方向而去。

临渊素来守时，即便在寻仇这件事上也从不例外。

即便带着李羡鱼，因躲避金吾卫而绕了远路，他依旧在子时之前赶到了御河畔。

此刻夜色已深，御河畔空无一人，唯有水面倒映着天穹上的月色，泛起波光点点。

李羡鱼从临渊的怀中下来，拉着他到一旁的柳树底下等待。

冬日里柳叶早已落尽，柳枝光秃秃地点在水面上，随着远处的更漏声在寒风里轻轻飘动。

直至子时的更漏敲响，二人终于望见身着呼衍服饰的少年腰佩弯刀，在冬日里满头大汗，匆匆奔来。

郝连骁今日过得着实不易，白日里被金吾卫架出宫去，晚上又因找金吾卫打听御河在哪儿，被他们打着火把追了大半个宫廷，最后还是在一座偏僻的宫室里绑了个宦官，由他带路，才勉强找到地方，还未来得及站稳，一抬眼，却见御河畔立着的不止白日里见过的少年，便连大玥的小公主也在此。

郝连骁愕然，少顷惊叫出声："大玥的小公主，你又来拉偏架！"

卷十二　正乾坤

"我不是过来拉偏架的。"李羡鱼被他说得两靥微红，但语调依旧那般认真，"我是来告诉你们，大玥宫里打架的规矩的。"

她的话音落下，二人皆向她看来。

临渊似有几分意外，剑眉微抬，而郝连骁脱口而出道："什么规矩？"

李羡鱼抬步，走到他们中间，拢了拢自己的斗篷，正色道："第一条，都不许用兵刃。"

临渊并未多言，利落地解下自己的佩剑向她递来。

李羡鱼伸手想要接过，但临渊的长剑比她想的还要重上许多，即便她用双手抱住，他一放手，她还是往后跟跄了半步方缓缓站稳。

她将长剑抱在怀里，重新直起身来，又看向郝连骁。

"你们大玥打架的规矩真古怪。"郝连骁挠了挠头，还是将自己腰畔的弯刀解下，踏前两步，向李羡鱼递来。

李羡鱼便将怀里的长剑换了个姿势抱着，让剑柄倚靠在她的肩上，分散了些力道，这才将右手空出来，好去接他递来的弯刀。

但临渊的动作比她的更快。她指尖方抬，临渊便已经抬手将弯刀夺过，刀尖朝下，重重地插在二人之间的地面上。

他冷冷地道："公主拿不动你的刀。"

李羡鱼红唇微启，想说那柄弯刀看着比临渊的长剑要轻上不少，她努努力，应当还是能够拿动的，但望见他冰冷的目光，还是悄悄将话咽下，在郝连骁开口之前说出了第二条规矩。

"第二条规矩，在宫里打人，不许打脸，也不许闹得尽人皆知。"

这条规矩一出，郝连骁原本要说的话便被吞了回去。

他对李羡鱼笑了起来，露出雪白的牙齿："大玥的小公主，你是怕我打破相了吗？"他说着便扬起浓眉，带着点儿不屑道，"在我们呼衍，伤疤是勇士的象征。不像你们大玥，男人没什么别的本事，要靠脸才能让女人喜欢。"

李羡鱼想辩解，尚未启唇，就听临渊一字一顿地问她："公主可还有什么规矩？"

李羡鱼侧首，见少年垂在身侧的右手紧握成拳，凤眼深沉，看向郝连骁时，目光冰冷锐利，寒如霜刃，似在竭力压抑怒气。

于是李羡鱼加快语速，匆匆忙忙地说出第三条规矩："还有最后一条，你们去远处打。"她小声补充，"去哪里都可以，别在我的面前便好。"

毕竟她没有习过武，等他们打起来，左右也插不上手，便是想偏帮都帮不上，与其在一旁看着悬心，还不如不看。

临渊应声，语声未落，身形便已展开，掠至郝连骁的身旁，伸手去抓他的领口。

郝连骁往后撤步避开，挑起浓眉："我自己会走！"

他话虽这般说，却不挪步。

临渊乌眸沉沉，满是戒备地看着他。

郝连骁不甘示弱地回瞪，理直气壮地道："这是你们大玥的地盘，当然要你先走！我怎么知道哪里能打，哪里不能？"

李羡鱼讶然望向他。

这是御河的一个转折处，附近没什么宫室，郝连骁只要顺着来时的路往回，便能找到许多可以施展拳脚的地方，除非他并不识路。

李羡鱼想至此，更加惊讶，而临渊同时道："你不识路？"

他说得如此直白，郝连骁蜜色的脸上登时一赤。

他嗓音拔高，气势上毫不输人："谁不识路？！"

话语掷地有声，他气势逼人地转身便走。

李羡鱼看向他走的方向，迟疑了下，最终还是出声提醒道："那里是条死路，你再往前走，便会看见御河将路截断。"

郝连骁步履顿住，迅速地换了个方向。他仍旧嘴硬："我记得方才的路在哪儿，我就是想听大玥的小公主给我指路。"

李羡鱼杏眸轻眨，正想着如何回应，临渊已冷然出声："你走的方向是南，来的方向是北。南北不分，还说自己识路？"

李羡鱼忍着笑意，努力为他们打圆场："不管南北，你们快去吧，再晚金吾卫可就要过来了。"

郝连骁找到了台阶，赶紧大步往前，只当作没听见临渊的话。

临渊则回首对李羡鱼道："公主在此等臣，臣至多一炷香的时间便回。"

话音刚落，他抬步紧随郝连骁而去。

几个眨眼的工夫，二人的背影便一同消失在深浓的夜色里。

李羡鱼踮起足，往他们离开的方向望了阵，见他们似乎真的走远了，连背影都不见，便重新回到柳树下，找了个干净的小石凳坐下。

她将临渊的长剑横放在自己的膝上，一只手轻轻握住剑鞘，另一只手支在剑柄上，托着腮，看着天边的月亮。

白日里的阴霾散去，天穹上银河灿烂，明月流光。

明日应当会是个晴日。

李羡鱼轻轻弯眉，坐在石凳上等了良久。

等到临渊说的一炷香的时间快要过去的时候，她终于望见身着玄色氅衣的少年踏着月影归来。

"临渊。"李羡鱼杏眸微弯，有些吃力地将他的长剑从膝上拿起，"你的长剑。"

临渊应声，大步行至她身前，俯身将长剑接过。

等他离近了，李羡鱼这才看清，他的玄衣已不似方才那样整洁，许多地方添了划痕，多了些掸不去的污渍，便连他握剑的掌心上也似新添了伤口。

"临渊，你受伤了？"

李羡鱼有些紧张地拉过他的右手，将他的手腕放在自己的膝上，垂眸去看他的掌心。

掌心的伤口看着像是擦伤，应当是他以手掌撑地时，地面上的沙石所致，好在仅是擦破了皮，看着并不算严重。

临渊换了左手持剑，语气淡漠："擦伤罢了，清洗过即可。"

但李羡鱼还是蹙起眉来。

毕竟这还是她看见的，他藏在衣服底下的伤不知道还有多少。

她从袖袋里翻出干净的帕子，小心翼翼地替他拭了拭伤口，又抬手想将他的箭袖解开，看看手臂上是不是也有伤口。

临渊却将手臂抽回。他掸了掸身上的尘土，语调依旧没什么变化："一点儿小伤，公主不必在意。"

李羡鱼却不放心，蹙眉坚持："你先让我看看。"

要是临渊真伤得厉害，她也好让月见她们快些去请太医过来。

临渊拗不过她，唯有垂眼将箭袖解开。

少年肤色冷白，那些打斗后留下的瘀青与瘀紫便越发显眼。

李羡鱼看得轻抽一口冷气，匆匆地从石凳上站起身来，拉着他便要回披香殿里上药。她秀眉紧蹙，抿了抿唇，嗔他："这哪里不要紧了？！"

之前披香殿里也有小宫娥、小宦官们打架的事，顶多是破点儿皮，留几道抓痕，可从来没见过打成这样的。

临渊将箭袖重新束好，语声淡淡，并不在意："不过是些皮外伤。"

话音未落，他蓦地抬眼，目光凌厉地看向身前的夜色。

李羡鱼也暂且停住语声，随他一同望去，却见郝连骁自夜色中回来。

他离得很远，李羡鱼看不清形貌，只能从那身特殊的呼衍服饰上认出他。

还不待人走近，她便鼓起腮，忍不住抱怨道："都说比武是点到为止，你怎么……"

她还未抱怨完，风吹云动，明亮的月色在青砖上落下。

李羡鱼看清了郝连骁身上的情形。

他那件红底白边的呼衍服饰脏得厉害，像是在土里滚过。

虽然同样隔着衣裳看不清伤势，但从他一瘸一拐的走路姿势以及龇牙咧嘴的神情上来看，李羡鱼觉得他大抵是伤得不轻。

李羡鱼的语声顿住，少顷，她有些心虚地改了口："比武场上刀剑无眼……你可不能去向呼衍的使节告状。"

郝连骁高声道："愿赌服输，谁会去找人告状？"

话音未落，他反应过来，满脸震惊："大玥的小公主，你怎么有两套说法？"

李羡鱼被他说得两靥微红。她侧过脸去，看了看天上的月色，捂着发烫的脸，轻声转开话茬儿："都这么晚了，咱们再不回去，金吾卫们都要找来了。"

她说着，便将藏在斗篷袖口下的指尖轻轻抬起，悄悄碰了碰临渊的袖口，示意他快些带她回去，不然她面上的热度都要将她蒸熟了。

寂静的夜色里，她听见临渊轻笑出声。

继而，他俯下身来，将她打横抱起，踏着夜色，往披香殿的方向而去。

远处的郝连骁一时没反应过来，在原地愣了一瞬，才对着他们的背影着急地道："等等，你们还没告诉我，出大玥皇宫的路往哪里走！"

夜风带来李羡鱼渐远的语声："离这里最近的是北侧宫门，你一直往北走……"

她的语声很轻，很快便被夜风吹散，唯留天上明净月色照御河上波光千里。

二人回到披香殿时，殿外的夜色已深浓如墨。

李羡鱼仍旧惦记着临渊身上的伤，足尖方一落地，便要往隔扇前走："临渊，你等等，我让月见去太医院请太医过来。"

她还未抬步，临渊已握住她的皓腕，说道："不必，只是些皮外伤，公主早些安寝便是。"

李羡鱼见他坚持，也唯有退而求其次，说道："那你等等，我去拿药过来。"她说着，便走到箱笼前，从其中寻出防止留疤的白玉膏与一些止血化瘀的药粉，"我替你上些药吧，虽然没有太医们的药好使，但多少会好些。"

临渊却往后退了一步，有些不自然地道："这些小伤，臣沐浴后自会处理。"

李羡鱼微愣，旋即面上也是一烫。

毕竟临渊手臂上有伤，其余地方未必便没有，她总不能让临渊将衣裳都脱了，一一看过去。

她这般想着，更是面红过耳，便匆忙地将药瓶推给他，羞赧地轻声道："那……那你快去吧。"

临渊低应一声，将药瓶接过，身形迅速地隐入夜色中，应当是往浴房的方向去了。

李羡鱼独自留在寝殿内，仍旧没有睡意，遂暂且从箱笼里翻出话本来，就着殿内的灯火翻看，也当作等他回来时的消遣。

一刻钟后，临渊回返。

李羡鱼抬起眼帘望向他，见他已换了身崭新的武袍，又披了一件墨色氅衣，令人看不清衣裳底下的伤势，但他身上淡淡的皂角香气里糅杂着药粉的苦香，应当是听她的话，好好上过药了。

李羡鱼松了口气，便没有再去解他的箭袖，而是将他的手抬起，垂眼去看他掌心里的伤。

如她所想，临渊并没有将这道擦伤当回事，仅仅清洗了一下，便这样放着不管。

李羡鱼秀眉轻蹙，拉着他在长案后坐下，重新拿了白玉膏过来，动作轻柔地为他敷上。

寝殿内灯火灼灼，她清晰地看见临渊掌心上的纹路与新添的擦伤下那道遗留的刀疤。

那是初见时临渊从人牙子刀下救她时留下的痕迹。

当时是格外狰狞的一道，如今淡得快要看不见了。

她这才恍然发觉，不知不觉间竟过去了这么久，久到她都已经习惯临渊这样陪在她身边了。

她甚至想：要是能一直这样该有多好。

临渊亦垂眼看着她，见她出神良久，便低声询问："公主在想什么？"

李羡鱼双靥浅红，羽睫低垂，不敢看他，好半响，才蚊蚋般出声："明日应当是个晴日。"她拿指尖轻轻碰了碰他的手背，似树梢上的木芙蓉不由自主地被风吹向他，"临渊，我想去御花园里放纸鸢了。"

许是她的心愿被上苍听见，翌日如她所愿，是个冬日里难得的晴日。

窗外万里无云，碧空如洗。

庭院中有微风徐来，拂动冬青树的叶子"沙沙"作响，树影浓淡交织。

这是个极适合去放纸鸢的天气。

李羡鱼便将宫人遣退，自己走到箱笼前，蹲身翻找起来。

她身后传来临渊的语声："公主在找什么？"

李羡鱼将几本话本拿到一旁，秀眉弯弯地答道："找纸鸢呀。昨夜不是说好，要去御花园里放纸鸢的吗？"

她说着从箱笼里捧出只纸鸢来："你看，这是我春日里放过的。如今半年过去，竹骨与纸面都还是好好的，应当能够放起来。"

临渊垂眼，见李羡鱼手里捧着的是一只金鱼模样的纸鸢，红底金边，鱼鳍宽大，鱼身圆胖，看着倒是有几分娇憨可爱。

352

临渊抬手接过，问李羡鱼："公主想现在去，还是夜中去？"

"自然是现在去。"李羡鱼毫不犹豫地答。

若是等入了夜，光线暗淡，即便纸鸢飞起，她也看不到飞到了何处，那多没意思。

她这样想着，便弯眸牵起临渊的袖口，带着他一同往御园的方向走，语声里藏着轻快的笑声："我们现在便过去，占个最好的位置。"

临渊没有拒绝。他垂下指尖，顺势将她的皓腕握紧，带着她避开一名迎面而来的宫娥。

清晨时的御园是罕见静谧的。

李羡鱼行走其中，除了撞见几名侍弄花草的宫娥，连一位嫔妃都未曾遇见。

大抵是呼衍使臣入宫，后宫的嫔妃们多少要避嫌的缘故。

但这对李羡鱼而言反倒是件好事。

她便没让临渊继续在暗中跟着她，而是找了个安静的地方，与临渊一同在纸鸢上系好了丝线。

冬日里风大，李羡鱼单手提着裙裾，才顺着风来的方向小跑几步，手里的篾子便转得飞快，金鱼纸鸢霎时间迎风而起，升上湛蓝的天穹。

李羡鱼在一株蜡梅树下站定，趁着好风往外放线，直至篾子线尽，纸鸢也飞到远处，变成天穹上一个铜钱大小的圆点。

她仰脸看着天上的纸鸢，心情雀跃地向身后的少年招手："临渊，你快过来……"

"看"字还未来得及从她的唇间吐出，她的皓腕便被握住。

少年修长的手指垂下，十分自然地将她微凉的指尖拢进掌心里。

"什么事？"他问。

李羡鱼语声停住，两靥红透。

"没……没什么……"她红着脸将视线从纸鸢上收回，匆促地左右望了望，见没人看见，这才将手里的篾子递给他，"这个给你。"

临渊接过，将飞得过远的纸鸢重新拉回几分，好让她看清。

李羡鱼望着他的动作，不免有些好奇："临渊，你也经常放纸鸢吗？"

临渊动作微顿，少顷轻轻回答："很少。"

他也就是年幼的时候帮母后放过几次。

等元服后，他与母后并不亲近，便再没有这样的事了。

他道："玩乐的话，打马球多些。"

李羡鱼轻轻点头："我的皇兄们也喜欢打马球。我曾经在御马场里看他们打过几次，好像很有趣。"

临渊听出她语声里的向往，问："公主想玩吗？"

"想，"李羡鱼应了声，又略带遗憾地道，"可是我不会骑马。宫里的嬷嬷们也都不肯教我……"

临渊道："臣可以教公主。"

李羡鱼微愣。她抬起眼帘，讶然望向他。

临渊垂眼与她对视，平静地重复："臣可以教公主，只要公主想学。"

"真的？"李羡鱼有些难以置信地轻轻问了声，一双清澈的杏眸微微亮起，"那我们现在便去御马场。"

她要挑一匹毛色漂亮又温驯的小马。

等学会了，她还能再教给月见、竹瓷，教给披香殿里的其余宫人。

以后，即便皇兄们不带她玩，她也能在自己的披香殿里打马球了。

李羡鱼这般想着，唇角抬起，即刻便带临渊往御马场的方向走。

可还未踏出几步，临渊步伐却蓦地顿住，抬首看向远处，眉心紧皱："有人来了。"

语声方落，他便将篓子递给李羡鱼，再度隐回暗处。

这里是御园，来人并不奇怪，李羡鱼便也没放在心上，只是先往一旁的青石凳上落座，想着等来人离开，再与临渊去御马场不迟。

她略等了一阵，便听脚步声轻柔，是一列青衣宫娥迎面而来，还簇拥着一名七八岁大的女童。

女童裹着件厚实的杏粉色绒线斗篷，穿着双镶毛边的麂皮小靴，一张小脸粉雕玉琢，笑起来的时候又甜又可爱，像是从年画里走出来的娃娃。

"康乐？"李羡鱼认出她来，有些惊讶地轻轻唤了声。

这是她的十五皇妹，素日很少见到。

这是因为康乐的母妃出身卑微，性子又胆怯柔弱，成日里担心有人害她，十日里有九日躲在自己的宫室里闭门不出，也不见客，同样也不让康乐出来，今日不知为何竟转了性子。

但无论康乐的母妃如何，李羡鱼还是极喜欢自己的小皇妹的。

于是李羡鱼将手里的篓子放在青石桌上，走到康乐身前半蹲下身来，从袖袋里找出糖盒递给她，轻声细语地问她："康乐，今日你的母妃怎么肯放你出来玩了？"

随行的宫娥们见到李羡鱼，纷纷俯身向她行礼。

康乐也看见了她，先是软软地唤了声"皇姐"，又伸手接过她递来的糖盒抱在怀里，圆圆的眼睛弯成两道月牙："不是母妃，是父皇让我出来玩的。"

"父皇？"李羡鱼越发惊讶，忍不住好奇地问道，"父皇让你去哪里玩？是他的太极殿里吗？"

康乐却摇头，像是要和李羡鱼说一个秘密似的踮起脚凑近她，在她的耳畔软软地道："是内务府。父皇让这些宫女姐姐带康乐过去做新衣裳。"

李羡鱼羽睫轻扇，有些不解。

入冬已有一段时日，宫里的冬衣早已制好并被分发到各个宫室。如今她们带康乐过去，裁的又会是什么衣裳？难道是过年的新衣？

李羡鱼这样想着，便弯眸教她："年节时的衣裳要挑喜庆些的，最好是红色……"

李羡鱼的话音未落，为首的宫娥突然变得有些紧张，慌忙对她福身告辞："公主，奴婢们要带康乐公主过去了，再不去，恐误了时辰。"

李羡鱼看向这名宫娥，有些不解："内务府做衣裳的时间很是宽松，你们怎么这样着急？"

宫娥们支支吾吾地答不出个所以然。

倒是年幼的康乐笑起来，满是期盼地悄声对李羡鱼道："康乐告诉皇姐，皇姐不能告诉别人。"

李羡鱼越发好奇，羽睫轻扇，点了点头。

康乐便在她的耳畔小声说了下去："嬷嬷们说，要给康乐做新衣裳，做新首饰，把康乐打扮得像新嫁娘一样漂亮，还要坐好看的鸾车，去大玥的皇城外玩。"

康乐说得这样高兴，像是对这种新奇的游戏充满了憧憬。

李羡鱼的面色却渐渐白了。她拉住康乐的手腕，急促地追问："康乐，近几日，你的母妃有没有接到圣旨？"她焦急地向康乐比画着，"大约是这样长短，明黄色的。"

康乐认真地想了想，点头道："康乐见过，是母妃从承吉公公那里拿到的。"她说着，淡色的小眉毛皱起来，语声也低落下去，"母妃拿到后很不高兴，总是哭，康乐都劝不住她。"

康乐说着，又抬起眼睛，看向李羡鱼，懵懂地问她："那是什么不好的东西吗？"

"康乐，那是……"李羡鱼张口欲言，视线对上眼前纯稚懵懂的康乐，脑海里却蓦地一空，连带着说话都变得艰难，连一个多余的字都无法吐出。

她应当说些什么？

她能说些什么？

难道她要告诉康乐，去内务府不是裁剪今年的新衣，父皇也并不是在与康乐做什么新奇的游戏，而是真的要将康乐嫁到呼衍，嫁给那名年逾五十岁、野蛮粗鄙的呼衍可汗？

她面色雪白，不知该如何作答，连握着康乐手腕的指尖都变得冰凉，随着她紊乱的呼吸而颤抖。

"公……公主，奴婢们要走了。"宫娥们见势不对，也顾不上失礼不失礼，只慌忙对她行了个礼，便拉起康乐往御园东面疾走。

她们的脚步很快，等李羡鱼回神想要阻拦的时候，宫娥的背影已经消失在红墙的尽头。

玄色武袍的少年重新在她的身畔现身，看向她们离开的方向，眸色晦暗，语声也不复素日的低沉，显得如刀锋般冷厉："那便是康乐公主？"

李羡鱼艰难地点头。

"她是我的十五皇妹。"她语声很低，像是在自言自语，也像是在竭力压抑自己的情绪，"她今年才八岁。"

她忍不住看向临渊，哽咽着重复："临渊，她今年才八岁。"

语声刚落，她压抑的情绪像是找到了宣泄口，海潮般汹涌翻腾，似转瞬便要将她吞没。

康乐才八岁。

他们却要将她嫁出去，万里迢迢地嫁到呼衍和亲，嫁给五十余岁且已有好几房阏氏的呼衍可汗。这样光是听着都觉得浑身发寒的事，却是父皇亲自定下的婚事，亲手写下的圣旨，而天真的康乐甚至还以为这是父皇在与她玩一场游戏。

李羡鱼想至此，突然觉得胃里翻江倒海，像是在明月夜中看见美人手时的反应，甚至比那时更甚。

她忍不住俯下身去，捂着自己的嘴，强忍了一阵，勉强没有呕出来，但眼泪仍旧顺着她垂下的羽睫连绵而落。

之前大玥嫁出去那么多公主，她也曾亲自送皇姐出嫁，在成堆的嫁妆旁听皇姐哭着说深藏的心事。

那时候，她觉得天底下最伤心、最残忍的事莫过于此。

但直至今日，她才知道，这样的事，不只令人伤心，还令人寒心，令人愤怒，令人厌恶。

向来性情柔软的少女从来没有像今日这样情绪激烈地起伏过。她支撑不住，面色苍白如雪，纤细的身子摇摇晃晃。

临渊剑眉紧皱，立刻抬手，握住她的玉臂将她拉向了自己，支撑住她单薄的身子。

他的视线落在李羡鱼湿透的长睫上，眸色晦暗，他握着长剑的手指蓦地收紧，显出青白的骨节："公主……"

他未来得及将话说完，李羡鱼已经伏在他的肩上，带着泪意，带着哭腔向他诉说道："临渊，康乐才八岁，他们……他们却要把她嫁出去。

"他们要把她嫁给呼衍王，怎么可以？！怎么可以？！"

她终于在他的怀里恸哭出来，哭得这样伤心，将他玄色的武袍打湿了一片。

少年的语声顿住。他握着剑柄的长指松开，转而将她拥紧，在她的耳畔语声低哑地劝道："别哭了。"

他羽睫半垂，那双墨色的眼睛里满是凌厉如锋刃的光："臣会替公主阻止这门婚事。"

原本是很好的一个晴日，可发生了这样的事，李羡鱼再没有了放纸鸢与去御马场的心思。

她心绪低落地带着临渊往回走，一路上默不作声，只微垂着羽睫，看着地面凝霜的青砖。

临渊持红金鱼纸鸢跟在她的身后，剑眉紧皱，思量着康乐之事究竟要如何处置。

宫道静谧，明光移过，于两侧红墙上描摹出他们的影子，似两条红鱼在墙上游过。

李羡鱼却没有如来时那般欣然左顾右盼，就这般牵着临渊的衣袖，安静地顺着这道红墙走到尽头，直到披香殿朱红的殿门遥遥在望。

她走到殿门前，还未抬步迈过门槛，一道语调奇怪的招呼声便蓦地响彻宫道："大玥的小公主——"

李羡鱼微愣，转首见郝连骁正站在殿门外的石狮子前，还热情地向她招手。

继而，她眼前一暗。

临渊箭步上前，将她挡在身后。

他将持剑的长指收紧，语声冰冷："你还来做什么？"

他冷冷地质问道："呼衍人皆是这般言而无信？"

郝连骁毫不示弱地反驳他："我郝连骁什么时候抵赖过？输了就输了，小公主不愿意我做她的情郎便算了！"

他哼了声，大大方方地道："我今日是来找她交朋友的。"

临渊目光愈寒，手中的长剑正欲出鞘，李羡鱼却抬手轻轻握住了他的袖口。

她从临渊身后探出脸来，语声闷闷的："我不跟你交朋友。"

郝连骁愣住。他道："为什么啊？"

李羡鱼抬起羽睫，眼眶微红，语声里满是疏离与抗拒："因为你们的呼衍王喜欢年幼的女子，你们的使臣求娶我八岁的皇妹康乐。"她道，"我不和这样的人交朋友。"

郝连骁瞪大了眼睛，高声辩驳："那是王兄又不是我！我又不喜欢你的皇妹！"

李羡鱼却摇头："我没有去过呼衍，不知道呼衍的其余人是什么样，可是你们拥护这样的王，派出这样的使臣，便会让人觉得整个呼衍都是这般恣意妄为，为虎作伥。"

她说到这里，又难过起来。

呼衍使臣选康乐去和亲固然可恶，但在其余诸国眼里，会将才八岁的公主送出去和亲的大玥又能好到哪儿去呢？

她这样想着，心绪越发低落，再也说不下去了。

她慢慢垂下羽睫，独自往披香殿里去。

她身后的郝连骁有些着急，本能地想跟上她，却被临渊横剑挡住。

郝连骁想解释又不知该如何解释，焦躁万分，怒极拔刀。

身后传来金铁交击之声，像是二人又一次交手，也不知是不是要在披香殿前再打一场，李羡鱼却没有心思再管。她顺着游廊徐徐向前，一直走到寝殿里，掩上了隔扇。

寝殿内光影暗去，她的双肩也终于塌下，她将自己蒙在被子里，任由难过的情绪发酵。

不知过了多久，远处传来隔扇开启的声响。

继而，冷香渐近。

隔着一层锦被，她听见了少年低沉的嗓音："臣已将郝连骁赶走。"

李羡鱼低垂着眼，没有应声。

临渊顿了顿，又问她："公主可知道康乐公主的母家是否有人？"

康乐。

这两个字，像是一根主心骨，支撑着李羡鱼重新拥着锦被坐起身来。

她将悲伤的情绪压下，如实回答他："我与冯采女并不相熟，也没有听她说过自己

357

母家的事。"她趿鞋起身,"但是,若是这很要紧,我现在便可以去问她。"

临渊摁住了她。他注视着她,语气严肃:"公主可要想清楚。臣若是带康乐公主走,只能将她交还母家,往后她的身份便只能是她母家的女儿,再不是大玥的公主。"

李羡鱼听懂了他话中的意思——是要康乐公主改名换姓,从此消失在这个世上。

李羡鱼目光震颤,但心底另一个声音告诉她——这样未必不好。

至少康乐从此自由,不会再像筹码一样,被人推来送去。等长大,到了情窦初开的年纪,她也许还能嫁给自己真正喜欢的人。

李羡鱼将蜷起的指尖松开,眼神坚定,郑重地点头:"我会与康乐的母妃冯采女说清楚。"

临渊便松开了摁着她肩膀的手,立即自床榻旁起身:"臣即刻出宫准备。"

毕竟,劫和亲的鸾车并非易事,他越早准备,越能多一分把握。

李羡鱼同时起身。她在铜盆里拿清水净过面,将哭过的痕迹洗去,语声重新变得坚定:"我这便去寻冯采女。"

他们分道而行。

李羡鱼去冯采女的雨花阁。

临渊北出宫门,去清水巷中寻侯文柏。

直至黄昏,金乌西沉时,二人才重新在披香殿内聚首。

李羡鱼比他回来得早些,正坐在熏笼旁取暖,见他逾窗进来,便起身向他走来,将冯采女最后的决定告诉他:"临渊,我去过冯采女的雨花阁了。"

"她愿意让我们带康乐走。"

她伸手,将一张写好的字条递给他:"冯采女的父亲是安邵县的县令,官虽不大,但她在闺中的时候很受父亲疼爱,家中也有几分薄产。"

康乐若回母族去,虽不似在宫中时钟鸣鼎食,但也能一生安乐无忧。

临渊没有立刻上前。他在炭盆边立了少顷,待身上的寒意略散,方抬步走近,从她的手中将字条接过,说道:"宫外已布置妥当,臣会令人在和亲的鸾车出城后将康乐公主带走,送回母家。"

临渊说得简略,仿佛这不过是一件再普通不过的小事。

但李羡鱼知道,这件事要成功谈何容易。

她是见过淳安皇姐出嫁的。

随行的金吾卫,陪嫁的侍女、嬷嬷不知几何,遑论还有他国的使队跟随在侧。

想从这样庞大的队伍中悄无声息地带走康乐绝非易事。

她抬眸问临渊:"康乐的事,我可有帮得上你的地方?"

临渊握着字条的长指微顿,他垂眸看向她。

殿内灯火微明,李羡鱼裹着厚重的斗篷站在他的身前,微微仰头望着他,神情专注而认真。她是这般纤细与柔弱,似随时会被风雪摧折的花枝。

从一开始,他便没有将她安排进康乐之事中,也不想让她因此涉险。

他于是侧首，避开李羡鱼的视线。

"公主在披香殿内等臣的消息便好。"

李羡鱼似有些失落，但还是乖巧地颔首："那你什么时候回来？"

临渊道："臣现在出城筹备，至多明日深夜便回。"

李羡鱼轻轻点头，从食盒里拿出一块荷叶包好的糯米糕给他，语声轻而郑重："那你一定要平安回来。"

临渊接过。

糯米糕还是温热的，像少女指尖的温度。

他垂下眼帘，低低地应道："好。"

翌日便是康乐公主出降的吉日，亦是大玥在年节之前最大的盛事。

宫内张灯结彩，遍地铺红。

行走在红墙下的宫人们也都换上了喜庆的衣裳，无论心底高不高兴，面上都带着得体的笑意。

但这般的繁华绮丽后，皇帝也知此事做得并不光彩，因而一早便令人对冯采女与康乐公主居住的雨花阁严加把守，不许任何人入内探望。

李羡鱼清晨时去了趟，却被金吾卫远远地拦在庭院外，唯有回到自己的披香殿中，听着更漏声，等日头一寸寸落下。

在宫中所有人的等待中，一轮金乌终于坠入太极殿赤红的琉璃瓦后，绽出最后的金芒。

宫中礼乐齐鸣。

久久不上朝的皇帝坐在竹床上，由宫人们抬着，到宫中最高的祈风台上，亲自看着公主的鸾车驶出朱红的宫门。

他面色异样地涨红，显得格外兴奋，似乎还沉浸在三日前的宴饮中，沉浸在呼衍使臣齐齐举杯，说要与大玥结永世之好的那一刻。

只要康乐嫁出去，便能保住他的皇权，保住他的帝位，保住他现在所拥有的万里江山。

只要康乐嫁出去。

他越发激动，不顾尚在发作的头疾，竭力从竹床上支起身来，看着鸾车在洁净的宫道上寸寸向前，终于驶至恢宏的北侧宫门前，只差一步，便要离开大玥的皇宫。

皇帝忍不住抚掌大笑，对承吉命令道："去，去将那些呼衍来的美姬都传到太极殿内，朕今日要通宵宴饮……"

皇帝话未说完，笑声骤然止住，继而，原本涨红的脸上隐隐泛出苍青的色泽。

与头疾截然不同的疼痛席卷而来，如淬毒利刃，剐过他的每一寸经脉。

皇帝挣扎着伸手，紧紧地抓住承吉的胳膊想求救，然而口一张，黑血便如箭射出，溅了承吉满脸。

"陛……陛下！"承吉骇然，眼睁睁地看着皇帝双目圆睁往后倒去，慌乱之下，本能地疾呼："快，快去请太医！"

整个太医院的太医都被惊动，匆匆聚至皇帝的太极殿中为他诊治。

有人搭脉，有人用银针试毒，有人将皇帝今日的饮食与接触过的物件一一验过，却始终没查出什么端倪来。

声称皇帝是突发急症之人与坚持皇帝是中毒之人各成一派，争执不休，最后却都没能拿出什么妥善的方子，唯有纷纷跪在地上，叩首道："臣等无能，还请陛下责罚。"

皇帝此刻躺在龙床上，胸口剧烈地起伏着，似想挣扎起身，却连指尖都不能动弹，喉咙里"咯咯"作响，吐不出半个完整的音节，不过顷刻已是出气多，进气少，眼见着便要龙驭宾天，恐怕永生永世也无法再来惩处他们。

承吉在殿内急得团团转，蓦地一拍脑门，猛地拉过一旁伺候的小宦官，疾声道："快，快去影卫司请司正！"

皇帝病危的消息迅速地传遍六宫。

其中，凤仪殿离太极殿最近，也是最早得到消息的宫室。

当执霜自殿外匆匆地进来禀报的时候，宁懿正斜倚在榻上，披着雪白的狐裘，剥着手里的葡萄。

执霜跪在她面前的绒毯上，颤声回禀道："公主，太极殿那儿传来消息，说是陛下突发急症，满殿的太医皆束手无策，只怕……只怕是要……"

她叩首在地，不敢言说。

这般震动六宫的事，宁懿却好似风声过耳，无半点儿回应，鲜红的唇角轻抬，手中仍旧一颗颗地剥着葡萄，剥好一颗，便放进手畔的琉璃盏里，一颗接着一颗，层层叠叠垒了足有半盏。她却一口也不吃，仿佛仅是在享受剥葡萄这件事本身的乐趣。

溅出的汁水将她雪白的指尖染成红紫色泽，她非但不去擦拭，唇畔的笑意反倒愈盛。

直至执素入内，同样跪在她面前的绒毯上，带来了另一个消息。

"公主，陛下的病情在用药后有所好转，此刻人已然清醒，只是……"

她话未说完，却听见轻微的一声。

是宁懿指尖用力，掐碎了手中的葡萄。

紫红的汁液飞溅而出，在她的面上横陈一道，乍一眼看去，宛如凝固的鲜血。

"你再说一次。"宁懿放下葡萄，面无表情地赤足走下榻来，拿足尖挑起执素的下颌，语声寒凉，"本宫让你再说一次！"

执素瑟瑟发抖："陛下病情有所好转，只是……只是身子尚不能动弹。"

宁懿眯眸，突然轻轻笑出声来。

她道："好，好得很。"

执霜与执素噤若寒蝉，不敢多言。

宁懿并不看她们，只拿绣帕缓缓拭尽了自己面上与指尖上的葡萄汁液，又跋上自己的绣鞋，拥着狐裘，款款出了殿门。

她顺着长阶而下，去的却不是病危的皇帝所在的太极殿，而是坐落于宫中东北角的影卫司。

今日康乐公主出降，影卫司中的影卫也尽数被调离，以确保这场联姻顺利地进行。

司内寂静而冷清，唯有司正羌无坐在长案后，平静地等着她的到来。

"公主。"随着宁懿推开隔扇，羌无亦从木椅上起身，神色如常地拱手向她行礼。

宁懿冷冷地审视了他一阵，突然谑笑道："都说司正拿了银子便没有办不成的事，如今看来也不过如此。"

羌无轻笑了声，沙哑的嗓音随之放低："公主，世上没有十全十美的事。

"既要隐蔽，又要罕见，还要让试毒的小宦官们无法验出，这样的毒，注定不是剧毒，没有见血封喉之效。公主用的分量不够，形成了如今的局面，又如何能怨臣办事不力？"

宁懿也笑："是吗？"

她重新从袖袋里取出一沓银票，也懒得去数，指尖一松，银票便如雪花般纷扬而下："那么便再给本宫来一瓶新的，"她嫣然而笑，"要见血封喉的剧毒。"

羌无低笑了声，俯下身去，一张一张将地上散落的银票尽数拾起，放在手中点清，双手递给宁懿。

"公主不必花这份银子。"他垂下那双锐利的眼睛，语声沙哑，"东宫的铁骑，已踏过大玥的城门。"

披香殿中，李羡鱼同样相继得到了这两个消息。

她静立了一阵，感受着自己微微起伏的心绪，却没有预料中那般难过，仿佛自父皇钦点康乐去呼衍和亲这件事后，他本就不清晰的身影便彻底在她心中模糊成一个明黄的色块，一个比陌生人还要令人觉得陌生的存在。

她将众人遣退，独自坐在熏笼旁，羽睫低垂，任由思绪飘远。

直至天穹上最后一缕红云散尽，宫内华灯初上，寝殿内的光影也渐渐晦暗，李羡鱼才自熏笼旁站起身来，打起火折，想将银烛灯点亮。

然而火折方燃，便有寒风席卷，呼啸着将那微弱的火光熄去。

李羡鱼讶然回眸，望见玄衣少年踏夜色而来。

临渊神情紧绷，见面一言不发，只将李羡鱼打横抱起，踏过窗台，往殿外而去。

李羡鱼手中的火折坠下，惊讶过后，她伸手环住了他的脖颈，在风声里紧张地问他："是康乐的事出了什么纰漏吗？"

临渊带着她往前，又越过一座宫室，在疾劲的风声里答道："不曾！"

在灯光照不见的黑暗中，临渊目光阴沉冰冷。

真正的纰漏并不是出在康乐身上，而是出在李宴身上。

谁也没有料到，太子会在今夜，会在此刻，以清君侧的名义率兵逼宫，令原本最安全的皇城变成最危险的地方。

夜风拂过二人的乌发，带来冬日的凉意。

李羡鱼看着身后不断退去的红墙，羽睫轻抬，轻声问他："临渊，我们现在要去哪里？"

临渊目光微顿，似不知从何开始解释。少顷，他直白地道："带公主去见皇妹。"

临渊并未食言。他带李羡鱼去了康乐如今所在的地方，一座官道上的驿站。

和亲的使队今夜在此歇脚，待明日天明，便要继续启程。

临渊则带着李羡鱼藏身于驿站后的树林中，乌眸沉沉地看着驿站中的灯火。

李羡鱼同样噤声，安静地等着眼前的灯火熄去。

随着夜色渐深，树林中也变得分外寒凉。

李羡鱼来得匆忙，既没有带汤婆子，也没来得及添衣，渐渐觉出寒意透骨。

她伸手想再将斗篷拢紧些，指尖方抬，便觉得有暖意自身后涌来。

是临渊抬手拥住了她。

他身上的大氅垂下，将她牢牢地笼在其中，他身上炽热的温度随之传来，驱散了冬夜的严寒。

李羡鱼脸颊微红，缓缓将拢在领口处的指尖垂下，静静地倚在他的怀中，等着夜幕彻底降下。

不知过了多久，驿站中的灯火渐次熄去，唯余驿站门前的几盏红灯笼还在随风摇曳，照亮了停在门前的那辆华美的鸾车。

临渊抱起她，靴尖轻点，无声无息地越过围墙，踏上二楼雅间的窗台，逾窗而入。

他停在一座落地屏风前，将李羡鱼在此放下，然后递给李羡鱼一件尺寸较小的杂役的衣裳："至多一盏茶的工夫，我们便要离开。"

李羡鱼点头，借着微弱的月光绕过屏风，行至床榻前，轻轻推醒正睡着的康乐。

康乐打了个哈欠，揉着蒙眬的眼睛从床榻上坐起身来，看见她，先是睁大了眼睛，继而迫不及待地拉住她的手，高高兴兴地问她："皇姐，康乐已经扮过新嫁娘了，现在是不是可以回宫见母妃了？"她期待地道，"母妃说过，等康乐回去，便给康乐做最好吃的酒酿圆子。"

李羡鱼看向她那张稚气未脱的小脸，终究没忍心告诉她实情。

她轻轻扬唇对康乐绽出个笑来，放柔了语声："是呀，扮新嫁娘的游戏已经玩好了，现在我们要来玩藏猫。皇姐要将你藏起来，不能被父皇找到。"

康乐眨了眨眼，似乎觉得很是新奇，主动将李羡鱼手里的衣裳接过来，往自己的身上穿："这次康乐要藏多久？父皇与皇姐会来找康乐吗？"

李羡鱼替她系着纽扣，羽睫低垂，藏住眸底的难过："父皇也许会来找你，但是你一定不能被他找到。要是有人问你是不是大玥的康乐公主，你也要说你不是，你只是冯家在安邵县长大的女儿。"

康乐似懂非懂，但还是乖巧地点头："康乐记住了。"

李羡鱼低低地应了声，从榻上抱起康乐小小的身子，快步往屏风外走去。

临渊在此等她，见她前来，也不多言，只略一颔首，便将她打横抱起，往窗外的夜色中而去。

他们方离开驿站，就听身后嘈杂声骤起，继而似有火光冲天而起。

有人惊呼："走水了，走水了！"

也有人大喊："公主不见了！"

还有人用他们听不懂的呼衍语高声交谈，语声焦躁而急切。

李羡鱼心一紧，将怀里的康乐抱得越发紧。

临渊同时回首，神情紧绷。

这场大火并不在他的计划之中。

他原本的筹划是半夜带走康乐，让会缩骨的死士留在房中，有人来时，便假扮成康乐公主应对，至少能拖延一二个时辰，不想如今却节外生枝。

他将李羡鱼放在一处隐秘的林中，望向驿站中的火光，剑眉紧皱："事情有变，臣要回去一趟。"

他说罢，对暗处厉声命令道："保护好公主！"

他的语声落，便有两名死士从暗处现身，对李羡鱼拱手行礼。

李羡鱼牵着康乐方在原地站定，还来不及询问，就见临渊已展开身形，迅速地往回赶。

夜色很快便将少年的背影吞没。

李羡鱼唯有护紧康乐，立在两名死士身后，等着这场风波平息。

不知道过了多久，一道尖锐的鸣镝声蓦然响起。

李羡鱼回首，却见一支火箭飞上漆黑的夜空。

转瞬，火光坠落，却宛如点燃了高墙后沉睡的火种。

大玥皇城的方向，无数火光亮起。火把蜿蜒如龙，直逼向皇宫的方向。

在李羡鱼看不见的地方，李宴亲自率军，逼至北侧宫门前。

当火光照夜时，东宫的旗帜也在夜幕中高高扬起，北侧宫门前的金吾卫不战而降，叩首跪拜。

十二道朱门次第打开，迎千万铁骑直入皇城。

一路上，没有杀戮，没有流血，大玥皇城内的守卫军与金吾卫尽数俯首。

他们认这些年来监国的储君，认将军们手中高举的虎符，认中宫嫡出纯正的血脉，唯独不认在太极殿中醉生梦死的帝王。

清君侧的大军停在太极殿前。

李宴孤身下马，沿玉阶而上。

太极殿内，先一步而来的东宫暗部控制了所有的宫人，唯独留下在龙榻上动弹不得的皇帝。

他双目怒睁，想要挣扎，但浑身没有半点儿知觉，喉咙里"呼噜"作响，却吐不出半个字眼。

没有人来帮他。

他的影卫、他的金吾卫，甚至他所出的皇子与公主，没有一个人过来帮他。

他不明白：他是皇帝，是真命天子，是九五之尊，为何所有人都要背叛他？！为何所有人都在今夜背叛了他？！

他无法动弹，甚至无法质问，唯有眼睁睁地看着一身戎装的李宴行至他身前。

十二座锦绣山河屏风前，年轻的储君银盔银甲，气质温润，目光冰冷，修长的手指轻抬，向他递来一张明黄圣旨，语声如往常那般温和，却带上了不容违逆的力道："退位的诏书儿臣已替父皇写好。"

李宴手握兵符，一字一句，掷地有声。

"拿传国玉玺，请太上皇禅位！"

皇帝目眦尽裂，用尽了全力想要从龙榻上起身，想要呵斥，想要暴怒，想要定他谋逆，偏偏无法挪动分毫，唯有眼睁睁地看着承吉步步向前，颤抖着拉过他毫无知觉的手，最后一次握住那方传国玉玺，重重地盖在那张禅让的圣旨上。

朱印落下，承吉高声喊道："太上皇禅位——"

太极殿外，群臣叩拜。

军士们手中的火把高举，照亮了太极殿前的天穹。

今夜，火光照夜，皇权更迭。

城郊驿馆。

半夜燃起的大火此刻已被扑灭，唯余几根烧得焦黑的木头仍在往外冒青烟。

郝连骁倚在驿馆外一根没有被点燃的拴马桩上，满脸不耐烦地用呼衍语对乌勒格道："大玥的公主丢了又如何？我们呼衍不差这一个阏氏。"

乌勒格方才被从梦中惊起，头发都被烧焦了几撮，此刻正焦躁地遣人分散寻找失踪的康乐公主，脸色本就不善，闻言更是难看。

他同样以呼衍语回道："我们刚出大玥的皇城就遇上这场大火，分明是大玥人出尔反尔，不想将公主嫁到呼衍！"

郝连骁扬眉，不屑地嘲讽道："你家中有八岁的姑娘，会心甘情愿地送给大玥的皇帝？"

乌勒格被他说得脸色铁青，但碍于他的身份不好发作，只能索性当作没听见，继续指挥众人搜寻。

他厉声号令道："去找，就算将四面的荒山翻遍，也必须寻到大玥公主的下落！"

郝连骁本就与他不对付，此刻见他一副誓不罢休的模样更是心烦，索性抬手抽出弯刀，将拴着马匹的缰绳斩断，利落地翻身上马，双腿一夹马腹，径自往夜色中去。

乌勒格听见马蹄声，赶紧回身，高声追问："您要去哪儿？"

夜色里传来郝连骁不耐烦的答复声："找人！"

乌勒格脑门上青筋直跳，向随行的武士厉喝道："还不快跟上！"

前来和亲的公主已失，还不知能否寻回，若是连大汗最小的兄弟都在大玥出事，他必担不起这个罪责。

郝连骁听见乌勒格的声音，蓦地回头，果然看见几名武士跨马追来。

他本就是想借找人的名义出去散心，顺便离乌勒格这个讨人嫌的东西远些，此刻更加烦躁，抬手便是一鞭狠狠地抽在马背上。

他一壁催马往前，一壁亮出马鞭朝后厉声道："我看谁敢跟来！"

有他的威胁在，武士们本就不敢跟得太近，况且他胯下的马匹神骏，走的路线又刁钻，很快便将乌勒格派来的武士统统甩开，彻底没了踪影。

饶是如此，郝连骁仍旧策马往前疾驰，直至目力所及之处再也看不见旁人，这才放慢马速，在马背上左右环顾。

他白日里尚且分不清方向，夜幕中更是东西不分，此刻看见四面皆是茫茫夜色，又无人问路，索性哪里偏僻便策马往哪里去，只当图个清静。

不知不觉间，他早已偏离官道，进了旁侧的山林里。

四面黑沉，唯有马蹄踏叶的"沙沙"声。

郝连骁凝神警惕，将腰刀紧握在手上，以防哪里冷不防蹿出一群野狼来。

野狼没有，倒是在他路过一株落针松的时候，树后刀光乍现。

二人一左一右，持刀向他劈来。

郝连骁大惊，仓促之下仰身紧贴着马背，避开了迎面而来的两柄利刃。

他还未来得及回击，便见二人刀势突转，一个人直劈他的面门，另一个人刀锋拧转，去砍他胯下的骏马。

郝连骁人在马上，无法躲避，情急之下唯有勒紧缰绳，令骏马扬蹄。

巨大的铁蹄正对着死士的头颅落下。

这一击无法硬接，二人短暂后撤，又猛身上前，两柄钢刀同时劈向他的咽喉与心脉。

二人一左一右，攻势凌厉，使的都是取人性命的杀招。

郝连骁不得已从马背上滚下来，持刀勉强挡住，怒道："你们大玥以多欺少，赢了也不光彩！"

他的语声落下，落叶松后旋即传来少女惊讶的语声："郝连骁？"

郝连骁蓦地抬头，看见从落叶松后探出头来的少女，宝蓝色的眼睛随之亮起："大玥的小公主！"

两名死士对视一眼，收刀回到李羡鱼身前。

郝连骁也将弯刀插回鞘中，大步向她走来："你怎么在这里？"他说着，目光更亮，"是打算跟我回呼衍去吗？"

李羡鱼慌忙摇头。她也不知该如何解释这个时辰她在郊外这件事，便偷偷将问题抛了回去："都这么晚了，你怎么在这里？"

郝连骁并没有察觉她的回避，大大咧咧地答道："我原本和乌勒格在一起，打算带那什么公主回呼衍，但是路上驿站烧了，公主丢了，我看到乌勒格就心烦，便一个人出来逛逛。等我回去，就和他说没找着……"

他话未说完，视线就落在李羡鱼身后小杂役打扮的康乐身上，一双宝蓝色的眼睛倏地睁大："大玥的公主？"

李羡鱼的心跳得"咚咚"作响，她往前站了站，努力将康乐挡在身后，紧张地与他商量："郝连骁，你……你能不能当作没见过她？"

她握紧了康乐冰凉的小手，语气是少有的坚定："康乐今年才八岁，不该嫁给年迈的呼衍王。"

"当然能！"

出乎意料，郝连骁一口答应下来，爽快得令李羡鱼都有些惊讶。

在她讶然的目光里，郝连骁抬手挠了挠头，再开口的时候，语速变得稍慢，带着些少年特有的腼腆。

他道："大玥的小公主，我还没娶亲。"

李羡鱼微愣，抬起羽睫看向他。

月色从林间漏下，照得郝连骁的眼睛蓝宝石一般闪闪发亮。

他道："大玥的小公主，你跟我回呼衍去吧，我带你去骑沙漠里的白骆驼。"

沙漠？白骆驼？

李羡鱼确实很好奇这两样只能在话本里看见的事物，但仍旧摇头："我不能跟你回去。"

这下轮到郝连骁愣住。少顷，他不满地嚷道："为什么啊？大玥的小公主，你又不是八岁！"

李羡鱼脸颊微红，轻轻侧过脸去："总之，就是不行。"

郝连骁执拗地追问，像是非要问出个缘由来："为什么不行？"

李羡鱼脸颊更红，试着找了个理由："因为我不会说你们呼衍的话。"

郝连骁满不在意："我可以教你！或者你不学也行，反正我也会说你们大玥的官话。"

李羡鱼双颊滚烫，匆促间重新找了个理由："因为我吃不惯你们那儿的吃食。"

郝连骁仍不在意："中原的厨子又不是买不到！你喜欢吃谁做的菜，我便将谁带上！"

李羡鱼没料到他这样执着，一时间脸颊红透，节节败退，不得已，只能将最后一个理由抛了出来。

"我不喜欢你们的呼衍王。"

这是一个最有分量，也最无法辩驳的理由。

郝连骁却笑起来，抱臂道："大汗今年五十七岁了，没几年活头了！"

他的语声落下，所有人都被震住，便连两名死士都忍不住侧头看向郝连骁。

毕竟这话若是放在大玥，可是诛九族的滔天大罪，而郝连骁毫不在意，只是抬步向她走来，下颌抬起，毫不掩饰自己的骄傲："大玥的小公主，你说的事我都解决了。"他向她伸手，"那现在，你是不是能跟我回呼衍去了？"

两名死士对视一眼，目光微寒，不动声色地去握系在腰间的钢刀。

眼见着要有人血溅当场，静谧的林间却响起少女轻柔的语声："还有一件事，你解决不了。"

郝连骁立刻向她看来，脸上满是不服："什么事？"

李羡鱼站在厚密的落叶上，双靥绯红，语声轻如蚊蚋："我有喜欢的人了。"

她指尖轻抬，碰了碰自己手腕上那串鲜艳的红珊瑚手串，缓缓抬起眼来，以清澈的杏眸望向他："在我们大玥，女人没有许多情郎，真正喜欢的人，永远只有一个，遇到了，便再也不会喜欢旁人。"

郝连骁呆愣住，张了张口，却又不知该说些什么。

林中重归静谧，唯有微寒的夜风徐徐吹过。

最终，还是康乐攥了攥李羡鱼的袖口，小声打破寂静："皇姐，什么是'喜欢'呀？"

李羡鱼脸颊愈红，不知该如何解释，正局促着，却听密林外有人高声呼喊，说的似乎是呼衍语。

李羡鱼听不懂喊话的内容是什么，却能听见呼喊声一声叠着一声，愈来愈高，愈来愈近，仿佛顷刻间便要冲进密林里，逼到他们身前。

死士目光一寒，握住钢刀的手臂紧绷。

郝连骁也随之回神，回头往声来的方向看了一眼，毫不避讳地对李羡鱼扬眉："是我的族人，他们过来找我了。"

李羡鱼听见自己急促的心跳声。

她身旁只有两名死士。远处人声嘈杂，听起来有十数人，如果真的动起手来，她这边恐怕没有几分胜率。

郝连骁若是想，可以同时带走大玥的两位公主。

郝连骁显然也明白这件事，对李羡鱼笑了笑，露出雪白的牙齿。

李羡鱼的心高高悬起。

正当她想要启唇的时候，郝连骁却后撤一步，当着他们的面，翻身上了马背。

他没有高声呼喊，反倒压低了语声："我得回去了，大玥的小公主。"

他说着，又看了眼从李羡鱼身后探出头来的康乐，目光落在她身上那件灰色的杂役服装上，笑得越发灿烂："还有，大玥的小杂役。"

李羡鱼微愣，紧绷的心弦无声地松开。继而，她也弯起明眸，对他轻轻笑起来："郝连骁，谢谢你。"

她微微仰起脸，望着马背上的他，语气是少有的认真："你一定会遇到真正喜欢的姑娘的，那时候，记得带她去骑大漠里的白骆驼。"

也许是今夜的月色太好，也许是身着织金红裙的少女笑靥太过明媚，郝连骁生平第一次红了脸。

他有些不好意思地侧过脸去，拉过缰绳，迅速地掉转了马头。

银白的月色下，他策马往族人的方向去，还不忘在马背上向李羡鱼挥手，即便面上微烫，笑声依旧爽朗。

"大玥的小公主，你要是什么时候不喜欢你的情郎了，记得来呼衍，做我的王妃。"

郝连骁的语声被冬日的朔风吹起，散落于茂密的落叶松与冬青树间。

李羡鱼牵着康乐的手，听山风卷走他清脆的马蹄声。

密林外的喧嚣也随着他的离去渐次消散，大抵是林外的呼衍人终于等来了他们的小王爷，然后和他一起回返。

李羡鱼微微俯身，替还在好奇地踮足张望的康乐拢了拢身上的斗篷，想带着她回到冬青树后避风，还未抬步，便见身旁的两名死士霍然跪地，向她的身后齐声请罪："属下失职，请主上责罚！"

李羡鱼惊诧地回身，望见身后月明如昼，临渊不知何时已然归来。

他于一株冬青前勒马，玄色氅衣于夜色中翻卷，那双凤眼寒如覆雪。

二人视线相接，他翻身下马，阔步向她走来，紧握住她露在衣袖外的手腕，带着压抑的怒气唤她："公主！"

冬夜清寒，而他的指尖炽热，带着点儿烫人的温度。

李羡鱼两靥微红，侧过脸，有些局促："临渊，你怎么回来了？"

她试着将手腕垂下，却对上临渊霜雪似的视线，便隐隐约约猜到，她适才与郝连骁说的话，他应当是听见了。她只是不知道他究竟听见了多少，有没有……有没有听见她说……喜欢他这件事……

李羡鱼想至此，两靥更是红透。

她想问他，又怕他说出什么令人面红的话来，便将护在身后的康乐往前带了带，嗫嚅道："临渊，康乐还在这儿……"

临渊松开她的皓腕，眸色却仍然晦暗。他一言不发地抬手，死士们当即将康乐抱离，身形同时隐入暗处。

高大的落叶松前，便只余下李羡鱼与临渊二人。

风声忽止，夜色静谧得有些迫人。

在李羡鱼紊乱的心跳声里，他指节收紧，近乎一字一顿地问她："若是没有康乐公主，公主是否便要答应他，跟着他回呼衍去？"

李羡鱼羽睫轻扇。

若是她没有猜错，临渊应当只听见了最后半句，郝连骁让她到呼衍做王妃那半句。

她两靥愈红，一边往后退，一边避重就轻地道："这与康乐有什么关系？"

368

临渊俯身欺近，以那双浓黑的凤眼紧盯着她："公主是想跟他走吗？"

李羡鱼被他看得双颊滚烫，轻轻侧过脸去，蚊蚋般轻声答道："没有……"

林中没有铜镜，所以李羡鱼并不知晓，她现在的举动看起来有多心虚。

她只是挪步后退，而临渊步步进逼，直至她的脊背碰上一棵茂盛的冬青树。

李羡鱼不得不停住步子，随着他的逼近仰头望向他。

飞霜般的月色里，她清晰地看见少年面上的神情，隐约觉得他像是在生气，觉得他应当是误会了什么。

她红唇微启，想要解释，而临渊的眸色彻底晦暗下来。

"臣不允许。"

带着怒意的四个字沉沉地落下。临渊俯身，狠狠地吻上她鲜艳的红唇，将她想要出口的话语尽数吞没。

李羡鱼杏眸微睁，连呼吸都顿住，心跳紊乱，素白的指尖慌乱地抵上他的胸膛，却被他单手反握住手腕，抵在冬青树粗糙的树干上。

临渊原本持剑的手随之松开，修长的手指紧握住她的后颈，不让她往后退避。

他更深地吻下来，带着怒意，带着不甘，带着想将她占为己有的欲念撬开她的牙关，凶狠地向她索取回应，像是在质问她为什么愿意随郝连骁离开，去陌生的呼衍，却不愿意等他回胤朝，领旨回来娶她。

呼吸交缠间，李羡鱼心如擂鼓，面红欲烧，像是站在湍急的江水中，有汹涌的波涛迎面而来，随时可能让她面临灭顶之灾。

在无法喘息之前，在她的理智抽离之前，她低低地垂下羽睫，轻轻地回应了他。

临渊握在她颈侧的手指蓦地收紧，继而手臂缓缓垂落，环过她纤细的腰肢，将她紧紧地禁锢在怀中。

他短暂地停下动作，感受着她的回应——温柔又青涩，带着少女情窦初开时特有的羞赧，却比所有旖旎的事物更能撩动心弦。

临渊的呼吸渐渐变得粗重，他紧握住李羡鱼皓白的手腕，遵循着自己的本能，更为热烈地回吻着她。

他毫不掩饰自己对她的喜欢。

李羡鱼羽睫轻颤，呼吸渐渐乱得无法接续。

她觉得自己快要承受不住临渊的喜欢，不得不伸手去推他的肩。

临渊握住她的素手，不甘地咬了咬她被吻得鲜艳欲滴的红唇，缓缓将她松开，给她喘息的余地。

李羡鱼轻轻伏在他宽阔的肩上，双颊绯红，呼吸紊乱，羽睫低垂，素白的指尖抬起，本能地掩上自己被吻得鲜红微肿的唇瓣。

冰凉的指尖方一触及唇瓣，她便轻轻"咝"了声。

"疼。"

临渊的视线随之投来，在她艳红的唇瓣上缓缓停住。他指节抬起，炽热的指尖轻轻抚过她的唇，语声低哑地向她承诺："臣往后会留意的。"

李羡鱼刚降下几分热度的面颊又滚烫起来，她掩饰般地侧过脸去："临渊……夜都深了，我们该回宫去了。"

临渊颔首，将她打横抱起，放在骏马背上。

李羡鱼从未骑过马，手中抓紧骏马的缰绳不敢妄动，紧张地唤他的名字："临渊。"她有些害怕地轻声道，"它要将我摔下去了。"

"不会。"临渊薄唇轻抬，翻身上马。他用有力的手臂环过她的腰肢，握住骏马的缰绳，也将她护在怀中。

银鞭落下，骏马扬蹄往前飞奔。

夜风拂过李羡鱼的鬓发，将她身上穿着的斗篷往后扬起，拂过少年劲窄的腰身。

李羡鱼倚在他坚实的胸膛上，听见自己的心跳声这般清晰，清晰得令她觉得，必须说些什么来掩盖。

于是她小声将方才未来得及说出口的话说给他听："其实，我没有想去呼衍。"

临渊却像是已然知晓。他收紧环过李羡鱼腰肢的手臂，毫不迟疑地回应："即便公主想去，臣也会去呼衍，将公主抢回来。"

李羡鱼耳根微红。她怕再解释下去，会听见什么更让人面红的话，便悄悄转开了话茬儿，问起康乐的事。

"临渊，你方才去驿站的时候，遇见什么事了吗？"她想了想，问道，"是与康乐有关吗？"

临渊低应一声："臣遇见了东宫的人。"

李羡鱼微讶："皇兄的人？"她下意识地问道，"他们也是来带走康乐的吗？"

临渊顿了顿，对李羡鱼淡淡地道："是，只是方式不同。"

李羡鱼闻言便放下心来，轻轻点了点头，又问临渊："临渊，那你打算将康乐的事转交给皇兄吗？"

"不。"临渊抬目，看向远处巍峨的皇城，语声微沉，"公主的皇兄，如今有更重要的事要做，无暇他顾。"

李羡鱼不安地轻轻抬起羽睫。

不知为何，她想起了密林中所见的情形——一支火箭飞上漆黑的天穹，继而无数火把亮起，照亮了半边天幕。

她第一次见到这样的情形时，是摄政王意图谋反，太子率兵围府。

这一次……

她羽睫轻颤，红唇微启，却又不敢说出自己的猜测。

临渊垂首，望向怀中的少女，似乎察觉到她的不安。他抬起并未持缰的手，将她的素手拢进自己的掌心里，在寒夜里将自己的温度传递给她。

他不带任何立场，平淡地转述此事："太子逼宫，太上皇于太极殿内禅位，迁居别宫。"

即便早有准备，当真的听见这个消息的时候，李羡鱼呼吸还是停滞了一瞬。

她听说过这样的事，但从未想过会发生在大玥，发生在她的皇兄与父皇身上。

她慢慢垂下羽睫，良久没有言语。

直至临渊将李羡鱼从骏马上抱起，带她越过紧闭的城门，看见远处灯火通明的皇城，她才轻抬明眸，又一次问起有关康乐的事："若是皇兄即位，康乐是不是……便能够名正言顺地回到宫里了？"

康乐可以继续住在雨花阁里，继续做大玥的公主。

她也能时常见到康乐。

临渊在她希冀的目光里短暂地沉默了一瞬，启唇："不能。"他向李羡鱼解释道，"康乐公主出嫁的事已写在大玥的国书上，不可更改。"

国书，是国与国之间的承诺。

一个国家若是朝令夕改，往后在诸国之间，将再无立足之地。

故而，康乐公主没有"活路"。

她只能"死"，"死"在驿馆那场大火中，再以全新的身份而活。

李羡鱼听懂了他话中的深意。她低低地垂下眼，有些怅然地轻轻点头，说道："我知道了。"

临渊见她情绪低落，便不再提及此事，只是将身形展开，更快地将她送回披香殿中。

此时正值宵禁，金吾卫们把守森严，离太极殿颇远的披香殿中还未收到任何消息，如素日一般宁静。

宫人们安然歇下，似乎连殿外呼啸的北风都已停歇。

夜色已深。

李羡鱼洗沐罢，便也将自己缓缓团进锦被里。她轻轻合上眼，想要睡去，可脑海里念头纷乱，一个连着一个，如海潮迭起，将她的困意推走。

不得已，她拥着锦被坐起身来，向着横梁上轻声唤道："临渊。"

临渊低应一声，从梁上而下，立在她的红帐外，平静地问她："公主何事？"

李羡鱼隔着红帐看向他，语声很轻："我有些害怕，不知道明日会发生什么样的事。"

毕竟，这也是她第一次经历皇权更迭，更何况还是以逼宫这样的方式。

临渊垂眼，撩开了红帐，向她走来。

他的身量这般高，令李羡鱼要随着他走近仰头望向他。

"临渊。"她又轻轻唤了声。

临渊又低应一声。他于李羡鱼的锦榻前俯身，将惴惴不安的少女拥入怀中。

"别怕。"他语声低沉，似雪山上轻轻而过的松风，"这几日，臣会守着公主。"

李羡鱼轻轻垂下羽睫，将微烫的脸颊贴在他冰凉的衣料上，听着他胸膛里强而有力的心跳声，原本的不安情绪缓缓散去。

她轻轻点头。困意重新涌来，她便这般轻轻合上眼，重新将自己团进锦被中，素白的指尖却仍旧搭在少年的掌心上。

临渊垂眼，安静地等着她的呼吸渐渐均匀，这才轻缓地抬手，将她的皓腕重新放进锦被中。

他随之合眼，在她的榻缘上和衣睡下。

翌日，太上皇禅位的消息被晓谕各宫。

太子李宴即位，尊已故王皇后为太后。

太上皇迁居甘泉宫，太妃与太嫔们有所出者，随子嗣居住；无所出者，则迁居西六宫安养。

尚未竣工且斥资巨大的神仙殿与承露台两处即日停工，原本用于建造此处的银钱皆被送往边关，填补军备上的空缺。

六宫之中也有颇多整改，如所用宫人超过位分的宫室予以裁减，不足的宫室则予以补足。

因而，李羡鱼的披香殿中来了不少新的宫人。

原本空荡荡的西偏殿配房，还未到半日，便住满泰半。

除了宁懿长公主对如今的陛下仍有不满，见面时不忘冷嘲热讽几句，六宫内倒也还算是安泰。

李羡鱼原本不安的心亦缓缓落定，她重新动起学习骑马的念头。

恰好，太子登基的次日便是个万里无云的晴日。

李羡鱼早早用过早膳，便换上轻便的骑装，拉着临渊到了御马场，带着他一同去挑选她喜欢的骏马。

临渊随着她在马槽前走过，看着她目光明亮地细细选了阵，最后在一匹通体雪白的骏马前再也挪不动步子。

她牵着他的手，心情雀跃地将白马指给他看："临渊，我想要这匹。"

临渊视线微顿："公主为何会选它？"

李羡鱼踮起足，轻轻碰了碰骏马的鬃毛，杏眸弯起："因为这匹马生得最好看。"

这匹马通身皮毛珍珠似的发亮，雪白的鬃毛又顺又长，瞳孔乌黑清澈，目光有神，透着浓浓的灵气。

临渊上前，紧握住缰绳，将前蹄已经开始烦躁地刨地的骏马制住，毫不避讳地告诉李羡鱼："这匹马的脾气不好，公主可以另选一匹。"

李羡鱼却有些迟疑。她依依不舍地看着眼前漂亮的骏马，带着点儿侥幸又一次问他："这匹马的脾气真的很坏吗？它……会将我从马背上摔下来吗？"

临渊"嗯"了声，又道："但是公主若是执意想试，也并非完全不可。"

李羡鱼犹豫少顷，还是轻轻点头："那我先试一试。"

若是真的不行，她再换其他的骏马也不迟。

临渊应声，将骏马从马房内牵出，替她在马背上系好了鞍鞯。

"公主可以上马了。"

他于骏马身旁侧身，向李羡鱼伸手，示意她可以在自己的身上借力。

李羡鱼轻轻应了声，将指尖轻轻搭在他的掌心上，试着学着他的方式上马。

但是骏马比她想象的要高些，又极不配合，因而她动作显得有些笨拙，一点儿也不利落，一连试了几次，才在临渊的帮助下勉强坐到了马背上。

但她还未来得及踩上另一边的马镫，胯下的骏马便焦躁起来，马首左右摇晃，前蹄刨地，还不住地喷着剧烈的响鼻，像是随时都要将马背上的她甩下。

李羡鱼有些慌神，下意识地俯身，紧紧地抱住骏马的脖子不放。

临渊目光一凛，迅速地将缰绳收到最短："公主坐稳！"

临渊的话音未落，那骏马便长嘶一声，想要人立而起，虽因缰绳被他牢牢地握住，未能如愿，但还是将马背上的李羡鱼吓得出了一身冷汗。

适才选马时的勇气也像是被风吹散，她语声微颤地对临渊道："它……它好像不太喜欢我。"

临渊剑眉紧皱，紧握着手中的缰绳："马是畜生中最通人性的，尤其是这等脾气不好的马，也像人一样，欺软怕硬，捧高踩低。

"公主一上马，它便知你不会驯马。

"公主一露怯，它便会趁机逞凶。"

李羡鱼还是第一次听到这样的说法，一时间也忘了害怕，从马背上微微侧过脸看向他，讶然地轻声问："那……有什么好的方法吗？"

临渊道："换一匹马，抑或驯服它。"

李羡鱼迟疑了下，伸手摸了摸骏马雪白柔顺的鬃毛，重新鼓起勇气来："我想再试一试。"

临渊应声，重新将手中的缰绳放开一段。

李羡鱼也踩好了马镫，努力从马背上直起身来。

骏马立刻察觉，又想人立而起。

临渊又将缰绳收紧。

骏马被制住，长嘶一声，在原地暴躁地反复踢蹬。

李羡鱼还未直起的身子重新伏低，双手紧紧地抱住骏马的脖子，面色泛白："临渊，它会将我摔下去吗？"

临渊抬手，握住骏马雪白的鬃毛，递至李羡鱼的手畔："即便它将公主甩下，臣也会接住公主。"

李羡鱼羽睫轻扇，微白的面上渐渐恢复了些血色。她侧过脸去望向临渊，对上少年从不动摇的视线，眸底的慌乱也渐渐散去。

她空出右手，握住临渊递给她的那把鬃毛，试着从骏马身上直起身来。

骏马仍不配合，但几次三番后，倒也被李羡鱼找到了规律。

骏马踢蹬挣扎得厉害的时候，她就先缓上一缓。等骏马安静些了，她便抓着骏马的鬃毛继续起身。

好在今日无事，她也很有耐心。

和这匹脾气暴躁的骏马耗了足足一刻钟，李羡鱼才终于在马背上坐好。

她松了口气，示意临渊将缰绳递给她。

临渊便将缰绳递给她，改为握住骏马的笼头。

他对李羡鱼道："公主双手各握一缰，缰绳收短，紧握于掌心，拇指压上。公主小腿轻夹马腹，试着催它向前。"

李羡鱼点头，照着他的话试了一试。

胯下的骏马却毫不配合，不是在原地打转，便是直往后退，烦躁起来还会原地踢蹬，试着将她甩下。

几次下来，倒是令李羡鱼在冬日里出了一身薄汗。

李羡鱼却没有放弃。她伸手揉了揉自己有些发酸的小腿肚，重新握紧了缰绳，想要再试一次。

她还未坐稳，就听低沉的一声响起。

是御马场的大门重新敞开。

淡淡的晨光照亮铁面，有人孤身牵马，自马房的方向信步而来。

李羡鱼侧首看向来人，有些意外地轻呼一声："司正？"

她略一分心，手中原本紧握的缰绳也随之松开。

胯下的骏马立刻察觉，猛地在原地一个踢蹬，想将马背上的少女狠狠地摔在地面上。

李羡鱼没有防备，缰绳骤然脱手。她只来得及惊呼了声，身体便不受控制地往旁侧倒去。

眼见着她就要摔在御马场的地上，身侧的少年目光凛然，松开骏马的笼头，箭步上前。他俯身接住李羡鱼下坠的身子，左手环过她的腰肢，右手托住她的腿弯，又迅速地一侧身，躲开了骏马落下的铁蹄，迅速地将她带至御马场边缘。

李羡鱼本能地伸手环住他的脖颈，杏眸微睁，羽睫轻颤。惊魂未定的她在临渊的怀中后怕了好一阵子，才缓缓回过神来，想起羌无还在场中。

李羡鱼双颊蓦地滚烫，匆促地碰了碰临渊的手背，小声提醒道："临渊，你……你快放我下来。"

临渊应了声，将她放下，但视线依旧警惕地落在羌无的身上。

羌无却并不在意。他今日依旧没带兵刃，见临渊这样防备他，也只是沙哑地轻笑了声，牵着骏马在场中停步，俯身喂了它一把草料。

李羡鱼将视线投过去，看见羌无身畔的那匹枣红马比她骑的白马要矮小许多，眼睛与口鼻附近都开始长出灰白色的毛，连走路都有些打晃，似乎已经是一匹老马了。

她有些好奇，不由得询问："这是司正以前骑过的马吗？"

羌无似笑非笑："公主这样想？"

李羡鱼羽睫轻扇，茫然地轻声道："不是吗？"

毕竟若不是曾经骑过的马，谁又会从骏马如云的御马场里牵这样一匹可能都不能再骑的老马呢？

羌无却没有再对此作答，仅是淡淡地询问："公主在学骑马？"

李羡鱼面上微红，轻轻点头："我学得不太好，让司正见笑了。"

羌无没有嘲笑她。他放开了那匹老马的缰绳，伸手摸了摸它已经不再鲜亮的鬃毛，语声平静地道："这是件好事。"

李羡鱼杏眸轻眨，一时间猜不到羌无的意思。

羌无也似察觉到她的不解，轻轻笑了声，语声沙哑地回答："或许假以时日，公主便能学会骑马，而新帝登基，废除旧制，亦会令整个大玥焕然一新。

"这何尝……不是一件好事？"

李羡鱼虽不懂太多前朝的事，有一点她却知晓——皇兄登基后，至少不会像父皇那样数年不上朝，任由百官在太极殿前死谏而不为所动。

她想：也许就像羌无说的那样，一切都会好转，边关的将士们会重新有冬衣与饭食，大玥也不会再有像康乐这样年仅八岁便被迫和亲的公主。

于是她莞尔："我相信司正说的话会成真的。"

羌无也笑。他哑声道："也许在雪山封禅后，一切都会如臣所愿。"

李羡鱼轻轻点头。她指尖垂落，轻轻握着临渊的箭袖，小声道："那我便先回披香殿去了，御马场就留给司正。"

她想了想，还是有些不放心地轻声询问道："那……今日临渊教我骑马的事，可不可以请司正不要告诉旁人？"

羌无抬眼，视线落在二人身上。

李羡鱼轻握着少年的袖口，眼眸清澈，眼底笑意宛然，而少年戒备地看着他，蓦地上前，将身材纤细的少女挡在身后，修长的手指随之垂落，与她十指紧扣。

这般亲昵的动作，令李羡鱼微微红了脸。

临渊薄唇紧抿，侧首看向她时，原本冰冷的眸底亦有波澜。

年少绮梦，美好得如春日花枝，冬夜初雪。

羌无看了半晌，不禁失笑。

他站在那匹老马身旁，手里握着马缰，铁面后那双锐利的眼中染上笑意，显出淡淡的缅怀。

他轻轻笑了声："公主，谁不曾年少过呢？"

卷十三　如梦令

冬日的寒风呼啸而过，卷起李羡鱼因骑马而微微散乱的鬓发。

李羡鱼羽睫微抬，望着牵马而立的羌无，杏眸里有讶然之色流转。

在她的印象里，司正似乎并未娶妻，她也从未听说他心悦过谁。

但很快，她还是将这份好奇压下，莞尔轻声道："那我便当作司正答应了。"

她这般说着，便拉着临渊，将白马送回了马厩，与他一同自角门处离开，将一整个偌大的御马场让给了羌无。

此刻，金乌已升。

御马场外的宫道洁净如洗，映着天上的明光。

李羡鱼与临渊从宫道上徐徐走过。

间或有宫人行过他们的身畔，多是御前伺候的宦官。他们步履匆匆地自太极殿的方向而来，路过她时匆促地行礼，又急急地往北侧宫门的方向而去。

李羡鱼看着那些宦官的背影，杏眸轻轻弯起。

从昨日起，这样的事在宫中便不罕见了。

新的圣旨一道道降下，将旧制一一改去。

她想：也许真的与司正说的一样，新帝登基后，大玥也会万象更新，重现昔年的海晏河清。

临渊立在李羡鱼的身旁，顺着她的视线往前望去，少顷轻轻地垂眸，对她淡淡地道："兴许真能如公主所愿。"

他话音刚落，又想起羌无说过的话，剑眉微皱："但雪山封禅又是何事？"

李羡鱼转眸望向临渊，微微讶然，继而想起他并非大玥子民的事，便放轻语声向他解释道："这是我们大玥的规矩，新君登基七日后，便要启程去和卓雪山祭祀封禅。"

临渊问："公主亦要前去？"

李羡鱼点了点头："这是大玥的盛事，整个皇室都要前去。"她说着，抬眸望向临渊，轻声问他，"临渊，你会与我同去吗？"
　　临渊并未立刻作答。
　　他原先想的是，待三五日后，皇权更迭带来的风波平息，便与李羡鱼道别，一路疾行赶回胤朝。
　　此事已不能再拖延。
　　若是其余行程，他会断然拒绝，但和卓雪山不同。
　　去和卓雪山的路与他回胤朝的路是同一个方向。
　　他想：即便是与李羡鱼同行，应当也不会耽搁太久。
　　"临渊？"李羡鱼轻轻唤了他一声。
　　临渊收回思绪，侧首看向身旁的少女，见李羡鱼也正抬眸望着他，潋滟的杏眸水洗般明净，清晰地映出他的影子。
　　临渊视线微顿，乌黑的羽睫轻垂："公主想带臣同去？"
　　李羡鱼点头，杏眸轻弯："今年玥京城没有下雪。"她脸颊微红，语声轻轻，"我想带你去和卓雪山看雪。"
　　临渊轻垂的羽睫抬起，少顷，他略微转过脸去，语声里带着淡淡的笑意："这还是臣第一次收到公主的邀请。"
　　李羡鱼嫣然而笑，伸手牵起他的袖口，带着他顺着明净的宫道往前走："那我们现在便回去准备。"

　　二人回到披香殿的时候，月见与竹瓷正在为此事打点行装，见李羡鱼前来，便一同上前向她行礼。
　　月见道："公主，奴婢们已将行装打点好。您瞧瞧，可还缺些什么？"
　　李羡鱼轻应一声，在行装前半蹲下来，仔细地看了看。
　　和卓雪山常年积雪，天寒地冻，行装主要以厚实的冬衣与取暖的物件为主，除此之外，还有一些她素日起居用的物什，她草草看去，倒像是不缺什么了。
　　李羡鱼便让她们先退下，转眸对临渊道："临渊，你看看，可还有什么缺的？"
　　临渊略微过目，问她："公主的兔子可要带去？"
　　李羡鱼想了想，还是摇头："雪山天寒，还是让小棉花留在东偏殿里陪着母妃吧。"
　　临渊颔首，说道："那便没什么缺的了。"
　　李羡鱼也这般觉得，便将行装推到一旁，心虚地别开视线："临渊，我要出去一会儿。你先让宫娥们传膳，等她们将菜布好，我便回来。"
　　临渊应了声，顺手递了件厚实的斗篷给她。
　　李羡鱼面颊微红。她想：临渊应当猜到她要去洗沐了。
　　她当然没有说破，只是轻轻接过他递来的斗篷，快步往浴房的方向去了。
　　李羡鱼从浴房里回来的时候，午膳已经在长案上布好。

临渊并未动筷。听见隔扇被推开的响动，他抬起眼帘，看向归来的少女，语声平淡如常："方才宫人过来传话，公主不在，可要臣转述？"
　　李羨鱼拢着斗篷走向他，不免有些好奇："是什么样的事？"
　　临渊答："公主的皇兄为宁懿长公主与太傅赐婚，同时下令于玥京城内修建长公主府。"
　　"雪山封禅后，即可成婚。"
　　李羡鱼因这个突如其来的消息愣了一瞬，继而心情便雀跃起来。
　　"这是桩好事。"
　　毕竟大玥已经很久没有公主在玥京城里开府，与驸马成婚这样的事了。
　　这可谓皇兄登基以来的第一件喜事。
　　她这样想着，便将妆奁打开，从里头寻了阵，找出一对同心镯来，细致地包好放进锦盒里，对临渊弯起杏眸："临渊，我打算去凤仪殿一趟。"
　　临渊应声，从午膳中拿出一块用荷叶包着的糯米糕给她。
　　"臣随公主同去。"
　　李羡鱼轻轻应了声。她伸手接过糯米糕，想了想，又掰了一半给临渊，对他抿唇轻笑："那你在殿外等我，我很快便出来。"

　　凤仪殿内，红帐深垂，沉水香于帐内云雾般缭绕。
　　宁懿依旧斜倚在榻上，涂着蔻丹的手指捻着支金簪，有一下没一下地搅弄着炉内的香药，而她的身畔就搁着那张赐婚的圣旨。
　　更远处则是傅随舟的长案。
　　着素白鹤氅的男子正于长案后撰写大玥新的律条。
　　宁懿以手支颐睨着他，见他神色平静，如往常那般目不斜视。
　　她似乎觉得可笑，遂轻"哧"了声，信手执起那张赐婚的圣旨，赤着一双雪白的玉足，从贵妃榻上站起身来，踏着地上厚密的软毯行至傅随舟跟前，玉指一松，明黄的圣旨随之砸在他正在撰写的律条上，溅开一纸的墨迹。
　　傅随舟像是早已习以为常。他搁笔，以方巾拭去手背上的墨痕，重新换了张宣纸。
　　未待他再度执笔，宁懿已经侧身坐到他的榻上，雪白的玉足轻晃，脸上满是笑意，吐出的字句却锋利。
　　"都说'学成文武艺，卖与帝王家'。太傅不愧是陛下的师长，读书人的表率，可真是将'忠君'二字做到了极致，便连自己的婚事都能卖给天家。"
　　她侧过脸来，嫣然而笑："也不知换了个什么价钱，可是位极人臣？"
　　傅随舟将那张赐婚的圣旨卷起，搁至一旁，语声淡淡："'忠'是指国事，而臣的婚事是自己的私事，谈不上一个'忠'字，更谈不上以此换取什么。"
　　宁懿轻嘲："那便是所谓信义？"她垂手拨弄着自己的镏金护甲，语声慵懒，"太傅以为本宫不知吗？本宫的母后临终前，曾将皇兄与本宫托付给太傅照拂。"

她轻笑:"母后应当未曾想到,竟是这样的照拂法。"

傅随舟终于抬眼。他的眉眼间透着冷淡疏离,如静水深潭,不见杂念。

"先太后确实与臣说过此事,臣也曾答允。

"陛下与公主七岁启蒙时,臣便自请前往南书房授课,一连十载,直至太子元服,公主及笄,应当也算不负先太后所托。"

宁懿睨着他,尾指上的镂金护甲有一下没一下地敲击在长案上,像是想起了多年前的旧事。

那时,她还年幼,印象里的傅随舟是个容貌清隽的少年,语声温和,性情内敛,是诸位夫子里她最喜欢的一位。

她第一次写自己的名字,还是傅随舟教的。

后来,她到了豆蔻年纪。

傅随舟也从清隽的少年长成冷淡疏离的青年,白衫玉冠,眉目清冷,似雪中的松竹。

那时候,她年少无知,很喜欢这种男人,还因此亲手写了封情书给他。

当然,傅随舟并没有给她回信,在她追上去询问此事的时候,回应也极其冷淡,只让她往后别再写这样的书信,不只是对他,还有对其他男人。

再后来,她负气离开了南书房,即便听闻傅随舟成了她皇兄的太傅,也没再去见过他,直至那次东宫小宴……

她顿住思绪,又轻笑出声。

"多少年前的旧事了,本宫早已忘得一干二净,亏得太傅还记得。"

宁懿漫不经心地抚了抚自己的裙裾,像是拂去记忆里的一粒尘埃,继而,纤细的玉指重新抬起,停留在他腰间的玉带上。

她倾身过去,鲜艳的红唇抬起:"本宫不记当初,只看如今。如今赐婚的圣旨已降,太傅又不再是少年时,谁又知道,太傅是否还能胜任本宫的驸马?"

傅随舟眉心微皱,隔着衣袖将宁懿的皓腕压下,语声微沉地提醒她:"公主,这是在内宫。"

"内宫又如何?"宁懿凤眸微抬,并不在意,左手拿起那张卷好的圣旨重新抖开,在傅随舟的眼前左右摇晃,右手重新抚上他腰间的玉带,嫣然笑道,"怎么?本宫自己的驸马,试不得吗?"

她话音未落,却听隔扇前垂落的锦帘轻轻一响,稍远处传来绵甜的语声,随着轻盈的脚步声由远及近:"宁懿皇姐……"

宁懿动作微顿,挑眉望去,见穿着兔绒斗篷的少女正打帘进来。

李羡鱼也笑着抬起眼来,视线一落,却望见自己的皇姐正赤着双足侧坐于长案边,纤细的玉指则停留在太傅腰间系着的玉带上。

李羡鱼明眸微睁,在原地怔了一瞬。回过神来后,她慌忙侧身,双颊滚烫地将带来的锦盒放在宁懿的妆奁前。

"嘉宁……嘉宁来得不是时候，便……便先回去了。"

她语声未落，人已匆匆忙忙地转身往殿门处逃离。

宁懿缓缓收回手，对着李羡鱼的背影挑起秀眉，缓缓启唇："小兔子，站住。"

李羡鱼听见了。但她此刻又是心虚又是局促，被宁懿这样一唤，更是慌乱，非但没有停步，反倒提裙小跑起来。

她一路头也不敢回，慌慌张张地逃出宁懿的寝殿。

殿外柔和的天光照下来。

李羡鱼还未及抬眼，便听见少年低沉的语声："公主。"

李羡鱼抬起眼帘，见临渊正在玉阶前等她，便加快了步子向他小跑过去。

她隔着一级玉阶伸手握住他的袖口，面红欲烧："临渊，快……快带我回披香殿里去，皇姐要找我兴师问罪了。"

临渊见李羡鱼这样慌乱，也不多问，只略一颔首，便将她打横抱起，往披香殿的方向而去。

直至回到寝殿，又将隔扇紧紧地掩上，李羡鱼面上的热度仍未退去，她站在一面插屏后，拿微凉的手背捂着自己的双颊，有些不知该如何是好。

临渊的视线随之投来，他端详着李羡鱼面上的神情，剑眉紧皱："可是宁懿长公主为难公主了？"

李羡鱼摇了摇头，越发局促："不是，是我打搅了皇姐。"

临渊剑眉微抬："公主白日前去送贺礼，能打搅到什么？"

李羡鱼双颊滚烫，不好将方才看到的场景告诉他，便将方才在锦帘外听见的零星的几个词汇说给他听，想将这件事轻轻带过。

"我听见……皇姐说要试一试她的驸马。"

在她的理解中，这个"试一试"，应当是试试驸马的品行才学。

但毕竟那是属于皇姐的驸马，试一试也是不应当被她撞见的事。

话音落下，她却看见临渊身形一僵。

继而，他微微侧过脸去，低声问她："这也是大玥的规矩吗？"

李羡鱼并不知晓，但为了将这件令人窘迫的事尽快带过，还是轻轻点了点头。

临渊微顿，终于抬起眼帘，短暂地看向她，见锦绣插屏后，少女双颊绯红，明眸微漾，似带着万分羞怯，欲言又止。

临渊垂眸，有些不自然地重新侧过脸去，语声低哑："公主也要试吗？"

自己要试吗？

临渊的语声落下，李羡鱼愈觉面上滚烫。

明明是这样一件简单的事，不知为何被他说来，却像是带上了些别样的意味，说不清道不明的意味。

李羡鱼更觉局促，想说不要，又怕圆不回方才的谎。

踌躇良久，她终于从锦绣插屏后缓缓探出头来，语声轻如蚊蚋："那就……试一试吧。"

她的语声刚落,侧身对着她的少年手臂骤然紧绷。

他语声低哑:"臣去准备。"

话音刚落,临渊迅速地将身形隐入暗处。

远处垂落的锦缎垂帘随着他的动作短暂地飘起一瞬,又无声地垂落,快得甚至都没惊起殿外呼啸而过的北风。

寝殿内重归静谧。

李羡鱼像是意识到临渊已经离开,慢慢从锦绣插屏后步出,在原地踌躇了阵,便快步走到箱笼边,半蹲下身来,去找压在箱笼底下的书籍。

她不知道品行要如何去试,那便只能试一试临渊的才学。

她这样想着,将很久以前学过的几本书抱在怀里,有些不安地想:她没做过夫子,也从未给人出过题,希望到时候临渊不要因为她出的题浅白而嘲笑她。

正当李羡鱼在披香殿中认真出题的时候,宫内的藏书阁中也来了新客。

神情冷峻的少年独自坐在书架顶部,看着手中的书籍,剑眉紧皱。

少顷,他咬牙将书合拢,改为去看放在一旁的避火图。

避火图画得更为直观,也更为露骨,可谓纤毫毕现。

临渊握着避火图的长指收紧,强忍着将这几张图丢掉的念头,一张一张翻看过去。

直至黄昏光影渐落,直至图上的每一个动作都被他记下,他终于将手里的避火图塞回书柜底层,往披香殿的方向回返。

披香殿内正是华灯初上。

李羡鱼已将出给临渊的题目写完,此刻正撤了镇纸,将晾好墨的宣纸郑重地放进一个小木匣里,还未来得及落锁,便听见远处垂落的锦帘轻微一响。

临渊自外面回来了。

李羡鱼侧首望见他,便将怀中的小木匣搁下,有些局促地轻声问他:"临渊,你怎么这么快便回来了?"她顿了顿,又小声问,"那……你准备好了吗?"

临渊身形微顿,继而低低地应了声。他抬步向她走来,所经之处,寝殿内点着的宫灯被他一一灭去。

李羡鱼羽睫轻抬,看着偌大的寝殿随着他的步履向前渐次沉入夜色,似天穹上的皓月缓缓坠入水中,敛起明光,漾起一池涟漪。

临渊在她的身前俯身,修长的手指垂落,将她的素手拢进掌心里。

他在朦胧的夜色里低声问她:"公主会害怕吗?"

这般亲密的距离,李羡鱼都能闻见他身上清冷的雪松香气与淡淡的皂角香味,像是刚刚沐浴过。

她杏眸微眨,有些不明白他话里的意思。

只是让他做个题罢了,她为什么要害怕?

于是她轻轻摇头。

临渊低低地说了句什么，与李羡鱼相握的长指收紧，在她的面前更低地俯下身来，吻上她微启的红唇。

李羡鱼杏眸微睁，一时愣住，忘了动作。

临渊垂眸，掩住眼底逐渐深浓的暗色，垂在身侧的右手抬起，托住她的后脑勺，在她毫无防备的时候，撬开她的牙关，加深了这个吻。

他的气息汹涌而来，似潮水转瞬将她吞没。

李羡鱼双颊绯红，素手抬起，指尖轻轻抵上他坚实的胸膛，不知是想将他推开，还是要从他这里借得力道，搭上他这根浮木，好让自己不被汹涌而来的潮水灭顶。

她迷惘而懵懂，临渊却毫不迟疑。

他握紧了李羡鱼的素手，一路攻城略地，向她索取更多。

李羡鱼轻轻仰头，抵在他胸膛上的指尖蜷起，心跳声渐渐变得急促。

但深吻着她的少年显然不满足。他将低垂的羽睫抬起，目光深沉地看向她，继而惩戒似的轻轻咬了口她柔软的唇瓣，示意她回应。

李羡鱼绯红着脸，轻轻回应了他。

这个吻越发深入，令彼此交缠的呼吸都变得紊乱。

就当李羡鱼快要支撑不住的时候，临渊终于松开了桎梏着她的手臂。

李羡鱼伏在他的肩上，轻轻喘息。

临渊将她打横抱起。

李羡鱼身子失去平衡，本能地伸手环住了他的颈。

临渊大步往前。

殿内重重垂落的红帐顺着他半束的墨发倾泻而下，红纱般轻柔地拂过她的眼睛，将视线短暂地遮蔽。

回过神来的时候，她已经躺在了自己的锦榻上，头顶是绣着重瓣海棠的鸾帐，身下则枕着柔软的锦被与自己乌缎似的长发。

临渊单膝跪在榻沿上，右手撑在她的身侧，左手抬起她的下颌，重新吻下来。

他吻过她的眼睛，吻过她微启的红唇，又在她绯红的颊畔虔诚地低首，薄唇紧贴她纤细雪白的颈。

李羡鱼似沉在温水中，朦胧而恍惚。

直至临渊修长的手指解开李羡鱼领口的两枚玉扣，寒意侵袭而来，她才本能地抬手，想要掩上自己赤露的颈项。临渊却已顺着她微微仰起的颈深吻下去，在她的锁骨上方反复流连。

他的唇极薄，带来的热度却滚烫。

李羡鱼忍不住轻颤了下，往后缩了缩身子。

"别。"她伸手推他，面上红云迭起，"很痒。"

临渊抬手握住她的手腕，侧首轻轻咬了咬她鲜红的耳垂，语声低哑："是公主说要试的。"

他收敛了力道,但齿尖咬上耳垂的触感还是这样令人战抖。

李羡鱼忍不住轻唤了声。继而,她感受到临渊拂在颈侧的呼吸蓦地变得粗重。

他眼眸晦暗,握着她手腕的长指使力,让她纤细的指尖搭上他领口的玉扣,素日低沉的嗓音也变得喑哑。

"是先解公主的,还是先解臣的?"

李羡鱼在最后关头终于听懂了他的话,一张柔白的小脸霎时间红透,纤细的指尖抵住他的领口,慌乱地与他解释:"临渊,你……你会错我的意思了。"她道,"我说的'试',不是……不是这个意思。"

临渊眼眸沉沉地看着李羡鱼,握着她皓腕的长指用了几分力道,她的指尖微偏,阴错阳差地解开了他领口的一枚系扣。

李羡鱼面红欲烧,努力想从榻上坐起身来:"临渊,你……你先放开我。我……我去拿一样东西。"

临渊眸底暗色翻涌,一言不发地松开了钳制住李羡鱼的手。

李羡鱼得了自由,慌忙起身,从锦榻上下来,小跑到妆奁前,将那个木匣子抱过来,证明似的打开给他看。

"临渊,你看,我都写好了。"

临渊深深地看了她一眼,抬手将木匣接过。略微翻阅后,他咬牙低声问道:"这是什么?"

李羡鱼立在榻前,有些心虚地别开眼,不敢看他,语声轻得像是蚊蚋:"考题呀。之前不是说过?大玥的公主要试试驸马的品行才学。所以,我便出了考题给你。"

临渊强忍着怒气,将里头的宣纸拿出来,给李羡鱼过目。

"公主从《女四书》里出题给臣?"

李羡鱼越发心虚,小声解释道:"我的箱笼里堆满了话本,我一时找不到其他合适的书……"她说着,又轻轻抬起羽睫望向他,试探着问道,"而且,既然是公主来试,那试题难道不是应该公主来定吗?"

临渊抬眼看向她。

李羡鱼面上红云还未褪尽,杏眸里也还残留着朦胧的雾气,吻过后的唇瓣更是鲜艳欲滴,比枝头新绽的海棠更为娇艳。

临渊目光再度沉下,乌眸深处似有欲念奔腾翻涌,要将所有的理智吞没。

他起身,向她走来。

李羡鱼有些紧张,抱紧了怀里的木匣,不知所措地望着他。

临渊抬步走到她的近前,骨节分明的大手抬起,似想紧握住她的皓腕,将她抱起,重新丢回榻上。但最终,他只是合了合眼,转而将她怀里的木匣夺走,将手中的宣纸狠狠地丢进木匣里,继而大步走到长案边,寒着脸铺纸研墨。

李羡鱼羽睫轻扇,也慢慢挪步过去,在临渊身侧的玫瑰椅上坐下,侧过脸去看他面上的神情。

她放轻了语声，试着问他："临渊，你在生我的气吗？"

临渊头也不转，冷冷地道："没有！"

李羡鱼杏眸轻眨，旋即莞尔。

"那便好。"她弯眸将自己领口的玉扣系好，从玫瑰椅上站起身来，"那我去小厨房里找月见她们吃点心了。"

她语声刚落，脚还未抬起，皓腕便被临渊紧紧地握住，继而身子一轻，便往回跌坐在他的怀里。

李羡鱼讶然出声，羽睫微抬，对上临渊暗如夜色的眼眸。李羡鱼轻轻瑟缩了下，这回终于看出，临渊还在生她的气。

她心底发虚，略想了想，抬手将他领口的玉扣也系好，又将他手里的墨锭接过来，乖巧地道："那我给你研墨吧。"

临渊薄唇紧抿，并不作答，只单手稳住她的身形，继续奋笔疾书。

一整张宣纸很快便被写满。

临渊寒着脸，将写好的答卷递给她："公主过目！"

李羡鱼觑他一眼，低低地应了声，将答卷接过来。

宣纸上的字迹很深，力透纸背，可以看出少年压抑的怒气，但里头的答案没有半分敷衍，即便是最严苛的嬷嬷过来，恐怕也挑不出什么错处。

况且李羡鱼也不是严苛的嬷嬷。

她从头到尾认真地看了一遍，便将宣纸放到长案上，拿白玉镇纸压了，对临渊弯眉道："就这样便好。现在，我请你吃点心吧。"

临渊侧过脸去，语声冷淡："不必。"

李羡鱼轻轻眨了眨眼，跟着转过脸去，端详了下他面上的神情，见少年眸底凝冰，便悄悄低头，亲了亲他的眼睛，软声道："你别生气了。"

临渊紧握着她皓腕的长指微顿，没有答话。

李羡鱼想了想，又低下脸去，亲了亲他的薄唇，语声绵甜："临渊，你别生我的气了。"

临渊睇她一眼，仍旧没有开口。

李羡鱼没了办法，只好将袖口撩起，将一截皓白的手腕递到他的唇畔。

"那……我给你咬一口吧。"

临渊抬手，拉过她的皓腕，却并未咬她，而是俯下身来，以齿尖咬开了她领口的两枚玉扣，重新在她玉白的颈上深吻下去。

李羡鱼羽睫一颤，素白的指尖本能地握紧了他的手臂，身子往后躲去。

临渊长指抬起，摁住她身后纤细的蝴蝶骨，将她牢牢地禁锢在怀中，一再加深这个吻。直至李羡鱼呼吸微颤，颈上留下一枚落花般鲜红的痕迹，他这才缓缓放过了她。

他羽睫轻垂，抬手替李羡鱼将领口的玉扣系好，语声依旧低哑，却听不出怒意：

"臣不曾与公主置气。"

李羡鱼讶然地望着他："那你方才……"

临渊抬起那双浓黑的眸子与她对视，语声中染上些咬牙切齿的意味："是公主先骗的臣。"

李羡鱼被他看得有些心虚。她轻轻侧过脸去，少顷又觉得不是这样，便小声解释道："我没有骗你。今夜的事，真的只是个误会……"

她一开始说的，便不是临渊想的那个意思。

临渊抬目看她，目光深沉，辨不出喜怒："那上回公主酒醉后的事，也是误会？"

李羡鱼两靥泛着浅红，答不上话来。好半晌，她才蚊蚋般轻声道："上次，你不是都咬回来了？"她说着，抬起指尖，隔着衣领碰了碰自己的颈项，小声道，"这次，你也咬回来了。"

他们俩应当……应当也算是两清了。

临渊剑眉抬起，修长的手指随之抵上自己领口的玉扣，毫不迟疑地一路解开。

随着他的长指下行，武袍与贴身的里衣一并被他扯开，露出他坚实的胸膛与线条分明的小腹。

他语声平静："给公主咬回来便是。"

话音刚落，他抬手将李羡鱼拉近了些，问她："公主想在哪里下口？"

李羡鱼满面通红，手忙脚乱地替他将武袍拢起。

"我才不要……你快将衣裳穿好。"

临渊并不抬手。他淡淡地道："臣做过的事，从不抵赖。

"公主若是还耿耿于怀，随时都可以咬回来。"

李羡鱼双颊滚烫，不敢往他的身上看，唯有将视线落在他半敞的衣衫上，慌慌张张地抬手替他系着衣扣。

但是临渊并不配合，李羡鱼系一枚，他便解一枚。

到了最后，临渊的衣裳没系好，倒是李羡鱼窘迫得满脸绯红，眉心还出了一层汗。

她偷偷抬眼看了眼临渊，见他丝毫没有收回这句话的意思。她迟疑少顷，终于俯下身去，两靥通红，贝齿微启，在他的肩上象征性地咬了口。

她动作很轻，柔软的唇瓣轻轻擦过少年冷玉似的肌肤，一触即离，如蜻蜓点水，却又惊起波澜万丈。

临渊身形蓦地一僵，抵在案上的长指霎时间收紧。

李羡鱼却并未察觉。她低垂着羽睫，羞赧地轻声道："我咬过了，你快将衣裳穿好。"

语声落下，她仍旧不敢抬眼看他。

临渊薄唇紧抿，浓黑的眸子凝视了她一阵，终于侧过脸去，抬手迅速地将身上的武袍重新系好。

李羡鱼等了好一阵，才敢偷偷觑他一眼，见他已将衣裳穿好，这才悄悄松了口气。

她从临渊的身上站起身来，微红着脸，试着将话茬儿转开："临渊，你用过晚膳了没有？"

临渊道："没有。"

李羡鱼应了声，又轻声问他："那你要跟我一起去小厨房里吃些点心吗？"

临渊回过脸来，短暂地看了她一眼，问："公主未用晚膳？"

李羡鱼轻轻点了点头。

方才晚膳的时候，她正忙着将这些题目赶出来，自然没有好好用膳，只草草用了小半块米糕，如今早已觉得腹中空空。

临渊剑眉紧皱，从椅上起身。他没有多言，只是抬手牵过李羡鱼的手，带着她大步往隔扇前走。

李羡鱼莞尔。她单手提起裙裾，跟上临渊的步伐。

路过妆奁的时候，她似乎想起了什么，短暂地停住步子，借着月色看了看铜镜里的自己——领口的玉扣已经重新系好，临渊留下的那枚红印被好好地藏在衣领底下，看不出什么端倪。

李羡鱼松了口气。

临渊的视线随之投来，他淡淡地道："臣有分寸。"

李羡鱼两靥微红，轻轻应了声，重新抬步，跟着他往小厨房的方向去。

约莫一盏茶的时间，二人行至披香殿的小厨房前。

李羡鱼推开隔扇进去，意外地发现里头还留有一位脸生的嬷嬷，正在屉子上蒸着点心。

没想到这个时辰小厨房内还有人，李羡鱼微愣，回过神来后面颊滚烫。她羞赧地将与临渊相握的指尖缩回衣袖，掩饰般轻声问道："这么晚了，嬷嬷怎么还在小厨房里？"

小厨房里的嬷嬷慌忙对她福身行礼："公主。"

她拢着自己的围裙，讪讪地解释："老奴半夜嘴馋，忍不住过来蒸几个馒头，往后再也不敢了，还望公主饶恕老奴一次。"

李羡鱼没有与她计较几个馒头的事，只是轻轻应了声，又对那嬷嬷道："嬷嬷是新来披香殿的吗？我往日似乎不曾见过你。"

那嬷嬷点头，如实回答："老奴贱姓一个'潘'字，是在陛下登基后才被分到公主宫里的，素日在小厨房中帮着做些面食。"

李羡鱼本就是带着临渊来小厨房寻吃食的，听闻嬷嬷会做面食，便莞尔道："既然如此，那嬷嬷就帮我们做些吃食吧。"

潘嬷嬷连声称"是"，赶忙去为李羡鱼准备。

她方才蒸了馒头，面团与灶火都是现成的，如今做起面食来倒也省事。不过一炷香的时间，小厨房内的木桌上便重新摆满了吃食——花卷、馒头、烧饼、麻食，还有两碗热腾腾的汤面。

李羡鱼拉着临渊在木桌旁坐下，一同用起这顿迟来的晚膳。

潘嬷嬷的手艺很好，即便只是简单的面食，吃起来也并不输于那些精致的糕点。

李羡鱼难得多用了些，待放下碗，却见潘嬷嬷已将灶台收拾好，正欲言又止地拿眼睛觑着临渊。

临渊察觉到潘嬷嬷投来的视线，立刻抬眼，锐利的目光冷冷地扫去。

潘嬷嬷顿时打了个寒战，慌忙低头，看着地上的青砖，再不敢窥探这个陌生的少年。

李羡鱼侧首，想起潘嬷嬷是新来披香殿的宫人，应当并不知晓临渊的身份。于是她轻轻弯眉道："临渊是我的影卫，不分日夜都在我的身旁，只是极少在人前现身。"

潘嬷嬷连连称"是"，赶紧和李羡鱼解释："老奴不是有意的……老奴只是有些奇怪，宫里什么时候又重新用男子做影卫了。"

李羡鱼闻言有些惊讶："潘嬷嬷这是什么意思？宫里的影卫难道不是一直用的女子吗？"

她记得清清楚楚，她刚带临渊回来的时候，宁懿皇姐就告诉过她，宫里的影卫皆是女子，只有她带了个男人回来。

那时候，她还为此很是窘迫了一阵。

李羡鱼的语声落下，潘嬷嬷却像是意识到自己说漏了嘴，连忙慌慌张张地给自己找补："没……没什么，是老奴年纪大了，一时记差了，公主千万莫要往心里去。"

李羡鱼羽睫轻扇，越发好奇，又就着潘嬷嬷的话一连问了几次。

可潘嬷嬷不是顾左右而言他，便是一口咬定自己年纪大了记错了，说什么也不肯再说下去。

临渊在潘嬷嬷的托词中神情愈冷。他放下手中的银箸，抬眼看向李羡鱼："公主可是想知道？"

李羡鱼止住语声，乖巧地点头。

临渊不再多言。他蓦然起身，手中的长剑随之出鞘，锋利的剑尖直指那帮厨嬷嬷的心口。

剑光如雪，寒意迫人。

李羡鱼微微一惊："临渊——"

潘嬷嬷更是双膝一软，瘫坐在地上，颤抖着嗓音不住地求饶："别杀老奴，老奴这就说……"

临渊收剑，侧首看向李羡鱼。

李羡鱼也回过神来。她从袖袋里拿出一锭银子给潘嬷嬷，又柔声劝慰道："嬷嬷先起来吧。无论什么事，我都当个故事听便是。"

潘嬷嬷双手接过银子，哆哆嗦嗦地站起身来，拿袖子擦着脸上的冷汗，有些磕巴地开了口："公主，在老奴刚入宫的时候，影卫便是用的男子。直到……直到后来宫里出了件不大光彩的事，太宗皇帝才下令，将跟随公主的影卫尽数换成女子。"

李羡鱼不由得问："是什么样的事？"

潘嬷嬷支支吾吾地说不出个来由，间或抬头，看的也不是李羡鱼，而是临渊，眼里满是畏惧。

李羡鱼隐约猜到，潘嬷嬷接下来的话，应当是不方便当着临渊的面说。她遂伸手轻轻碰了碰临渊的袖口，轻声与他商量："临渊，要不，你先去游廊里等我一会儿。"

临渊没有拒绝。他颔首，当着潘嬷嬷的面，抬步离开此处，还顺手给李羡鱼带上了隔扇。

小厨房内仅余下二人。

潘嬷嬷这才敢继续开口。她心虚地压低嗓音："公主，那是您上一辈的事了。老奴知道的也不多，就零星听过几句。似乎是宫里有影卫与公主生情，在两国婚书定下，公主即将去和亲的前日，那影卫趁着金吾卫不备，带着公主私逃出宫！"

李羡鱼没想到是这样的事。她本能地追问着，不知为何有些悬心："然后呢？他们就这样逃出去了吗？"

潘嬷嬷连连摇头："公主自然是被带了回来。"

她左右环顾了一番，又忐忑地补充道："听说还是当初尚是太子的太上皇亲自领兵去抓的人，满城搜捕，闹出了好大的动静，便连我们这些做奴婢的都听见了一些风声。"

李羡鱼愣了愣，低声问道："那……那位公主最后还是和亲去了？"

潘嬷嬷顿了顿，不免有些唏嘘："老奴听闻，那位公主身子素来不好，甫一生下来便有心症，禁不起这样折腾。

"和亲的鸾车还没出大玥的国境，人就先没了。"

李羡鱼微愣，少顷却又似想起了什么来："那她的影卫呢？"

潘嬷嬷赶紧抬头往隔扇处看了眼，见临渊并未进来，这才敢低声道："当夜抓回来的只有公主，没见什么影卫。

"宫里都在传，说他多半是撇下公主跑了。毕竟这人哪，总是得先顾着自个儿。即便是夫妻，也是大难临头各自飞，更何况还是这等见不得光的关系。"

潘嬷嬷说着，又忍不住嘀咕道："若公主瞧上的是哪个状元郎可能还好些，兴许太宗皇帝还能答应，但公主与影卫，光是身份之差，便能将人活活压死。开国以来，可从没有听过哪位公主是下嫁给自己的影卫的！"

李羡鱼听至此，羽睫缓缓垂下，半晌没有启唇。

潘嬷嬷见状，这才回过神来，赶紧伸手打了下自己的嘴："老奴人老话多，公主可千万别往心里去。"

李羡鱼轻轻应了声。她站起身来，对潘嬷嬷道："嬷嬷不必挂心，我说过，只是当作故事听一听罢了。"

她说着，也背过身去，伸手推开紧闭的隔扇。

今夜月影朦胧。

游廊里清辉淡淡，地铺银霜。

李羡鱼迈步走到廊下，顺着月光轻轻抬起眼帘，望见临渊正立在庭院中等她，身后是一株盛开的白梅树。

冷香如雪，花坠无声。

她启唇想唤临渊的名字，他却已抬眸看向她。

他没有多言，就这般踏着一地的落花向她走来，在她伸手可及的地方停步。

他的视线停留在她的面上，他似乎看出她心绪低落，那双本就浓黑的凤眼又深沉了几分："她说了什么，令公主不悦？"

李羡鱼轻轻摇头："她没说什么，只是给我讲了个结局不太好的故事。"

临渊还想追问，李羡鱼却羽睫轻扇，将心绪敛下，重新弯眉对他笑起来。她抬手去碰他的指尖，语声绵甜："临渊，我想去八角亭那儿逛逛。"

临渊动作微顿，乌黑的羽睫轻轻垂下，脸上的神色随之柔和了些。他低低地应了一声，将她的素手拢进掌心里，带着她顺着游廊往前走。

寒凉的夜风拂过他的衣袍，送来在梅树下沾染的淡淡幽香。

李羡鱼紧紧地跟在他的身后，隔着夜色望向他的背影，心绪也随着他的步伐起伏。

公主和影卫真的是见不得光的关系吗？如昙花朝露、春夜初雪，即便再美好，也不过转瞬即逝，永远见不得天光，更不会有什么好的结局。

临渊似有所觉，回头看她。

"公主？"

李羡鱼回过神来。她弯起唇角，笑着催促道："临渊，再不走，天可就亮了。"

临渊看了她一眼，突然停步，俯身将她抱起。

李羡鱼杏眸轻眨。少顷，她轻轻伸手环上他的颈，让他带着她往八角亭的方向而去。

月色溶溶，夜幕深深。

临水的八角亭宁静如山间小庙，没有值夜的宫人来往。

李羡鱼与临渊并肩站在亭中。

她一只手拿着装鱼食的碗，另一只手不时抓起鱼食往小池塘里抛去，起初是一两粒，后来便是一把接着一把，大方地往小池塘里抛撒，像是要将堆积在心里的事也抛尽。

然而冬日水冷，养在小池塘里的红鱼大抵也沉到了池底。直至李羡鱼将鱼食抛尽，从潘嬷嬷那儿听来的故事依旧沉沉地压在心上，她与临渊养的红鱼也未曾探首。

李羡鱼越发怅然。她将手里的空碗搁下，在八角亭里又静静地立了一阵。

亭畔清风徐来，在冬夜里有些寒凉。

李羡鱼抬手拢紧身上披着的斗篷，不由得开始想念寝殿里温暖的熏笼与刚灌好的汤婆子。

于是她伸手轻轻碰了碰临渊的袖口："临渊，我们还是回去吧。"

临渊应了声，向她俯下身来。他修长的手臂刚环过李羡鱼的膝弯，李羡鱼就挪步后退。

她道："我想慢慢走回去。"

她想看看月色，再想想还沉沉地压在心里的事。

临渊没有拒绝。他重新直起身来，牵过她的素手，带着她顺着一条小径，缓缓往寝殿的方向走去。

一路上，夜色静谧，李羡鱼仿佛都能听见彼此轻浅的呼吸声。

她慢慢蜷起指尖，碰了碰临渊的掌心，小声道："临渊……"

临渊垂眼看向她，等着她开口。

李羡鱼却仍有些迟疑。她正想着要不要将潘嬷嬷说的故事讲给临渊听，身后蓦地传来"哗啦"一声水响。

响声极大，在静夜里格外刺耳。

李羡鱼一愣，连忙停步转过身去，紧张地拉着临渊的衣袖示意他往小池塘的方向看："临渊，你快带我去看看，是不是有人落水了？"

临渊应声，将她打横抱起，往声来的方向飞掠而去。

但令李羡鱼诧异的是，临渊并没有选择带她回八角亭中，而是在声音渐近后，跃上一旁茂密的冬青树。

叶影深浓处，他将李羡鱼轻轻放在自己的膝上，单手稳住她的身形。

李羡鱼匆匆抬眸，往小池塘里张望，却见水面黑沉，似乎有一道浅绿色的人影在冰冷的池水里浮沉，看衣裳，似乎是殿内伺候的小宫娥。

李羡鱼慌了神，连忙去拉他的袖口："临渊，真的有人落水了。"

她见临渊并不动身，便着急地催促道："临渊，你快去救她上来。"

临渊语气冷淡如常："不必。"

李羡鱼越发着急："你再不去，她可就要淹死了！"

她还想再劝，临渊却已经抬首看向她，一双清冷的凤眼在叶影中尤显晦暗。

他语声微寒："公主真想让臣去救她？"

李羡鱼微愣："有什么不妥吗？"

临渊乌眸沉沉地看着她："公主可有想过，落水的女子若是救上来是个什么情形？"

李羡鱼不由得顺着他的话想了想。

即便冬日衣裳厚，可水流湍急，临渊若是将人救上来，那样近的距离，大抵……大抵是要窥见些春色的。

遑论其间的种种亲密接触。

她有些面红，但仍旧坚持道："名节哪有性命重要？"

临渊冷冷地问："公主是说她的，还是臣的？"

李羡鱼被他问得愣住，下意识地道："当然……当然是她的……"

毕竟临渊是男子。

男子……有名节可言吗？

临渊似也看出了她心中的想法，凤眼愈寒，一字一句地沉声提醒她："冬日水冷，若是不会水的，早已沉底。"

李羡鱼微愣，继而迟疑着道："可是……可是她即便会水，也不能就这样一直在池塘里泡着。"她轻抬羽睫，对上临渊寒潭似的乌眸，轻轻往后缩了缩身子，心虚地改了口，"那……我去找人将她捞上来。"

临渊反手握住她的皓腕，剑眉紧皱："公主想如何从树上下去？"他侧过脸去，终于让步，"臣去找人。"

临渊话音方落，却听又是"扑通"一声，又一道身影落入池中。

李羡鱼杏眸微睁，一时怔住，想不明白为何这么偏僻的小池塘会有人接二连三地落水，却见池中的小宫娥已被人捞起。

月色落下，照亮二人的眉眼。

李羡鱼认出，那名小宫娥是她殿内负责侍弄花草的栀子，而捞她的那人李羡鱼也认得，是守门的宦官小答子。

李羡鱼正茫然，却听二人的语声顺着夜风传来。

先是栀子带着哭腔的嗓音，她说："你既然要断了来往，那还捞我做什么？倒不如就看我淹死在这池塘里，也好过让我出宫去，另嫁给旁人！"

小答子脱下自己的外裳裹在她的身上，抱着她，语声都在颤抖："栀子，出宫嫁个良人，日后和和美美，儿孙满堂，这才是正常女子该过的日子，而不是被困在宫里，守着我这个……我这个……不算是男人的人！"

说至此，小答子亦有些哽咽："栀子，宫女与宦官不能做夫妻，只能结个对食，不过是互相安慰罢了，没有结果的！"

栀子伏在他的肩上哭起来："世上没有结果的事多了，又不差我这一件。我就是想跟你在一起，有一天是一天。哪怕我明日就死了，至少今日也还是高兴的！"

即便没有结果也可以吗？

李羡鱼思及此，微微愣住，思绪有短暂的抽离。

等她回神，想要继续看去的时候，临渊却抬手遮住了她的眼睛。

李羡鱼讶然地轻声道："临渊？"

临渊扫了眼远处已将话说开，正在八角亭里相拥而吻的二人，对她道："非礼勿视。"

李羡鱼脸颊微红，轻轻应了声。

她在临渊怀中等了一会儿，又小声问道："那现在他们走了吗？"

临渊没有立刻作答。直至又是半盏茶的时间过去，他方将遮住李羡鱼的手放下：

"走远了。"

他将李羡鱼从树上抱下："此事，公主想如何处置？"

李羡鱼略想了想，犹豫着启唇："原本在宫里私下结对食是不允许的，但是……但是，我这样偷看他们，也不是什么光明正大的事。"她轻声道，"那就这样互相抵销吧，我便当作什么也没有看到。"

临渊应了声，又问她："公主现在还想回寝殿吗？"

李羡鱼点头。她主动牵起临渊的手，带着他重新踏上铺满月光的游廊，走向寝殿的方向。

夜风过处，庭院里的冬青树枝叶轻摇，于游廊上投下浅淡而支离的影。

李羡鱼羽睫低垂，心绪有些紊乱，一会儿想起潘嬷嬷与她说的故事，一会儿又想起栀子与小答子二人在八角亭旁的对话。

两拨声音交织，在她的脑海里吵闹不休，迟迟分不出个胜负。

李羡鱼也不知道哪方才是对的，唯有暂且停住步子，轻轻唤了声："临渊。"

临渊随之停步，垂眼看向她。

李羡鱼轻抬羽睫，望见临渊那双深沉如夜色的眼睛里映出她的影子。

月夜静谧，光影如水。

李羡鱼轻轻碰了碰他的掌心，鼓起勇气问他："临渊，如果我不是大玥的公主，而是个普通的小宫女，而你是个守门的小宦官，你还会喜欢我吗？"她脸颊微红，"你会和我结对食吗？"

她的话音刚落，游廊里有刹那的寂静。

临渊将她的素手握紧，凤眼里的色泽愈显深浓。

他问："臣就非得是个宦官不可？"

李羡鱼略想了想，还是认真地点头。

毕竟临渊若是个侍卫，抑或是寻常的世家子弟，便能在小宫娥出宫后将她娶回家了，又何来没有结果。

于是她执着地重复："一定要是宦官。"

临渊与她相握的长指收紧，语气很冷，却不带半点儿迟疑："结。"

李羡鱼微微侧过脸，语声很轻："临渊，即便是这样注定没有好的结果的事，你也答应呀？"

临渊语声愈寒："不然如何？"他道，"臣是送公主出宫成婚，还是看公主也跳一回小池塘？"

李羡鱼两靥微红："那可不成。"

她可不会水，要是真的跳进小池塘里，可能等不到临渊救她，就已经沉到塘底，陪那条红鱼去了。

临渊低首看她，凤眼浓黑，辨不出情绪："公主是想和臣结对食？"

李羡鱼指尖轻蜷，雪白的双颊染上红云。

"没有，"她轻声掩饰道，"我只是问问。"

李羡鱼的语声落下，便有微风徐来，带着小池塘里的水汽与冬夜的寒意，令她本能地抬手拢住身上略显单薄的斗篷。

临渊停住语声，解下自己身上的氅衣将李羡鱼裹住："臣带公主回寝殿。"

李羡鱼乖巧地点头。

临渊俯身将她抱起，带她往寝殿的方向而去。

夜风寒凉，李羡鱼双手拢着他宽大的氅衣，感受着从指尖传来的属于他的温度，轻轻抬起那双清澈的杏眸，小声问："临渊，你喜欢我吗？"

临渊身形微顿，抱着她的手臂绷紧。

他没有回答，而是在风声里一字一顿地反问："公主以为呢？"

李羡鱼的唇角轻轻抬起，她将拢着氅衣的手松开，转而环上临渊的颈，借着他的力道半支起身来，亲了亲他的侧脸。

如霜的月色中，她以仅有自己能够听见的语声，悄悄说出那句一直藏在心底的话。

"我也喜欢你。"

她的语声轻如朝露，似昙花悄然在夜里开放。

披香殿里的冬日安宁静谧。

那些散落在冬夜里的心事尚在耳畔，殿顶浅金色的日光已数度走过结霜的青砖。

仿佛只是几个合眼的工夫，便到了启程去和卓雪山这一日。

当日清晨，远处的天穹尚且乌黑，皇室的仪仗便已浩浩荡荡地出了北侧宫门。

李羡鱼拢着鲜艳的茜红斗篷，端坐在她的轩车上，听着清脆的马蹄声向前，带着她从热闹的青莲街上"嗒嗒"而过。继而，人声渐歇，轩车似乎过了城门，到了城郊安静的官道上。

她也将坐姿松懈下来，挑帘往外望去。

官道两旁是巍峨的群山，于清寒的冬日里绵延向远方，似永远望不见尽头。

李羡鱼远眺了阵，见未出现新的风景，便重新将锦帘垂落，对藏在她车内的少年莞尔轻声道："临渊，你若是无事，便陪我打把双陆吧。"

去一趟和卓雪山至少也要一个月，行程漫漫，她总得找些事来打发光阴。

临渊坐在李羡鱼对面的坐凳上，正拿布巾擦拭着自己的长剑，闻言淡淡地应声，将长剑搁下，抬手将靠近他这一侧的屉子打开，从一堆她塞进来的话本里找出打双陆用的棋盘与棋子，又寻出几枚玉骰递给她，问她："公主可要赌什么彩头？"

李羡鱼将玉骰拿在手里，略想了想，便道："那就像之前一样，若是谁输了，便在谁的面上画上一道。"

临渊并无异议。他将棋盘取出，搁在二人中间的方桌上，抬手将棋子布好，其中黑棋朝向李羡鱼，意在让她先行。

李羡鱼明眸微弯，也没有推辞，指尖轻抬，便将玉骰掷下。

她起初的运气颇好，第一手便掷出一个陆来。她立刻便眉眼弯弯地执子向棋盘中央走出第一步。

临渊也未多言，只从她手中接过玉骰，同样掷下，继而执起白子紧随其后。

清脆的色子碰撞棋盘声里，浅金色的日光从锦绣垂帘底下透进来，在棋盘上流水般轻盈地转过。

你来我往间，很快便是三局过去。

李羡鱼的运气许是用完，第一局双陆很快很见颓势，随后又输一局，她的梨涡处也被一左一右添了两个红点。

等到第三局的时候，她才总算是扳回一局，赢了临渊。

"可算是轮到我画了。"她笑起来，将搁在胭脂盒上的湖笔拿起来，在颠簸的马车里小心翼翼地起身，挪到他的身畔坐下。

她侧身望着他，手里的湖笔悬停在他的面上。

她启唇，像是自言自语，又像是在征询他的意见："临渊，你说我画什么好些？"

临渊垂下羽睫，将放在方桌上的胭脂拿给她："公主随意便好。"

李羡鱼展眉，正想说些什么，却听勒马声接连响起。

原本正在向前的轩车恰巧在此刻停下。

这一停来得突然，李羡鱼没有防备，惊呼间身子骤然向前倾倒。

临渊目光一凛，立刻抬手，将她前倾的身子护在怀中。

李羡鱼还没回过神来，便这般轻轻倒在他的身上，撞上了他坚实的胸膛。

她脸颊滚烫，拿着笔的指尖一偏，在他的面上留下了一道长长的胭脂印。

轩车在道旁停下。

临渊随之抬眼，问她："公主画完了？"

李羡鱼一愣。她支起身来，抬眼看向他面上那道痕迹，抿唇辩解道："这道不是我画的，不能作数。"

她说着，便从袖袋里拿出自己雪白的锦帕，蘸了些清水，要给他擦拭，指尖方抬，身后垂落的锦帘便被打起。

一道天光照入车内。

坐在车辕上的月见半回过身来，正抬手挑着车帘，笑着向她禀告："公主，到歇脚的地方……"

话未说完，月见语声突然顿住，眼睛惊诧地睁大，像是不敢相信她所看见的情形，又像是被眼前的情形震住——轩车内光影朦胧，一张打双陆用的棋盘还放在中间的方桌上，而棋子已散了满地。自家公主半跪在坐凳上，一只手压着少年的肩，另一只手拿着绣帕，似要给他净面，而少年以修长的手臂环过公主的腰身，骨节分明的手托住了她的脊背，帮她在颠簸中稳住身形。

此刻，二人听见语声，同时望来。

李羡鱼面色通红。

临渊目光微寒。

月见眼睛睁得更大，连语声都颤抖了："公……公主？"

她好像看见公主的影卫面上有一道红痕，像是……像是一道胭脂印。

这个认知让她又战战兢兢地去看公主鲜红的唇瓣——在发觉好像是一样的颜色后，她一张脸更是跟蒸熟的虾子似的。

月见慌慌张张地将锦帘放下，在车辕上背过身去，好半晌才磕磕巴巴地道："公主，到……到歇脚的地方了。您……您若是得空，便随奴婢去用些膳食，再去驿站里小憩一会儿。"

隔着一面垂落的锦帘，李羡鱼同样满面通红。

她将手里拿着的锦帕递给临渊："那……那我先去驿站了。"

临渊羽睫轻垂，抬手接过帕子，对李羡鱼道："臣会挑无人的时候过去。"

李羡鱼双颊愈红。她隐约觉得他这话听起来有些奇怪，但一时又说不出奇怪在哪儿，加之月见还在车辕上等她，便只好仓促地点头，小声对他道："我会给你留窗的。"

语声刚落，她便想从临渊的怀中下来，可还未支起身，皓腕便被临渊握住。

他将停留在她背上的长指抬起，往上轻摁住她的颈，示意她暂且低头。

李羡鱼依着他的动作低了首，羽睫轻轻抬起，看着他的面容愈来愈近，方降下几分热度的面上重新变得滚烫。她羞怯地出声："月见还在外头……"

临渊抬起的长指微顿，继而他仍旧平静地执起她递来的锦帕，将她面上那两点面靥轻轻拭去。

他薄唇微抬，清寒的凤眼里染上了浅淡的笑："公主在想什么？"

李羡鱼面红欲烧，羞急地嗔他："你……你若是再这样，我就将窗户锁死，不让你进来了。"

她说着，便将他手里的绣帕拿走，红着脸转过身去，踏着脚凳，下了轩车。

时值正午，轩车外日光明亮。

皇家的仪仗停在官道旁，威仪赫赫，绵延如龙。

李羡鱼举目四顾，见皆是天家子弟。

她与几名相熟的皇兄行过礼，便带着月见往临时歇脚的驿站中走去，还未迈过门槛，却先见到了一名意想不到之人。

"雅善皇姐？"李羡鱼停住步子，讶然出声。

稍远处，正由侍女搀扶着步下轩车的雅善随之抬起眼帘。

今日天光颇好，并不如何寒冷，但雅善依旧穿着极为厚重的狐裘，严严实实地戴着防风的厚密的毛领。她手中捧着个汤婆子，露在袖口外的手腕纤细得像是冬日里的梅枝，瘦得惊人。她也向李羡鱼望来，淡色的双眉轻弯，笑意浅淡而柔和。

"嘉宁。"

李羡鱼便绕开众人，提裙向雅善走去，有些担忧地轻声问她："皇姐是来为我们送行的吗？怎么送出这样远？"

雅善轻轻摇头。

"不是送行。"她语声轻柔，"和卓雪山之行，我与你们同去。"

李羡鱼越发惊讶，担忧地道："可是，和卓雪山天寒地冻，且这一路上舟车劳顿，对皇姐的身子不利。"

李羡鱼想不出雅善皇姐非要去雪山的理由，只以为她是为了守着大玥皇室的规矩，便道："皇姐等等，嘉宁这便去求皇兄，让他破例送皇姐回去。"

雅善皇姐若是现在立即回返，应当能赶在日落的时候回到皇城。

她这样想着，便不再耽搁，回身便要去找李宴的车驾。

雅善却轻声唤住了她。

"别去。"雅善轻声对李羡鱼道，"是我主动去求的皇兄，让他带我同去。"

在李羡鱼惊讶的目光里，雅善抬起苍白的唇瓣，对她轻轻笑了："我求了好几次，最后以停药相胁，他才答应带我同去。"

这还是她自出生以来第一次这般任性。

李羡鱼微微一愣，仍是不解："雪山路远，冬日苦寒，皇姐为何一定要去？"

雅善垂下眼帘，在李羡鱼担忧的语声里，想起出行前浮岚也曾问过她一样的话。

她为何非要前去？

大抵是因为她知晓，自己已熬不过这个冬日，却不愿长逝在困了自己一生的流云殿中。

雅善这般想着，却终究只是轻轻弯了弯眉，语气温柔地安抚李羡鱼："因为我也想去看看雪山，看看这场大玥难得的盛事。"

李羡鱼轻轻抬眼，看向她这位生来病弱的皇姐。看见皇姐苍白的面上显出从未有过的执着的神色，她似乎也明白过来，自己劝不住皇姐，便唯有让月见拿了条自己的最厚实的狐毛围脖给雅善，藏下自己的担忧，轻声对雅善道："若是皇姐缺什么，抑或是想要回去了，便遣人来嘉宁这里知会一声，嘉宁替皇姐想想办法。"

雅善接过那条暖和的围脖，弯眉轻轻应了声"好"。

众人用过午膳后，皇家的仪仗又徐徐往前，终于赶在日落前夕抵达最近的城池。

当地的知府携大小官员恭敬相迎，于官府中摆设宴席，迎皇室入席。

李羡鱼并不如何喜欢这等隆重的场面，用过晚膳后，便早早地返回她今夜居住的厢房。

因她身份尊贵，厢房里布置得很是雅致。一面绘着海棠春日的锦绣插屏后，苏绣幔帐低低地垂落，掩住雕花精致的拔步牙床。床上的锦枕与被褥都是崭新的，似乎还特地在极好的日头下晒过，显得柔软而蓬松。

一切都是这样舒适。

李羡鱼的神思也随之松懈下来。

她在榻沿上落座，抬手解下自己身上厚重的斗篷，放在一旁的长案上。她正想将领口的玉扣也解开，着寝衣睡下的时候，却想起临渊似乎还未回来。

她起身行至长窗畔，望向窗外陌生的夜色，一时也不知该去何处找他，唯有抱着试一试的想法，对梁上轻声唤道："临渊？"

玄衣少年随之从梁上而下，立在她的身前，平静地应声："公主。"

李羡鱼微微一愣，有些好奇地问："临渊，你是什么时候回来的？"

她都没有瞧见。

临渊淡淡地道："方才。"他顿了顿，复补充道，"公主开始解衣的时候。"

李羡鱼被他说得两靥绯红，匆匆地拿起长案上的斗篷裹住自己，微红着脸问他："你怎么这个时候才过来？"

临渊轻轻垂下羽睫，略去了他与城中死士接应的事，仅道："臣去城中走了趟。"

他语声刚落，便将带来的食盒递给李羡鱼："城中热闹，臣便随意买了几样吃食回来。"

李羡鱼听到"热闹"两个字，心里不免又生出偷偷出去玩的念头。但红唇刚启，在马车上颠簸了整日的身子便隐隐有些酸痛，她只好将话咽下，抬手接过临渊递来的食盒，将它打开，低头看了看。

食盒分为数层，其中整整齐齐地放着枣糕、糖瓜、春饼、麦芽糖，底层还有一整碗山药圆子，似乎都是临近年节时才有的吃食。

李羡鱼怔了怔，又抬起眼来去看远远地挂在墙上的皇历，这才发觉，不知不觉间，竟又到了年关将近的时候。

也难怪街面上会变得热闹。

她有些出神。

临渊依旧垂眼看着她，见她迟迟不动筷，便问："是不合公主的胃口？"

李羡鱼回过神来，莞尔轻轻道："没有，我只是在想年节的事。"

她说着，便将食盒里的点心拿出来，放在室内的剔红高案上，软声问他："临渊，你用过晚膳了吗？"

临渊道："不曾。"

李羡鱼遂拉着他在高案旁落座，又分了副银箸给他。

临渊伸手接过，却没动筷，而是问道："公主方才在想什么？"

李羡鱼撜起一块枣糕放到自己碗里，一副若有所思的模样："我是在想，这次的年节，应当是要在去和卓雪山的路上度过了。"

临渊执箸的长指微顿，他问："公主是想念玥京城了吗？"

李羡鱼略想了想，轻声道："倒也不是，只是之前的年节我都是在玥京城里过的。

"今年还是我第一次在皇城外的地方过年。"

她也说不上这是什么感受，究竟是新奇，还是不安，抑或是兼而有之。

临渊轻轻垂下眼帘："臣会陪着公主。"

他说得这样平淡而自然，却让李羡鱼的心跳悄悄漏了一拍。

她微红着脸垂下眼去，红唇微启，想要与他说些什么。可话到了唇畔，她又缓缓停住，踌躇着不知该不该说。

临渊的视线随之投来，他问："公主想与臣说什么？"

李羡鱼被他这样一问，面上愈红，有一种被窥见心绪的慌乱。

她连忙抬起银箸，撰了块春饼给他，局促地轻声道："等用完晚膳再说吧。"

临渊淡淡地应了声，没再追问，重新垂眼，执起银箸，开始吃李羡鱼撰到他碗里的春饼。

李羡鱼也松了口气，从食盒里捧过那碗山药圆子来，掩饰般小口小口地吃着。

厢房外夜风渐起。

灯架上的烛焰随着风声左右摇曳，时明时暗，带得李羡鱼的心绪悄然起伏。

她适才其实是想问问临渊，年节将至，他可要回家过节，他的家中可还有人在等他。

话到唇畔，她却想起，临渊似乎极少与她提及自己的身世。

时至今日，她也只知道临渊不是本国的人，他还有一位并不友善的兄长。除此之外，她对临渊的过往似乎一无所知。

她这样想着，又从汤碗里抬起眼来，悄悄觑了他一眼。

她对面的少年显然察觉了，握着银箸的长指一顿，但最终没有抬头，只是任由她打量。

李羡鱼反倒有些不好意思起来。她又给临渊撰了块枣糕，便乖乖地低下头去吃她的圆子。

她想：兴许是临渊的家人对他并不好吧，那自己还是不要问他的身世，以免勾起他的伤心事。

李羡鱼思绪落定，一顿晚膳很快便被用完。

二人先后搁下银箸。

李羡鱼从木椅子上起身，想去洗漱后歇下，还未抬步，便被临渊握住了皓腕。

他又一次询问："公主晚膳的时候，想与臣说什么？"

李羡鱼回过身来，纤长的羽睫轻轻扇了扇，给自己找出个理由来："白日里，你打双陆输给我了，说好的，要让我画上一笔。"

"方才月见来得突然，我还没来得及落笔。"

临渊失笑。他松开李羡鱼的皓腕，起身给她拿了支湖笔："公主画吧。"

李羡鱼秀眉弯起，匆匆地从自己的妆奁里找了盒胭脂过来，以湖笔柔软的笔尖蘸了，又对临渊道："你坐下来，我够不着你。"

临渊重新落座。

李羡鱼拿着湖笔走到他跟前，伸手捧着他的脸，寻找着合适的、可以落笔的地方。

但很快，她的视线不由自主地落在他的唇上。

临渊的唇很薄，弧度优美，略带笑意的时候格外好看。

但他偏偏是个冷淡的性子，素日极少与她之外的人说话，面上的神情也总是冷峻，加之一双凤眼浓黑，唇色却又浅淡，两相映衬之下，更是形成了一种拒人于千里之外的寒。

李羡鱼不由得想：若是临渊唇色深些、艳些，会不会看着便没这样不好亲近了？

她这般想着，手里的湖笔也轻轻落在他的薄唇上。

柔软的笔尖轻轻扫过，临渊剑眉随之紧蹙，像是极不习惯这样的触感。

李羡鱼并没有察觉，视线专注地落在临渊的唇上，一只手捧着他的脸，另一只手拿着湖笔，似素日给自己涂唇脂那样，沿他的唇线细细地描摹过去，又将空余的部分细致地填好。

到最后，他原本的唇色彻底被掩盖，取而代之的是胭脂鲜艳而浓烈的颜色，衬着临渊冷白的肤色、清丽的容貌，便似梅花开在雪上，散发着冰冷的艳。

李羡鱼捧着他的脸愣了愣，不由得轻轻感叹："没想到会这样好看！"

她说着，便搁笔牵过他的手，迫不及待地带着他走到妆奁前。

李羡鱼亲手捧了面铜镜给他，眉眼弯弯地征询他的意见："临渊，你看，是不是很好看？"

临渊瞥了眼，浓黑的凤眼里看不出什么情绪，说道："胭脂在公主的唇上比在臣这儿要合适得多。"

李羡鱼微微一愣，本能地启唇辩解："可是，我素日也涂口脂……"

许是她的唇色本就鲜艳的缘故，涂上口脂后并没有这样大的区别。

她的话还未说完，临渊便俯身，吻上她微启的红唇，将她未尽的语声尽数吞没。

李羡鱼的双颊倏地通红。她有些不知所措地望了临渊一眼，继而羞怯地轻轻合上眼，感受着他的长指抬起她的下颌，薄唇在她的唇上辗转，将那石榴红的胭脂染到她的唇上。

随着他的吻的深入，李羡鱼尝到了制作胭脂的石榴汁酸甜的味道，带着膏体本身微微的涩味，将所有的感觉都无限放大。

奇特而令人面红的感受，令李羡鱼本能地想要往后退避。

临渊修长的手指随之抚上她起伏的蝴蝶骨，他将她桎梏在怀中，更深地吻下去，直至李羡鱼的唇上染满了胭脂红，直至她双颊微红，抱在怀里的铜镜悄然自指尖坠下。

临渊信手接住铜镜放在妆奁上，睁开浓黑的凤眼去看她绯红的双颊。

李羡鱼感受到临渊的羽睫扫过她面颊的微弱触感，有些酥痒，却羞赧得不敢睁眼，只是感受着他修长的手指抚过她的双颊，又缓缓垂落，打开了她领口的两枚玉扣。

他更低地俯下身来，炽热的唇吻过她纤细的颈，又停留在她的肩胛上，像她咬他时那样，不轻不重地咬了一口。

李羡鱼这才知道，她当初咬临渊的时候他是什么样的感受。

这样酥，这样痒，让她忍不住轻轻唤了声。

寂静的冬夜里，她的声音轻而甜，令她眼前的少年沉了眸色。

李羡鱼回过神来，面颊通红，伸手掩住自己的唇，继而又慌乱地拉起斗篷的领口，将自己裹住。

她转过脸去不敢看他，语声也似在腾腾地往外冒热气："我……我要去洗漱歇下了。"

她找了个借口，便挣扎着想要逃走。

临渊紧握着她的皓腕，眸色晦暗地看了她许久，终于咬牙松开了她。

李羡鱼慌张地往回走，将自己连斗篷带人裹进锦被里，还将被角拉高，藏住了自己通红的脸。

室内安静了一阵，李羡鱼似能听见自己急促的心跳声与锦被外临渊微微紊乱的呼吸声。

她羞得不敢抬头，唯有紧紧地合上眼，想让自己快些睡去。

但少顷，她听见锦被外传来临渊略显低哑的语声："公主。"

李羡鱼将眼睛合得更紧，努力想装出自己已经睡着的模样。

锦被外，临渊又低低地问了声："公主不是要去洗漱吗？"

李羡鱼这才想起这回事来，心虚地没有回答。

临渊等了她少顷，淡淡地道："臣带公主过去。"

李羡鱼微微一愣，还未来得及明白临渊话里的意思，便觉得自己身子一轻，被他连人带锦被从榻上抱起。

身体突然腾空，李羡鱼再也无法装睡。她本能地伸手环上他的颈，睁开一双潋滟的杏眸望向他，慌乱地轻声问："临渊，你……你要带我去哪里？"

临渊垂眼看她，浓黑的凤眼里仍有未退的情愫。

"浴房。"他垂下羽睫，修长的手指拂过她的唇，看着指尖染上的淡淡红色，他的语声低哑，"至少，先将胭脂洗了。"

李羡鱼将通红的脸往锦被里藏，环着他脖颈的素手垂下来一只，轻轻推了推他还停留在她颊畔的手，嗫嚅道："我自己会洗……"

临渊侧过视线，置若罔闻，抱着李羡鱼大步走过寝间与浴房相隔的围屏，将她连人带锦被一同放在浴桶边的雕花高几上。

几面与他的腰际差不多高，李羡鱼坐在几上，足尖都够不着地面，身上的锦被也随之一松，往下滑落。

寒意袭来，李羡鱼下意识地垂手，将滑落的锦被抱起，重新挡在自己的心口上。

她从绯色的锦被堆里仰起脸来，以一双潋滟的杏眸望向他。

临渊的视线顿住，他眼眸沉沉地凝视她一阵，终于还是忍不住，重新俯下身来，将她唇上沾染的胭脂吃下。

二人彼此的呼吸交缠良久。

直至李羡鱼承受不住，呼吸紊乱地挪身往后闪躲，临渊这才放过了她。

他垂眼敛下眸底的晦色，取干净的方巾蘸了清水，缓缓擦拭着李羡鱼鲜红的唇瓣，将仅剩的胭脂拭去，留下的齿痕抚平。

李羡鱼绯红着脸，将裹在身上的锦被塞给他，蚊蚋般轻声道："临渊，你……你出去一会儿。"

她赧然地侧首："我想沐浴。"

临渊长指微顿，终于接过锦被放回榻上，对李羡鱼道："臣去给公主准备浴水。"

李羡鱼面上生烫，匆促地自高几上下来，抬手轻轻握住他的袖口。

"这样……这样的事，让月见她们去便好。"

临渊回身，视线落在她酡红的脸颊与吻过后越发鲜艳的红唇上，略微停留后，又轻轻垂下羽睫："公主现在的模样不宜见外人，还是臣去为好。"

他说罢，便将李羡鱼握在他袖口上的指尖放下，身形随之隐入暗处，丝毫不给她拒绝的机会。

一炷香的工夫后，浴水备好，临渊亦退到围屏外等她。

李羡鱼拢着斗篷，隔着围屏羞赧地叮嘱道："沐浴完我自己会出来的，你……你可千万别进来寻我。"

临渊低低地应了声，握紧了身畔的长剑，侧首去看窗外的夜色，强令自己将心底翻涌的欲念平息。

李羡鱼等到了他的答复，胸腔内胡乱跳动的心也平复了些。

她红着脸，慢腾腾地脱下斗篷，解开自己贴身的里衣，将身子藏进临渊为她准备好的浴水里。

她在洗沐的时候素来细致，直到浴水开始生凉，才依依不舍地从浴桶里出来。

她在浴房里换上新的寝衣，裹上干净柔软的斗篷，这才从围屏后探出指尖，轻轻碰了碰临渊的手背，低声道："好了，你可以看我了。"

临渊侧过身来，视线在她被热水蒸得微红的双颊上快速地滑过，继而抬手，替她将还未打散的发髻拆下。

他问："公主现在便去就寝吗？"

他的语声仍旧低哑，李羡鱼也仍不敢抬头看他，只是红着双颊轻轻点了点头，趿着睡鞋走到锦榻边，将自己重新团进锦被里。

临渊羽睫深垂，重新回到梁上。

远处更漏迢递，夜幕沉沉降下，终于到了一日中最为寒冷的时候。

厢房内的炭盆火光犹在，却已无法抵御从四面侵袭过来的寒气。

李羡鱼抱着寒冷的衾枕，在锦被里缩成一团，半梦半醒间甚至觉得自己像是卧在冰上。

她本就有些畏寒，此刻更是睡不着，瑟瑟然拢着锦被坐起身来，对梁上低低地唤道："临渊。"

临渊此刻还未睡去，闻言便将覆在身上的氅衣信手披上，迅速地自梁上而下，挑起帷帐，行至她的榻前，低声询问："公主睡得不好？"

李羡鱼点头，将锦被拥得更紧，启唇的时候连牙关都微微打战："这里怎么这样冷？"

明明离开皇宫不过一日，即便骏马走得再快，也不至于一日之内就走到这般严寒的地界。

临渊道："是因为此处未设地龙。"他道，"公主的寝殿内除炭盆外还有地龙，而此处仅有炭盆。"

李羡鱼微怔。

地龙无法临时添置，她也唯有退而求其次。

李羡鱼迟疑着道："那……我让月见她们多点几个炭盆过来，有用吗？"

临渊剑眉微蹙："房内的炭盆已经很多，再点，便要将四面的长窗尽数敞开。"

届时，北风灌入，房内只会更冷。

李羡鱼越发为难。她在冰冷的榻上踌躇良久，终于鼓起勇气，探出指尖来，轻轻碰了碰临渊的手背。

少年的手背筋骨漂亮，宽阔而修长。

最为要紧的是，他手背上的温度炽热，比李羡鱼冰冷的衾枕要温暖许多，温暖得她都有些不想缩回指尖。

于是她轻轻抬起眼来，以一双清澈的杏眸望着他。

她脸颊微红，目光轻漾，明显是动了拿临渊取暖的念头，又有些赧于启齿，只盼着他能够明白她的心思。

临渊深深地看着她。

良久，他似乎明白过来李羡鱼的意图，锋利的剑眉抬起，凤眼依旧浓黑，不辨喜怒："公主是想让臣暖床？"

李羡鱼被他这般直白的话问得面红欲烧，好半响，才羞怯地轻轻点了点头。

临渊并未多言。他利落地抬手，脱下氅衣，解开武袍，仅着贴身的里衣，就这样步上榻来。

李羡鱼满面通红，挪身给他让了半边枕头。

临渊撑着锦榻的长指微顿，继而抬手拂落了幔帐，侧身睡到她的身旁，占走了她让出来的半边枕头。

红幔低垂，隔绝了窗外的月光。

榻上光线昏暗，李羡鱼即便睁着眼，也只能依稀看清临渊的轮廓。

可他离得这样近，滚烫的呼吸拂在她的面上，高挺的鼻梁几乎要碰上她的眼睫，原本垂在身侧的右手随之抬起，将她冰冷的素手拢进掌心里。

李羡鱼指尖轻蜷，感受到他掌心传来的热度是这般炽热，令人在寒冷的冬夜里心生安定。

李羡鱼原本蜷缩的身子缓缓展开，她轻轻合上眼，红唇微抬，于不再那般寒冷的衾枕间安然睡去，而她的身侧，只着里衣的少年长指收紧，眸色晦暗地注视着她。

习武之人的五感本就优于常人，遑论这样安静的夜，这般近的距离，纵使隔着深浓的夜色，他亦能清晰地看见少女低垂的羽睫、微红的双颊，以及那花瓣般润泽柔软的唇。

他想伸手触碰，想要再尝尝其中的滋味，却又不得不咬牙忍住，强迫自己紧紧地合眼，不去看她，更不去想她指尖传来的温软的触感。

李羡鱼却挨了过来。

睡梦中的少女像是一只畏寒的猫，遵循着本能向温暖的地方靠近。她团进他的怀中，素手抱在他的腰上，在他的身上找了个舒服的位置睡下。

大抵是睡得称心合意的缘故，李羡鱼还拿脸轻轻蹭了蹭他的胸膛。

临渊的身形蓦地僵住。

似有火焰从她所触碰之处烧起，点燃了他原本清冷的凤眼。

他抬手将李羡鱼拥紧，修长的手指探向她腰间的系带，却又在即将触及的时候强行忍住，咬牙提醒她："公主收敛些。"

李羡鱼显然没有听清。她在睡梦中嘟囔了声，继而似乎感觉到他身上的热意，便将身子贴得更近，素手抵上他的胸膛，又缓缓垂落，纤白的指尖轻轻掠过他紧绷的小腹，往腰下探去。

临渊的眼眸彻底沉下，他蓦地抬手，握住李羡鱼垂落的皓腕，将她的素手抵在柔软的锦枕上。

他不再忍耐，俯身欺上李羡鱼柔软鲜艳的唇，一路吻过她雪白的颈项，又以齿尖狠狠地咬开她领口的玉扣。

冬日的凉意与少年唇齿间的热意一同袭来，将睡梦中的少女吵醒。

"临渊，"她蒙眬地抬眼，轻轻唤了声他的名字，有些茫然地问他，"你是要吃掉我吗？"

临渊短暂地停下动作，有些咬牙切齿地问她："公主以为呢？"

夜已深，榻上温暖如春，如此好眠的时刻，李羡鱼也困得支撑不住，便重新合上眼，红唇互相轻碰："你才不会。"她说着，又侧过身来，将自己重新团进他的怀里，鲜红的唇瓣轻轻抬起，梦呓似的在他的耳畔轻声道，"我相信你。"

临渊握在她皓腕间的长指收得更紧，他垂下那双浓黑的凤眼，看向怀中熟睡的少女。

她睡得安，黛眉轻展，红唇微抬，唇畔梨涡浅浅，这样纤细、美好、毫无防备，似一朵他抬手便能折下的花。

他喉结微滚，眸底晦暗得仿佛不见天光，但最终仍是一寸寸地松开了紧握着李羡鱼皓腕的长指，在夜色中侧过脸去，牙关紧咬，强忍着没有动弹，任由李羡鱼就这样抱着他，在他的身上取暖。

待李羡鱼的呼吸重新变得轻浅而均匀，他才从榻上起身，径直到浴房用冷水将自己洗了数遍，直至窗外天光微明。

两个时辰后，柔和的晨光照入红帐。

李羡鱼也从梦境中醒转。她睡眼蒙眬地在榻上坐起，想要趿鞋起身，视线一偏，却看见了还睡在身侧的少年。

日光透过红帐，斜照在他的面上。

少年乌黑的羽睫轻轻垂着，掩住了那双过于清冷的凤眼。

淡金色的光将他原本冷峻的轮廓柔化，显出少年人特有的清朗与温柔。

李羡鱼趁着他还未醒，偷偷看了阵，继而抿唇轻笑，小心翼翼地从榻上起身，又替他将被角披好，然后轻轻地往浴房走，努力不惊醒他。

李羡鱼很快便走过了围屏，轻手轻脚地开始洗漱，而榻上的少年也睁开一双浓黑的凤眼，往她的方向睨了眼，薄唇紧抿，似有些不悦，但最终还是在她出来之前重新合眼，并顺势占据了整张床榻。

比起夜间的美好，往和卓雪山去的路程对李羡鱼而言，是辛苦而乏味的。

皇室的轩车宽敞，坐凳上也铺了厚厚的毛毡，尽量减少了路上的颠簸，但一连半个月的奔波下来，李羡鱼仍旧有些支撑不住，坐姿也从一开始的端坐，到最后因为成日坐着，累得腰身酸软，不得不偷懒倚在大迎枕上。

唯一令李羡鱼觉得欣慰的是，窗外的风景常有变化，时而是群山，时而是湖泊，时而是冬日里一望无垠的田野，而每路过一座城池，年节的氛围便随着时间的推移而越发浓烈。

在皇室的车队抵达长淄郡的时候，年节终至。

当夜，当地的郡守与大小官员恭敬相迎，在官府中办了一场最为盛大的宴席，以迎接这个储君登基后的第一个年节。

李羡鱼端坐在垂帘后，小口小口地吃着一块甜口的年糕，有些心不在焉地看着场内的歌舞，想着城内此刻不知道是怎样的热闹，是不是也正在放爆竹、舞狮子、看花鼓，她却要坐在这里，看着这群官员或是殷勤，或是唯唯诺诺地逢迎皇室。

正当李羡鱼托腮愁闷的时候，眼前光影微暗，她轻轻抬起眼来，却见她如今已是陛下的皇兄立在她的垂帘外，略带些无奈地唤她："小九。"

李羡鱼回过神来，匆促地自长案后起身，因自己方才的走神而有些面红："皇兄。"

李宴颔首，语声淡淡："嘉宁，今日是年节，新年伊始，你不应当满面愁容地坐在这里。"

李羡鱼越发赧然。她轻声认错："皇兄说得是，嘉宁会努力高兴些。"

李宴伸手摁了摁眉心，眼底的无奈之色更甚。少顷，他叹了声，随手递来一块玉牌，对她道："你若是坐不住，便去城中逛逛吧。"他顿了顿，又补了一句，"就当是，看看天下的民生。"

李羡鱼微愣，继而杏眸亮起，双手接过玉牌，对李宴展眉笑起来："谢谢皇兄。"

她说着，便对李宴福身行礼，步履轻快地离开了宴席，同时还偷偷带走了隐在暗处的临渊。

李羡鱼回厢房将出席宴席时穿的隆重的华服换下，便带着临渊到了清安城的街上。

如她所想，今日街上很是热闹。

杏黄色的舞龙队与明红色的舞狮队交错着在如织的游人中舞过，路上摆满了各色摊位，有的甚至摆到了长街中央，爆竹声声里，摊贩们身着新衣，满面喜气地高声吆喝，喧嚣热闹，满是年味。

李羡鱼牵着临渊在长街上走过，原本空空的手中很快便拿满了各色吃食——

枣糕、糖瓜、春饼、麦芽糖……与临渊当初买给她的一样不差。

李羡鱼每样都尝些，因这些好吃的小食而眉眼弯起。

但她的胃口并不大，最后除了那盒麦芽糖，其余的都被她塞给了临渊。

临渊将这些东西归置到一处，单手拿着，又看向一旁卖小灯笼的摊位，问李羡鱼："公主想要吗？"

李羡鱼满是期待地点头："我想要那盏兔子模样的，有点儿像我养的小棉花。"

临渊淡淡地应声。

他将李羡鱼说的那盏兔子灯买下，又买了一盏红鱼模样的，与李羡鱼一人提着一盏，顺着熙攘的长街往前走去。

民间的年节是如此热闹欢腾，令李羡鱼有些目不暇接。

她看过花鼓，走过庙会，浅饮一口味道辛辣的上灯酒，又好奇地伸手去攥他的袖口："临渊，那里似乎有踩高跷的……"

她的话音未落，"砰"的一声爆裂声自寂静的天穹上而起，响彻热闹的长街。

李羡鱼与临渊同时抬首，见墨黑的天穹上，有烟火粲然盛开。

流火飞金，照亮了半边天幕。

远处的钟楼上，古老的铜钟被僧人撞响。

新年的钟声遥遥而来。

李羡鱼微微仰脸，清澈的杏眸里映着漫天流光。她面对着遥遥在望的和卓雪山，将自己的指尖轻轻放在临渊的掌心里，向他嫣然而笑。

"临渊，新岁吉乐。"

临渊将她的素手握紧，在逆流而来的人潮间俯身，轻轻吻上她的红唇。

"新岁吉乐。"

卷十四　千山雪

年节过后，皇室的车队终至雪山脚下。

彼时正是一年内最寒冷的时节。

雪山上是漫山遍野的银白，积雪厚得能没过人的小腿。

皇室的车驾无法上山，唯有暂且在山脚下停留两日，好让随行的侍卫与宫人们清理出一条道路。

这两日里所有人都清净无事，倒是宁懿百无聊赖地给李羡鱼下了请帖，让她来自己的临时住处，同时还邀请了雅善。

李羡鱼清晨便出门，往宁懿皇姐的住处走。

彼时霰雪霏霏，霜冷风寒。

李羡鱼便将自己裹得格外严实，穿着厚实的狐裘，戴着雪白的兔毛围脖，素白的小手藏在镶着毛边的袖笼里，怀中还捧着个烧得热热的珐琅手炉，这才暂时将雪山上的寒气压下。

临渊跟随在她的身畔，素日持剑的手今日执伞，为她挡去吹来的风雪。

他一直将她带到宁懿的帐外。

候在帐前的执霜立刻上前行礼，迎李羡鱼进去。

帐篷是临时搭建而成的，帐内的空间并不算宽敞，便也未设屏风。随着帐帘被撩起，寒风卷入，其中对坐饮茶的两名公主也抬起眼来。

宁懿依旧是素日的打扮，玄狐大氅底下穿着织金锦裙，面上妆容精致，画着斜红的眼尾微挑，神态慵懒。

坐在她对面的雅善打扮素净，面上未曾上妆，但气色看起来比往日要好上许多，常年苍白的唇上竟隐隐有了些血色。

李羡鱼向二人福身一礼，步履轻盈地走过去，在雅善皇姐的身畔落座。

她望着雅善似有好转的面色，清澈的杏眸里笑意铺开："皇姐近日身子可是好些了？气色也格外好。"

雅善缓缓垂下眼帘，语声轻轻："也许是最近的药好吧。"

羌无给的药确实好用。虽是以透支根本来换取暂且好转的重药，但对一生缠绵病榻的她而言，这换来的自由虽然短暂，但也是值得的。

李羡鱼并不知她心中所想，杏眸微弯，还想问问是哪位太医开的药，宁懿却已挑起黛眉，拿尾指上的护甲轻击李羡鱼面前的案几，冷冷地出声："小兔子，今日分明是来本宫的帐里，怎么却当作瞧不见本宫？"

李羡鱼心情颇好，闻言也只是弯眉道："嘉宁进来的时候便与皇姐行过礼了。"

宁懿嗤笑了声，指尖轻抬，示意执霜递给李羡鱼一盏新煮好的姜茶。

李羡鱼抬手接过，还未来得及谢过皇姐，便见白茸茸的一物顺着宁懿皇姐的裙裾蹿上来，窝在她的臂弯里探出头来，拿一双黑豆似的眼睛盯着自己。

李羡鱼微讶："皇姐将雪貂带来了？"

宁懿信手抚了抚雪貂柔顺的皮毛，语气漫不经心："雪貂本就属于雪山，又不畏寒，本宫便将它带着，权当消遣。"

李羡鱼轻轻应了声，又忍不住问宁懿："可它今日为何一直盯着我？"她不解，"我又没将小棉花带来。"

宁懿似笑非笑："谁知道呢？兴许，它想吃兔子了吧。"

李羡鱼听出皇姐话里揶揄的意味。

她可不想被皇姐戏弄，便轻轻扇了扇羽睫，将茶盏递到唇畔，借着喝姜茶的工夫，将这个话茬儿止住。

姜茶熬得很浓，入口微微辛辣，半盏下去，便将李羡鱼方才自风雪中走来的寒意驱散。

宁懿也将雪貂放下，让执霜端了点心过来，有一搭没一搭地与她们说话。

一壶姜茶很快饮尽。

雅善身子不济，先行告辞。

李羡鱼与宁懿皇姐打了会儿双陆，见外间雪落愈急，担忧一会儿回去的路不好走，便也起身告辞。

宁懿也懒得留她，只让执霜送她出去。

帐帘被卷起。

李羡鱼提裙迈出帐门，羽睫轻抬，便望见了在帐外等她的少年。

他在雪地里持伞等她，玄衣墨发，身姿英挺，似和卓雪山上永不枯败的雪松。

"临渊。"李羡鱼弯眉，轻轻唤了声。

临渊应声，抬步行至她的身畔，将手中的玉骨伞倾向她。

"公主现在可是要回去？"

李羡鱼轻轻点了点头，正想跟他往回，却听身后"嗞嗞"两声。

紧接着，垂落的帐帘被掀起一角，宁懿皇姐豢养的雪貂蹿出帐来，前爪伏地，对着临渊龇牙咧嘴，模样极为凶狠，像是随时都要扑上来，狠狠地咬他一口。

李羡鱼微讶，下意识地道："临渊，它好像不大喜欢你……"

她的话音未落，雪貂便在地上一个借力，猛地扑向临渊。

临渊早有准备，抬手抓住雪貂柔软的后颈，见它似想拧过身来咬人，便一抬手，将它丢到远处的雪地里。

雪貂大头朝下，一头扎进厚实的积雪里，再爬出来的时候，身上柔顺的毛都乍起，看起来极为愤怒。

临渊并不理会，一边抬步带着李羡鱼往回走，一边淡淡地与她解释这只雪貂的反应："它几次三番来公主的披香殿，想咬公主的兔子，都被臣丢了出去。"他说着，顺势抬手将扑来的雪貂又丢回去一次，语声淡淡，"这畜生应当是有些记仇。"

雪貂记仇吗？

李羡鱼有些惊讶地回头看了看那只愤怒的雪貂，旋即也不得不承认，它看起来的确是想伺机咬临渊一口的模样，只是还没找到合适的机会。

眼见着它还想扑来，李羡鱼便匆匆抬步，拉着临渊离开，好让它少被丢回去几次。

直至走到那只雪貂看不见的地方，李羡鱼才渐渐放缓了步子，望着远处皑皑的和卓雪山，莞尔："这还是我第一次来和卓雪山，第一次看见这么大的雪。"

她不免感叹："玥京城里便不会落这样大的雪，至多也就是薄薄的一层，隔日便化了，便是想堆个雪人都堆不起来！"

临渊似乎想起了什么，轻轻垂眼，对李羡鱼道："臣的故国每年冬日都会落雪，雪厚时能没过靴面。"

李羡鱼很少听临渊提起有关他身世的事，闻言便轻轻抬眸望向他，眸中微带好奇。

临渊却没再说下去，只是问李羡鱼："公主想堆个雪人吗？在回到玥京城之前。"

李羡鱼目光微亮，立刻答应下来。

周围的雪积得很厚，堆一个雪人并不费力，不到一盏茶的工夫，李羡鱼便将雪球滚起。

临渊却没滚他的那份，而是给李羡鱼的雪球添上了尾巴与耳朵，做成了兔子模样。

李羡鱼垂眸望去，见眼前的雪兔莹白一团，长耳短尾，玲珑可爱，倒有几分像她养的小棉花。

李羡鱼嫣然而笑，围着跟前的雪兔绕了一圈，对临渊道："好像还差一双红眼睛。"

她伸手去攥临渊的袖口："我们回住处找两个红色的果子过来。"

她语声未落，便见临渊蓦地抬眼，目光锐利地看向她身后的来人。

李羡鱼顺着他的视线回过身去，见茫茫的雪原中，羌无戴着铁面信步而来。

他并未打伞，发上与衣袍上都覆了一层薄雪，在这般落雪的冬日里，看起来冷得透骨。

羌无却似并不在意，依旧如常地对李羡鱼行礼，沙哑的语声里微带笑意："公主，上山的道路已经清好。陛下有令，正午过后，即刻启程，至雪山封禅。"

在这等天家盛事前，李羡鱼自然也只能将给兔子点眼睛的事姑且放下。

她轻轻点头："我这便回去准备。"她说着，又有些好奇，"今日皇兄身边的宦官与长随不在吗？怎么是司正亲自过来传令？"

羌无伸手掸去自己衣袖上的落雪，仪态从容而优雅："臣并非奉命而来，不过是将刚得知的消息转告给公主罢了。一刻钟后，应当还会有宦官来与公主传令。"

李羡鱼略有不解，想了想，又轻声问道："司正这是让我回去早做准备吗？"

羌无笑了笑："不过是臣想来罢了。毕竟，这也是臣最后一次向公主传令。"他眼帘轻垂，嗓音沙哑，"臣为天家效劳二十余年，如今，也到了该结束的时候。"

李羡鱼越发讶然，还未启唇，便见羌无手指抬起，信手解下腰间的匕首递向她："这柄匕首，可以留给公主做个纪念。"他笑着道，"这是臣家乡的习俗，也当作公主替臣带回紫玉笛的谢礼。"

羌无的话音未落，李羡鱼便觉眼前光影微暗。

临渊侧身挡在她的身前。他目光凌厉地看向羌无，冷冷地拒绝："不必。"

临渊握紧李羡鱼的素手，提醒她不要去接，语声微寒："何处的习俗，会送人这等沾过血的凶器？"

李羡鱼心一紧，不安地从临渊的身后探出头来，看了看羌无手里那柄匕首。

微微出鞘的匕身光亮锋利，一看就知道经过常年打磨，但刀鞘与刀把处已有许多磨损的痕迹，看着像是经年的旧物。以羌无的身份，这柄匕首应当……应当确实沾过不少人血吧。

李羡鱼越发不敢接。她顺着临渊的话摇头婉拒："既然这是司正的贴身物件，还是不要轻易送人的好。"她说着，又轻声问，"司正是要还乡了吗？"

"还乡吗？"羌无短促地笑了声，眼底似有某种情绪闪过，转瞬却又淹没在雪山的风中，"也许吧，臣也许久没回过自己的故乡了。"

李羡鱼羽睫轻抬，一时不知该说些什么。

羌无亦静默了一阵。最终，他也不曾与李羡鱼说起自己故乡的事，只是语调平静地结束了这场短暂的相遇："公主回去准备吧，臣也还有许多事要做。"

说罢，他便将匕首收回，在风雪中孤身而去。

正午方过，皇室的车队便启程，往山顶攀登。

和卓雪山上的大雪并未停歇，反倒落得更急。

皇室的车队行进缓慢，直至黄昏将至，方行至雪山山顶。

天坛便建在山巅上。

百尺长阶，十丈高台。

上首象征着大玥皇室的巨大的朱雀图腾振翅回首，昂然而立，红宝石雕琢成的瞳孔光明璀璨，俯视着大玥每一任前来封禅的帝王。

礼部的官员与其余皇室子弟均在天坛下伏地跪拜,而身为帝王的李宴头戴冕旒,身着明黄龙袍,顺着长阶步步向上,于大雪中点燃燔炉,手持清香,将敬天之意传于上天。

青烟如雾,缭绕在朱雀巨大的羽翅的上方,顺着风雪直上青云。

清香徐尽。

李宴亲自于昊天上帝及列祖列宗牌位前行叩拜之礼。

太常卿与礼部尚书跪伏在地上,为新帝进献玉帛。

三献之后,礼乐暂歇。

主持封禅礼的司祝展开帛书,在朱雀神像之前跪读祝文。

"皇皇上天,照临下土。薄薄之土,承天之神……"

和卓雪山静谧,在"簌簌"的落雪声与刮过的风声中,李羡鱼听见了熟悉的沙哑嗓音。

她讶异地微微抬眼,却见今日的司祝正是影卫司的司正——羌无。

他在天坛上行祭礼时依旧戴着铁面,身上的灰袍却已换下,改穿一身月白鹤氅,氅衣袖口与领口处金纹环绕,隆重而古雅,像是在庆贺这场大玥数十年来最大的盛事——他还乡前的最后一场盛事。

李羡鱼抬眸望了阵,感受到雪片落在眼睫上微凉的触感,便又畏寒似的将羽睫轻轻垂下,在雪地中安静地等着皇兄自高台而下,等着皇室子弟们依齿序一一上前祭祀。

李羡鱼的齿序不长,至她上台祭祀时,金乌已渐渐西沉。

她身着礼服,踏着长阶上落日的余晖徐徐向上,行至雪中圣洁的天坛。

巨大的朱雀神像下,羌无长身而立,双手向她递来九支清香。

李羡鱼恭敬地接过这献给神明的香火,在这大玥世代相传的朱雀神像面前虔诚地跪下,将清香请入面前的金鼎里。

她轻轻垂下羽睫,静静地等着清香在眼前的金鼎中燃至尾端。

雪山寒冷,清香燃得缓慢,等待的时间极为漫长。

天坛高而寂静,风声与落雪声交融,在她耳畔萧萧而过。

羌无站在她的身旁,自鹤氅袖袋中取出一支通体莹润的紫玉笛,指尖在笛身的刻字上摩挲,于风雪声里缓缓启唇:"公主既然不愿接受臣的匕首,那作为谢礼,臣便给公主讲一个故事吧。"

李羡鱼惊讶又茫然。她启唇,小声提醒羌无:"司正,现在是在皇兄的封禅礼上,这时候讲故事,会不会不大妥当?"

羌无低低地笑了声:"雪山之神不会怪罪的。

"毕竟,臣带来了祭礼。"

李羡鱼看向神位前放着的供果与三牲,仍旧迟疑:"要不……还是等回到玥京城后吧,那时候,我再去影卫司找司正听故事。"她想了想,又补充道,"若是司正不介意,我可以将临渊也带来。"

羌无轻轻垂眼，不置可否。

就当李羡鱼以为他放弃了的时候，他却轻轻启唇："臣年少的时候，也曾爱慕过一位公主。"

李羡鱼微愣，讶然抬眸望向他。

羌无却不曾转头看她。他举目看向大雪中的和卓山脉，沙哑的语声带着淡淡的缅怀："她那时也与公主一般年纪，也喜欢穿红裙，看话本，明明身子不好，连骑马都不能，却总想着去宫墙之外的地方看看。"他低头笑了笑，"臣也是，明知如此，还在她生辰的时候答应她，等冬日过去，便带她来和卓雪山看雪。"

不知为何，李羡鱼想起了潘嬷嬷与她说过的故事——公主与影卫的故事，上一辈的故事。

她羽睫轻轻颤了颤，有些不安。

和卓雪山如此宁静，她呼吸一乱，身旁的羌无便敏锐地察觉了。

他侧过身来，冰冷的铁面掩住了他的容貌。

李羡鱼看不清他面上的神情，只能听见他低哑的笑声："看来，公主曾经听过这个故事。"

李羡鱼也知道自己瞒不过他，迟疑少顷，还是轻声问道："当初……司正真的抛下她走了吗？"

羌无沉默了少顷，再启唇的时候，语调变得缥缈而缓慢，似陷入了一场久远的回忆中。

"那道和亲的圣旨降下后，臣带着她逃出皇宫，想要出城，想带她一路南下，想离开大玥，去一个无人认识她的地方定居。

"然而当夜公主心疾突发，贸然赶路会使她丧命。臣不得不在城内停留，想等天明，公主略微好转后，立即带她出城。

"但臣未曾料到的是，公主的长兄，也就是您的父皇，为了稳住自己的太子之位，不惜调动驻守在玥京城的两营铁骑，全城搜捕，将每一块地砖都翻遍，也要将她搜出。

"三千余人强行将公主带回，不顾她有心疾在身，要送她远嫁乌孙。

"臣在暗中跟了一路，直至鸾车出了大玥的国境，才找到见公主一面的机会。"

说至此，像是想起了什么痛苦的回忆，羌无蓦地合眼，再睁开的时候，眸底满是寒意，语声亦寒得透骨："可您的父皇不允，他留下的卫士不允，手捧和亲国书的乌孙使臣同样不允！他们明知公主要按时服药，明知唯有臣会用那古老的药方，却无论如何也不肯放臣过去！即便臣只是想先将药交与公主！"

他看向李羡鱼，语声越来越冷，眼眸越发深沉，仿佛结满了锋利的冰凌："拜您的父皇所赐，拜大玥的皇室所赐，臣眼睁睁地看着她因心疾死在臣的面前！"

李羡鱼震惊地望着他，在他的语声里通体生寒。她惊惶地想要起身，却发觉自己不知何时已不能动弹，甚至连启唇都不能。

面前的金鼎中，羌无递给她的九支清香仍在安静地燃烧。

烟气袅袅，带着她不曾察觉的药草苦香，将她困在这天坛之上，听羌无一字一句地将这个故事讲完。

"后来，臣毁去容貌，毒哑嗓音，以新的身份回到影卫司。

"可惜，那时司里已不要男子做影卫。

"臣正当苦于没有机会的时候，却发觉太祖皇帝有心废黜无能的长子，立曾经的摄政王，也就是您的皇叔李羿为太子。"

他重新笑起来，带着冰冷的快意："但是，臣更属意您的父皇。他昏聩、无能、好色，为了自己的利益，能出卖任何一个至亲，是臣心中能一手毁掉整个大玥的最佳人选。

"臣帮了他。臣帮他于暗中毒杀了无数支持废太子的重臣，成为他的心腹，得来如今的位置，他甚至连贴身的药物都交由臣过目。"

他看着李羡鱼，轻轻笑了声，余下的话语消散在风中。

那些药物里，羌无都种下了烈性的毒，让李羡鱼的父皇头痛欲裂，让他夜夜梦魇，让他日日煎熬，为当初所做的事付出代价。

但应当付出代价的，又岂止他一人？

已经深埋在土里的太宗皇帝，那些因此得利的皇亲与大臣，这个用公主的血泪换来的王朝，皆是令她玉碎的罪魁。

时至今日，谁也不能清清白白地脱身。

大雪仍在落下。

有寒意顺着冰冷的地砖渗入李羡鱼的四肢百骸。

李羡鱼浑身战抖，看着金鼎中的清香缓缓燃尽，看着羌无眼中的冰凌散去，冷芒消退。

那双铁面后终日锐利的眼睛渐渐敛去锋芒，显出李羡鱼从未见过的温柔，像是在这场干净的大雪里又想起了自己曾经爱慕过的小公主。

那名喜欢穿红裙，看话本，会坐在落满月光的窗前，眉眼弯弯地对他笑的小公主。

他眷恋地轻轻笑了声，将手中的紫玉笛护在心口。

在安静的落雪声里，他对李羡鱼说了最后一句话。

"臣要让整个大玥来为她陪葬。"

他的语声落下，金鼎中的清香恰好燃尽。

宁静的和卓雪山雷鸣般一响。

群山震颤，地龙翻身。

无数埋在山间的火药同时被人点燃，在天坛下的大玥皇室之间轰然炸开。

地动山摇，天坛倾塌。

凝聚在雪山上空的黑云还未散去，又是一阵震耳欲聋的响声如浪潮滔滔而来。

雪浪滔天，向他们迎头砸下。

李羡鱼浑身无力，无法闪躲，甚至都不能从正在倾塌的天坛上起身。

正要绝望地合眼时，她却望见少年的身影逆着雪浪，于漫天飞白中向她而来，在天坛坠地之前，在她被命运卷走之前，将她紧紧地拥入怀中。

但不过转瞬，和卓雪山上积存万年的白雪便如同神罚降下。

在被雪浪吞没前的最后一刻，李羡鱼看见羌无取下了自己的铁面，露出一张满是刀痕的脸。

每一道痕迹皆是他刻骨的恨意。

这一日，她终于知晓，羌无是这样平等地恨着大玥皇室的每一个人。

夜幕降临时，和卓雪山已恢复往日的宁静。

笼罩在山顶的黑色烟雾散去，雪中的天空呈现出一种深邃的蓝。

地上的积雪一路铺开，在银白月光的映衬下，显出星星点点的，宛如夏夜萤火般的晶莹雪光。

李羡鱼却没能看到眼前的雪景。她自从被雪浪吞没后，便一直混混沌沌，不知身在何处，觉得自己时而像是躺在冰凉的衾枕上，时而又像是被波涛淹没，沉到寒冷的水底。

她有些困倦，有些想就这样躺在水底好好地睡上一会儿，直到春日里冬雪消融。

就当她的意识模糊得都快要消散的时候，她隐约听见水面上传来临渊的声音。

他在唤她的名字，语声是从未有过的凌厉，像是她再不醒过来，他就要追到天涯海角来找她算账。

李羡鱼被临渊吵得睡不着，不得不顺着声来的方向，一点点地让自己往黝黑的水面上浮去，想告诉岸上的他，别再唤她了，让她休息一会儿，就一小会儿。

当她的指尖触及水面的时候，波光散去，少年嘶哑的语声变得清晰。

李羡鱼艰难地将浸透冰水的眼睫抬起，看见雪中寂静的夜空下，少年霜雪满身，半跪在冰冷的雪地上，双手紧拥着她，语声凌厉地唤着她的名字。

鲜血顺着他的额发滴落，坠在她的面上，在雪夜里烫得令人心颤。

"临渊。"

她启唇唤了声他的名字，还未来得及问他的伤势，冰冷的雪风便顺着唇齿涌入，带起胸腔里一阵火辣辣的疼痛。

李羡鱼不由得侧过脸去，猛烈地咳嗽起来。

少年眸底凶戾的暗色散去，他将李羡鱼抱起，让她伏在他的肩上，抬手拍抚着她的脊背。

风雪声中，他语声低哑地唤她："公主。"

李羡鱼将胸腔里的雪风都咳出来，勉力在他的怀中抬眼，看向他面上尚在滴落的鲜血。

临渊察觉到李羡鱼的视线，压抑着胸腔内翻涌的血气，以手背拭去唇角上的血迹，语声微哑地应道:"无事。"

雪山上的风呼啸而过,莹白冰冷的碎雪落在李羡鱼的面上,令她原本朦胧的神志渐渐清醒。

羌无在香里添加的药的药效似乎已经过了,她的身上重新有了知觉。

但随之而来的感觉便是冷,渗入四肢百骸的冷。

她浑身的衣裳都被雪水浸透,冰壳似的紧贴在身上,风刀刮过,冷得令人牙关打战。

李羡鱼拢着身上沾满雪沫的狐裘蜷缩成一团,在临渊的怀中战抖着举目四顾。

她先是看见身后足有数尺深的雪坑——那应当是他们方才被掩埋的地方,其余三面皆是白茫茫的雪原。

她来时还见到的几株雪松也似乎被滔滔雪浪连根卷走,低矮的植株纷纷被大雪掩埋。

冬日的和卓雪山显出一片令人绝望的惨白。

李羡鱼用颤抖的手轻轻握住他的手臂,急促地问他:"临渊,其他人呢?皇兄、皇姐,还有礼部的郎官们,他们都去了哪里?"

临渊也剧烈地咳嗽过,此刻声音微哑:"方才雪崩之时,众人皆被冲散,此刻应当分散在和卓雪山各处。"

他以剑撑地,从雪地上重新起身,又将手递给李羡鱼,对她道:"臣带公主去找他们。"

李羡鱼点头,抬起指尖,搭上他的掌心,在他的搀扶下挣扎着起身,艰难地跟着他向前。

大雪弥天,风刀刮面。

少年衣袍湿透,墨发沾雪,但始终紧握着她的手,带着她在漫漫雪原中跋涉。

夜色愈浓,令人几乎看不清足下的道路。

风雪更急,在夜空中盘旋呼啸,掩去他们走过的足迹。

安宁神圣的和卓雪山,终于在此刻显出了它危险而致命的一面。

漫天飞雪,遍地铺白,目光所至,仿佛都是一样的景象。

李羡鱼不知他们在雪中跋涉了多久,也不知是否走对了方向,只是跟在临渊的身后,一脚深一脚浅地在雪中行走。

她穿着的麂皮小靴已经湿透,灌进来的雪沫融化成冰水,冻得她的双足生疼,又渐渐僵硬到没有知觉。

二人每一步都迈得艰难。

在跄踉地踏过一个雪坑后,李羡鱼终于支撑不住,重新跪坐在地上。

李羡鱼知道,她再也走不动了,一步也挪不动了。

她低垂着眼睫,呼吸紊乱而急促,冰冷的雪风被她吸进去,冻得五脏六腑生疼。

临渊回过身来,想要将她扶起。

他指尖的温度传来，李羡鱼半垂的羽睫随之一颤。继而，她却缓缓将指尖垂落，轻轻松开了与他相握的手。

临渊蓦地抬眼看向她，见眼前的少女跪坐在洁白的雪地上，落在她睫毛上的雪融化成清水，安静地落在他的手背上。

她轻轻出声："临渊，你将我留在这里吧。"

风声呼啸，临渊没有作答。

他薄唇紧抿，一言不发地俯下身来，要将她重新扶起。

他的指尖触及李羡鱼的小臂，坐在地上的少女随之轻轻抬起眼睫望向他。

落雪的夜晚天色昏暗，少女的眼眸却如初见时那般清澈而明亮。

她向他露出笑靥，那双纤细的秀眉微微弯起，唇畔露出两个浅浅的梨涡。

"临渊，你将我留在这里吧。

"兴许，路过的金吾卫会捡到我。"

临渊抬起一双浓黑的凤眼与她对视。

他道："除非臣死。"

话音刚落，他蓦地俯身，将她强行抱起，忍着胸腔内翻涌的血气，带着她逆着风雪向前。

他语声低哑，却毫不迟疑："臣说过，不信天命。无论是人还是鬼神，都没什么可怕的。臣会带公主向前走。"

李羡鱼依稀想起，这是第一次去明月夜的时候，临渊与她说过的话。

那时还是秋日，披香殿内的凤凰树还未落叶。

一晃却已是隆冬。

原来已经过去那么久了。

她轻抬唇角，藏下眸底的水雾，语声很轻地对他道："临渊，三个月之约已经结束了。

"你可以不用管我了。"

临渊眸色晦暗，一字一顿地将她的话驳回："臣没有答应过结束。"

他环过李羡鱼膝弯的右手抬起，将她冰冷的素手紧握在掌心里，语声锋利，带着永不低头的锐气："臣会带公主走出这座雪山。"

呼啸而过的风雪中，李羡鱼轻轻抬眸望向他，眼底的水雾渐渐散去，墨玉似的眸中清晰地映出他的影子。

她重新对他笑起来，眼眸弯弯，笑意盈盈，纤细的素手重新抬起，环过他宽阔的脊背，将脸贴在他的胸膛上。

在彼此的心跳声里，李羡鱼轻声回应了他。

"我相信你。"

可这场大雪漫长得像是永远也不会停歇。

少年仍在雪夜中跋涉，怀中少女的呼吸声却越来越轻。

她渐渐开始犯困，困得睁不开眼来，疲倦得对所有的事物都已提不起兴趣。

临渊语声沙哑地提醒她："公主，这里是雪山，不能睡！"

李羡鱼勉强回应了一声。

她想让自己打起精神来，想看看他们走到了哪里，是不是已经快到雪山脚下，但她的眼睫是这般重，上面沉沉地挂满了碎雪，任她如何努力，都无力地下垂。

困意阵阵袭来，似在天坛上时迎面而来的雪浪，随时都要将她吞没。

就在将要睡去的时候，她听见临渊在她的耳畔启唇，低声给她讲起一本曾经听过的话本。

素来不善言辞的少年生平第一次这样多话。

他为她背诵每一本记得的话本，给她讲述自己曾经遇到的人与事，去过的地方，见过的小桥流水与大漠风沙。

他一字一句地提醒她，她还未见到自己的皇兄皇姐们是否平安，她的母妃还在披香殿里等她。

临渊将一切能想到的话都说给她听，直至语声沙哑，直至词穷。

就当李羡鱼以为他不会再启唇的时候，抱着她的少年俯下身来，在她的耳畔低低地唤了声她的小字。

"昭昭。"他握紧她的素手贴向自己的胸膛，在呼啸而过的风雪里，在巍峨洁白的和卓山脉中，怀着赤诚的心意问她，"若是我们能走出这座雪山，若是我写婚书给你，你可愿嫁与我？"

李羡鱼慢慢抬起羽睫，在昏暗的雪原中，见素来冷峻的少年神色温柔，眼眸如星。

李羡鱼也弯眸笑起来。

她极轻地回答，唇齿间绽开大朵大朵的雾花："那你可要带上一整箱的话本作为聘礼。"她语声轻柔，"要是父皇不同意，我们就把婚书递给皇兄。要是皇兄也不同意，我们就偷偷从宫里逃出去，在一个山清水秀的地方住下来。"

他们养一条红鱼、两只兔子，春日赏花，夏日采莲，秋日放纸鸢，冬日围炉饮茶，他们就这样过完数十个春夏秋冬，也没什么不好。

她说着，觉得自己的眼皮越来越重。

她想：若是今世不能实现，就来世吧。

等来世，她就做个寻常的官家千金，而临渊是从她门前打马而过的五陵少年郎。

她在秋千上看见他，就踩着梯子爬上院墙，远远地抛一朵海棠花给他。

他伸手接住，带她骑马去郊外游玩，从小城的东面逛到北面，从山下逛到山上，就这样无忧无虑地玩上整个春日。

最后，在冬日第一场雪落之前，他上门来向她提亲，骑一匹骏马，带一整箱的话本。

她从自己的闺房里出来，拿团扇敲敲他带来的箱子，笑着问他："这一整箱的话本都是给我的吗？"

他就大方地将手递过来，和她说："我与话本都归你。"

那时候，她一定会答应他，就像此刻一样。

和卓雪山上呼啸的风雪犹未停歇，李羡鱼却觉得耳畔的声音都轻了下来，连临渊给她的回应声都变得微不可闻。

她似乎觉得没那么冷了。

被朔风吹落到面上的碎雪蓬松得似春日的柳絮，催她沉沉入眠。

正当想要合眼的时候，她却依稀望见，远处的雪原中有火光亮起，有人正打着火把向他们奔来，高声唤她："公主！"

他们的语声未落，带她走过雪原的少年终于支撑不住，单膝跪在雪地上。

鲜血从他的唇畔滴落，坠在她落满碎雪的面上，炽热滚烫。

李羡鱼羽睫轻颤，想要启唇唤他的名字，想要抬起眼帘望向他，可被风雪沾湿的眼睫沉沉坠下，帘幕般隔绝了她的视线。

再度醒转的时候，李羡鱼已躺在干净的卧榻上。

帐内朱红帷帐高悬，帐外数个火盆同时旺盛地燃烧着，竭力驱散冬日里的寒意。

月见守在她的榻旁，原本正低声抽泣，此刻见她醒转，便止住悲声，扑到了她的榻前。

"公主，您……您终于醒了！"月见破涕为笑，又向帐外连声呼喊："顾大人……顾大人，公主醒了！"

她的话音未落，帐帘便被人掀起，等候在外的顾悯之疾步入内。

他将方帕放在她的腕上，落指替她诊脉，又低声吩咐跟来的药童："快去将熬好的药端来。"

药童不敢耽搁，连忙转身，急急而去。

李羡鱼在月见的搀扶下艰难地坐起身来，倚在素白的迎枕上，浑身烫得没有半分力气，连思绪也混沌得厉害。

她咬唇忍着不适，竭力整理着混乱的记忆。

铺天盖地的雪浪、风刀刮骨的雪夜，以及那名带着她在大雪中跋涉的少年。

她还记得失去意识前的那一幕。

临渊的鲜血滴落在她的面上。

李羡鱼的心弦绷紧，她抬起眼帘看向顾悯之，艰难地出声："顾大人，临渊呢？"

她记得他们是一同被金吾卫寻见的，但为何……为何只有她独自在皇室的帐内醒来？

顾悯之搭在她腕脉上的手指微顿，眼底的情绪复杂，但他仍然低声回答道："公主的影卫在雪崩时因木石所击受了内伤，此刻正于别处休养。"

在他的话语中，李羡鱼又想起雪浪刚扑来时的场景。

高台倾塌，乱石横飞。

她不敢想象他说的内伤究竟是多严重的伤势。

李羡鱼羽睫微湿，挣扎着从榻上起身："临渊在哪儿？我去看他。"

月见慌忙上前将她扶住："公主，您睡了整整两日，此刻方醒，正是最虚乏的时候。帐外又在落雪，天寒地冻的，您可千万不能过去。"

李羡鱼昏睡数日，此刻还发着高烧，通身无力，连落地行走都有些艰难，遑论顶风冒雪赶到临渊临时居住的帐篷里。

她轻咬唇瓣，侧首去看顾悯之："顾大人……"

顾悯之叹了声，垂下眼帘，自李羡鱼的榻前起身："臣会替公主前去看望。"

"若是他此刻能够起身，臣便带他前来拜见公主。"

他的话音未落，远处垂落的帐帘已重新被人掀起。

李羡鱼转过视线，望见朱红的帐帘左右分开，身着玄色氅衣的少年手端汤药，自帐外的风雪中行来。

烛火摇曳间，二人的视线交会。

李羡鱼松开月见的手，提裙向他走去。

她步履踉跄，跌跌撞撞，像是随时都要栽倒在地。

临渊剑眉紧皱，箭步上前，抬手想扶住她摇摇晃晃的身子。

李羡鱼顺势扑入他的怀中，伸手环过他劲窄的腰身，将脸贴在他的胸膛上，眼尾与唇角微弯，语声犹带哽咽："临渊，你没事便好。"

临渊身形微顿，抬手将她拥住，低声问她："公主怎么起身了？"

李羡鱼想回答，却又想起顾悯之与月见还在帐中，本就因发热而微红的双颊蓦地烧了起来。

她将脸埋在临渊的怀中，为自己的举动羞赧得说不出话来。

帐内寂静，唯闻风雪自帐外呼啸而过。

顾悯之立在深垂的帐帘前，缓缓将眼帘垂下，俯身，将适才覆在李羡鱼腕上的丝帕细致地叠好，重新放回药箱深处。

他无言地起身，向李羡鱼行礼告退。

月见也羞得不敢抬眼，此刻见顾悯之抬步往外走，便连忙就着送他的由头，匆匆抬步走出帐篷。临走的时候，她还不忘红着脸将帐帘重新合好。

帐内便只余下李羡鱼与临渊二人。

临渊遂将李羡鱼抱起，重新放回锦榻间。

他将药递给李羡鱼："臣原本是来看望公主的，路上遇到药童给公主送药，便顺手带来了。"

李羡鱼伸手接过药碗。

汤药已然温热，她却没有立刻服用，而是抬眼看向临渊，担忧地轻声道："临渊，你的伤势……"

临渊道:"无事,不过是一点儿内伤,静养几日便好。"

李羡鱼却不相信。

她还记得自己失去意识前,临渊的血落在自己面上的感受。

那样滚烫,令人心弦震颤。

她轻轻咬了咬唇,低声问他:"在雪山上的时候,你为什么不告诉我?"

临渊伸手碰了碰她仍在发烫的额头,羽睫轻垂:"若臣告之公主,公主还会坚信臣能带公主走出雪山吗?"

李羡鱼微愣。

她自己也给不出答案。

好在临渊没有继续追问,而是俯身尝了口她手中的汤药。

药似乎很苦,他剑眉微皱,却仍然对她道:"药已可以入口,公主尽快服用。"

李羡鱼面上微红,轻轻点了点头,将药碗端起,小口小口地喝着。

汤药与她预料中的一样苦涩,她喝得小脸都快皱成一团,勉强用完后,连用好几枚蜜饯方将那股苦意压下。

但良药苦口,这碗汤药的效果极好。不到一盏茶的工夫,李羡鱼便觉得困意沉沉袭来。

她努力支着眼皮,在睡眼蒙眬间牵过临渊的手,梦呓般轻声道:"临渊,我现在的身子很热,你可以拿我取暖。"

临渊替她披锦被的长指一顿,继而失笑,他没有说好与不好,只是如之前那样脱下氅衣与武袍,仅着一身贴身的里衣躺上榻来。

他躺在李羡鱼的身侧,将病中昏沉的少女轻轻拥入怀中,于她的耳畔启唇低声道:"臣会守着公主。"

李羡鱼唇角轻抬,低低地应了声,这才轻轻合上眼,在他的怀中安然睡去。

昏昏沉沉间,李羡鱼不知她睡了多久,只知她再度醒转时,帐外的风雪仍未停歇,天光却已暗下,似乎又是黄昏时分。

李羡鱼在临渊的怀中支起身来,就着他的手,缓缓用了半碗温热的小米粥,原本因高热而混沌的神志也渐渐开始清醒。

她低垂眼帘,良久没有启唇。

临渊将粥碗搁下,垂眼看向她,见病中略显苍白的少女安静地倚在他的怀中,一双乌黑的羽睫低低地垂下,在眼底扫出一片悲伤的影。

临渊沉默地陪了她许久,直至案前红烛渐短,天光彻底暗下。

烛光消退处,李羡鱼的侧脸愈显苍白。她低垂着眼帘,像是依旧在逃避不肯面对,却也因不敢面对而越发沉浸在伤心中无法自拔。

若是放任她这般下去,少不得要再大病一场,临渊眉心皱起,握紧李羡鱼冰冷的指尖。

生死大事之前，临渊无法安慰她，便唯有让她去面对。

于是，他低声问李羡鱼："公主在想什么？"

李羡鱼垂下的羽睫轻轻颤了颤，她本能地想要逃避，临渊却将她的素手握得更紧。

他掌心上的温度传来，在寒冷的雪山上这般炽热，令她惶然高悬的心有了落点。

她轻轻合上眼，终于艰难地启唇："临渊，我在想我的皇兄皇姐们。他们是不是也和我们一样，平安地从雪山上归来了？"

话至末尾，李羡鱼已有些哽咽。

这句话连她自己都骗不过。

毕竟，她是看着雪山崩塌，看着雪浪将所有人吞没，正因如此，才更不敢去面对。

临渊没有给她答案。他向李羡鱼伸手，掌心向她，示意她可以借着他的力道起身。

"寻人的金吾卫已陆续回来，臣可以带公主前去询问。"

李羡鱼抬起一双水雾蒙蒙的杏眸望向他，见朱红的幔帐前，少年凤眼浓黑，眸底并无半分退却，像带她走出雪山时那般，永不退缩，也永不迟疑，无论是面对天命还是人心。

李羡鱼在他的视线里慢慢止住哽咽，终于鼓起勇气，将指尖搭上他的掌心，借着他的力道站起身来，与他携手走向帐外的风雪。

雪风呼啸，天色昏黑。

李羡鱼裹着厚重的狐裘，亲手提着一盏雪白的琉璃灯，步入金吾卫临时驻扎的军帐里。

值守的金吾卫纷纷起身，拱手向她行礼："公主！"

李羡鱼轻轻点头，想要启唇问他们搜救的结果，视线方抬，却先看见了放在远处木桌上的数十个托盘。

盘内各色物件凌乱地摆放着，许多还沾有血迹。

她视线停住，语声忍不住微微发颤："这些都是什么？"

金吾卫如实回禀："回公主，这些是从雪山上寻回，暂时无人认领的物件。"

李羡鱼徐徐点头，提着琉璃灯走上前去，一件一件地仔细辨认。

她看见了皇兄们的金冠玉带、皇姐们的锦帕钗环，还有已经认不出形制的沾满鲜血的贴身物件。她的视线在其中艰难地挪动着，在一张残破的铁面上略微停留，又轻轻移开，最终落在一条精致的围脖上。

李羡鱼颤抖着手将它拿起。

在琉璃灯璀璨的光芒里，李羡鱼认出，这是她在刚离开皇城的时候送给雅善皇姐的狐毛围脖。

此刻雪白而厚密的狐毛已被冰雪浸透，她拿在手里，冷得锥心刺骨。

李羡鱼捧着那条围脖，带着最后一丝希冀，忍着哽咽，去问身旁的金吾卫："雅善皇姐呢？她回来了吗？"

被她询问的金吾卫深深地低头,缓缓向她拱手。

"是属下们无能。

"雅善公主……未能寻到。"

李羡鱼愣住,慢慢低头去看手中的围脖,像是又想起了启程前她与雅善皇姐约好的事。

等春日,等雅善皇姐的身子好转,她们俩便一同去御花园里放纸鸢。

仿佛还是昨日的事,却已遥不可及。

手中的琉璃灯坠地,在清脆的碎裂声中,李羡鱼终于俯下身去,失声恸哭。

琉璃灯坠地的破碎声犹在耳畔,转瞬间便又是漫长的三日过去。

距离当时雪山崩塌已过去整整七个昼夜。

去雪山中寻人的金吾卫们陆续归来,却再没带回李羡鱼的任何一位亲人。

大雪仍在落下,隐隐有封山之势。

重伤的李宴不得不勉力从病榻上起身,下旨令剩余的皇室即日启程往玥京城回返。

李羡鱼得知这个消息的时候,又是一日的黄昏。

她执伞立在雪地里,看着远处风雪呼啸的和卓雪山,终于明白,不会再有人回来了。

她的雅善皇姐、她的几位皇兄,还有那些她可能都叫不出名字的官员与从人,都被永远地留在了这座雪山里,甚至连遗骨都无法寻到。

她静默地立了良久。

这数日中,她哭得太多,以至如今都已经快要流不出泪来。

临渊始终立在她的身后,沉默地等着她回返。

远处有踏雪声响起。

宁懿执伞而来。

宁懿行至李羡鱼的身畔,同样抬首去看风雪中的和卓山脉。

她语声平静:"小兔子,走吧。逝者已逝,但生者还要继续走下去。"

李羡鱼缓缓侧过脸来看向她。

宁懿的伤还未痊愈,露在狐裘外的手腕与颈间都还裹着厚厚的纱布,渗着触目惊心的血迹,但她神色淡然,像是比李羡鱼更早地接受了这一切。

李羡鱼唤了她一声"皇姐",再度哽咽:"嘉宁知道。"

即便知道,她还是难以接受。

宁懿看向她,难得没说什么戏谑的话,只是平静地将自己的手炉递给她:"回玥京城的轩车一盏茶的时间后便要启程。"

"你若是想通了,就跟本宫过来。"

李羡鱼轻轻点头。她忍住泪意,不再去看身后巍峨的和卓雪山,而是抬步跟着宁懿往前走。

在这场变故中，皇室折损过半。

但至少家国尚在，他们还有家可归。

宁懿轻轻看了她一眼，主动牵过她的手，带着她踏着厚密的积雪往前，直至走到轩车畔，走到正在等候启程的皇室成员之中。

李羡鱼也努力将心绪平复，作别皇姐，独自走向属于她的那辆轩车，还未来得及踩上脚凳，却听远处马蹄踏雪声急急而来。

一名斥候高举旗帜，策马奔至李宴车前。

他浑身是血，几乎是滚下马来，用最后一口气向大玥的新君禀报："陛下，戎狄压境，此刻已连破七座城池！"

李宴不顾伤势，霍然自轩车上起身，挑起垂帘，厉声问他："你说什么？！"

斥候艰难地回禀："有人通敌。此人在陛下启程来和卓雪山前，将边境所有的城防图交给了戎狄首领。将士们发现时，为时已晚……"

斥候说至此，已尽全力，语声未落，身体便往旁侧歪倒，竟然气绝身亡。

大雪漫天。

皇室的车队一片死寂。

渐渐有人抬首，望向他们来时玥京城的方向，望向难以归去的皇城。

羌无的背叛铸成一柄最锋利的匕首，刺入大玥皇室的心脏中。

收到这等凶信后，皇室的车队日夜兼程赶赴玥京城。

来时浩浩荡荡，去时狼狈凋零，回返的车驾还不到从玥京城启程时的半数，且轩车内的皇亲与勋贵们皆是惶惶不可终日，早无来时的闲情雅致。

虽说边境的守将惊觉有人叛国后已连夜将边关的布防方案更换，但城中的地形已为戎狄所知，且守军的军饷亏空日久，军备不足，士气不振。谁也不敢猜测，本就摇摇欲坠的大玥还能支撑多久，还能不能撑到他们平安回京。

在一连两日昼夜兼程赶路的情况下，皇室的车队人困马乏，最终不得不在最近一座城池的官府中落脚，仅仅休息一夜后，便又要启程。

夜幕初降时，李羡鱼提着盏风灯，想去前院拜见皇兄李宴，问问皇兄的伤势如何，可方行过官府后院的垂花门，如今在御前伺候的宦官荣盛便将她拦住，有些为难地向她躬身："公主，陛下正在书房里与朝臣议事。您如今过去，恐怕……不大妥当。"

李羡鱼听他这样说，便也只能停步。她立在垂花门前，担忧地轻声问："那公公可知道，皇兄的伤势可好些了？"

荣盛闻言亦是满面愁容："奴才听太医们说，陛下伤在腰腹，伤势不容小觑，原本是要好好静卧将养的。可如今这个情形您也是知道的，陛下又哪里能够安然歇下？"

李羡鱼羽睫低垂，心也缓缓沉了下去，低声对荣盛道："那公公记得让皇兄在议事后好好歇息。"她顿了顿，又轻声道，"不用与皇兄说起我来过的事。"

皇兄如今挂心的事已经很多，还是不要再添她这一件为好。

荣盛连连称"是"，目送她顺着小径往后院回返。

李羡鱼转过两处廊角，行至无人处，身着玄色氅衣的少年自暗中现身，抬手接过她手中的风灯，与她并肩而行。

"临渊，"李羡鱼轻轻唤了声他的名字，语声如心绪一般低落，带着难以掩藏的忧虑与不安，"你说，大玥真的能熬过这一劫吗？"

临渊步履微顿。夜色中，他沉默地垂下眼帘，并未作答。

以他看来，应是不能。

古人言，冰冻三尺，非一日之寒。

太上皇在位时经年累月积下的沉疴也非一日可除。

如今戎狄入侵，亡国之危迫在眉睫，李宴的弥补措施却如杯水车薪。

李羡鱼也似在他的沉默里得到了答案，低垂的羽睫轻轻颤了颤，终究未再出声，只是踏着陈旧的木制游廊，安静地往厢房的方向走。

夜风潇潇，将临渊手中的风灯吹得摇曳不定。

灯火斜照，映出少女眼睫低垂，面容微白。

这几日中，她肉眼可见地消瘦了些，也不似往日那般爱说爱笑。

毕竟是这样大的变故。

毕竟她生平第一次经历这样惨烈的生死离别。

临渊不知该如何安慰她，唯有垂手将她冰凉的素手握紧，带着她向前走去。

二人一同行至暂居的厢房外。

临渊抬手，正欲替她推开隔扇，却听厢房内似有人声传来，似乎是月见的嗓音。

她此刻正带着些恼意，连珠炮地与人埋怨着什么："往日在宫里的时候，公主待她们可都不薄，冬有冬衣，夏有瓜果，如今遇着事了，却一个个逃得比谁都快！尽是些丧良心东西！"

临渊动作微停，侧首看向李羡鱼。

厢房的隔扇很薄，并不隔音，李羡鱼显然也听见了月见的话。她有些惊讶，下意识地伸手将隔扇推开，抬眸便见里头不只有当值的月见，便连原本应当换值休息的竹瓷也在。

月见正半蹲在地上点着炭盆，神色愤愤，而竹瓷拿着蒲扇替她朝炭盆扇着风，眉心同样紧蹙，也不知遇到了什么事。

李羡鱼遂问道："月见、竹瓷，你们在说什么事？"

二人回身看见她，连忙搁下手里的活计，匆匆上来行礼。

竹瓷似还在斟酌如何开口，倒是月见心直口快，立刻愤懑地道："还不是那群吃里爬外的东西！

"奴婢适才见入夜后房内有些寒冷，便想让今夜负责值夜的金蕊与莲叶多拿些好炭过来，哪儿知道唤了半天没人应声。奴婢去她们俩住着的下房里一瞧，才发现早已经人去屋空，跑得没影了！"

李羡鱼闻言微怔。

这几日，她隐约听过车队里有从人出逃的事，不承想，最终还是轮到了她这儿。

许久，她回过神来，缓缓点头，低声道："我知道了。今夜风寒，你们也早些回去歇息吧。"

月见仍是不平，还想启唇说些什么，但还未开口，先被竹瓷握住了衣袖。

竹瓷对她摇头，示意她别再惹公主伤心，旋即又拉着她向李羡鱼一福身，双双退下。

待她们走远，李羡鱼步入厢房里，在窗前简陋的靠背椅上落座，垂眼看着廊庑上清霜似的月色，原本便低落的心绪也因此事而越发低落。

临渊行至她的身旁，将手中的风灯搁在她的身畔，垂手替她拢了拢被夜风吹得微乱的裙裾。

他动作温柔，语声却冷："臣立刻去将逃奴带回，任凭公主处置。"

话音刚落，他转身，正要抬步，袖口却被李羡鱼紧紧地握住。

他身后的少女轻轻启唇："临渊，别去。"

临渊回身，凤眼沉沉。

"为奴不忠，无论遭受何等惩戒，皆是咎由自取。"

他目光寒凉，提醒李羡鱼不必心软。

李羡鱼却摇头，回忆着向他解释道："临渊，从前我没遇到你的时候，成日待在披香殿中，很是无聊，便时常带着点心去听小宫娥与宦官们闲聊。那时候，我听过好多人的身世，各种各样的，但有一点，他们都不是在皇宫里出生的人，而是因为各种各样的事进宫来。

"或是因为家里穷得揭不开锅而被家人卖进宫里，或是在饥荒的年岁走投无路，主动进宫想寻条生路。不过是谋生而已，原本便不该被困在这座皇城中，遑论将性命搭上。"

她缓缓垂下羽睫，语声很轻地道："临渊，由她们去吧。"

临渊剑眉微皱，却终究没再抬步。

他如今有更重要的事要做，例如，让李羡鱼不再这般快快不乐。

于是，他在夜色中俯下身来，吻上她低垂的羽睫。

李羡鱼羽睫微颤，轻轻抬起眼来。临渊的薄唇随之往下，一路吻过她柔软的双颊、唇畔浅浅的梨涡与那双鲜红柔软的唇瓣。

李羡鱼果然不再快快不乐了。她双颊绯红，拿指尖轻轻推了推他，在他的吻里寻出点儿空隙，断断续续地问他："临……临渊，你……你做什么呀？"

在她的询问中，临渊短暂地停下动作，继而又俯首轻轻吻了吻她的颈，语声微哑："哄公主高兴。"

李羡鱼面上愈烫，正想问问临渊是从哪里听来要这样哄人高兴的时候，他已将她打横抱起，放在厢房内的卧榻上。

身下的锦被柔软，而榻前的少年眼眸浓黑，李羡鱼心跳"怦怦"，本能地想要从榻上起身，可指尖方撑在榻上，临渊已利落地开始解衣。

氅衣与武袍尽皆落下，被他随手丢在一旁的长案上。临渊依旧仅着一身干净的里衣步上锦榻，在她的身畔侧卧，抬手将她紧紧地拥入怀中。

冬夜寒凉，锦被冰冷，而临渊身上的热意滚滚而来，似要将李羡鱼本就滚烫的双颊蒸透。

她羞赧地轻声问："临渊，你……你这又是做什么？"

临渊垂眼，语声低哑："为公主暖榻。"

这是他能想到的最直白而有效的让李羡鱼不再郁郁不乐的方式。

李羡鱼羞赧万分。她伸手想将他推开，但指尖触及他坚实的胸膛，本就滚烫的面上越发热了。她不得不承认，在结霜的冬夜里，在寒冷的衾枕间，临渊身上炽热的温度确实很吸引她，让她不由自主地想向他靠近。

李羡鱼在心里艰难地挣扎了一阵，最后偷偷将滚烫的脸埋进锦被里，蚊蚋般轻声道："临渊，我要睡了。"

临渊低应了声，他修长的手指微抬，替李羡鱼将身上厚重的斗篷解下，好让她睡得舒适些。

李羡鱼赧于抬首，便这般在他的怀中轻轻合眼。

临渊的身上始终这般炽热，令原本冰冷而漫长的冬夜不再那般难挨。

长窗外的风声似也渐渐歇下，唯余银白的月色落在窗上，如纱幔低垂。

李羡鱼渐渐有了睡意。她轻轻挪了挪身子，在他的怀中找了个舒服的姿势，语声渐渐变得低沉："临渊，你也会走吗？"

就像那些小宫娥一样，他也一言不发地离开她……

临渊目光微顿，一时竟不知该如何作答。许久，他收拢手臂，将怀中不安的少女拥紧，俯首于她的耳畔低声道："即便要离开，臣也会尽快回到公主的身旁。"

李羡鱼却没有听见他的回答。在炭火燃烧所发出的轻微的"噼啪"声里，她缓缓垂下羽睫，倚在他的怀中，沉沉地睡去。

临渊却没有与她一同安睡。他将下颌抵在她的肩上，启唇咬了口她垂落的乌发，却没有吵醒她。

他安静地等着怀中的少女熟睡，等到她的呼吸都变得轻浅而均匀，这才轻轻松开了拥着她的手，从榻上披衣起身。他久久地立在李羡鱼的榻前，隔着深浓的夜色看向锦被下安睡的少女，素来波澜不惊的凤眼中似有波澜一闪而过。

须臾，他终于侧首，迫使自己移开视线，替李羡鱼将榻前的红帐放下。

厢房内光线朦胧，他却未再点灯，而是踏着月色行至长案前，就着炭盆中微弱的火光，铺纸落墨。

如水的月色穿过半敞的支摘窗，照出少年心绪微澜。

其实白日里，在回返时的游廊里，他都想过与李羡鱼辞行，可见她如此伤心，离别的话到了唇畔，终于又被咽下。但如今大玥危在旦夕，他回胤朝的事一刻都不能耽搁。

今夜，他不得不走。

那些未能出口的话，便也唯有以书信的方式，转交给李羡鱼。

他思绪落定，手中运笔如飞，一封辞行的书信顷刻间便写好。

信中的话语不多，不过是有关他的来历、此去的目的，以及他终会回来见她。

天上银月如霜。

临渊起身，自窗畔回首，望向李羡鱼榻前深垂的红帐。

仅仅一眼，他便收回视线，像是怕自己最后动摇一般，迅速地将书信用乌石镇纸压好。待这一切做罢，他终于将身形隐入暗处，踏窗离开了李羡鱼的厢房。

夜色愈浓。

厢房内始终安静。

檐下几盏风灯在夜风里悠悠地打转，往老旧的木制游廊上投下斑斓的光影。

不知何时，一道白茸茸的身影闪电般从游廊上蹿过，轻车熟路地跳上李羡鱼的窗棂——原来是宁懿豢养的雪貂。

今日，它依旧是来找那只惦记已久的兔子的。

雪貂伏在窗棂上，那双黑豆似的眼睛狡黠地环顾一圈，见四下无人，当即便往与支摘窗相邻的长案上跃下，不偏不倚，正落在临渊留下的书信上。

雪貂本能地往前跑出几步，却又很快折回来，有些警惕地朝纸上嗅了嗅，继而黑亮的眼睛里凶光骤起，对着那封书信龇牙咧嘴了一阵后，又张口狠狠地将书信咬住，四条小腿一蹬，便重新跃上窗台，往夜色里逃遁而去。

寅时初刻，李羡鱼自梦魇中惊醒。

她梦见战火里皇城陷落，宫人们四处奔逃，戎人跨着战马，手提弯刀，直入皇城，在宫闱中烧杀抢掠，无恶不作。

她为这个骇人的梦境所惊，深夜从榻上坐起身来，捂着"怦怦"作响的心口，冷汗连连。

"临渊，"紊乱的心跳声里，李羡鱼唤了声他的名字，心有余悸地侧过脸去，想与他说梦境里的事，"我方才……"

她语声方起，却见身旁空荡荡的，连温热的衾枕都已寒透。

原本守在她身侧的少年不知何时已经离开。

李羡鱼微微愣了愣，披衣从榻上起身。

厢房内光影晦暗。

火盆内的炭火也将要烧尽，唯余几点晦暗的火星。

庭院内的寒风自窗隙间透来，冷得人呼吸微颤。

李羡鱼双手拥紧厚实的狐裘，趿鞋走到横梁底下，试着朝梁上唤："临渊？"

426

梁上同样寂静，无人回应。

李羡鱼越发茫然。

她在室内环顾了圈，没见到临渊的踪迹，一时倒也未多想，只道他是暂且离开一会儿，兴许是去了小厨房抑或是浴房之类的地方，也未太放在心上。

可因梦魇心悸，李羡鱼此刻也没了睡意。

她遂唤月见进来，将炭盆重新换了，重新点了盏陶瓷灯，在窗畔一壁看话本，一壁等他回来。

李羡鱼等了许久，等到面前灯烛渐熄，等到庭院内的夜色深浓到无法化开，也未等到临渊归来。

李羡鱼隐隐有些不安。她放下手中的话本，从长案前起身，将紧闭的隔扇重新推开，对今夜负责值夜的竹瓷询问道："竹瓷，你入夜后可见过临渊？"

竹瓷福身，如实回禀道："奴婢一直守在公主的厢房外，从未见过临渊侍卫出来。"

李羡鱼并没有多讶异。

毕竟临渊素日也总是来去无踪，连金吾卫都不能发觉他，更何况是值守的宫人。

李羡鱼略想了想，又从妆奁里拿了支自己常戴的玉蜻蜓簪子给她："你拿上我的簪子，替我在庭院里找他，若是遇见了，便说是我的意思，让他快些回来。"

竹瓷接过玉簪，点头道："奴婢这便去寻人。"

李羡鱼轻轻颔首。

夜深露重，她便又回到房内等待。

远处的滴水更漏一滴连着一滴落下。

李羡鱼手里捧着的汤婆子也渐渐散了热意，透出金属特有的凉气。

紧闭的隔扇终于重新被人叩开。

竹瓷上前行礼，将玉簪归还于她："公主，奴婢已在整座庭院中仔细地寻过，并未见到临渊侍卫。"

李羡鱼听见自己的心跳声慢了一拍。

她接过玉簪，将手里冰冷的汤婆子放下，良久，方轻轻点头："我知道了。你先回去歇息吧。"

她装作若无其事的模样，对竹瓷轻轻弯了弯秀眉："等天亮了，回玥京城的车辇便要重新启程，你可别将自己落下了。"

竹瓷犹豫着望向李羡鱼，似有些放心不下。但听李羡鱼一再催促，竹瓷终究还是低低地应了声，往庭院外退下。

隔扇重新合拢。

这间陌生的厢房里又仅余李羡鱼一个人。

李羡鱼在窗前安静地坐了许久。直至地面上的寒气顺着木椅攀升上来，冻得她的指尖微僵，她才不得不起身，将自己重新团进锦被里。

锦被中同样寒凉。

李羡鱼翻来覆去了许久，最后又将自己蜷成一团，这才勉强在寒冷的冬夜里睡去。

但她睡得并不安稳，朦胧间似还听见有人在她的庭院外窃窃私语。

"你听说了吗？方才竹瓷姑娘到处找公主的影卫，问过好多人，找了一整个院子，都没能找到。"

"都这个时辰还找不见人，该不会是……和金蕊、莲叶她们一样……？"

"谁又知道呢……"

她睡得迷迷糊糊，听得也隐隐约约，但还是能够明白，她们在说，临渊丢下她，独自离开了。

李羡鱼想说不是，想说他应当是有什么事才匆促离开，大抵天明前就会回来……可是她又想起秋日里的事。

彼时在摄政王府中，皇叔的千秋宴上，临渊因拿到了皇叔谋反的证据而被影卫们追杀。这样万般凶险的时候，他也会在她路过湘妃竹时暗中拉住她，告诉她，要几日后才能回来。

临渊从来都没有这样不告而别过。

除非他是真的决定离开，打定了主意不再回来，又怕她挽留，怕她掉泪，故而不曾与她道别。

是这样吗？

李羡鱼也不知晓。

她睡得越发不好，在锦被里辗转反侧，揉乱了自己的一头乌发，直至窗外第一缕晨光透入。

换值的月见叩门进来，想伺候她更衣洗漱。

低垂的幔帐被月见撩起，动作熟练地挂在一旁的帐钩上。

窗外稀薄的晨光随之落在李羡鱼的面上。

李羡鱼低垂的羽睫轻轻扇了扇，她缓缓撑着卧榻坐起身。

月见的视线同时落在她的面上。紧接着，月见慌乱地出声："公主，您这是怎么了？"

李羡鱼微愣。

随即，她从月见捧来的铜镜里瞧见自己如今的模样——面容苍白，眼眶通红，尚凝着水珠的眼睫低垂着，眼底还有淡青色的阴影，像是哭了整夜。

李羡鱼愣了良久，最后轻轻垂下眼睫，望了眼自己的床榻，这才发现，她在睡梦中哭湿了半边枕头。

月见望着那些哭过的痕迹，想起了方才来上值的时候依稀听见的几耳朵闲话，替李羡鱼不平道："金蕊、莲叶她们俩走了倒也罢了，公主待临渊侍卫这样好，他怎么能就这样一走了之，留公主一个人在这儿伤心？"

月见愈说愈是愤懑，终于忍不住站起身来，放下铜镜就要往外走："不行，奴婢这就去找金吾卫，无论如何都要将人给公主带回来！"

"月见,"李羡鱼羽睫轻抬,低声唤住她,"别去。"

月见闻言回过身来,满是不解地望向她:"公主?"

熹微的晨光里,李羡鱼拥着锦被坐起身来。她羽睫上犹带水汽,杏眸里的水雾却缓缓散去,渐渐显出往常的清澈明净,如两丸上好的墨玉。

"月见,"她语声很轻,却又很执着,"我相信临渊会回来。"

月见越发惊讶,不由得急道:"公主,如今已经天明,回玥京城的车队很快便要启程。"

李羡鱼沉默了。她羽睫半垂,去看她昨夜哭湿的枕头。

她想:睡梦中的自己应当是知道的。

少年夜中离开,不告而别,天明未归,这桩桩件件都是在明晃晃地告诉她,临渊已经抛下她走了,不会再回来。

但是,如今的她不相信。

随着呼吸的平复,李羡鱼初醒时混沌的思绪也渐渐清晰,仿佛拨云见日。

李羡鱼抬起眼来,望向天穹尽头和卓雪山朦胧的影,语声轻柔,却不再迟疑:"在和卓雪山望不见边际的茫茫雪原中,临渊都不曾将我抛下。

"我不相信他会这样不告而别。"

月见惊诧又茫然,好半晌方嗫嚅着道:"公主,若是……若是他真的不回来呢?"

李羡鱼的羽睫轻轻扇了扇,她指尖微抬,停留在腕间鲜艳的红珊瑚手串上。

微凉的触感,像是又将她带回与临渊初见的秋日。

她弯起秀眉,藏下眼底的水雾,轻轻地道:"那也没什么不好。"

毕竟临渊身手这样好,一定能在乱军中活下来,只要……不带着她这个小累赘。

天光初亮。

当皇室的车队重新启程时,临渊的骏马已疾驰过两座城池。

他一夜未睡,直至抵达甘河县城郊,方在一座破庙中暂且停留,小憩至城门开启,陆续有人前来。

这些人多是胤朝留在大玥的暗线,由侯文柏提前联络,其中少数是他当初亲手培养的死士。

他们陆续带来消息——大玥如今的情形不容乐观,戎狄接连破城,大玥的守军虽有抵抗,却收效甚微,不是一味苦守,便是弃城而逃,想来戎狄攻至玥京城下也不过是数月之间的事。

也正因如此,临渊回胤朝之事更是迫在眉睫。

临渊皱眉,抬首看向庙外连绵无尽的群山,凤眼微寒。

有谢璟在,此行大抵不会顺利,他还须早做准备。

他遂将前来的暗线遣去,对身旁的死士道:"当初谢璟之事,可寻到了铁证?"

死士向他拱手："殿下，时日已久，许多证据都已被毁，剩余的几件物证即便被取出，也并不能证实大殿下便是此事的主谋。"

他们甚至可能被谢璟反咬一口。

临渊对死士的回答并不意外，长指叩着剑鞘，眸底冷得宛如铺霜。

以谢璟的性情，谢璟动手前后必然是做了周密的准备。

自己即便当时立即去寻证据也不容易，遑论时隔将近一载。

既然如此，他唯有让他这位皇兄再一次露出破绽。

"心慌则生乱。"临渊回首，看着身后金漆已经脱落的佛像，淡淡地出声，"最令谢璟坐立不安之事，应是未在断崖下寻到我的尸首。"

他对死士道："去寻一名精通易容术之人，扮成我的模样，顺着偏僻的小径，北上往胤京城而去。"

届时他倒要看看，他这位皇兄是会按捺不住，再次对"他"下手，还是放任"他"回到京城，将自己的布局尽数搅乱。

死士拱手称"是"，即刻下去准备。

临渊亦大步行出破庙，重新跨上北去的骏马。

银鞭落下时，他短暂地回首，望向身后和卓雪山的方向。

他腰间的佩剑晃动，剑穗上的流苏拂过他的手背。

临渊有些分心：不知李羡鱼现在正在做些什么，读到他的信了没有。

整个冬日，临渊几乎都是在马背上度过的。

他昼夜兼程，试图在大玥的皇城被攻破之前回到胤京，路途之中并不算顺利。

谢璟果然如他所料，甫一得到他重新在胤朝境内现身的消息，立刻便遣人沿途追杀。

幸而扮成他的死士早有准备。

谢璟三番五次遣人，皆未能得手。

随着"他"渐渐逼近京城，谢璟的不安也应当到了极致。

临渊思及此，放下手中正在擦拭的长剑，对死士道："明日便至凤汤山，是时候让谢璟'得偿所愿'了。"

死士拱手称"是"，立刻退下筹备。

翌日，凤汤山上，身着玄色氅衣的少年腰佩长剑，背负雕弓，策马于山间疾驰，方越过一座矮峰，两侧的密林间杀机顿现。

埋伏在其中的弓箭手齐齐挽弓，箭如飞蝗而来。

然而少年早有准备，在第一声弦响之前，便已掉转马首，往来时茂密的冬青树林中撤去。

他胯下的乌骓马神骏，几个纵跃避过射来的铁箭，将未来得及追击的弓箭手甩在了身后。

但早候在道旁的死士依旧穷追不舍，紧随其后。

同时，密林之中，有人玉冠白裘，高居马上，原本清俊的面容微显冷意。

死士上前回禀："殿下，凤汤山险峻陡峭，山间地势复杂，是否还要继续追击？抑或是等七殿下出了凤汤山再行截杀？"

谢璟握紧手中的缰绳，目光晦暗不明。

这一旬以来，他的死士自胤朝的边境一路将人逐到凤汤山上，却始终未能得手，甚至连近身的机会都未曾有过。

许是在他并未察觉的时候，曾经的幼鸟羽翼渐丰，假以时日，长成翱翔天际的雄鹰，便再也无人能够掣肘，还是尽早除去为上。

谢璟眼底寒透，启唇冷冷地道："既然如此，便以百丈为界，将此处的密林围住，立即遣人在外侧挖好防火渠。"

死士一震："殿下是想……"

谢璟冷冷地吐出几个字："放火烧山。"

即便是将方圆百丈烧得一干二净，他也绝不能放谢渊回到胤京城。

死士见他此意已决，唯有抱拳称"是"。

上千死士将整座密林围得水泄不通。

防火渠很快被挖好。

一把山火迎风而起，将寒冷的冬日点燃，映红了半边天穹。

无数飞禽走兽仓皇自山林间逃出。

风声火光里，滚滚浓烟冲天而起，宛如人间地狱。

这场大火足足烧了两个时辰，直至将方圆百丈内的树木都烧成焦炭才终于停歇。

谢璟待最后一点儿余火散尽，便亲自带人步入被烧焦的树林里。

死士们四面散开，踏着焦土寸寸搜寻，许久之后，终于在一株燃尽的冬青树下寻到了他们想要的尸骸。

一具烧得宛如焦炭，辨不清面目的尸骸。

唯一能证明他身份的，便是落在身旁，并未烧熔的铁剑。

谢璟走到尸首前，轻轻垂下眼帘。

看到眼前的情形时，他心中并无想象中的波澜。

他原本以为，自己多少会在意，多少会有些触景伤情，毕竟他和谢渊是一母所出，自幼一起长大的兄弟，如今才知，所谓手足之情，在皇位面前，轻得根本不值一提。

谢璟敛下心绪，侧首对旁侧的死士道："过去验尸。"

一名仵作出身的死士应声上前，俯身开始查验。

少顷，死士骤然警觉："殿下，这尸首不对！

"致命伤是在头部，像是被重物锤击而死。且不像是新死，倒像是死了有三五日之久。只是冬日天寒，尸身还未腐坏。且从骨骼来看，年龄应该是三十余岁，绝不是七殿下的年纪！"

话音刚落，谢璟面色骤变。他还未来得及上马，便听战马的铁蹄声密集而来。

不消片刻，这百丈焦林便被身着铁甲的精兵们团团围住。

谢璟蓦地回首，终于看见了这些时日一直在寻找的人。

他的皇弟此刻正高居马上，神情冰冷地俯视着他："皇兄，别来无恙。"

谢渊的身侧，赫然是另一名与他一样打扮，身形容貌皆有几分相似的死士。

此人当着谢璟的面拿布巾将面上的伪装卸去，以一张陌生的面孔向谢璟拱手行礼："大殿下。"

这般讽刺的场景，令谢璟青了面色。

他未看临渊，而是看向临渊身后那足有数千人之多的精兵，脸色更寒。

他心存不甘，厉声问临渊："你何来的兵马？父皇从未将兵符交给任何一名皇子！"

临渊也在他的视线中侧首，看向身后所辖的精兵。

"这是我元服那年，父皇送给我的私兵。

"起初不过千余人，这两年间又接纳了些从战场上退下的老兵，才渐渐有了如今的人数。"

他语声刚落，重新回首，对上谢璟的视线。

两双轮廓相似的凤眼隔着大火烧过的焦土短暂地对视。

终于临渊先启唇，语声平静地叙述道："皇兄当初说得不错，父皇大抵是有些偏心。"

谢璟的双手紧握成拳。

双方兵力悬殊下，他霎时间便知自己胜率渺茫，一时也不恋战，只翻身上马，对身后的死士命令道："拦住他！"

死士齐应，手持兵刃上前冲杀。

临渊身后的精兵同时得令，拔刀出鞘。

两方厮杀在一处。

但两方人数相差甚巨，战局很快便向临渊这方倒去。

临渊短暂一顾，便扬鞭催马，向谢璟逃离的地方紧追而去。

他同样不能放谢璟离去。

临渊带来的十数名死士亦紧随而上，有意无意地将谢璟往绝路上赶。

谢璟一路策马疾驰，但百丈密林已被他烧成焦炭，他策马其中，躲无可躲，避无可避，终于被死士们追到了凤汤山的断崖边。

望着底下深不见底的渊谷，谢璟面色微白，勒马却步，身后的死士却步步进逼。他们放下弓弩，转持钢刀，似要将他即刻斩杀在此处。

临渊也勒马停步，从死士处拿过雕弓，挽弓如满月，对准谢璟的后心。

谢璟回首，见铁箭在弦，少年凤眼阴沉冰冷，杀伐果决。

谢璟自嘲般笑出声来。

他终究是下手得太晚，落得如今满盘皆输的下场也不过是咎由自取。

在临渊的铁箭离弦之前，谢璟蓦然转身，手中银鞭狠落。

骏马吃痛，奋然扬蹄，自断崖上一跃而下。

呼啸而过的北风带来林木烧灼后的焦味，熏得人心肺发闷。

临渊缓缓放下手中的雕弓，策马行至断崖前，垂首看向深不见底的渊谷，凤眼浓黑，不辨喜怒。

良久，他抬手，对跟随而来的死士命令道："去断崖下找他的尸首。"

死士们应声而去。

临渊轻轻垂下羽睫，在断崖前等待。

半个时辰后，死士们传来音信——谢璟并没有他当时那般好运，日落时分，死士于断崖下寻到了谢璟的尸首。

临渊并未言语。他将手中的雕弓抛下断崖，重新策马，踏着最后一缕落日的余光，往皇城的方向疾驰而去。

三日后，胤朝皇城。

隆冬将去，皇城内却并无万物复苏之象。

宫人们身着素净的宫装，在巍峨的红墙下来去，偶然遇见，在偏僻处低声交谈几句，说的也皆是乾坤殿里的事。

当今圣上谢霄病入膏肓，连御医们的方子都已无效，三日里至多只有一日清醒。

眼见着龙驭宾天便在眼前，储君却仍未确立，宫中人不免在心中猜测，皇帝谢霄是否想将皇位交给惠妃所出的六皇子。

有宦官在偏僻处窃窃私语："听闻陛下并不中意皇后娘娘所出的大殿下，而惠贵妃娘娘如此得宠，这龙椅恐怕还是要交到六殿下手中。"他说着，就从袖袋里摸出一锭银子来，放在三个人当中的木盘上，"我押六殿下五两银子。"

另一名宦官不甘示弱："皇后娘娘可是赵氏贵女，国舅爷三朝元老，为文官之首，岂会坐视太子之位落到旁人之手？"他也往木盘里放下一锭银子，"我押大殿下，八两银子。"

为他们做庄的那名宦官将银子暂且收进袖袋里，却又不免有些感叹："可惜七殿下不在。"

"七殿下在的话，我就是赊账都得来押些银子，少说也能赢他个一年的酒钱！"

正当宫人们各怀心思的时候，来自乾坤殿的通传声已如潮水般荡开，让这本就暗潮汹涌的宫廷里更添一道波澜。

"皇后娘娘到——"

通传声落下处，一列云青色衣装的宫娥提灯而来，为身后的丽人照亮来路。

如今天子病重，赵皇后的衣饰亦较平常简素，雪白的鹤氅底下是一身藏青色的宫装，云纹暗卷，银线盘绕，她行走间珠钗不摇，环佩不动，玉容清冷端丽，少见笑貌。

·433·

她行至天子榻前，一双凤眼微微垂下，看着正伏在榻沿上哀哀哭泣的女子。

那是天子最宠爱的惠贵妃，芙蓉面，春水性，是男子惯会喜欢的那等女子。

似乎听见了宦官的通传，此刻惠贵妃也抬起眼来，一张原本明艳的脸上此刻哭得妆容尽湿，有些我见犹怜之态，却又不得不起身给赵皇后行礼："嫔妾见过皇后娘娘。"

赵皇后淡淡地应了，又将视线转到谢霄的面上。

她遵循着宫里的规矩，仪态端雅地向他行礼，语气平静而疏离："臣妾有几句话要与陛下说，可否请旁人回避一二？"

谢霄抬眼看她，继而一只枯瘦的大手微抬，示意惠贵妃与周围伺候的宫人们一并退下。

惠贵妃泪盈盈地望着他，鲜红的唇瓣微启，似还欲言语，但最终在谢霄轻轻垂下眼帘后，噙泪往殿外退下。

伺候的宫人们同样鱼贯往外。

朱红的殿门沉沉地合拢，将这一双相对了二十余年的帝后困锁其中。

谢霄略带疲惫地倚在龙榻上，对赵皇后抬手道："坐下吧，不必站着说话。"

赵皇后谢过恩典，在他下首的圈椅上落座。

她眼帘低垂，语声淡淡："若是臣妾不曾猜错，惠贵妃应当是为太子之位而来。"

谢霄双目微合，并没有否认。

赵皇后神情依然平静："臣妾亦能猜到她的说辞，不过是怕臣妾戕害于她罢了。"

她抬目询问："莫非在陛下心中，臣妾便是这般毫无容人之量，会戕害嫔妃的毒妇吗？"

谢霄似有些倦怠："你为后二十余载，持躬淑慎，驭下平和，又何来毒妇之说？"

如谢霄所言，她是一位无可指摘的皇后，清醒、理智，从不忌妒，亦从不被儿女情长牵绊，与其说是结发妻子，倒不如说是他的同僚。

二人并肩而行二十余载，临到终了，虽未留有多少情谊，却也不至于生出厌恶，倒也算是帝后中的典范。

赵皇后待他说完，方缓缓启唇："臣妾为后二十余载，想知道的事并不多，过来询问陛下的，也仅仅只有今日这一件。

"不知陛下可否为臣妾解惑。"

谢霄颔首："你问。"

赵皇后起身，向他行礼："臣妾敢问陛下，在璟儿与惠妃所出的清泽之间，陛下更属意谁？"

她问得这般直白，语气偏又不见波澜，平静得仿佛是在说一桩寻常的后宫琐事。

谢霄有些倦怠地合眼："璟儿不能容人。

"若是将皇位交于他手，他这些异母的兄弟，连同他们的母妃，怕是要在他的手中死尽。"

赵皇后轻轻颔首，也像素日与他商议后宫事务那般，与他议论起此事："如陛下所言。惠妃所出的第六子秉性柔和，确能容人，但被惠妃教养得过于怯弱，且成日里醉心于诗词，不问国事，也并非继位的上上人选。"

她此言僭越，但谢霄并未驳斥，他枯瘦的手指垂落，碰到了放在榻沿上的长剑。

金属特有的冰冷的触感传来，似又将他带回了金戈铁马的少年时代。

他叹了声，问："渊儿可回来了？"

赵皇后的视线停留在那柄长剑上。

剑鞘上缠绕的金色龙纹流光冰冷，照不亮她那双淡漠的眉眼。

"不曾。

"渊儿自远赴边关犒赏三军后，至今下落不明。"

谁也不知谢渊何时归来，是否还能归来，而以谢霄如今的情形，龙驭宾天便在眼前。

国不可一日无君，这皇位的人选迫在眉睫，不可有丝毫错漏。

谢霄虽病重，但如今尚且清醒。

他颔首，语气冷静如初："朕在大去前会将传位的圣旨拟好，交由贴身宦官保管。

"你也不必好奇，待朕百年之后，自会知晓。"

话已至此，赵皇后自然知晓他的言外之意。

不到他驾崩的前一刻，谁也不能预知胤朝皇权的归属。

赵皇后并未如惠妃那般哭闹，甚至都未曾蹙眉，便这般平静地起身向他告退。

既然帝王不愿言明，那大家便各凭本事，看看谁才是最后的输家。

她敛衽转身，踏过殿内明净的宫砖，亲手将紧合的殿门推开。

殿外日光暗淡，照在白玉高阶间，如冷霜铺地。

霜雪尽头，阔别许久的少年踏光而立，玄衣墨发，身姿英挺如刃，眉眼间携着隆冬未退的寒意。

赵皇后在朱红的殿门间驻足，微抿的红唇缓缓勾起势在必得的弧度："渊儿。"

她淡淡地询问："你这一载去了何处？"

"母后，"少年抬首，那双与她相似的凤眼对上她的视线，语气是如出一辙的冰冷，"儿臣去了胤朝的邻国——大玥。"

"大玥。"赵皇后抬起眼帘端详着他，"你是奉命去边关犒赏三军，为何又去了邻国？且一载不归，音信全无。"

临渊目光愈寒。他踏过玉阶苍白的冷光走到她的身前，注视着她的眼睛，一字一顿地诘问："儿臣为何不归，母后当真丝毫不知吗？"

赵皇后微微仰首，语气依旧淡漠："本宫身在后宫，又能知晓什么？"

临渊颔首，再不多言，阔步自赵皇后的身旁走过，踏着墁地的金砖，走向这座帝王寝居的宫殿。

殿顶的滴水如令箭垂悬，在二人之间分开一道清晰的界限。

赵皇后侧身让步，目送他时神情依旧平静。

这对母子身形交错的刹那，殿前有人声遥遥而来。

那名宦官急奔至殿前，向赵皇后低声回禀道："皇后娘娘，大殿下……大殿下出事了！"

他虽未曾言明究竟是何事，但见他神情焦灼，眉心满是冷汗，赵皇后便可得知，此事必是凶信。

赵皇后冷眼看着他，未涂唇脂的薄唇渐渐抿紧。但她不曾发问，仅以皇后的姿态微微颔首："本宫已然知晓，你且退下。"

宦官语声强行顿住，满脸愕然，虽不解她为何如此淡然，但也不敢违逆，只得低应着躬身往后退去。

在她的身后，临渊步履始终未停，似对此间之事无半分意外，无论是谢璟的死，还是赵皇后的态度。

为人子十数年，他很清楚母后此刻在想什么。

与一载之前别无二致的想法——她已经失去了一个儿子，便不能再因此失去另一个。

她总是这样冷静，冷静得近乎冷酷。

赵皇后亦在凝视他。

在临渊即将走过那座镏金屏风时，赵皇后终于启唇："是你亲自动的手？"

被她质问的少年短暂地停步，在绘着山河无疆的屏风前回身，在她面前抬起那双凤眼。

他没有回答赵皇后的话，而是冷冷地反问："母后可还有别的选择？"

赵皇后在冬日冰冷的玉阶上与他对视。

天光晦暗，衬得她目光如雪。

她的身后是赵氏一族，她入宫，为后，为皇帝诞下子嗣，背负着家族的荣光一步步走到如今。

所有应当舍弃的，都被她毫不犹豫地抛到身后。

如今她离所求仅一步之遥。

这最后一步，她绝不能，也绝不会后退。

赵皇后拢紧被风吹起的鹤氅，将眼底原本流露的情绪寸寸敛下，挺直身躯，终于以皇后的姿态，以赵氏女的立场向他启唇："渊儿，去吧。

"你的父皇在殿中等你。"

浓云低垂，春寒料峭。

北侧宫门前的青砖地上蒙着冰片似的薄霜，皇室轩车于其上碾过，溅起霜花满地。

朱红宫门在他们身后缓缓合拢，将远处阴霾欲雨的天幕拒于高墙之外。

紧随而来的，便是北方战败的消息。

戎人的兵马摧枯拉朽般破开大玥的边防，随着守军的节节败退深入大玥的腹地，不日便要剑指玥京。

国运衰颓,噩耗频传。

皇城内外,下至百姓,上至皇族,人人自危,不少人已想方设法逃离了这座气数将尽的皇城。

在一个难得的晴日里,李宴在正乾殿中召集了最后一场朝会。

当夜,兵临城下。

玥京城的城门被攻城的櫓木击响,如同亡国的丧钟。

李宴脱龙袍,换铠甲,手持长剑,在太极殿前跨上了百战的骏马,银鞭未落,却听身后有人问他:"戎狄即将破城,皇兄此刻想要去哪儿?"

李宴回首,见宁懿在高阶上遥遥地望着他,凤眼深黑,红裙飞扬。

李宴答道:"天子守国门,君王死社稷。

"我此去,是为大玥尽这最后一份绵薄之力。"

宁懿在深浓的夜色中遥遥与他对视,生平第一次没有对他出言嘲讽。

她举起金杯烈酒,隔着百步玉阶向他朝贺。

"宁懿遥祝陛下凯旋。"

李宴颔首承情,打马往北侧宫门的战场奔去。

随着皇城外战火燃起,各宫宫门紧闭,不少宫人跪在佛前焚香祝祷,祈愿大玥能够顺利地度过此劫。

然而,天违人愿。

子时方过,东西两座宫门接连失守。

戎狄的大军长驱直入。

鲜血溅上红墙,铁蹄踏碎明净的宫砖。

戎狄在大玥的宫禁中烧杀抢掠,凭借着贪婪的本性,如豺狼般往最壮丽、最华美的宫室蜂拥而去。

他们先是闯入无人的太极殿,很快又找到了太上皇居住的甘泉宫。

此时此刻,玥京城内还能提起兵刃的男人都已奔赴战场守护自己的家国,还留在内宫中的,无非是手无缚鸡之力的宫女与宦官。

他们见势不对,立刻便作鸟兽散。生死关头,无一人再去理会此刻还瘫在榻上的太上皇。

戎狄的军士们持刀上前,一把掀起他身上盖着的锦被。

他们不通中原文化,太上皇的服装被他们认作了皇帝的龙袍。

立刻便有军士用戎语欢呼:"我们找到大玥的皇帝了!"

他们大笑着将太上皇从锦榻上拖下,在他惊恐的眼神里围作一团,开始享受羞辱手下败将的快意。

他们唾太上皇的面。

他们对他比粗鄙的手势。

他们用戎语高声嘲笑这个亡国的昏君。

太上皇觉得耻辱又恐惧。

他想逃走,但浑身无力;想求饶,却发不出半个音节,只能眼睁睁地看着戎狄们狂笑着将他剥去华服,拴在马后,如猪狗般在浸透鲜血的宫砖上拖行。

太上皇的鲜血涌出,浇在这片他从未戍卫过的土地上,于马后划出一道长而鲜艳的红痕。

戎狄们狂笑着围在一旁,肆无忌惮地羞辱着他,直到他的鲜血近乎流尽,如同一只破布袋子仰面朝天瘫倒在冰冷的宫砖上。

他于人生的最后一刻开始悔悟,后悔当初为何要纵情声色,为何不能做个明君,好好守住皇权与家国。

他想支起唯一能够动弹的眼皮,去看看夜幕中的太极殿,但最后映入眼中的,仍是戎狄们狰狞的面孔。

他们高举手中的兵刃,一刀便将他枭首。

火光如龙,将整座皇城照得如同白昼。

各处宫室接连陷落,战火很快便蔓延至披香殿前。

此刻披香殿殿门紧闭。

李羡鱼带着未曾离开的宫人们避到偏僻的东偏殿内。

她们将殿门闩死,将所有能够找到的杂物都挪到门前,将这座朱红的大门死死地抵住,以此为自己建立最后一道防线。

殿中的灯火被尽数熄去。

李羡鱼生平第一次持剑挡在人前。

她的身后是自己的母妃,是披香殿里未走的宫娥与那些帮厨的嬷嬷。

大难之前,连强壮些的宦官都上了战场,而留在披香殿中的女眷们翻遍整座殿宇,找出了所有能够反击的东西。

李羡鱼有临渊曾经留给她压梦魇用的轻剑,是其中唯一一柄像样的兵刃,而身后宫人们手里的物件五花八门,何种意料不到的都有。

有人拿起小厨房里锋利的厨刀,有人握着殿内修剪花草用的大银剪子,还有人双手捧着当初挖小池塘用过的铁锄头。

但更多人没能找到称手的物件,唯有拿起做绣活用的剪刀,拿起发上的银簪子,甚至还有人捡了块青砖在手里——沉甸甸的,好歹也是个防身的东西。

所有人屏声静气,听喧嚣的夜中,马蹄声如潮而来,在她们锁死的殿门外焦躁地徘徊。

李羡鱼的心"怦怦"作响,她手里的铁器冰冷又沉重,令她握剑的手指都止不住地颤抖。

但她并未松手,反倒将手中的剑握得更紧,竭力让自己不要害怕。

毕竟她是大玥的公主,是如今披香殿里唯一的主心骨。若是连她都胆怯,身后的宫人们受惊后胡乱奔走，撞进乱军之中，必无活路。

她放低了语声，对身后的宫人们叮咛道："若是披香殿守不住，你们便带着母妃往城门的方向跑，去找皇兄，去找还在奋战的将士。能出力的便为他们出一份力，不能的便顾着自个儿的性命，好过在这宫中枉死。"

她语声未落，便听殿门发出"轰"的一声巨响。

戎人用攻城的榼木撞开了她的殿门。

火光照亮夜幕。

戎人士兵拥入殿来。

他们看见满殿的女眷，如同看见一地鲜美的羔羊，登时大笑着向她们扑来。

李羡鱼面色煞白，但仍然紧握住手中的长剑，将剑锋指向来人。

她身后的宫人亦拿起护身的物件，想要拼死一搏。拿着剪刀、银簪的宫娥对上钢刀铁甲的戎人士兵，如同羊入狼群。

双方的实力如此悬殊，结局可谓不言而喻。

眼见着披香殿里将有一场惨剧，殿前蓦地有鸣镝尖啸着升起。

十数人同时自夜幕中现身，手持利刃，毫不迟疑地加入战局，向戎人杀去。他们穿着不同的服饰，有侍卫，有宦官，还有女官与宫女。

李羡鱼惊愕地抬眸，正为这突如其来的转机震惊时，一名碧衣宫娥趁乱奔至她的身旁，抓住她的手腕，带着她往后殿的角门处逃去："我们拖延不了多久！公主快随奴婢离开！"

李羡鱼被她拉着向前奔跑，匆促间只来得及握住自己母妃的手。

"你是……？"

她语声未落，那名碧衣宫娥便一只手持剑，另一只手迅速地将一盏未点燃的宫灯塞到她的怀中。

宫娥道："这是信物！"

李羡鱼本能地握住灯柄。

瓷器微凉的触感里，她本能地低头，认出了这盏熟悉的碧纱灯。

这是她曾经送给临渊的宫灯。

那眼前的宫娥，应当是临渊留在她身边的死士。

她很想知道，临渊去了哪里，他还会不会回来，但此刻情况危急，她顾不上询问，只在奔跑中仓促回头，对还愣在原地的宫娥们高喊："快走！"

宫娥们如梦初醒，趁着死士们拖住戎狄的机会，四散奔逃。

李羡鱼也拉着自己的母妃，跟着碧衣宫娥在夜幕里逃亡。

可此刻皇城陷落，四面皆敌，她们无论逃到何处，皆要遭遇无止境的追杀，眼见着北侧宫门已遥遥在望，身后的戎人却快要将她们包围。

碧衣宫娥身上新添了许多伤口，步伐与挥剑的动作也不可避免地迟缓下来，眼见着就要护不住二人。

李羡鱼语声急促:"若是这样下去,我们都活不成。"

碧衣宫娥双唇紧抿,看向李羡鱼身旁的淑妃。

李羡鱼也松开了握着母妃皓腕的手,将碧纱灯塞给母妃,又拉过碧衣宫娥的手,代替她紧紧地握在母妃的腕上。

碧衣宫娥蓦地回头,见身后的少女噙泪对她笑起来:"我将母妃托付给你,你一定要带她逃出这座皇城。"

李羡鱼语声未落,便已决绝地转过身去,提起裙裾,往与她们相反的方向跑去。

火光照夜。

满是鲜血的宫道上,戎人们看见了大玥的公主。

她红裙鸦发,雪肤如玉,似一朵盛开在夜色里的花,比大玥盛产的红宝石更为夺目,刹那便灼红了他们的眼睛。

马背上满面横肉的戎将目露贪婪,以戎语疾声喝令:"抓住她!要活的!"

周围的戎人登时转头,纷纷向李羡鱼围来。

碧衣宫娥牙关紧咬,却知此刻已是走投无路,唯有将挣扎着想要往回跑的淑妃打昏,把她胡乱抱起,往宫门的方向飞掠而去。

李羡鱼被他们团团围住。

离她数步远处,那名戎将高居马上,满是横肉的面上露出势在必得的狞笑。

他翻身下马,踏着满地的血火向她步步进逼。

李羡鱼呼吸急促,拿手里唯一能护身的长剑指着他。

"你若是过来,我一定会杀了你!"

戎狄将领听不懂她的大玥官话,但一眼就能看出,眼前的少女根本不会使剑,再锋利的宝剑握在她的手中,也不过是个毫无威慑力的玩物。

他笑得越发狰狞,向李羡鱼步步进逼,终于找到机会,霍然将她手中的长剑挑飞。

李羡鱼还未来得及惊呼,便被他狠狠地推倒在满是鲜血的地面上,乌发散落,红裙染血。

她想:她大抵再也等不到临渊回来见她了。

那名戎将双目通红,大步上前,迫不及待地伸手来扯她的腰带。

李羡鱼咬紧唇瓣,挣扎着摸到自己发间的金簪,一把刺入他伸来的手臂中。

鲜血飞溅而出。

戎将痛呼了声,面上却更加扭曲。他抬手拔出那支金簪,狂怒地去扯李羡鱼的衣襟。

眼见他粗糙的手就要碰到少女鲜艳的红裙,一柄玄铁长剑破空而来,携着万钧怒意将他迎面刺穿,钉死在身后满是血污的宫砖上。

戎狄霎时间大乱。

李羡鱼支撑着从地上起身,望见一支铁骑破阵而来。

为首的男子策马驰至她的身畔，将她从满地血污中抱起。

漫天的血火中，她闻见了他身上清冷的雪松香气。

这气味如此熟悉，像是她一直在等待的少年。

但他身侧的人唤他"陛下"。

这陌生的称呼令李羡鱼的心高高悬起。

她怕自己认错了人，怕所希冀的一切只是泡影……但她最终还是小心翼翼地从他的怀中抬首，望向他兜鍪下的面庞。

漫天火光中，她看见了熟悉的面容。

李羡鱼清澈的杏眸里随之涌上水雾。

她这一夜都没有哭过，此刻却忍不住哽咽了。

"临渊。"

拥着她的少年在马背上低首，轻轻吻去她眼尾的泪痕。

李羡鱼轻轻握住他的手臂，在蔽日的旌旗下仰面望向他。

阔别数月，临渊面容未改，身上的玄衣却已换作铁甲。赤色战旗在他的身后"猎猎"翻卷，金色的穷奇图腾迎风飞扬，庇护着胤朝的百万雄师。

金戈铁马声里，少年于万军之前向李羡鱼俯首，如她每一次唤他时那般回应道："臣在。"

李羡鱼拢起自己被夜风吹散的长发，一双烟雾蒙蒙的明眸先是望向他，转而又望向他身后翻卷的旌旗与铁甲森寒的军士。

她望见战旗上不属于大玥的穷奇图腾，望见军士们为他拾回的佩剑上盘绕的金色龙纹，望见他骏马佩戴的七彩珠与九华玉，所见种种，皆是君王的象征——他国的君王。

李羡鱼红唇微启，一时却不知该如何唤他，直至低头看见悬在剑尾的剑穗——深青底，垂藏蓝色流苏，缀一枚光泽乌亮的黑曜石。

李羡鱼认出，那还是临渊初到披香殿的时候，她送给临渊的剑穗。

她也想起临渊曾经说过的话——剑会更换，但剑穗不会。

李羡鱼望着他，将散乱的鬓发拢到耳后，如往常一般轻轻唤了声他的名字："临渊。"

临渊正接过军士递回的长剑。

剑刃犹在滴血。

他眼露厌恶，欲将这脏污的血迹甩去，但李羡鱼的语声落下，他便停住动作，回首看向她，眼底的冰凌随之散去，一双浓黑的凤眼里清晰地映出她的影子。

"公主。"他应了声。

李羡鱼轻轻启唇，语声里还带着未散的哽咽："这些时日，你去了哪里？他们为什么唤你'陛下'？"

临渊握剑的长指蓦地收紧，他似乎察觉到了什么，目光骤然转寒："臣留了信给公主……公主未曾见到吗？"

李羡鱼微怔："我并没有见过什么书信……"

临渊剑眉紧皱。

果然是有人从中作梗。

他正欲解释，耳畔却有破空声响起。

箭雨如蝗。

是戎狄的援军赶到了。

胤朝的军士们迅速地上前，持盾格挡。铁箭撞击在盾牌上的声音清脆，如夏夜的疾雨。

临渊挥剑击落几支迫至身畔的铁箭，疾声回应："这里不是说话的地方，臣先让他们带公主去安全的地方！"

夜风卷得他头顶的战旗"猎猎"作响。

旌旗之下，少年持剑的手平稳，如同他的心永不动摇。

"臣会替公主守住家国！"

北侧宫门前。

李宴仍带领着剩余的将士们死守，即便东西两座宫门接连失守，即便双方战力相差如此悬殊，即便他的身上遍体鳞伤，也绝不后退半步。

这座宫门，象征着大玥最后的尊严。

北侧宫门一破，军心涣散，大玥便要真正亡国。

但无论他如何咬牙坚持，无论将士们如何努力抵抗，那群豺狼般的戎人还是蜂拥而来，在夜色中眼露凶光步步进逼，眼见着便要突破最后一道防线。

一名将军浑身浴血，用最后的力气挥剑击退上前的戎人后，终于回首，嘶声对李宴喊道："陛下，下令南撤吧！玥京城守不住了！"

李宴同时挥剑，将一名冲到身前的戎兵斩于马下。

鲜血飞溅，在他原本温润的面容上留下一道浓墨重彩的影。

他在万军阵中问自己：要南撤吗？

离开沦陷的玥京城，他一路南逃，兴许有活路，却是以家国为祭，换来自己苟且偷生的活路！

"不许后撤！"李宴猛醒过来，伸手揩了把面上的鲜血，重新持剑，迎向来敌，眉眼凌厉，"只要还提得动手里的长剑，朕便会守在这北侧宫门前，不让戎狄前进半步！"

将士们低迷的士气为之一振，他们纷纷拔剑提刀，重新迎向来敌。

刀锋交错处，血火漫天，长夜无尽。

大玥的皇城被鲜血染透，似永不会再有天明之日。

正当最后的防线也要被攻破的时候，夜色尽头，一支兵马驰援而来。人数不过数千，但每一名将士皆是精锐，有以一当十之力。

有冲在阵前的将军认出其中为首的将领，似在绝境中看到一线曙光。

他高喊："摄政王，是摄政王带兵回来了！"

李宴蓦地抬首，在火光与剑锋交错处，望见远处策马而来的李羿——他那名已经被废为庶人，与皇室再无瓜葛的皇叔。

被血火浸透的沉沉夜色中，李羿身着重铠，手中持戟。

他的战马与兵刃上皆已除去曾经属于皇室的徽记，但他胯下的战马依旧神骏，他手中的兵刃依然锐利，丝毫不减他年少时为国征战的锋芒。

他单手勒马，挥戟横扫过迎面冲来的戎兵。

敌军血溅处，李羿目光凌厉，语声沉着："关州路远，我来迟了些！"

李宴隔着被战火映红的夜色与他相视，时隔许久，又一次唤他："皇叔！"

李羿神色冷然："我早已不是你的皇叔了！

"此次抗旨来玥京城，不过是为守住太祖皇帝留下的基业，与你无关！若要论罪，也等击退戎兵，守住家国之后！"

李宴重重颔首，亲自率兵上前接应，为李羿杀出一条通往北侧宫门的道路。

两支守军在被鲜血染得赤红的北侧宫门前归于一处。

将士们重振士气，跨马提刀，以保家卫国的一腔孤勇，迎向汹涌而来的戎人。

战局逆转。

原本一直向前推进的戎狄士兵为守军的锋芒所慑，开始步步后退，眼见着便要退出宫门的范围。

李羿乘胜追击，领兵向前，势必要将戎狄逐出大玥的皇城。

李宴却始终留着一支兵马，分出心思来顾着身后。

他知道，东西两座宫门已破，闯入内宫的戎狄迟早会驰援此处，届时便是腹背受敌，大势将去。

终于，在黎明前夕，战马的铁蹄声自他身后动地而来。

无数将士近乎绝望地抬首回顾，见火光照夜，在空中"猎猎"飞扬的却并非戎狄的旗帜。

赤底金纹，上首的图腾是狰狞的凶兽穷奇。

"是胤朝的图腾！"有久经沙场的老将认出战旗上的图腾，高声疾呼。

正领兵向前的李羿霍然回首，厉声高喝："胤朝的人来做什么？坐收渔利吗？！"

胤朝好战，与大玥也并非友邦。他们这时前来，除了来坐收渔利，他想不出别的可能。

两军交锋处，胤朝的铁骑步步向前，却只向前来攻城的戎狄挥刀。

铁马过处，戎狄胆寒，以为这便是大玥请来的援军。

但李宴知晓，没有人去胤朝请过援军，也无人能请来胤朝的援军。

可若是来坐收渔利，胤朝之人大可先等到他们打至两败俱伤，再不费吹灰之力，将胜者拿下，即便要立即下场，也应当帮戎人先灭大玥，再鸟尽弓藏，将久战疲惫的戎狄屠尽。

直至漫天的火光照亮领兵之人的衣饰与面容,众人愕然,而李宴顿悟,不禁失笑。

众人愕然于胤朝的军队竟是君王御驾亲征。

李宴却看见胤朝的新君是曾经守在李羡鱼身旁的那名少年。

李羿在看见胤朝的旌旗后,立即策马往回,此刻正至近前,霍然抬首,便与李宴看到了一样的情景。

他握紧手中的长戟,咄咄质问:"你究竟是来做什么的?"

临渊蓦地侧首,看见他后,握着长剑的手骤然收紧,目光彻底冷了下来。

他从未想过,他此生还会再见李羿一次,还偏偏是在与戎人的战场上。

双方对视,目光同样凌厉。

就在这般剑拔弩张的气氛中,有冷箭破空而来,直指李羿的咽喉。

李羿冷"哧"一声,提戟横扫。然而长戟未至,另一支玄色羽箭后发先至,迎头撞向了偷袭的冷箭,将它拦腰截断。

冷箭坠地。

羽箭力却不竭,仍旧破空飞至李羿的马前,即便斜插入地,箭尾犹颤动不休。

李羿面色阴沉冰冷,遥遥投去视线,见北侧宫门前,漫天血火下,年轻的帝王手挽雕弓,语声尽是锋芒。

"来替公主守住她的家国!"

444

卷十五　春归处

　　当一轮金乌猛然自太极殿后跃起时，这燃烧整夜的战火终于平息。
　　戎狄大败，残部连夜往北逃亡。
　　大玥的守军固守皇城，清点这场战役中的死伤。
　　前来驰援的胤朝分出兵马去追溃逃的戎狄残部，大军主力则在离皇城五十里处暂时扎营，等着与他们的君王一同回朝。
　　一连七日，玥京城里风平浪静。
　　胤朝的军队未再踏进城门一步。
　　宫禁内，浸透血迹的宫砖被重新洗净，宫人们又在红墙下来去。
　　有人面上泪痕未尽，有人在半夜里恸哭，但终究不再像戎狄破城之前那般惶惶不可终日。
　　这场浩劫终于过去了。
　　大玥重新见到了久违的黎明。
　　李羡鱼的披香殿内也恢复了往日的安宁。
　　她的母妃在碧衣宫娥的带领下平安回来。
　　当夜四散奔逃的小宫娥们也陆陆续续回到披香殿中，重新忙碌起来。
　　有人负责修葺被戎人毁坏的地方。
　　有人负责去内务府支领被抢走的物件。
　　还有人造出在这场动乱里没能回来的宫人名册，并依李羡鱼的吩咐，给他们的家人送去抚恤金。
　　李羡鱼也渐渐平复了悲伤的心情。
　　她在七日后的清晨，又一次提着小厨房做的点心，去看她的宁懿皇姐。
　　彼时，天光初亮，晨雾未散。

宁懿将醒未醒，也懒得更衣下榻，索性躺在最近的贵妃榻上与她说话。

"怎么？都过去七日了，你才想起要过来看看我的死活？"

李羡鱼将食盒放在她手畔的春凳上，带着些赧然轻声解释道："嘉宁隔日便听到皇姐无恙的消息，只是一直在忙披香殿里的事，这才没能过来见皇姐。"李羡鱼看着眼前安然无恙的宁懿，展眉庆幸，"还好那日的战火没有波及皇姐的宫室。"

宁懿支颐睨她，示意执素将长窗前新悬的绸帘卷起，露出窗楣上几道还未来得及填补的刀剑痕迹。

宁懿淡淡地道："谁说没有？"

李羡鱼看着那些刀痕，又惊讶又后怕："那皇姐是怎么从宫里逃出去的？"她略想了想，又道，"还是，皇姐躲在什么地方，没被戎人发觉？"

宁懿凤眼半合，又想起那夜的事。

戎狄大举入侵的时候，她就待在自己的寝殿里，怀中藏了把锋利的匕首，想着若是戎狄打进来，能刺死一个便算一个，再不济，真的走投无路的时候，还能用来自戕。

但她不曾想到，她第一个见到的人，是傅随舟。

他身为文官，竟也持剑上了战场，直至皇城陷落，方马不停蹄地往回赶到她的殿前，浑身是血地对她说："我带你走。"

宁懿想至此，慵懒地将眼帘合上，轻轻笑了笑，仍是那副漫不经心的模样："真没想到，老古董还会骑马，一把老骨头还提得起长剑，一介文官还敢随着金吾卫上战场。

"他也不怕死在乱军里，再不能回来。"

李羡鱼并不知晓当夜发生的事，只是茫然地望向她："皇姐在说什么？"

宁懿却不说了。她招手，让团在一旁的雪貂爬上她的手臂，抚着它雪白的皮毛懒懒地道："你没什么事的话，便回去吧。"她红唇微抬，笑得别有深意，"要知道，胤朝的铁骑可还等在京郊五十里外。"

李羡鱼面颊微红，被说中心事般起身向她告辞："那嘉宁先回去了。"

宁懿没有留她，只是在她离开后信手拈起一块她送来的点心，左右瞧了瞧，似乎有些嫌弃地"啧"了声，但最终还是将它吃下。

李羡鱼回到宫室的时候，晨雾已散。

和煦的日光自半敞的支摘窗照进殿内，所过之处，满室皆是流水般的光华。

李羡鱼如往常那般在窗畔落座，手里翻阅着一本昨日才整理出来的披香殿中尚缺物件的清单。

她细细地想着：如今披香殿内善后的事暂时告一段落，在这数日的闲暇里，她是先等着内务府将支领的物件送来，还是先到皇兄的太极殿里，向他请一道出宫的圣旨，偷偷去京郊见临渊一面？

毕竟，她还有好多事想要问他。

比如他的身世，比如那封丢失的书信，比如这些时日里发生的事……

446

正当她微微出神的时候，窗畔悬挂的锦帘在春风里轻响起来，帘底的垂珠互相撞击数下。

李羡鱼抬起眼帘，望见数日未见的少年逾窗进来。

殿外春色旖旎，他亦换下战场上的铠甲与兜鍪，依旧做往日在披香殿时的装扮，玄衣束发，腰佩长剑，除怀中的佩剑增添了几道盘绕的金色龙纹外，与李羡鱼初见时的少年无半点儿分别。

李羡鱼侧首看向他，原本微蹙的秀眉轻轻展开。

"临渊，你怎么这时候回来了？"她从玫瑰椅上站起身来，将清单搁在盛着瑞香花的梅瓶旁，唇畔梨涡微显，"我正想去城郊找你。"

她话音落下，眼前春光微暗。

临渊从窗畔走到她的身前，抬手轻轻将她揽入怀中，俯身将下颌抵在她的肩上，嗓音微哑地向她解释道："臣去筹备一些事，回来得晚了些。"

李羡鱼两靥微红，将发烫的脸埋在他的胸膛上，语声很轻地问他："是什么事呀？"

他要筹备整整七日那么久。

她的语声落下，少年浓黑的凤眼里亦有波澜微起，但他垂下眼帘，并未立即作答，选择先与她说起另一桩事。

"臣在离开的当夜曾给公主留过一封书信，信中阐明了臣的来历、去向以及何时归来。"

李羡鱼轻抬羽睫："可是，我没有收到你的书信。"

临渊低应一声，凤眼微寒："臣追查过此事。"

数日前，他想过无数可能：宫人欺瞒，信件被意外损毁，抑或有人刻意掩藏。

但他从未想过，带走他的书信的罪魁，竟是宁懿公主豢养的雪貂。

它不但将书信叼走，还顺势丢进府后的小池塘中。

毁尸灭迹也不过如此。

但他在教训那只雪貂之前……

临渊抬手将怀中的少女拥紧，那双浓黑的凤眼里映着乌发红裙的她，如春庭日光般缱绻温柔。

他低声询问："公主现在想知晓吗？臣在信里写的事。"

李羡鱼被他勾起好奇，轻声问道："临渊，你在书信里写了什么呀？"

临渊薄唇轻抬，更低地俯下身来，轻吻李羡鱼白皙的侧脸。

直至将她浅粉的双颊吻得渐渐生出绯色，他才将紧拥着她的手垂下，将她纤细的素手轻轻拢进掌心里。

"若是公主愿意，可随臣去一趟城郊山寺。"

李羡鱼羽睫轻扇。

在临渊离开后，大玥的战事一日比一日吃紧，她许久未曾出宫游玩过了。

于是她点头答应下来："那你等等我，我先去换身衣裳。"

临渊握住她的皓腕，拿起披在靠背椅上的兔绒斗篷为她添上，垂首替她系好领口的系带："就这样便好。"

李羡鱼莞尔，拢好身上雪白的兔绒斗篷，又垂下指尖，轻轻碰了碰临渊的掌心。

"那我现在便去太极殿，向皇兄请出宫的圣旨。"

这也是继东宫小宴后，他们第一次这般名正言顺地自宫中出行。

临渊唇角微抬，亦不拒绝。

准许的圣旨来得很快。

半个时辰后，李羡鱼与临渊同出宫门，乘着轩车徐行至京郊云顶寺的山门前。

山间宁静如常，山寺内钟声悠远，并无被战火燎烧过的痕迹。

李羡鱼讶然自轩车内步下，转身往来时的山路回顾。

曲折的山道上行人如织，看衣饰打扮，多是因家境贫寒，无法承担离开的路资而留在皇城内的黎民百姓。

此刻他们正向寺庙中的僧人们辞行，面上满是劫后余生的庆幸与感激。

临渊见她似有些好奇，便将其中的故事讲给她听。

"战乱时，尚留在玥京城中的百姓多是避至山中，而戎狄意在皇城，未曾先行搜山。"

也因此让此间的百姓平安地度过此劫。

今日，他们正是来此烧香还愿的，还曾经向佛陀求过的平安愿，感激如今家国尚在，最珍视的家人仍在身畔。

李羡鱼遥望良久。

山风拂过她的鬓发，将她的衣带吹起，轻轻绕过临渊的臂弯。

临渊垂下眼帘，将她鬓边的碎发轻轻拢回耳后。

李羡鱼抬眸望向他，在这荒芜的山道间对他嫣然而笑。

"临渊，谢谢你带我来这里。"

临渊垂手，重新将她的素手握紧："这并非臣带公主前来的唯一的理由。"

李羡鱼微讶，想启唇问他，临渊却带着她向山寺中行去。

山门前迎客的小沙弥认出他，远远便迎上前来，向他双手合十："多谢施主日前的布施，玥京城内的百姓才能逃过此劫。

"佛陀会保佑您的。"

临渊性情孤傲，不喜与人寒暄，闻言也只冷淡地微微颔首，便牵着李羡鱼自小沙弥的身旁而过。

李羡鱼跟着他走出好远，一直走到寺庙里的游廊里，这才轻声问他："临渊，你来这里布施过？"

她分明记得临渊说过，他不信神佛的。

临渊皱眉："没有。"

他侧首，对上李羡鱼清澈的明眸，顿了顿，终于启唇："带来的粮草充足，便匀了些给山寺里的百姓。"他道，"说不上布施。"

李羡鱼明眸微弯，学着小沙弥的模样，也向他双手合十。

她动作生疏，语气却虔诚："佛陀会保佑你的。"

临渊垂下眼帘，语声淡淡："臣不信神佛，更不需要什么神佛护佑。"

若世上真有神佛，替他护住身边的李羡鱼便好。

说话间，临渊带着她步下游廊。

日影轻移。

李羡鱼望见庭院中红梅盛放。

那是一株百年的梅树，梅枝清瘦，花开清丽。

李羡鱼踏着一地鲜红的落花走上前去，伸手接住一朵被风吹落的红梅，明亮的笑意铺满眼底。

早春桃花未开，山寺里的梅花却还未谢去，仿佛时间还停留在冬日，而临渊从未离开过。

落花声里，临渊行至她的身畔，向她讲述起那封书信的内容，说他是胤朝的七皇子，本名是谢渊，说他回胤朝意在夺位，拿到兵权后，便会立即回来见她。

最后，他在春日的光影中向她问起冬日的事。

"公主可还记得在和卓雪山上，臣与公主说过的话？"

春风过处，少女的双颊红如梅花。

她始终记得和卓雪山上发生的事，记得临渊曾经在漫天的大雪里问她："若是我们能走出这座雪山，若是我写婚书给你，你可愿意嫁与我？"

李羡鱼指尖轻蜷，羞赧地出声："你怎么突然提起这件事？"

临渊没有回答，以指尖轻轻叩了叩腰间悬着的佩剑。

清脆的击铁声里，胤朝的将士们从游廊里成对而来，将系着大红绸缎的沉香木箱一口接着一口地抬进眼前的小院里，放在被春风吹落满地的梅花上。

李羡鱼讶然望着眼前的一切，看着他们来去匆匆，很快将眼前的小院填满，又继续往游廊里放，不知要这般堆放到何处。

"这是什么？"李羡鱼轻声问临渊。

临渊松开她的素手："公主可以亲自看看。"

她可以看看是否还算合意。

李羡鱼依言抬步，顺着这些木箱往前，而临渊跟在她的身旁。李羡鱼每路过一口木箱，他便俯身将其打开。

其中装着的物件随之显现在李羡鱼眼前：珊瑚、明珠、宝石、金银、玉器……

只要她能想到的宝物，都满满当当地放在其中，琳琅满目，一眼望不见尽头。

李羡鱼在这些奇珍异宝里穿行，少顷迟疑着问他："临渊，你是不是将胤朝的国库都搬来了？"
　　临渊不答，只是牵着她的手，走到来时的游廊里，示意她亲手将眼前的木箱打开。
　　李羡鱼俯下身去，试着打开了第一口木箱，映入眼帘的，是满满当当的一箱话本。
　　李羡鱼杏眸微明，迫不及待地又打开一箱。
　　又是一整箱不同的话本。
　　她便这样一路开着箱子，直至走到游廊尽头，回首眺望的时候，方才发觉，自己竟已开出整整一游廊的话本。
　　李羡鱼又惊讶又愉悦，似喜欢囤粮的仓鼠突然进了米仓里。
　　她忍不住好奇："临渊，你是从哪里找到这么多话本的？"
　　临渊答道："臣将整个胤朝都城的话本都买了下来。行事仓促，应当会有重复的。"他顿了顿，又道，"臣可以与公主一同将那些重复的挑拣出来。"
　　李羡鱼抿唇笑起来："这么多话本，我们要挑到什么时候？"
　　即便她一日看一本，也要好几年，甚至更久才能看完。
　　那时候，胤朝应当也出新的话本了。
　　临渊道："一日挑不完便一月，一月挑不完便一载。"
　　言至此，他微微停顿，轻轻垂下眼帘看向立在身前的少女，见春光明媚，见少女云鬓堆鸦，红裙鲜妍，此刻正笑盈盈地望着他，鲜红的唇瓣轻抬，唇畔小小的笑涡浮现，如春风拂面不知寒。
　　临渊将她的素手拢进掌心里，语声也在这春风里变得低而温柔："若是一载也挑不完，便挑一世，臣不会厌倦。"
　　李羡鱼明眸潋滟，绯色如树间繁花，缓缓盛开在她白皙的双颊上。

　　安静的山寺里，她听见自己的心跳声如此清晰，似春日风来，花落如雨。
　　临渊向她走近。他用曾经持剑的手，向她递来一封亲手所写的大红婚书。
　　春日花雨中，他低声询问："昭昭，你可愿嫁与我？"
　　春风盛处，少女双颊微红。
　　她半抬起羽睫，偷偷睨了他一眼，脸颊滚烫，又赶紧低下头去。
　　其实她在看话本的时候也曾想象过，她将来喜欢的人会是什么样——是鲜衣怒马的小将军，还是进京赶考的温润书生，抑或是一只世上罕见的，能修成人形的狐狸？
　　后来她才知道，喜欢一个人，并不是刻舟求剑，也不是按图索骥，而是你遇见谁，喜欢上谁，他便是你心中的模样。
　　游廊上有风吹过，送来清淡的梅花香气。
　　李羡鱼悄悄从袖口处探出指尖，将他递来的婚书拿到手里。
　　她绯红着脸，轻握着那封婚书，语声温软又清甜："临渊，我答应你了。"
　　临渊低低地应了声，牵起李羡鱼的手，带她从一地的话本中离开，重新回到那株花开盛丽的百年梅树下。

李羡鱼仰面望着他，清澈的杏眸里柔波微漾。

临渊薄唇轻抬，伸手轻轻捧起她的脸，深深地吻下来。

久违的重逢令这个吻更为亲密而缠绵。

当她的指尖绵软得都快要握不住临渊递给她的婚书的时候，临渊终于将托着她后脑的手垂下。

李羡鱼也失去了支撑的力道，春水般软软地伏在临渊的肩上，羽睫轻颤，气喘微微。

临渊侧首，吻去她羽睫上沾着的水珠，语声低哑地唤她："昭昭。"

李羡鱼轻抬羽睫，在明媚的春光里望向他。

不知不觉间，临渊已唤过数次她的小字。

可是，她还不知道临渊的小字。

她略想了想，便又轻声问他："临渊，你的小字是什么呀？"

临渊微顿，低声回道："臣没有小字。"

他的母后生性凉薄，从没有给儿子起小字这样的闲情逸致。

他与谢璟都没有小字。

李羡鱼没想到会是这样的答案。她羽睫轻扇，少顷莞尔道："那我给你起个小字好不好？"

"公主已经为臣起过小字。"临渊语声微哑，语气里却不带半分迟疑，"公主为臣起的名字，便是臣的小字。"

李羡鱼语声停住，余红未褪的两靥渐渐又生出绯色。她秀眉微弯，将微烫的脸颊埋在他的胸膛上，在风吹梅花的"萧萧"声里，轻轻唤他的小字。

"临渊。"

临渊低应一声，抬手拂去她发间的落花，将她紧紧地拥入怀中。

春风自古老的梅树前走过，他们的乌发交织缠绕。

李羡鱼在他的怀中抬起指尖，轻轻拢了拢鬓边的碎发，又微微侧过脸去看他。

日光斜照，映得少年眉眼如金。

他的神情是鲜有的温柔，他将乌黑的羽睫轻轻垂下，薄唇间还留有梅汁染的红印，似没涂好的胭脂，也似她喜欢吃的红糖，几分甜蜜，几分诱人。

李羡鱼的心跳微微加快。

许是庭院里的春光太好，令她的思绪都有些朦胧。

她就这般悄然踮起足，在他不注意的时候，想将那点儿胭脂色悄悄吃掉。

她动作很轻，柔软的唇瓣在临渊的薄唇上一触即离，但仍然被他察觉。

他蓦地伸手将她的皓腕握紧，凤眼里暗色翻涌。

他低哑地唤她的小字："昭昭！"

李羡鱼对上他的视线，有些心虚地问："是佛陀会生气吗？"

临渊没有回答。他眼色晦暗地看着她，似要将她吃下。

李羡鱼越发心虚。

佛陀生不生气她不知道，但是临渊看起来好像有些生她的气了。

她试图将人哄好，便重新踮起足来，蜻蜓点水般亲了亲他的薄唇，软声道："临渊，你别生气……"

她的话音未落，临渊便已重新俯身下来，她还未来得及说完的话语尽数淹没在彼此的唇齿之间。

他凶狠地加重了几分力道，从李羡鱼的红唇吻到她细白的颈，修长的手指解开她领口的玉扣，在她的锁骨上方烙下比梅花更为鲜艳的痕迹。

李羡鱼没有防备，被这个突如其来的亲吻烙得浑身发烫。指尖抵在临渊的胸膛上，她语声酥软地唤了一声他的名字，手又绵软地垂下，握在手里的婚书终于拿不住，梅花般盈盈飘落。

临渊接住婚书，恨恨地咬了口她微启的红唇。

李羡鱼则轻轻"哑"了声，绯红着双颊，抬起一双雾蒙蒙的杏眸望向他，语声轻如朝露："临渊，你咬疼我了。"

临渊睨她一眼，凤眼里暗色未退，但终究还是抬手将她领口的玉扣系好，将婚书重新递给她，握住她的素手，牵着她大步往山门前走。

李羡鱼跟在他的身后小跑，踏过一地的落花。

"临渊，你要带我做什么去？"

临渊并未回首。他将李羡鱼的素手握得更紧，眼底的暗色与淡淡的温柔交织，如天光即将破云的春夜。

"臣去宫里递交国书，请公主的皇兄赐婚。"

金乌渐升，太极殿内的灯火彻夜未熄。

彻夜未眠的李宴仍在长案前批复宦官新送来的奏章。

这场浩劫过去，玥京城内百废待兴。

群臣上的奏章雪片般飞来，似永远也无法见底。

他眉峰微皱，将手里这本奏章批阅完毕，方短暂地搁笔，伸指摁了摁有些发痛的眉心，思绪未定，便有宦官匆匆前来通禀。

"陛下，胤朝的国君前来拜见。"

李宴摁着眉心长指微顿，又直起身来，将奏章暂且搁置一旁。

"请。"

宦官躬身退下，少顷便带着临渊步入殿中。

李宴随之从龙案后抬首，目光深深。

时隔半载，曾经身为公主影卫的少年如今已是他国的帝王。

李宴不知，在身份有如此天翻地覆的变化后，临渊，抑或说谢渊，如今是如何看待那位曾经与自己并肩走在青莲街上，吃同一盒龙须糖的公主的。

临渊亦毫不避讳地抬目与李宴对视，将盖好胤朝玉玺的国书递向他："朕今日前来，是为与公主的婚事。"

李宴抬手。

宦官低首上前，双手接过国书，置于李宴的龙案上。

李宴轻轻垂眼，见国书色泽深红，边缘烫金，如临渊所言，这是一封请婚的国书。

太上皇还在位时，大玥曾接过不止一封。这华美的烫金国书背后，是无数公主落在鸾车前的眼泪。

如今这封请婚的国书传到他的手中，依旧沉重。

李宴伸指轻轻摁住国书的封面，并未立刻翻开，而是启唇询问："这便是胤朝出兵的代价吗？你是想让嘉宁和亲胤朝？"

临渊剑眉紧皱，语气微寒地纠正他："胤朝万里驰援，不为和亲的公主，只为胤朝的皇后。"

且他来此也不是为交换李羡鱼的婚姻，仅为大玥是她的故国，为她想家的时候尚有故国可归。

李宴视线微顿，似未曾料到他会如此作答。

许是为了求证他话中的真伪，李宴将那份沉重的国书缓缓翻开。

其中写得极为清楚，并非遣公主至胤朝和亲，而是胤朝备下聘礼，求娶大玥的嘉宁公主为后，两国结永世之盟，双方君主有生之年不再兵戎相见。

李宴静默良久，又问他："这桩事，你可问过嘉宁？"

临渊眉梢微抬，并未立刻作答。

李宴只道没有，便侧首对一旁的宦官道："去请嘉宁公主过来。"

李宴的语声未落，又一名宦官快步而来，向他恭敬地道："陛下，嘉宁公主求见。"

李宴顿了顿，说道："请。"

宦官躬身而去，很快便带着李羡鱼步入殿来。

殿内的众人一同抬眼，向款款行来的少女望去。

如今还在国丧期内，李羡鱼穿得十分素净，雪白的兔绒斗篷里，云燕锦衣领口高束，宽大的袖口与衣摆处以浅粉色丝线绣着折枝海棠，步履轻移时，花瓣随风微展，似海棠花静静地在春日里盛放。

李羡鱼行至李宴的龙案前，规规矩矩地向他行礼，颊上微有粉色："皇兄。"

李宴颔首，将那封国书递向她："这封国书你可看过？"

李羡鱼双手将国书接过，缓缓翻开，见其中除两国邦交的事之外，与临渊给她的婚书并无大的出入，甚至还是婚书里写得更细致温柔些，便微红着脸，轻轻点了点头，将国书递还给李宴。

"嘉宁看过。"

李宴握住那封国书，郑重问她："嘉宁，你可同意？"

李羡鱼两靥绯红，羞怯地抬眸，去觑站在稍远处的临渊，想让他代为作答。
　　素日五感敏锐的少年今日偏偏像是没能察觉她的视线，只侧首看向远处的长窗，仿佛窗外青碧的梧桐树比面前赤红的国书更为耀眼。
　　李羡鱼无法，唯有双颊滚烫地用蚊蚋般的声音应道："嘉宁同意了。"
　　她的语声一落，殿内安静了一瞬。
　　临渊亦侧首看向她，浓黑的凤眼里有浅浅的笑意。
　　李羡鱼偷偷望了眼，便知晓他方才是有意视而不见，像是执意要等她亲口承认。
　　她面上烫得似要烧起，偏偏是皇兄面前，在满殿的从人前又不好多言，唯有轻轻转过绯红的脸不去看他，也去看长窗外的梧桐树。
　　李宴在上首看着，忍不住又伸手揿了揿他发痛的眉心。
　　这里分明是太极殿，是他的寝居之处，但不知为何，他倒觉得自己有种格格不入之感。
　　他头痛地去拿搁在一旁的朱笔，想先将国书批复，指尖方抬，却又听宦官急急地通禀道："陛下，摄政王……"宦官语声方出，便察觉自己失言，慌忙跪在地上请罪，"奴才失言，奴才失言，是庶人李羿前来求见。"
　　"皇叔？"
　　李羡鱼微愣，讶然地看向李宴："皇叔是什么时候回京的？他不是……？"
　　他不是被流放到关州了吗？
　　李宴先是一顿，继而便明白过来。
　　谢渊与皇叔之间有些私仇，多半不会主动与李羡鱼说起皇叔归来之事。
　　于是他抬手，示意宦官将人请来，又对李羡鱼简短地讲述了当夜所发生之事。
　　他道："是朕下旨，令人请皇叔前来面圣。"
　　若非如此，以皇叔的性情，他多半会在胤朝军队退兵后，再度不辞而别。
　　他的话音未落，李羿便自屏风的尽头阔步而来。
　　李羿看向上首的李宴，问道："陛下何事？"
　　李宴有些无奈。他令人请皇叔前来，原本确实有事想要商议，但如今当着他国君王的面议政，多少有些不合时宜。
　　他唯有垂下眼帘："并无要事，不过是请人邀皇叔前来品茶罢了。"
　　李宴说着微微抬手，示意旁侧的宦官为众人赐座，并换上新茶。
　　李羡鱼轻轻接过。
　　临渊未接，冷淡地道："朕并无喝茶的习惯。"
　　李羿并未落座，也未接茶。
　　"太极殿是大玥君王的寝居之处。你并非大玥的臣民，既然不为饮茶，"他鹰眸沉沉地看向放在李宴龙案上的那份国书，语声里透着戒备，"又为何事？"
　　临渊凤眼浓黑，毫不避讳地与他对视，一字一顿冷冷地道："来娶朕的皇后。"
　　他的语声落下，一旁正端着茶盏的李羡鱼倏然面上发烫，一张雪白的小脸霎时间红如春日海棠。

她想起身回避，却怕皇叔与临渊又起冲突，唯有再侧首去看窗外的梧桐树，将自己绯红的双颊与微微紊乱的心跳藏起。

李羿鹰眸环顾，沉声道："如今正是国丧！

《大玥律》有令，国丧期间，近支宗室二十七个月内，远支宗室及在京王公大臣一年之内，不得嫁娶！"

李羡鱼的心"怦怦"直跳。

她年岁不长，也是生平第一次经历国丧，并不知晓还有这样的规矩。

临渊凤眼寒凉地看向李羿，修长的手指握紧身侧的佩剑："我们胤朝没有这种规矩。"

李羿冷冷地指正："此处不是胤朝，而是大玥。你要娶的，是我大玥的公主。"

临渊目光如刃，渐转锋利。

眼见着气氛又要变得剑拔弩张，李羡鱼匆促起身，抬步上前，轻声打圆场。

她羽睫微低，双靥浅红，语声轻柔地劝道："其实二十七个月也不算久。"

若是掐指细细算来，这似乎也就两轮冬夏并一个春日。

临渊与李羿皆看向她，神色各不相同。

临渊剑眉紧皱，目光深沉，并未立刻启唇。

李羡鱼可以等，但他不能。他如今已在柩前即位，绝无可能一连二十七个月都留在大玥，更无可能让李羡鱼孤身留在玥京城中等他。

无论大玥想借此开什么条件，他都要将李羡鱼带走。

李羿则冷静地提醒她："嘉宁，你可要想清楚！两年后，胤朝的后宫不知有多少人。你万里迢迢嫁到胤朝，无人替你撑腰，届时在后宫中被人欺凌，亦无人知晓。"

临渊眉眼微沉，似在回答李羿，又似在向李羡鱼许诺："无论是二十七个月，还是二十七载，胤朝的后宫中都不会有旁人，又有何人敢欺凌朕的皇后？"

李羿与他原有旧仇，此刻更是一个字也不信。

毕竟年少许下诺言时的心意或许为真，但随着时移世易，若干年后，谁知曾经的恩爱情浓、年少相许，又是否会走到"长门一步地，不肯暂回车"这等冰冷决绝的局面？

历朝历代，可不止一位废后。

他鹰眸微缩，语声冷肃："不过空口白话罢了！你可敢将方才的话写到递来的国书上？"

李羡鱼常年住在披香殿里，对前朝的事了解得并不多，并不知晓"将此事写在国书上"的含义，李宴的眼底却有思忖之色一闪而过。

他想：他大抵猜到了皇叔此言的目的。

国书不同于寻常书信，写在国书上的事，无论大小，皆是国与国之间的承诺。

一个国家若是毁诺，会被周遭列国轻视嘲笑，被毁诺的那一方亦可名正言顺地起兵征伐。

临渊自然也知国书的寓意，但未有片刻的迟疑。

在李羋的视线中，他抬步上前，从李宴的手中取回胤朝的国书，持李宴批奏章的朱笔，将方才所说的话一一写在国书上，一字不漏。非但如此，他还亲手盖上自己的玺印，以示绝无更改。

待朱红色的玺印落下，临渊收回国玺，向李宴递去国书。

他看向李羋，一字一句，掷地有声："激将法对我无用。但若是为了昭昭，添上一句又如何？"

李宴不动声色地接下临渊递来的国书，垂眼看去，却见国书上除临渊适才所言之外，还另起一行，再书一十二个字。

"生同衾，死同穴。此生不再他顾。"

君王一诺千金，写在国书上，更是字字千钧，不可更改。

李宴似也有片刻的震动。他抬起头，看向侧身立在锦绣屏风前的少女，以一位兄长的身份问她："小九，你可愿意等这二十七个月？"

李羡鱼听到李宴唤她，这才轻轻转过身来。

她面上犹红，杏眸却明净，似从未迟疑过。

她点头，语声很轻，却也坚定："一生漫长，又何止眼前这两轮冬夏。"

李宴叹了声，终于颔首。

"君王守丧，以日代月。

"公主亦可如此。"

李宴执起朱笔，于国书上写下准许的批复。

笔停时，他双手握住传国玉玺，盖在临渊所写的一十二个字上。

大玥的玺印同样朱红，与胤朝的国玺紧紧相连，如璧人携手，亦象征着两国的盟约永不更改。

李宴将国书合拢，郑重许下承诺："二十七日的国丧结束后，朕会亲自送嘉宁出降。"

国书签订。

李羡鱼的心弦亦随之松了下来，她悄悄伸手，碰了碰临渊的衣袖，就这样带着他先行告退，以免他与皇叔再起冲突。

随着他们走过那座锦绣山河屏风，李宴亦将国书收起，屏退从人。

太极殿内重回寂静，唯余这对皇室的叔侄。

经历过意图谋反、率兵围摄政王府、将人流放关州种种变故，李宴以为这位皇叔此生都会与他形同陌路，未曾想到，在家国之前，他们还能隔着一张龙案相对而坐，再度商议起大玥的国事。

李宴亲自将几份归置好的奏章重新展开，与皇叔谈论起登基后遇到的几桩棘手之事。

456

李羿接了茶盏,浅饮一口,继而搁盏取过笔墨,随李宴所言在干净的宣纸上写下对策,如之前临朝摄政时一般。
　　李宴垂下眼帘,看着宣纸上的字句,终于徐缓启唇:"大玥百废待兴,朕希望皇叔能留在玥京城,继续以摄政王的身份辅政。"
　　李羿浓眉皱起,语声冷肃:"大玥又不是儿皇帝当家,还要什么摄政王?"他道,"关州同是大玥疆土,我在关州与在玥京城并无不同,也不必再来这朝堂之上。"
　　李宴轻轻合了合眼:"皇叔还在记恨当初朕率兵围府之事?"
　　"成王败寇,怨不得谁。"李羿笔走龙蛇,将最后一字写罢,便将墨迹未干的宣纸往李宴的龙案上一拍,起身往外走,"若是陛下缺良臣,大可广开科举,甄选可用之才。其余之事,不必再提。"
　　李宴见此,也知李羿是去意已决,不可转圜。
　　他微微苦笑,对着李羿的背影问道:"小九出嫁那日,皇叔可会前来?"
　　李羿步履微顿。他立在殿内的锦绣山河屏风前,殿外吹过梧桐枝叶的春风卷起他藏青色的氅衣,似冬日未退的冷霜。
　　他短暂地忆起了自己少年时,想起了曾经的华光殿,想起了他那喜欢穿红裙、看话本,心软又轻信的皇姐。
　　也是这样一个晴好的春日,他在华光殿内撞破了他皇姐与影卫的私情。
　　他的皇姐对他说:"阿兕,我很喜欢他。"
　　他拗不过皇姐,唯有选择替她隐瞒,选择不加干涉。
　　但此后发生的事成了他的毕生之痛。
　　他蓦地合眼又睁开,强行打断自己的思绪,踏着满地的碎光阔步向前。
　　"还请陛下转告嘉宁,见贺礼如见我本人!"
　　话音未落,李羿的背影已然消失于十二座锦绣山河屏风后。
　　他转身离开了这座象征大玥皇权的殿宇,离开了这座曾经拼死戍守过的皇城,再不回头。

　　更漏绵长,日影轻移。
　　太极殿顶高悬的金乌散开柔光,拂面的春风渐暖。
　　李羡鱼牵着临渊从宫中的红墙下走过。
　　她未簪好的一缕乌发在空中飘扬,被临渊轻握在掌心里。
　　"昭昭。"他轻轻唤了声李羡鱼的小字。
　　李羡鱼便在红墙下停步,侧过脸来望向他,眉眼弯弯地问他:"什么事呀?"
　　临渊俯身替她将那缕乌发重新簪好:"二十七日的国丧如今已过七日,余下的二十日里,公主可有什么想做的事?"
　　李羡鱼侧首看他:"临渊,你是要留在这里陪着我吗?"她担忧地轻声道,"可是,胤朝的事……"

都说国不可一日无君。

临渊从胤朝来大玥的途中便不知道过了多久，如今又要度过这剩余的整整二十日，李羡鱼不免担心，这样会耽搁他的政事。

临渊垂眼，看着她忧心忡忡的模样，轻轻失笑。他俯身，在李羡鱼的耳畔启唇低声道："臣来时便将一切安排妥当。

"此刻胤朝中，臣的母后正替臣垂帘听政，掌控大局。赵氏一族与两位丞相会从旁协助，与她一同暂理国事。"

这样虽非长久之计，但他迎娶昭昭的时日还是有的。

李羡鱼听他这样说，便也将心放下，转开话茬儿，轻轻地问他："临渊，你还记得当初你替我去江陵送信的事吗？"

临渊颔首。

他并不健忘，自然记得当时之事，亦能猜到李羡鱼想要说些什么。

他思忖着：若是轻车快马，去江陵一趟，来回十数日，应当还有三五日的富余，不算误事。

于是他问："公主想去江陵？"

李羡鱼点头："临渊，我想带母妃回江陵看看。"

毕竟江陵是母妃的故乡，她想在带母妃同去胤朝之前，带母妃回江陵看看，见一见信中素未谋面的外祖。

临渊将李羡鱼的素手拢进掌心里："今日便启程？"

李羡鱼明眸微亮，旋即又迟疑着摇头："要不……再等上两三日。两三日后，再去请皇兄的圣旨也不迟。"

临渊问道："公主可还有什么事想做？"

李羡鱼轻声答："我想先去学会骑马。"

这样，她便可以骑马去江陵了，不用总坐在轩车里，隔着一扇四四方方的小窗子去看沿途的风景。

临渊没有拒绝。他俯身将李羡鱼抱起，往御马场的方向而去："臣带公主过去。"

李羡鱼伸手环过他的颈，看着身旁的红墙流光似的倒退，显出宫道旁初见新绿的梧桐与杨柳。

似有蓬松的柳絮飞起，顺着春风钻进她的领口里，带来微微的痒。

李羡鱼左右望了望，见此处宫道上并无宫人，便偷偷缩回右手，将那团飞进去的柳絮拿出，让它停留在指尖上，重新被春风带走。

临渊与李羡鱼皆不曾食言。

此后的三日里，他们有泰半的光阴是在御马场中度过的。

这次李羡鱼依旧选中了那匹毛皮白得发亮的骏马，想骑着它去江陵，可那骏马仍旧毫不配合。

她一坐上马鞍，骏马便蹬跳着想要将她甩下。反复几次后，见临渊在侧时它不能得逞，便又换了抵抗的方式。

当李羡鱼骑上它后，它不是在原地站着不动，便是往后退，甚至还径自躺倒在地上，任凭李羡鱼怎样拉缰绳都不肯起身。

李羡鱼却也没有让临渊将它拽起，而是让他帮忙找了张小木凳过来。她就坐在小木凳上，托腮望着那匹马，温温柔柔地道："你若是不嫌冷，躺在这里便好。我就坐在你的旁边看话本，吃点心啦。"

骏马听不懂人话，只是干瞪着她。

李羡鱼也不生气。

她真的拿了话本过来，安安静静地在旁边看着，一看便是大半日，若是觉得有些饿了，便与临渊一同用些从小厨房带来的点心。

就这样一连过去两三个时辰，骏马始终躺在春日微寒的地面上，一口草料也不曾吃上，而李羡鱼裹着柔软的兔绒斗篷，坐在她的小木凳上，舒舒服服地看她的话本，吃她带来的点心。

接连两日皆是如此。

直至第三日，一场春雨降下。

和煦的日光散去，冬日未散的寒气重新席卷而来。

李羡鱼的手里便添了个热腾腾的汤婆子。

御马场中，春雨绵绵。

临渊替李羡鱼执伞，而她坐在她的小木凳上，膝上放着一本崭新的话本，抱着她的汤婆子，心情颇好地慢慢翻看，看到精彩的地方，便讲给临渊听。

二人言笑晏晏，其乐融融，而骏马躺在地上，皮毛湿透，冷得都有些发抖。

当李羡鱼又从食盒里拿出一块冒着热气的米糕的时候，骏马终于忍不住长嘶了一声，四蹄一蹬，蓦然从地上翻身而起。方站稳，它便猛地抖起身上湿透的皮毛。

雨水混着泥点四处飞射，眼见着便要溅上李羡鱼月白色的衣裙。

临渊看了它一眼，手中的玉骨伞一横，便将泥点尽数挡住。

几点雨水从天穹上坠下，落在李羡鱼半垂的羽睫上。

她轻轻眨了眨眼，侧首看向那匹站起来的骏马，满怀期待地对临渊道："现在我是不是能骑它了？"

临渊扫了眼满身泥水、气得直喷响鼻的白马，轻轻颔首："臣先带它去清洗。"

他将手中的玉骨伞递向李羡鱼。

李羡鱼展眉莞尔。她没有伸手接过，而是抱着汤婆子躲到他的伞下，对他嫣然而笑："我与你同去。"

临渊薄唇微抬，将绘着白昙的伞面倾向她。

春雨落在纸伞上，散开水雾如烟。

李羡鱼轻提裙裾，与他在蒙蒙烟雨间相携而行。

他们走过御马场前的红墙与碧树，走到西南角门处的马房前。

临渊在此驻步，将玉骨伞收好，斜倚在深红的廊柱上。

他看了眼马房内濡湿的稻草，对李羡鱼道："雨日地面脏污，公主在此等臣。"

李羡鱼轻轻点头，站到无雨的滴水下："那你快些回来。"

临渊颔首，牵着白马步入马房里。

李羡鱼便在滴水下等他。她抱着温暖的汤婆子，望着春雨顺着滴水如帘坠下，打在庭院间的青石上，似珠落玉盘，泠然有声。

李羡鱼静聆春庭雨落，恰微微走神之时，西侧面的马房隔门被人推开。

有宦官穿着蓑衣，推着辆简陋的木车从廊前经过。

李羡鱼的视线移过去，她看见木车上躺着匹死去的枣红马。

那是匹老马，曾经鲜艳的鬃毛早已暗淡，紧闭的眼睛与口鼻处都已经长出了灰白色的长毛，在雨里愈显杂乱不堪，显然已许久未有人替它好好梳理过。

李羡鱼微愣，启唇唤住正在推车的宦官："你等等。这匹马……"

宦官被木车和死马挡住大半视线，此刻才看见廊下立着的李羡鱼。

他慌忙撒手放开车辕，连声向她告罪："公主恕罪，奴才不知公主在此，竟污了公主的眼睛，奴才罪该万死。"

他说着，便要往雨地上跪。

李羡鱼轻轻摇头，示意他起身，将适才未问完的话续上："这匹马是病死了吗？你现在要带它去哪里？"

宦官连忙答道："回公主，这匹马是匹老马，本就寿数无多，今日奴才清理马槽的时候，发觉它已经死了，正打算拖到宫外去埋了。"

李羡鱼的思绪有片刻的停顿，她再启唇的时候，语声里带着淡淡的怅然："若是可以，你便将它埋到华光殿的梧桐树下吧。"

华光殿多年无人居住。

宦官虽不解她意欲何为，但还是连连称"是"："奴才这便过去。"

李羡鱼轻轻颔首，望着宦官推着那辆简陋的木车远去。

春雨犹未停歇，如帘幕隔绝了她的视线。

思绪未定，她便听见临渊唤她的小字："昭昭。"

李羡鱼回过神来，转身回顾，望见临渊正将那匹洗净的白马自马房中牵出。

不同于之前的浑身泥点，此刻这匹骏马恢复了往日的神骏，白得发亮的毛皮上还配好了鞍鞯。

临渊牵马行至她的身畔，看向她身后如垂帘而落的春雨："这场雨一时半刻不会停歇，公主要等明日吗？"

李羡鱼收回思绪，向他弯起秀眉："明日复明日，明日何其多。

"不如就今日吧。我们回去之后记得更衣，再喝两碗姜汤便好。"

临渊轻应一声，替她将配好鞍鞯的骏马牵到马场正中。

李羡鱼跟着临渊走到骏马身侧，却在即将上马的时候微微侧过身来，踮足凑到他的耳畔，悄悄叮嘱他："要是它再把我摔下来，你可要接住我。"

她唇齿间的热气拂过临渊的耳垂，带来柳絮般轻微的痒。

临渊垂下眼帘，凤眼微沉，但终究未说什么，只是轻轻应了声，抬手将她扶上马背。

李羡鱼在鞍鞯上坐稳，试着用临渊曾经教过她的话去驭马——双手各握一缰，持缰短，缰绳紧握在掌心里，拇指压上。

继而，她尝试着用小腿轻轻夹了下马腹。

骏马似乎有些不悦，又喷出一声重重的响鼻。

临渊抬起头，对李羡鱼道："看来它并不驯服，公主还可让它在地上多躺几日。"

骏马瞪向他，也不知是否真的听懂了，少顷，终于不情不愿地迈开四蹄，顺着马场的边缘小跑。

李羡鱼又惊讶又雀跃。她紧握住手里的缰绳，感受着马背上的起伏，只觉得新鲜又有趣，似乎学会骑马也没有她想象中的那样艰难。

她就这般驾着骏马围着马场小跑了一圈，又回到原地，眼眸明亮地看向还在此等她的少年。

"临渊，我这样是不是就算学会骑马了？"

临渊轻轻笑了声，同样翻身跨上马背，从李羡鱼的身后拥着她，修长有力的手臂环在她的腰侧，握住她的素手，连骏马的缰绳一同紧握在内。

李羡鱼侧过脸去望他，双颊微红："临渊，你上来做什么？"

临渊却将她拥得更紧："公主坐稳。"

话音刚落，他手中银鞭随之落下。

骏马吃痛，长嘶一声，在马场中扬蹄狂奔。

马背上顿时颠簸得厉害，像是随时都会将李羡鱼摔下。

李羡鱼心跳得厉害，本能地抬手，紧紧地握住临渊的手臂，紧张地道："临渊，这次它是真的要将我摔下去了。"

临渊的语声自她的身后传来，和素日一样平稳，令人觉得心安，他道："臣绝不会令它这样做。"

李羡鱼在颠簸的马背上将他的手臂握得更紧，努力克服着心底的慌张，在细雨里轻轻点了点头："那我相信你。"

骏马仍在往前飞驰。

李羡鱼也渐渐习惯了马背上的颠簸。

正当她想与临渊分享这个喜讯的时候，临渊却在身后低低地唤了一声她的小字："昭昭。"

李羡鱼回过脸去，抬起羽睫望向他："临……"

她甚至未来得及唤出临渊的名字，他便已俯身吻上她微启的红唇。

他一只手持缰，另一只手托着她的后脑勺，在颠簸的马背上深深地吻她。

李羡鱼双颊红透，未持缰的素手抬起，轻轻抵上他的胸膛，想要将他推开些，却又想起他们现在是在马背上。

李羡鱼微微迟疑的工夫，牙关已被他打开。

临渊眼底微沉，将她搂在怀中，向她索取更多。

骏马飞驰，春雨沾衣。

临渊身上炽热的温度透过薄薄的武袍传来，来势汹汹，将她包围。

李羡鱼指尖蜷起，雪白的颈微仰。

临渊的吻顺着她的红唇往下，他一路吻至她纤细的颈上，又在白日里留下的那枚红印上流连。继而，他添了几分力道，毫不迟疑地深吻下去。

李羡鱼指尖一软，手里的缰绳险些没能握住。

她语声绵软地央告："临渊，你再这样，我真的要从马背上掉下去……"

临渊没让李羡鱼再说下去，在蒙蒙春雨中，重新吻上她的红唇。

二人的呼吸交缠，渐乱，似这场绵绵春雨。

临渊不再扬鞭。

他们骑着的骏马也终于在马场中央缓缓停步。

李羡鱼握缰的指尖松开，她绯红着双颊软软地倚在临渊的身上，而临渊单手环过她的腰肢，俯身将下颌抵在她的肩上，凤眼沉沉，素来平稳的呼吸此刻无比紊乱，拂在她柔白的颈上，烫得惊人。

李羡鱼为他滚热的气息所灼，双颊红得如春日海棠。

她羞赧地侧过脸来看他，语声轻如朝露："临渊，你……你在想什么？"

他怎么连呼吸都烫得这样厉害？

临渊呼吸微顿，蓦地抬手将她拥得更紧，那双乌黑的羽睫垂下，掩住满是晦色的狭长凤眼。

他埋首在她的颈间，声音低沉沙哑，微微带着"咬牙切齿"的意味："在想成婚后的事。"

春雨初歇时，李羡鱼与临渊自马场中回返。

寝殿内的支摘窗虚掩着，雨后朦胧的日光从窗隙进来，映在少女光裸的双肩上，莹莹一层玉色。

李羡鱼藏在绘着连枝海棠的屏风后，将被春雨濡湿的衣裳一一换下，又隔着这座单薄的屏风轻声与他说话。

"临渊，我们明日便走吗？"

临渊背对屏风而立，但屏风后轻柔的解衣声还是"簌簌"传来，令五感敏锐的少年脊背紧绷，语声里有隐藏不住的压抑："臣今夜便去准备，明日清晨动身。"

李羡鱼闻言从屏风后探出半张雪白的小脸，杏眸里微带讶然："怎么突然那么急？"

临渊唇线紧绷，回过头深深地看着她："公主觉得呢？"

李羡鱼红唇微启，未及问他，不知为何又想起适才在御马场里的事。

春雨如雾，骏马飞驰。

马背上的他们薄衫半透，那般亲密无间的姿态。

临渊拂在她颈间的呼吸是那般烫人，身形的变化也是……也是那样明显。

她似懂非懂，朦朦胧胧间似猜到什么，却又不敢细想，更不敢问他。

李羡鱼双靥滚烫，匆促地躲回屏风后，抬手拉高自己的领口，将那枚尚且鲜红的"梅花"掩住，羞赧得不敢启唇。

好在临渊很快转过脸去。

他视线始终停留在窗外的凤凰树上，嗓音却越发地哑，不知是不是在春雨里染上了寒气："臣今夜不在披香殿中过夜。公主早些歇息。"

李羡鱼羽睫轻扇，拢着还未系好的领口从屏风后探出脸来，还未来得及问问他今夜想去哪里，要不要先去小厨房喝一碗浓浓的姜汤，视线方抬，便见寝殿内空荡荡的，已不见他的身影。

她脸颊依旧红着，慢慢挪步从屏风后出来，尝试着对着头顶的横梁唤了声他的名字："临渊。"

殿内安静如初，并无人应答，想是临渊已经走远，李羡鱼便也松开了拢着领口的手，用冰凉的手背捂着自己发烫的脸颊，就这般穿着贴身的锦裙走到低垂的红帐后，睡到她柔软微凉的衾枕间。

雨后的夜色静谧，银白的月光穿帘入室。

李羡鱼侧躺在柔软的锦被里，沐着月光，轻轻合眼，听着窗外夜风摇动凤凰树叶的"沙沙"声，想着明日大抵是个晴日。

临渊再度返回披香殿时已是翌日清晨。

彼时李羡鱼方洗漱罢，正最后一次清点着要带去江陵的贴身物件。

临渊恰在此刻逾窗进殿，手中还抓着一只正龇牙咧嘴，挣扎着想要回头咬他的雪貂。

李羡鱼惊讶地抬眸，本能地放下手中的物件："这不是宁懿皇姐的雪貂吗？它怎么会在这里？"

她想了想，红唇微抿："它又想来披香殿里咬我的小棉花了？"

临渊看着手中的雪貂，语声微寒："是臣将它抓来的。

"当初便是它叼走了臣留给公主的书信。"

李羡鱼明眸微抬，有些难以置信地看向临渊手里的雪貂。

当初临渊说曾给她留了信的时候，她悄悄想过许多种可能，也许是被夜风吹走了，也许是被不识字的小宫娥当作杂物清理了，但从未想过罪魁祸首竟是眼前的雪貂。

她轻笑出声，又忍不住问他："临渊，你今日将它抓来，是要罚它吗？"

临渊剑眉微抬："春寒未退，公主可想要一条新的貂皮领子？"

李羡鱼连忙摇头："还是……还是不要了吧。"

"它可是宁懿皇姐最喜欢的雪貂。"

临渊淡淡地应声，将手里还在挣扎的雪貂重新制住："既然如此，公主可继续整理物件，这只雪貂臣自会处置。"

李羡鱼犹豫地轻声问："临渊，你不会在我走开后……就把它做成皮毛领子吧？"

偷信的雪貂固然可恶，但是李羡鱼看在皇姐这般喜欢它的分上，觉得它可不能真的变成一条毛领。

"不会。"临渊抬眼看向她，"臣保证，公主回来的时候，它连这身长毛都不会少上一根。"

李羡鱼这才放下心来。她从箱笼前起身，对他莞尔道："那我便去库房里看看月见她们收拾得如何。"

临渊颔首，将手里的雪貂暂且丢回笼中。

李羡鱼悄悄望了眼，见临渊没有杀它的意思，便放心地转身踏出隔扇，沿着抄手游廊，往库房的方向去。

库房离此处有些远，等李羡鱼回来的时候，将近两刻钟的时间已过去。

宁懿皇姐的雪貂依旧被装在精致的金丝笼里，也如临渊所言，一根长毛都没掉，就是……就是突然间换了个毛色。

原本雪白的长毛此刻红一块，绿一块的，分布得还格外不均，有些像是乡下来的嬷嬷们爱穿的绿底红花袄。

雪貂像是也瞧见了自己身上的毛色，此刻正愤怒地咬着笼子，发狂地"吱吱"叫着，似被临渊气得发疯。

李羡鱼忍不住笑出声来。

她问临渊："这样还能洗干净吗？"

临渊摘下手上染了颜色的皮手套丢进竹篓里，语声格外平静："这是西域来的染料，至少能留色两月，在公主随臣回到胤朝之前，大抵是褪不干净的。"

他说着，看向笼子里的雪貂，一字一句地道："即便是两个月后褪色，也是先褪成黑色，至少要再黑上一年半载。"

雪貂像是听懂了他的话，立刻愤怒到极点，在笼中上蹿下跳，有点儿像一条绿底点红漆的胖豆角。

李羡鱼强忍住笑，对临渊轻弯黛眉："临渊，我收拾好啦。"

临渊应声，往角门处走了一趟，将这只花雪貂丢出李羡鱼的披香殿。

李羡鱼则在寝殿中等他。

一盏茶的工夫，隔扇被人轻轻叩响。

李羡鱼起身将隔扇往外推开，见是临渊踏着清晨淡金色的日光回返。

他站在滴水下，身前是雕花隔扇，身后是明媚春光。

他在光影重重间向她伸手，薄唇轻抬："走吧。

"去江陵拜见外祖。"

二月天，草长莺飞。

象征着皇室的轩车再度驶出玥京城的城门。

李羡鱼却不在车内。

她在启程前向皇兄要走了御马场里那匹皮毛雪白的骏马，为它取名雪郎，骑着它与临渊一同前往江陵。

刚出皇城的时候，骑术尚有些生疏，她仅能勉强行到淑妃的轩车前，总是要临渊放慢马速等她。待三五日过去，她逐渐熟练起来，渐渐能与临渊的乌骔马并辔而行。

马蹄踏过陌上春草，一晃便到了去江陵的渡口。

李羡鱼踩着马凳从雪郎的背上下来，好奇地望向面前的龙骧："临渊，我们要乘舟去江陵吗？"

临渊将赁钱付给船家："走水路会更快抵达江陵。"

比起陆路，他们走水路能快上两三日，一来一回便能省下四五日的时间。

李羡鱼轻轻点头。她转身将母妃扶到渡口。

临上船的时候，她望着龙骧下的滚滚江流，很是认真地嘱托他："临渊，我不会水，也没有渡过江，若是不慎落水了，你可千万要来捞我。"她说着，似又想起当时小宫娥跳池塘的事，有些不放心地问他，"临渊，你不会看着我沉底吧？"

临渊递手给她："不会。"

李羡鱼杏眸轻眨，略微踮足离近了些，在他的耳畔悄声道："你的清白不要啦？"

临渊睨她一眼，说道："对公主，臣还有清白可言吗？"

李羡鱼被他说得微红了脸，连忙趁着还没人发觉，扶着自己的母妃快步上了龙骧。

船工们迎风起帆，摇起船橹。

龙骧离岸，顺水而去。

水色尽头，一轮金乌渐渐西沉。

李羡鱼带着母妃住进当中的一间舱房里，扶着母妃坐到房内的圈椅上。

小宫娥们紧跟过来，忙前忙后地打点行李。

在她们收拾东西的当口，李羡鱼在母妃的身旁落座，一边给她剥着橘子，一边杏眸弯弯地与她说着话："母妃，再过三两日，我们便能到江陵，然后很快就能见到外祖啦。"

"江陵"二字落下，淑妃低垂的羽睫轻轻颤了一颤，似蜻蜓点过寂静的池面，刹那又平静下来，仿佛仅是被江风吹动。

李羡鱼没有瞧见。她正认真地去着橘络，末了还将橘子掰成小瓣，放进小瓷碗里递给母妃。

淑妃没有伸手去接，一如既往地木然。

李羡鱼便将瓷碗放在她的手畔，语声轻柔地向她道："母妃早些安寝，昭昭先回去了。"

淑妃垂眼看着船上涂了桐油的木板，依旧一言不发，仿佛对世上所有的事都已不再在意。

李羡鱼在她身旁安静地等了一阵，见母妃始终没有回应，便如往常那般轻缓地起身。

李羡鱼转身行至舱门前，撩起舱门前悬挂的绸帘，就着银白的月色，往自己的住处走去。

夜色渐浓。

江上风波初静，一轮明月映在江心。

李羡鱼蹑足从临时居住的船舱里出来，甫一抬眸，便望见了正在等她的少年。

她秀眉微弯，提灯踏着微晃的船板走到他的身前，语声放得很轻："母妃已经睡了。"

临渊薄唇微抬，接过她手里的风灯悬挂在船舷上，又将手中的桐木食盒递向她："刀鱼面，船家做的。公主若不嫌弃，可以尝尝。"

初登龙骧的时候李羡鱼难免有些不习惯，因此都没用过什么吃食，听他说起刀鱼面，这才觉得腹中空空，便抬手接过食盒，试着将其打开。

其中果然有一碗刀鱼面。

鱼肉细腻，鱼汤雪白，令人食指大动。

李羡鱼弯眸，从食盒里捧出小碗，拢裙在船舷上落座，执筷小小地尝了一口。

江上新捕的刀鱼鲜美适口，一点儿也不输于御膳房做的珍馐。

李羡鱼很是满足，却又用得极慢，有些小心翼翼的模样。

临渊侧首看她，少顷启唇："不合胃口？"

李羡鱼拿筷子轻轻拨了拨鱼骨，有些为难："刀鱼鲜美，却多刺。"

"难怪古人总说，世间没有十全十美的事。"

她说着，想重新动筷，临渊却将瓷碗接了过去。

他在李羡鱼的身旁落座，放下手中的佩剑，改执银筷，替她将刀鱼细软的鱼刺一根一根挑出来，放至一旁的骨碟中，表现出鲜有的细致耐心。

李羡鱼坐在随水波微晃的船舷上，托腮望着他。

春夜静谧，江水微澜，莹白月色在水天相接处层层铺开，映在少年清丽的眉眼上，仿佛给他镀了淡淡一层霜色。

李羡鱼拿指尖蘸着清水，在船舷上写下他的名字。

"临渊，"她点着他的名字，在春夜里悠闲地问他，"胤朝是个什么样的地方？"

临渊执筷的长指略微一顿，继而他答道："若是仅论皇城，应当与大玥没有太大分别，它或许会比大玥更冷些，每年冬日都会落雪。"

李羡鱼略想了想，点着他名字的指尖缩回来，又蘸着清水，在旁侧写下"陛下"两个字。

她轻轻弯眉："等到了胤朝，我是不是便要改口唤你'陛下'了？"

临渊依旧垂首给她挑着鱼刺，语声如灯光般淡："公主的皇兄登基后，公主不仍然唤他'皇兄'？"

李羡鱼羽睫轻扇，隐约觉得似乎有什么不对，但好像又没什么不对。

在她将其中的弯弯绕绕厘清之前，临渊已将挑好鱼刺的刀鱼面重新递给她。

"好了。"

李羡鱼接过瓷碗，看着临渊随手将清水写的"陛下"两个字抹去，似闲来无事，又顺手在"临渊"二字旁添了她的名字。

两个名字连在一处，隔一道朦胧的月色相守相望，便像是现在并肩坐在船舷上的临渊与她。

李羡鱼唇角微弯，重新执起筷子，吃起尚且温热的刀鱼面。

这一次，她没有再尝到鱼刺。

江上水风徐来，吹得她垂在臂弯间的披帛轻盈地摇曳，在将要坠入水中时，又被临渊握着提起，放在他的膝上。

银白的披帛软软地垂落，如月色流淌在他玄色的武袍间，色泽分明，却又如此相称。

李羡鱼垂眼看了看，一双清澈的杏眸里也铺上了浅浅的笑意。她没有将披帛收回来，而是佯装不知，重新低下头去，继续用着那碗临渊去好鱼骨的刀鱼面。

一碗汤面很快用完，李羡鱼将空碗放回食盒里，拿方巾轻拭着唇，又趁着临渊不留意，偷偷凑上前去，蜻蜓点水般亲了亲他的侧脸。

临渊一顿，侧首看她。

李羡鱼得逞后迅速从船舷上下来，笑眼弯弯地悄声道："我也回去歇息啦。若是提前到了江陵，记得唤我起来。"

她转身想走，可还未迈开步子，皓腕便被临渊握住。

李羡鱼回过头来，见临渊坐在船舷上，背着光，羽睫微低，藏住了微沉的眸色。

他将李羡鱼的皓腕拉起，似想在她的手腕上咬上一口，但最终仅是克制地轻吻过她的指尖。

飞霜般的月色下，他重新直起身来，羽睫轻垂，薄唇轻轻抬起："公主去安寝吧。"他道，"臣会在此守着公主。"

江水顺流，龙骧在江面上行得飞快，似合眼间便已过万重山。

一连两日的行舟后，他们在第三日的晌午便抵达了江陵。

李羡鱼自龙骧上步下，牵着她的雪郎，带着临渊与母妃，一路认真地向街坊问路，很快便顺利地找到了外祖所居的银杏街。

顾府设在长街尽头，因是官家宅院，看着比寻常人家的屋舍要气派许多，只是此刻朱红的大门紧闭，门前并无仆妇看守，仅孤零零地放了两座石狮子，看着有些冷清。

许是近乡情怯的缘故，李羡鱼在石狮子前站了好一会儿，才鼓起勇气上前握住黄铜的门环，轻叩紧闭的门扉。

"哪位啊？"

大门里头很快便传来从人的问话声。紧闭的朱门打开一线，门缝内，一名家仆打扮的中年男子探出头来，上下打量着李羡鱼："姑娘来找谁？"

李羡鱼正想启唇，却听身后的车轮声一停。

是淑妃乘坐的轩车停在了顾府门外。

随行的宫女轻轻打起车帘，放下脚凳，将淑妃扶下车来。

中年男子听见响动，视线随之抬起，往李羡鱼的身后落去，甫一看到顾清晓，神情便是一震，回过神来后，竟然连大门都不守了，拔腿便往里跑，一壁跑，一壁还高喊道："老爷、夫人，大姑娘回来了！"

这一声落下，便如同大石落深潭，原本清冷的顾府整个被惊动。

李羡鱼还未来得及挪步，便见原本紧闭的朱红大门被赶来的仆从们推开至极限，两位满头斑白的老人在丫鬟的搀扶下，沿着垂花门前的青石小径颤颤而来。

"外祖。"李羡鱼视线停住，本能般唤出这两个字，又抬步向他们走去，在镂刻着云卷云舒的青石照壁前福身向他们行礼。

她秀眉轻弯，微垂的明眸里却渐渐笼上水雾："外祖父、外祖母，昭昭带着母妃来看你们了。"

两位老人微微一愣，还是她的外祖母戚氏先认出她来。

戚氏想要行拜礼，却被李羡鱼及时搀住，就这般拉着李羡鱼的手，老泪纵横："你便是年年的女儿，我认得出来。年年离家的时候，也是你这般年纪……"

顾世文随之泪湿双目，似对当年淑妃被迫入宫之事久久不能释怀。

他语声干涩："年年也跟你一同回来了？"

李羡鱼轻轻颔首："昭昭这便去请母妃过来。"

她松开外祖母的手，往回去迎自己的母妃，行至顾府门前，却见顾清晓正在宫娥的搀扶下，静静地立在顾府门前。

她在和煦的春光里微微仰脸，安静地看着那块檀木打造的牌匾，看着上面顾世文亲手所书的篆体大字，良久没有言语，但那双与李羡鱼相似的杏眸始终空茫，如一摊静水，不会再起任何波澜。

时隔半生，再度还乡时，她却已认不出自己久别的故里。

李羡鱼忍住哽咽，提裙走上前去，轻轻拉过她微凉的素手："母妃，外祖他们正在照壁前等我们。"

顾清晓毫无反应，只是本能地跟着李羡鱼的步伐抬步，木然地向前走去。

迈过老旧的门槛，绕过青石照壁，顾清晓终于在年幼时玩耍过的秋千架前见到了阔别已久的双亲。

顾世文与戚氏一同走上前来。

他们唤她的小字，问她这些年在宫中过得如何，最终又忍不住抱着她泣不成声。

顾清晓却只是安静地立着，锦衣华服，妆容精致，似一个打扮精美的磨喝乐。

顾世文与戚氏越发悲恸。

顾世文顿足，发白的须发在风中颤动："早知如此，当初我宁愿早早辞官归去，永世不再科举，不再为官，宁愿做一辈子的白身，回到江陵守着几亩田产，也好过如今……"

他说不下去了。

戚氏更是大放悲声。

李羡鱼眼眶微红，眼见着他们要为此大恸，她唯有忍住泪意，艰难地启唇吩咐竹瓷："竹瓷，母妃有些累了，你先送她回房。"

竹瓷福身，与顾府的丫鬟们一同扶起顾清晓，带着她往垂花门的方向去，顺着游廊，将她送回旧日的闺房。

随着顾清晓的背影渐行渐远，最终消失在一道窄长的白墙后，两位老人也渐渐从悲恸中恢复过来。

他们谢过陛下赐淑妃还乡的恩典，视线又落在跟随在李羡鱼身后的少年身上。

戚氏犹豫着问："昭昭，这位是……？"

李羡鱼脸颊微烫，一时不知该怎样介绍。

倒是临渊垂首，对戚氏拱手行晚辈礼，语声平静地解释道："晚辈谢渊，是昭昭的未婚夫婿。"

此言一出，李羡鱼的脸彻底红透。

顾世文与戚氏也短暂地从悲伤里抽离，有些惊诧地细看起眼前的少年。

这位少年容貌上自无什么可指摘之处，至于身世、才学，他们自然还要细细打听、考查。

顾世文重新冷静下来，低声对戚氏道："祖孙许久不见，你带着公主去你的房里说会儿话吧。"

戚氏点头，轻轻拍着李羡鱼的手背道："昭昭，跟外祖母过来，外祖母有许多体己话想与你说。"

李羡鱼轻轻点头，跟着外祖母走到她的房里，在临窗的小木凳上乖巧地落座。

春日里柔和的日光落在她的眉间发上，温暖而恬静。

戚氏站在窗前凝视着她，似从她的身上看见了顾清晓年少时的影子。

戚氏忍不住地背过身去，拿手背拭了拭泪，又低声吩咐一旁的丫鬟："翠儿，去厨房里拿些糕点过来，尤其是菱粉糕，多拿些过来。"

她竭力压抑着难过，语声却渐渐低了下去："之前年年在府里的时候，最喜欢吃王妈做的菱粉糕了。也不知宫里有没有这样的东西，又是不是府里的味道。"

李羡鱼见外祖母似又要落泪，连忙放轻了语声安慰她："外祖母，宫里也是有菱粉糕的。御厨们的手艺很好，母妃想家的时候便会吃些。"

"是吗？"戚氏有些怅然地自言自语了声，被岁月刻满深纹的脸轻轻抬起，似想问问顾清晓在宫中的事，但最终还是强忍着避开了这个会令人更觉悲伤的话题。

戚氏拉过李羡鱼的手，问起她的事，问她在宫中过得如何，可有交到什么朋友；问她与临渊是如何相识的，是否真心想要嫁与他。

大抵是年迈的人总是多话的缘故，戚氏絮絮叨叨地问了许多。她记性已不大好，好多话颠来倒去地重复问了李羡鱼几次，李羡鱼却没有觉得烦闷。

她乖巧地坐在戚氏面前的小凳上。两道与顾清晓相似的黛眉轻轻弯着，她认真而耐心地回答着戚氏的问题。

一遍一遍，她不厌其烦。

一直到戚氏问到临渊的时候，李羡鱼才不由自主地轻轻蜷了蜷指尖，心中不免有些担忧。

李羡鱼担忧临渊的性情太过冷漠孤傲，难以与她的外祖父、外祖母相处。

好在她的担忧没有持续多久，当黄昏第一缕光影落下时，外祖母便起身带着她去前院用膳。

布置清雅的花厅中，临渊已在等她。

他的位子被丫鬟们安排在她的旁侧，放在他面前的菜色也格外好些，俨然是府里招待新姑爷的模样。

李羡鱼有心问他外祖的事，可当着众人的面不好开口，唯有随着外祖母入席，乖巧地低头用膳。

好不容易等一顿晚膳用完，与外祖父和外祖母道别后，她便匆匆回到自己的房里。

房内伺候的丫鬟被她遣退，隔扇也被她轻轻掩上。

安静的厢房中，她朝着横梁上悄声唤少年的名字："临渊。"

廊上传来少年淡淡的回应。

虚掩着的支摘窗被推开，临渊随之逾窗进来。

他薄唇微抬，似猜到了她的心思："你想问外祖的事？"

李羡鱼连连点头："临渊，外祖父都问了你什么呀？有没有问你身世一类的？"

她说着，有些担忧地想：若是被问到身份的时候，临渊说他是胤朝的君王，年迈的外祖会不会被惊到？外祖又会不会误会她是迫于皇权，不得不千里迢迢地到胤朝和亲？

毕竟大玥也不是没有过这样的先例。

临渊在她的视线中轻轻颔首："他听闻公主要随我去胤朝，起初并不情愿。"

李羡鱼心弦微紧，追问道："后来呢？祖父答应了吗？"

临渊低低地应了声。

他短暂地想起了方才书房里的情形。

顾世文独自坐在圈椅上，眼前是他素日读书用的长案，案上的一应摆设极为简单，唯一会令人留意的东西，是压在宣纸上的一只陶瓷猫，釉彩斑斓，似是孩童们喜欢的玩具，也似是经年的旧物。

顾世文看着那只陶瓷猫良久，也不知想起了什么，终于低低叹息道："罢了。只要昭昭愿意，去哪里都可以。"

李羡鱼羽睫低垂，有些难过地轻声道："外祖父一定是想起母妃与霍小将军的事了。"

临渊没有否认。他俯身替李羡鱼理了理臂弯间被风吹乱的披帛："斯人已逝，无法转圜，但在胤朝与如今的大玥，这样的悲剧不会重演。"

李羡鱼低落的心情这才渐渐平复，她轻轻点了点头，对临渊道："那我先安寝了，明日还要早起去见外祖母。

"她说，要给我做拿手的点心。"

临渊点头，起身往来时的长窗走，说道："公主安寝，臣会守在廊上。"

李羡鱼隐约想起，这似乎是临渊第二次与她说类似的话了。

若是她再往前回想，似乎从御马场回来后，临渊便没有在她的房中宿夜了，哪怕是睡在横梁上。

她似懂非懂，却又不知该如何去问抑或去形容这件事，只能脸颊微红地问他："临渊，你是在躲我吗？"

临渊回身，眉梢微抬："公主说什么？"

李羡鱼不知道该如何形容，略想了想，觉得还是让情景重现一次来得好些，便轻轻抬步走上前去，在临渊的跟前微微踮起足，伸手环上临渊的颈。

临渊眸色微深，配合着李羡鱼的动作俯下身来，还未言语，她便在他的唇上轻啄了口："就像这样之后……"

就像这样之后，晚上她就寝的时候，临渊都会躲开。

她的话还未说完，临渊蓦地将她拉近，修长的手指随之抬起她的下颔，在她全无防备的时候，俯首深吻下来。

李羡鱼羽睫轻轻颤了颤，一时都忘了回应。

绵绵春夜里，少年呼吸如此粗重，薄唇格外炽热。

他的吻缠绵而深入，令李羡鱼的心跳也渐渐快了一拍。

她乖巧地接纳，青涩地回应，而临渊眸色越发晦暗，似窗外无星的长夜。

在彼此的呼吸彻底紊乱之前，临渊不得不松开了她。

他侧过脸去，克制着不去看她，骨节分明的手却仍紧紧地握着她的皓腕，不让她逃离。

李羡鱼伏在临渊的肩上，羽睫低垂，呼吸微乱，还未来得及轻轻唤一声他的名字，便又被他打横抱起。

"临渊？"李羡鱼低低地惊呼了声。

她本能地伸手，再度环上临渊的颈，而他大步向前，拂开层层红帐，将她放在了厢房内的锦榻上。

李羡鱼的背部方触及柔软的被褥，临渊已单手扯过榻上的锦被，将她裹了个严严实实，通身只露出一头乌发与一张表情无辜的雪白小脸。

他单手撑着锦榻，从高处俯视着她，那双浓黑的凤眼在夜色中越发深沉，似有暗流涌动。

他语声喑哑地问："公主是不是太高看臣了？"

李羡鱼双颊红透，往后缩了缩身子，将绯红的脸又埋了一半到锦被里，只露出一双墨玉似的眼睛望着他。

她蚊呐般轻声解释道："我只是想问问……"

临渊抬眉，语声低哑："现在公主知道了吗？"

李羡鱼心虚地点头，在锦被里喏喏道："我知道了，你……你快回去睡吧。"

临渊却没有起身。他眼眸沉沉地再度询问："公主不要臣暖床了吗？"

李羡鱼面红如血，羞赧地出声："如今已是春日……"

她原本想说，可以让月见灌个汤婆子过来，可是一抬眼，对上临渊眸中毫不掩饰的不善，还是怯生生地改了口："要不，还是要吧……"

临渊低应一声，伸手扯开了自己的衣襟。

他俯身撑在李羡鱼的上首，而李羡鱼此刻也正微微抬着头，他这样毫不顾忌地一扯，李羡鱼霎时间便将他冷白的肌肤、精致的锁骨以及线条结实的胸膛一览无余。

她面上愈烫，慌慌张张地垂下视线，往靠墙的地方挪动身体，给他空出位置。

但顾府厢房里的锦榻并没有披香殿中的那般宽敞，即便李羡鱼再努力，当临渊上来的时候，空出的所有位置还是瞬间被他占满。

二人近乎是紧挨着睡下。

临渊还顺理成章地占了她半边枕头。

李羡鱼有些局促，语声也似面上那般往外冒着热气："那……那我先睡了。"她说着，有些不放心，便未雨绸缪地轻声补充道，"若是我晚上睡相不好，你记得将我推开。"

临渊深深地看了她一眼，低低地应道："知道了。"

李羡鱼这才轻轻合上眼，在渐深的夜幕里缓缓睡去。

春风渐暖，好梦留人。

李羡鱼的呼吸渐渐变得轻柔，但她的睡相还是一如既往的差。

几乎是刚沉入梦乡，她便不安分地往温暖的地方挪去。

她在不知不觉间一点点地将被临渊抢走的枕头抢占回来，最后还将脸枕到他的胸膛上，在他的怀中找个姿势，舒舒服服地睡着。

临渊随之在夜色中睁开凤眼，视线轻轻扫过李羡鱼在睡梦中微微泛出粉色的双颊与那双鲜红柔软的唇瓣，眸底的晦色似乎更浓了些。

他抬手，紧紧地搂住怀中睡得香甜的少女。

李羡鱼低垂的羽睫蝶翼般轻轻扇了扇，最终却被睡意网住，没能睁开。

她语声含糊，似梦呓般问他："临渊，你是又想吃掉我吗？"

临渊将下颌抵在她的肩上，低低地垂下眼帘，掩住眸底的暗色。

他语声微哑："公主二十七个月都愿意等。

"臣岂会等不了这短短的二十七日？"

李羡鱼在梦境里嫣然而笑。她轻轻唤了声他的名字，鲜红的唇角微微抬起，于夜色中安心地沉入梦乡。

春日梦短。

天空将明未明的时候，窗外断断续续落起了春雨。

李羡鱼微微睁开蒙眬的睡眼，听见雨打青石的声音，却依旧陷在春困里不想起身。

窗外的春雨声"淅淅沥沥"，星星点点的雨丝从半开的支摘窗轻轻飘进来，为厢房中带来淡淡的水汽。

李羡鱼恍惚间觉得自己还乘舟在江上，烟波静谧，明月皎洁。

她重新轻轻合上眼。

当李羡鱼又要睡去的时候，几道春雷在天穹尽头轰然响起。

时至惊蛰。

雷雨过后，万物复苏。

李羡鱼也从睡梦中彻底惊醒。她面色雪白，慌乱地从临渊的怀中起身，胡乱披上衣裳，趿着睡鞋便要往外跑。

临渊迅速地抬手，将她的皓腕握住，拿起一件绒线斗篷披在了她的身上，掩住她还未来得及整理的衣衫。

李羡鱼仰头望向他，语声急促："临渊，是雷声。每次雷雨的时候，母妃的病情都格外严重。我得去看她！"

无论如何，她都要想办法替母妃掩饰。

毕竟，这也许是母妃此生最后一次还乡，她不想让外祖父和外祖母看见曾经温婉娴静的母妃如今疯狂的模样。

临渊领首，迅速地将她打横抱起，带着她往外飞掠。

半旧的游廊在身后流水般退去，重重光影里，李羡鱼看见了母妃旧时的闺房。

同时，她听见了从房内传来的如落珠般清脆的月琴声。

曲调轻盈明快，似山间溪水。

"是母妃的月琴声。"李羡鱼示意临渊将她放下，眼底的不安之色愈浓，"从霍小将军的灵柩入京后，她便再也没有弹过月琴了。"

临渊亦觉出不对。他立即将李羡鱼放在顾清晓的旧闺房外，自己则退到稍远处的游廊转角，在滴水下背过身去。

李羡鱼快步上前，微凉的指尖匆促地摁上眼前的隔扇，同时急忙唤道："母妃？"

廊下雨落绵绵，房内月琴声清脆，却无人回应。

李羡鱼越发不安。她轻咬唇瓣，心一横，直接将眼前未闩的隔扇推开。

闺房里的情形随之映入她的眼帘。

顾清晓独自坐在玫瑰椅上，身上穿着月白色寝衣，柔顺的乌发垂在腰后，怀中还抱着把半旧的月琴。

她羽睫低垂，在雷雨声里轻轻拨动琴弦，神情柔和，唇畔带着浅淡的笑意，似一位未出阁的闺秀，在她自己的闺房中抚琴怡情。

李羡鱼微微愣住，又转首看向房内服侍的宫娥。

那些宫娥也从未见过这样的淑妃，皆是面面相觑，一时不知该如何是好。

最终还是常年服侍在淑妃身畔的陶嬷嬷反应过来，赶紧替淑妃添了件斗篷，掩住淑妃身上单薄的寝衣，又压低了嗓音问李羡鱼："公主，可要让人按顾太医开的方子熬药来？"

就在李羡鱼微微迟疑的当口，被雨水打湿的木制游廊又被"吱吱"踩响。

凌乱的脚步声里，顾世文与戚氏焦急的语声接连传来："年年——"

他们大抵也是循着月琴声而来，同样在顾清晓的闺房前错愕地停步。

与李羡鱼不同的是，这对年迈的夫妇眼眶渐红，似乎隔着漫长的光阴，又见到了那名未出阁的少女。

随着他们唤顾清晓小字的声音落下，闺房内的顾清晓也止住了琴声。

她轻轻抬起羽睫来，视线落在顾世文与戚氏的身上，弯眸盈盈笑起来。

她唤道："阿爹、阿娘。"

所有人都怔在当场。

最先反应过来的，是顾世文夫妇。

他们老泪纵横，蹒跚着走上前去："年年，你终于醒过来了。"

李羡鱼也泪盈于睫，哽咽着唤道："母妃。"

顾清晓抬眸望着他们，一双与李羡鱼相似的杏眸里是少有的清澈。

她有些报然地对顾世文夫妇抿唇一笑，小声道："许是春夜留人，女儿睡得久了些。"

说着，她又转眸望向李羡鱼，望向这名唤她"母妃"的少女。

顾清晓好脾气地向李羡鱼轻弯黛眉："你是在与我玩笑吗？我还未出阁呢。"

"而且，你看起来与我差不多年岁，我怎么可能有你这样大的女儿？"

顾世文夫妇的喜悦之色凝在脸上。

李羡鱼握着领口的指尖收紧，她语声渐渐有些慌乱："母妃，我是昭昭，你不记得我了吗？"

顾清晓却只是笑，似乎认定了她是在开一个并不有趣的玩笑。

在李羡鱼还想解释之前，顾清晓将月琴放下，微微低头，瞧见自己斗篷下还穿着的月白寝衣，一张白净的脸微微红了。

她将所有人都撵出去，紧紧地合上了隔扇。

房内的月琴声不再响起。

廊下的春雨却仍未停歇。

绵绵不绝的春雨声里，所有人都站在那座半旧的木制游廊里，看着眼前紧闭的雕花隔扇，神色皆不相同，却谁也没有出声。

直至一盏茶的时间后，顾清晓换好了衣裳出来。

见廊里还有这么多人等着，她微带讶然地轻声询问道："阿爹、阿娘，她们是谁呀？为什么都等在我的房外？"

顾世文夫妇不知该如何作答。

最后，还是顾世文颤抖着问："年年，你可还记得，今夕是何年啊？"

顾清晓流利地答道："女儿记得，今年是承鼎三年，今日是二月十二。"

她说得如此认真。

但在场的所有人都知道，今年是承鼎二十四年，距离她口中的"承鼎三年"已过去了足足二十一年。

她的记忆却还停留在自己及笄那年，去赴花朝节的那一日。

李羡鱼在顾府里停留了整整三日，每日都会去顾清晓的闺房，与她说些曾经发生过的事情，努力想要唤醒她的记忆。

可顾清晓始终没能再想起李羡鱼来。

她的时间似乎不再流逝，永远地停留在花朝节那一日。

李羡鱼却到了不得不启程回京的时候。

第三日的黄昏。

春雨初停。

李羡鱼换上自己最好看的织金红裙去顾清晓的闺房里寻她。

叩门后，李羡鱼将隔扇轻轻推开。

春光漏入。

李羡鱼看见顾清晓正坐在妆台前，对着一面海葡萄纹的铜镜为自己梳妆。

她身上繁复的宫装不知何时已经换下，宫娥们盘好的高髻也被打散，取而代之的，是色泽明媚的鹅黄罗裙与灵动活泼的少女发髻。

此时，她正轻轻抿开侍女们新买的唇脂，面上的神情喜悦中带着些羞赧，如情窦初开的少女。

她羞怯地问站在身后，曾经在她年幼时照顾过她的陶嬷嬷："今日便是花朝节，霍家的小将军邀我去赏灯。

"嬷嬷你说，我穿什么样的衣裳去，会更好看些？"

李羡鱼眼眶微红，装作被春日柳絮迷了眼睛的模样，低头拿帕子拭去眼角上的水痕，在顾清晓身旁的小木凳上坐下来，从她旧日的衣箱里挑出一件海棠红的石榴裙递给她，语声很轻地对她道："你穿这件，一定好看。"

顾清晓望向她，许是觉得她并无恶意，便抿唇轻轻笑了笑，从她的手里将石榴裙接了过去，起身走到绣着金铃花的屏风后，轻手轻脚地开始更衣。

李羡鱼坐在玫瑰椅上安静地等着。

直至顾清晓换好衣裙，再度从屏风后出来，李羡鱼才轻轻抬起眼来。

她看向眼前笑容明媚，作少女打扮的母妃，眼泪终于连串坠下。

刹那间，光阴似倒转，回到了二十一年前的花朝节。

正当韶华的顾家嫡女晚妆初成，想瞒着嬷嬷，从角门偷偷溜出府去，到花朝节的灯会上见她的心上人。

顾清晓也望着李羡鱼，像是并不明白她为何要落泪。

顾清晓亲手给李羡鱼递了方帕子，语声柔和地问："对了，你是哪家的姑娘？叫什么名字？"

李羡鱼弯起那双与她相似的杏眸，泪眼模糊地向她展眉，向她嫣然而笑。

"我也是顾家的姑娘，你唤我一声'昭昭'便好。"

顾清晓看着李羡鱼与自己有几分相似的容貌，似乎相信了她的话，以为她真的是顾家的哪一房远亲。

顾清晓拿团扇支着下颔，有些羞赧地对李羡鱼道："可是，我很快便要出门去了，今日大抵是不能与你多聊了。"

她语气温柔地问："你以后还会再来顾家找我玩吗？"

李羡鱼轻轻点头，也对顾清晓莞尔，语声极轻地向她保证："会的，我下次再来的时候，会给你带最好看、最明亮的花灯回来。"

"你提着它，想见的人便能一眼就看见你了。"

顾清晓笑起来。她将手里的团扇送给李羡鱼，最后在铜镜里照了照自己的妆容，便轻轻起身往外走。

"花朝节灯会的时辰快到了，我该走了。"她往木制游廊里行去，却又在隔扇前微微停步，对李羡鱼盈盈而笑，"昭昭，谢谢你呀。"

李羡鱼眼中噙泪对她笑起来："也谢谢你呀。"

也谢谢你呀，母妃。

李羡鱼轻轻握着顾清晓留给她的那柄团扇，看着顾清晓眉眼弯弯、满怀少女心思地提裙往前走。

顾清晓踏过蜿蜒的青石小径，走过半旧的抄手游廊，最终走进那道紫藤盛开的垂花门里，连背影都消散在明媚的春光中。

李羡鱼的眼泪终于连串坠下，她将脸埋在跟来的少年怀中，抱着那柄微凉的团扇，哽咽出声："临渊，我们将母妃留在这里吧。"

476

将她留在江陵，留在属于她的江南春日里。

江陵雨霁那日，李羡鱼终于决定将她的母妃留在顾府。

一封请求皇兄将母妃赐返故乡的书信由斥候带走，日夜兼程送往玥京城交由陛下过目。

依骏马的脚程推算，大抵十日内，皇兄的批复便能到了。

李羡鱼却等不到圣旨降下。

毕竟国丧即将过去，临渊也当返回他的胤朝，光阴不待人。

翌日天晴，李羡鱼便辞别顾府的家人，牵着她的雪郎踏上归程。

来时的龙骧再度扬帆，逆着江流往玥京城的方向而去。

江上的时光安宁漫长。

在龙骧即将抵岸的前夜，江上又落了一场春雨。

雨水落在木制船顶的声音"淙淙"如泉，令原本正在舱房里听着话本的少女轻轻抬起眼睫。

她支颐望着支摘窗外的雨幕，略微出神："临渊，快到玥京城了。"

临渊抬眸，察觉到她短暂的分神："公主在想什么？"

李羡鱼在雨声里轻轻地答道："我在想，皇城里的人们此刻都在做些什么，皇城里是不是与我们离开时一样安宁。"

临渊轻轻垂眼，将手中念至一半的话本合拢："若是臣没有猜错，此刻玥京城里的三省六部应当皆在为公主的婚事奔忙。"

"婚事"二字话音刚落，李羡鱼的双颊随之染上薄红。

"哪有那么夸张？"她微微侧过脸去，赧然地提醒他，"临渊，我们离开玥京城都有半个月了。"

无论是很久之前的淳安皇姐，还是近期的康乐，礼部与工部准备得都很匆忙，从圣旨降下到公主登上鸾车，前前后后不到七日，便将公主出降的事宜筹备完毕。

她想：若是遵循旧例，大抵等她回到披香殿的时候，便能见到制好的凤冠与嫁衣。

临渊却并不像她这般想，他的言语中带着不易察觉的锋芒："这是大玥与胤朝之间的盛事，若是大玥准备得不妥，便交由我胤朝来准备。"

李羡鱼重新转脸看向他，抿唇轻轻笑起来："其实出嫁的排场大不大，嫁妆多不多，对我而言，都不大要紧。"

要紧的是，来迎亲的人是不是她心上的少年郎。

临渊将她的素手握紧，斩钉截铁地道："公主可以不要，但臣不能不给。"

他与李羡鱼不同。

他心悦一人，便想将这世上最好的东西都捧到她面前，归她所有。

李羡鱼羞赧地低声道："你已经给过聘礼了。"

满满一座游廊的话本，她这一生都不知道能不能看完。

477

临渊失笑。他终于让步："那便等回到玥京城，看看六部筹备得如何，再下定论。"
若是他们准备得不妥，他还是会为李羡鱼重新筹备。
李羡鱼点头："那我们现在是早些就寝吗？"
临渊侧首，看向支摘窗外的如酥春雨，问道："公主想在江上听雨吗？"
李羡鱼羽睫轻扇，似乎对这件从未做过的事情感到新奇。
她将指尖轻轻搭在他的掌心上，与他并肩往外行去。
雨夜静谧，光线朦胧。
李羡鱼仰头不见月色，便将手里那盏明亮的琉璃灯挂在船舷上，照亮雨中微澜的江面。
临渊执伞立在她的身侧，陪她看着这轮雨夜里的"明月"，又语声低沉地问她："公主想离近些吗？"
李羡鱼望了望他们曾经坐过的船舷，轻声道："可是，今日在落雨。"
船舷湿滑，人若是失足坠下，便会被江水卷走。
临渊却道："无事。"
他将手里的玉骨伞递给李羡鱼，独自抬步上前，侧坐在船舷上，如常对李羡鱼摊开掌心："公主过来。"
李羡鱼低头望着龙骧下的滔滔江水，又抬眸望向他，终于鼓起勇气，轻轻抬步走上前去，试着往雨中的船舷上落座。
她还未踮起足，临渊便已握住她的皓腕，将她打横抱起，让她坐在自己的膝上。
李羡鱼面颊微红，本能地握住他环绕着自己的手臂，又缓缓将皓腕抬起，将玉骨伞举在二人的头顶上。
春雨落在伞面上的声音轻而绵，似朝露落于草叶上。
李羡鱼倚在临渊的怀中，侧首望着烟雨中波光万重的清江，心跳声渐渐变得清晰。
她想：这世上的事真是奇妙。数月前，她还住在披香殿里，小心翼翼地守着宫里的规矩，夜里想要出去，都要偷偷换上小宫娥的服饰，还险些被金吾卫给撞见。如今，她却能策马去江陵，与临渊一同坐在船舷上听雨。
临渊亦与她有同样的想法。
若是时间退回一载之前，他还在胤朝的时候，他同样无法料到，他会万里迢迢，远赴大玥，迎娶自己心仪的小公主。
他将李羡鱼拥得更紧，俯身轻轻吻过她雪白的侧脸。
春江夜色中，他将一物递到她的手中。
李羡鱼的双颊尽染红云，她在"沙沙"雨声里轻轻垂下眼，去看临渊递来的东西。
递到她掌心里的是一把钥匙，看着平凡无奇，也不知是用来开启什么的。
李羡鱼轻声问他："这是哪里的钥匙？"她想了想，说道，"是你私宅的钥匙吗？"
临渊将下颌抵在她的肩上，薄唇微微抬起："是胤朝国库的钥匙。"
李羡鱼讶然，杏眸微睁。回过神来后，她慌忙将手里的钥匙握紧，以免它掉进滚滚的江流里去。

她小心翼翼地将钥匙重新递给临渊："太贵重了，你还是收回去吧。"

她抬眸看向临渊，而临渊亦在看她。

他乌黑的羽睫被春雨沾湿，曾经寒洌的凤眼里冰凌散去，浅淡的笑意如月色映在眼底，是旁人从未见过的缱绻温柔。

"定情信物。"他低声询问，"公主不要吗？"

绵绵春雨里，李羡鱼的心跳声更为清晰。她绯红着脸，轻声问他："能不能……换一件信物？"

临渊羽睫轻垂："公主可有听过定情之物还能更换的？"

李羡鱼越发踟躇。她在心里天人交战了一阵，最终还是慢慢地收回指尖，将那把钥匙妥帖地收进她贴身的袖袋里。

她仰起脸，轻声问拥着她的少年："那……我该拿什么回赠你？"

临渊将她的素手拢进掌心里，浓黑的凤眼里清晰地映出她的影子："臣已收到这世上最好的回礼。"

李羡鱼望着他，清澈的杏眸里同样映出他的影子。

她双靥红透，又偷偷地从袖袋里拿出一只亲手绣成的荷包塞进他的掌心里，语声绵甜："原本想要回玥京城后再送给你的。"

临渊垂眼，掌心里的荷包以藏蓝为底，缎面上绣着精致的流云纹，四面以银线锁边，勾勒出卍字不到头的纹样，一针一线皆细密，似藏着少女情窦初开时的绵绵情丝。

他眼底尽染笑意，想将荷包妥善收好，李羡鱼却小声提醒他："临渊，你打开看看。"

临渊薄唇轻抬，依言将荷包打开。

荷包里装有一块白玉佩。

白玉佩上面还依着他胤朝战旗上的图腾雕出了威武的穷奇模样。

李羡鱼半侧着脸，对着雨中涟漪不断的江面微弯秀眉，唇畔梨涡浅浅："都说玉能挡灾，之前你的玉佩碎了，我就一直想要重新送你一枚，却又不知道雕些什么好看。"

直至他归来那日，旌旗招展，她在旗上见到胤朝的穷奇图腾，才想起可以在玉佩上雕刻胤朝的穷奇。

这也是原本便属于他的祥瑞。

临渊将玉佩悬在腰侧，将荷包认真地收好。

李羡鱼偷眼望着他的一举一动，杏眸里同样笑意深深。

正当她想启唇问临渊是否喜欢的时候，雨夜里依稀有人提着食盒匆匆而来。

临渊敏锐地抬眼，将她从船舷上抱下："公主在此等臣。"

他话音刚落，身形随之展开。

李羡鱼执伞在春雨里等他。

约莫一盏茶的工夫，临渊重新回到船舷边。

他对李羡鱼道:"是船上的侍女来给值夜的金吾卫们送酒。"

他提壶斟酒,问李羡鱼:"公主可想饮酒?"

李羡鱼在春夜里闻见酒液浓郁的香气,想起她似乎许久未饮酒了。

于是,她轻轻点头。

临渊抬步向她走来。

他的身量这般高,以至李羡鱼不得不努力踮起足,好不容易才将伞举到他的头顶上方。

她伸手去接临渊手中的玉盏。

临渊却在她的伞下俯身,将盏中的清酒一饮而尽,淡色的薄唇紧紧地贴上她柔软的红唇。

浓醇的酒液在彼此交缠的唇齿间晃来荡去,令这个吻越发深入。

李羡鱼羽睫轻颤,手中的玉骨伞无声地坠地。

春雨如丝,坠在她酡红的面上,有微微的凉意。

她轻轻仰脸,在蒙蒙春雨里给他回应,直至彼此的呼吸都紊乱。

李羡鱼杏眸迷蒙地伏在临渊的肩上,隔着稠密的雨帘,望向雨中涟漪不断的江面。

系在船舷上的琉璃灯在风雨中摇曳。

灯光银白,落在江面上光影流离,如雨夜的明月。

一夜甜梦。

天光乍亮时,龙骧抵岸。

李羡鱼回到了她暂别半个月的皇城,顺着漫长的宫道返回她的披香殿中。

披香殿内的小宫娥纷纷迎来,替她将带回来的行装打点妥当,又你一言我一句地与她说她不在的这些时日里宫里发生的事。

宫中各司皆为她的婚事忙得脚不沾地。

三省六部的郎官们也成日里往披香殿中来,追问公主何时回返,说是有许多事要与公主商量。

整个盛京城里的红绸已被用完,还是胤朝的军士们骑快马去其他州府购置的。马队进城的时候,声势浩大,令无数百姓沿途围观。

李羡鱼不由得轻轻笑起来:"之前我可是见过皇姐们出嫁的,哪有你们说得这样夸张?"

一名青衣小宫娥嘴快地道:"这不一样!往常都是我们大玥送公主去和亲,这还是头一次他国的君王来大玥求娶,自然是要隆重些。"

李羡鱼被她说得面热,杏眸里的笑意却并未散去。

她顺着廊庑向前,方行至寝殿前,还未来得及伸手推开隔扇,就见身着青衣的小宫娥们成群结队地往廊前而来。

她们对她福身行礼,一声接着一声笑着向她通传。

"公主，礼部郎官求见。"

"公主，工部尚书前来拜见。"

"公主，司制坊的绣娘们正等在照壁前，想来问问您，嫁衣要什么样的形制。"

李羡鱼羽睫轻扇，这才明白过来方才小宫娥们说的都是真的。

惊讶过后，她轻声吩咐道："你先将他们带到西偏殿里奉上茶点，我这便去见他们。"

她这一去，便是整日。

从清晨到夜幕初降，李羡鱼都是在西偏殿里度过的。

她从不知道，公主出降是这样一件隆重而烦琐的事。

上至公主出降的礼仪，下至鸾车上的装饰，他们都要与她商讨，等着她一一首肯。

一连数日，披香殿内人满为患。

李羡鱼从未这般忙碌过，以至都忘了时间。

出降前日，成日里围拢在披香殿里的众人终于散去，为她留出一日的宁静。

这也是她留在大玥皇城中的最后一日。

李羡鱼焚香沐浴过，重新打起精神来，轻声问这些时日守在披香殿内的宫娥："我不在的这段时日里，皇叔可是回关州去了？"

宫娥们面面相觑，谁也说不出个所以然来。

去辞别皇叔的心愿落空，李羡鱼唯有提上点心，分别去拜见她的皇兄与皇姐。

太极殿中，正在批阅奏章的李宴温声告诉她，允准淑妃留在故乡的圣旨已经降下，不日便到江陵。

凤仪殿中，宁懿正整理着妆奁，肩上横躺着那只被染得花里胡哨的雪貂。

雪貂一见她就毛发直竖，龇牙咧嘴地想跳下来，跟她去找临渊算账。

还是宁懿摁住了它，心情颇好地揉了揉李羡鱼的脸，说她与她的雪貂心胸宽广，这点儿小事不与李羡鱼计较。

李羡鱼忍不住笑出声来。

她在两处分别留了一会儿，再回到披香殿的时候，已是黄昏。

春日多雨，她离殿的时候尚是晴日，归来时她刚刚走过照壁，庭前便落起缠绵的春雨。

李羡鱼遂提起裙裾，走到最近的游廊里，顺着漫长的抄手游廊徐徐向前。

经过庭院里的凤凰树与梧桐时，她看到凤凰树已抽出新枝，而梧桐也重见青碧。

举目四顾，皆是春日盛景，李羡鱼唇角微弯，在雨中行至游廊深处，遇见了许久未见的青年。

春雨如愁。

李羡鱼隔着珍珠似的雨帘，望见顾悯之孤身站在与凤凰树相邻的游廊里，深青色的太医服被雨水濡湿，在披红挂彩、热闹熙攘的披香殿里微显孤清。

李羡鱼轻声唤道:"顾大人。"

顾悯之回过身来。他原本清俊的面庞被斜雨沾湿,低垂的眼睫上落着蒙蒙春雨,将眼底复杂的情绪掩藏。

"公主。"他顺着深长的游廊向她走来,将随身的药箱放在旁侧的坐凳上,向她俯身行礼,"臣来为公主诊最后一次平安脉。"

离别的愁绪缓缓而来。

李羡鱼在系着红绸的坐凳上轻轻落座,将皓腕放在他递来的脉枕上,语声很轻地道:"有劳顾大人了。"

顾悯之轻轻颔首,如常将丝帕覆在李羡鱼的腕上,长指轻轻落在她的腕脉上。

在这一场春雨里,他细致地与她说着一年各个时节需要留意的病症,又一字一句地将这些烦琐的事付诸纸笔,在她的手畔叠起雪白而厚密的一沓。

直至最后墨迹干涸,话语说尽,彼此相顾无言,他终于微微垂下眼去,将笔墨收回,将脉枕重新放回药箱之中。

李羡鱼安静地望着他,羽睫轻轻垂下。

顾悯之随后起身,辞别李羡鱼,独自往来时的烟雨中行去。

李羡鱼迟疑一瞬,还是站起身来,唤过伺候在廊前的小宫娥,为他送了一柄竹骨伞。

顾悯之接过竹骨伞,在雨中向她俯身行礼,他的语声在春日的烟雨中传来,如初遇时那般温和清润,掩藏着始终未能出口的心意:"臣祝公主这一生平安喜乐。"

春雨如帘。

穿着红裙的少女抬眸,在帘后与他短暂地相望,她的语声很轻,带着微微的歉意:"顾大人这些年对嘉宁的照拂,嘉宁很是感激。"

她站起身来,向着顾悯之深深地福身行礼:"嘉宁亦祝顾大人此生顺遂,仕途通达。"

顾悯之握着竹骨伞的指节微微收拢,他似还有千般言语未曾与她说起,但最终还是缄默,仅轻轻合了合眼,便在雨中转过身去。

他顺着来时的游廊往回,走过雨中的庭院,走过尚未来得及开花的凤凰树,孤寂的背影终于消散在如愁的春雨深处。

春雨停歇时,便是李羡鱼大婚当日。

她天光未明便已起身,在锦绣屏风后换上以金银丝线绣出鸾鸟与棠花的吉服,坐在妆奁前,等着宫娥们为她梳妆。

竹瓷为她细细地净过面,又执起玉梳,替她顺着乌缎似的长发。

其余宫娥也拿胭脂的拿胭脂,捧水粉的捧水粉,笑着簇拥过来,要在这个隆重的日子里,将自家公主装扮成世上最好看的新嫁娘。

正当众人忙碌的时候,隔扇却被人随意地叩了两叩,继而盛装的宁懿施施然自外进来。

李羡鱼的乌发还被竹瓷握在掌心里,她一时不能侧首,但在听见通禀后,便弯眉唤道:"宁懿皇姐来了。"

宁懿懒懒地应了声,令身后跟着的执霜与执素将带来给李羡鱼添妆的首饰放下,又轻轻瞥了还握着李羡鱼乌发的竹瓷一眼,对李羡鱼道:"你殿内宫娥梳妆的手艺也就这样,与其让她们来给你梳妆,倒不如本宫亲自动手。"

李羡鱼抿唇而笑。她没有拒绝,只是抬手示意竹瓷将离妆奁最近的位置让给宁懿。

竹瓷双手递上玉梳,福身退至一旁。

宁懿接过玉梳,微微挑眉,顺势将那些给李羡鱼梳妆的宫娥尽数赶走。

寝殿内重新归于静谧。

宁懿坐在李羡鱼身旁的玫瑰椅上,褪下指上戴着的镏金护甲,亲自为李羡鱼梳妆绾发。

她为李羡鱼绾起精致的流云髻,戴上赤金镶红宝石的凤冠,又替李羡鱼抹上海棠红的胭脂,抿上鲜艳的唇脂。

在她替李羡鱼描眉的时候,李羡鱼终于寻到机会小声问她:"皇姐,你与太傅的婚事……?"

她分明记得皇兄说过,从雪山回来后,便要为皇姐与太傅主婚。可之后发生了许多事,又遇上国丧,皇姐与太傅的婚事就这样一直耽搁了下去。

她有些担忧,怕皇姐已将此事忘到脑后。

宁懿捏着眉黛的指尖微顿,她眉梢扬起,冷冷地问:"小兔子,你就这么急着看本宫嫁出去?"

话音刚落,宁懿红唇微抬,看在今日是李羡鱼大婚的分上,还是替她细细地描眉,漫不经心地向她解释:"本宫即便要出降,也得等公主府筹建完毕之后。"

李羡鱼知道她素来都是这样,嘴比心硬。

能让宁懿皇姐松口,那便是她终于认可了这门与太傅的婚事。

李羡鱼虽不知道他们之间发生过什么,但还是打心底为皇姐高兴。

"那皇姐可要多去催催皇兄,让匠造司的人多出些力,让公主府早些建成。"

宁懿横她一眼,顺手搁下眉黛,又为她添上一支金簪。

梳妆完毕,吉时将至。

李羡鱼从妆奁前起身,手持却扇,踏过遍铺红绸的游廊,绕过殿前白玉打造的照壁,走向那辆停在殿门前的华美鸾车。

宁懿跟在她身后稍远处,在她看不见的地方微微皱眉,问随行的宫人:"皇叔还未来吗?"

宫人支支吾吾,答不上话来。

正当宁懿秀眉紧蹙的时候,远远有宫人前来通传。

"曾经的摄政王送来二十箱贺礼,为公主添妆。"

宁懿眉头舒展，红唇轻抬："将本宫送嘉宁的嫁妆一同送去，本宫要看嘉宁风风光光地嫁出去。"

与此同时，李羡鱼也步上那辆华美的鸾车。

系着红绸的马鞭轻落，骏马扬蹄，鸾车顺着宫道"辘辘"向前，渐渐出了北侧宫门。

沿途的百姓夹道欢呼，热闹而喧嚣。

在李羡鱼看不见的地方，李羿站在百姓之中，目送她的鸾车远去。

春光明媚，人声鼎沸。

他伫立在鲜艳的红绸边缘，似看见光阴倒转，又回到二十余年前的春日。

他不知他的皇姐是否也幻想过这样的场景。

那是她未能等到的圆满。

清脆的鸾铃声渐微，公主乘坐的鸾车远去。

李羿亦背过身去，跨上跟随他多年的战马。他策马扬鞭，向着关州的方向，向着还待戍守的边关而去，不再回头。

朱红的城门往后退去，鸾车上悬着的珠帘依旧深垂。

李羡鱼端坐在车内，双手握着她的却扇，心情雀跃而忐忑。

她侧耳听着珠帘外的动静，听见百姓们的欢呼声如潮水起落，喧嚣过后，四面渐渐安静，许是到了玥京城外。

鸾车在此停下。

李羡鱼将指尖搭在送嫁宫娥的掌心上，小心翼翼地从鸾车上走下来。

她将却扇挡在面前，通过半透明的绸面环顾四周。

她看见她身后是亲自送她出降的皇兄，是立在她的鸾车旁的皇姐，是皇叔送来的二十箱添妆物。

她的身前则是胤朝的铁骑。

素日骁勇善战的铁骑今日皆换了迎亲的红衣，连披着重铠的战马头上都系着鲜艳的红绸。

他们跟随自己的国君，万里迢迢，来迎胤朝的皇后。

李羡鱼的视线轻轻落在铁骑之前的临渊身上。

相隔十丈红绸，她看不清少年的眉眼，却能望见他身上繁复的喜服与她的一般深红，他腰间未悬佩剑，却戴着她在清江烟波上赠予他的那枚白玉佩。

李羡鱼秀眉弯弯，在却扇后嫣然而笑。

随着礼部的郎官高声宣布"吉时已到"，玥京城的城门外鼓乐齐鸣。

丈许宽的红绸如水波在她的足下铺开。

红绸尽头，是她心上的少年。

李羡鱼踏着光滑的红绸向临渊走去，似走过与他相处的点滴，走过初遇时捡到他的陋巷，走过波光潋滟的御河与清江，走过白雪皑皑的和卓雪山，终于走到如今的春日。

十丈软红行至尽头，李羡鱼轻轻抬起羽睫，望向眼前的少年。

临渊今日不再是玄色武袍的打扮。他高冠束发，一身深红色吉服衬得他面容如玉，眼眸如星。

临渊同样深深地望着她，望向眼前一身红妆的少女，望向她头顶繁复的凤冠，身上隆重的喜服，手中绣金的却扇，最终，视线停留在她藏在却扇后溢满笑意的明眸上，不再移开。

春风卷得铺地的红绸如海浪般绵延起伏。

山间初绽的碧桃花灼灼其华，春风过处，花坠如雨，拂过少女乌黑的鬓发。

"昭昭。"

临渊低声唤她的小字，在春日的盛景里向她俯身，轻吻她持却扇的指尖，如同仍在披香殿中，如同身后的众人皆是虚设。

对他而言，这并非维护两国邦交的举措，亦并非帝后之间的婚事，而是他万里迢迢，在春日里，在陌上，迎娶自己心上的昭昭。

李羡鱼将指尖轻轻搭在他的掌心上，在绣着海棠与木芙蓉的却扇后，对他嫣然而笑。

她踏过秋日落叶，走过冬夜初雪，终于在繁花盛开的春日里，嫁与心悦的少年。

这是属于她的昭昭春日。

卷十六　日月辉

　　暮春时节，立夏将至的时候，李羡鱼随临渊回到他的故国。
　　如临渊所言，胤朝的皇城与大玥的并无多少区别，同样的琼楼金阙，巍峨壮丽。
　　满朝文武在此恭候许久。
　　临渊是枢前即位，此前已举行过登基大典，如今归来，最为重要的事，就是封后的典仪。
　　三省六部为此筹备许久。
　　纳彩、问名、纳吉、纳征、告期等常礼结束后，终至隆重的封后大典。
　　礼部的郎官们鸣钟击磬，乐声悠扬。
　　十二列宫娥手持金灯，簇拥着胤朝的新后自殿阁尽头款款而来。
　　钟鸣悠悠，檀香氤氲。
　　李羡鱼戴朝冠，着吉服，佩七宝朝珠。正红袆衣上金丝银络层层叠叠，绣出凤凰朝日。金红色的衣摆如烟霞迤逦于身后，随她的步履曳过承乾殿前无尽的金阶。

　　她微仰着脸，黛眉轻展，从跪伏于地的一众宫人与官员间走过，视线轻轻落在金阶尽头的年轻帝王身上。
　　胤朝崇黑，以玄色为尊。
　　身为胤朝国君的临渊头戴墨玉冕旒，身着玄色龙袍——日月盈袖，星山在肩，金银丝线交错盘绕，绣出龙腾沧海，威压四方。
　　他面上神情冷峻，唯独在看向她时，那双深黑的凤眼里方有波澜涌动。
　　李羡鱼明眸微弯，如往常那般向他走去，将跪伏的人群与庄重的钟鼎声抛在身后。
　　临渊在高台上等她。
　　在她行至近前后，少年如常向她伸手，薄唇轻抬，低低地唤了声："昭昭。"

李羡鱼嫣然而笑，将指尖轻轻搭上他的掌心。

帝后携手，礼乐齐鸣。

封后大典开始。

胤朝的典仪如此隆重，程序繁复。

响彻天际的礼乐声止歇时，原本初升的金乌已沉入承乾殿的飞檐之后。

李羡鱼亦在宫娥们的簇拥下回到胤朝皇后所居的寝殿——离承乾殿最近的凤藻殿。

这座殿宇比她在大玥时所居住的披香殿更为华美绮丽，檀木作梁，黄金为柱，两侧飞檐上雕刻着展翅欲飞的凤凰，殿内的摆设亦是精致，白玉床、剔红几、紫檀案……无不是尽善尽美。

跟着她来胤朝的月见环顾左右，忍不住轻声赞叹道："原本奴婢还担心公主来胤朝会不习惯，如今看来，是奴婢想多了。"她说着又感叹，"可惜竹瓷没有跟来，不能瞧见这些。"

她说的是李羡鱼离开玥京城前的事。

李羡鱼在婚礼将要筹备齐全的时候抽出半日的空隙来，令她与竹瓷去披香殿里问问，可有宫人愿意跟去胤朝的，若是愿意前去，俸禄比在披香殿时再添五成；若是不愿，亦不强求，便留在玥京城内，听候内务府调度，该留在披香殿的留在披香殿，该去其他宫室侍奉的便去其他宫室。

竹瓷与一些家中尚有牵挂的宫人便选择了留在大玥，守着披香殿，抑或听凭调度。

以月见为首的其余宫人则跟随李羡鱼来到胤朝。

李羡鱼知道她是想念竹瓷，便弯眉安慰她："竹瓷留在大玥，替我守着披香殿，也没什么不好。兴许过段时日，等皇兄择后的时候，竹瓷还能看到属于皇兄的封后大典。"

月见期待地道："娘娘说得是。等奴婢回去的时候，还能与竹瓷说起这件事……"

她的话音未落，远处的夜幕中便有更漏声迢迢而来。

眼见着时辰不早，李羡鱼便也收住话茬儿，让月见替她重新梳妆后，便将从人遣退，手持却扇，坐在堆着龙凤锦的拔步牙床上等着临渊归来。

今夜银月如霜，镂金雕花的支摘窗外，庭院内栽着的碧桃花在夜风里摇曳，坠下繁花似锦。

李羡鱼抬起羽睫，端详许久。

直至她觉得胤朝的月色与大玥的并无不同的时候，悬挂在门扉处的珍珠垂帘清脆的撞击声才响起。

应是临渊步入殿里来。

李羡鱼从她绣着海棠花的却扇后轻轻抬眸，在殿内的珊瑚屏风前，望见她正在等待的少年。

临渊似乎刚刚沐浴过，原本严肃隆重的玄色龙袍与墨玉冕旒皆被除去，仅着一身墨色缠金的常服，乌发以发带半束，发尾随意地散在肩后，依旧是素日的少年打扮。

李羡鱼杏眸微弯，握着手中精致的却扇等他上前。

随着临渊步步向李羡鱼而来，她藏在却扇后的双靥薄红微显，心中羞怯而期待。

对她而言，对临渊而言，这不仅仅是胤朝的封后之日，更是属于他们的新婚之夜。

透过浅绯色的半透明扇面，她望见临渊行至她的身前，颀长的身子俯下，薄唇轻轻吻上她持着却扇的指尖。

李羡鱼脸颊微红，鲜红的唇瓣轻轻抬起，听临渊在她的耳畔语声低沉地念出一首词。

是她很喜欢的那首《青玉案》。

一切都是这样圆满。

李羡鱼寻不出半点儿可挑剔的地方。

明澈的杏眸中清波微漾，在临渊诵完最后一句诗词后，她缓缓将手里的却扇放下，在龙凤喜烛灼灼燃烧的火光下，对他弯起眉，嫣然而笑。

二人的视线相对，临渊深沉的凤眼微澜。

"昭昭。"

他语声微哑地唤她的小字，亲自以金樽斟了两盏合卺酒，将其中一盏向她递来。

李羡鱼将却扇搁在膝上，于临渊的手中接过玉盏，与他缠腕交颈，将这盏合卺酒饮下。

酒液并不辛辣，带着淡淡的桃花香气，似春日永不逝去。

李羡鱼梨涡微显，亲手将彼此束好的长发分别剪下一缕，发尾缠绕相合，结成同心，藏在玉匣之中。

匣盖未合，临渊的吻便落下，他从她的指尖、眉眼，吻到她娇艳的红唇，细密缱绻，如润泽万物的春雨。

李羡鱼双颊微露绯色，在他的吻变得深入之前，抬手轻轻抵上了他的薄唇，有些羞怯地轻声提醒他："朝冠。"

皇后的朝冠镂金嵌玉，镶有各色明珠与宝石，美则美矣，却实在沉重。

她顶着这样重的朝冠坚持了整场封后大典，脖颈酸得似是昨夜落过枕。

临渊短暂地停住动作，直起身体，替她将沉重的朝冠解下，放在床首的剔红高几上，又低声问她："公主可要去沐浴？"

李羡鱼想说自己之前便已沐浴过，可当她的视线落在临渊的常服上，又垂眼看了看她身上过于隆重的皇后礼服后，还是莞尔轻声道："那你等等我，至多半个时辰，我便回来。"

语落，她便从榻沿上起身，双手提起她繁复的裙裾，往殿内浴房的方向走去。

临渊长指微收，似想握住她的皓腕，跟她一起起身，但最终还是低低地应了一声，依她所言，在红帐深垂处等她。

窗外月光皎洁。

一轮明月渐渐攀至柳梢头。

虚掩的雕花隔扇被重新推开，明亮的月色铺在墁地金砖上，身着织金红裙的少女踏着月色悄然进来。

她步履轻轻，唇畔梨涡浅浅，方绕过那座火红的珊瑚屏风，便见到正在屏风后等她的少年。

李羡鱼羽睫轻扇，还未来得及出声，便被临渊打横抱起，往榻边行去。

除了那对龙凤喜烛，沿途的烛火皆被他挥手灭去。

朱红幔帐垂落，帐内的光影随之变得朦胧……

翌日清晨，春光透过朱红的幔帐，轻轻落在李羡鱼的面上。

薄红温暖而摇曳，将尚在睡梦中的少女唤醒。

李羡鱼蒙眬地揉眼，自榻上支起身来，如往常那般轻唤了声："临渊。"

深垂的朱红幔帐被一双骨节分明的大手撩起。

临渊道："公主醒了？"

李羡鱼点头，带着未散的睡意看向他身上穿着的五爪金龙朝服。

"临渊，你是要去上朝吗？"

临渊将撩起的幔帐悬在金钩上，又将身上隆重的朝服解开，去换素日的常服："早朝已毕。臣带公主去见母后。"

李羡鱼睡意渐退，隐隐觉得好像有何处不对。

少顷，她后知后觉地回过神来："临渊，我们都已经回胤朝了，你怎么还自称'臣'呀？"

临渊闻言微顿，继而垂下正在系扣的手，在李羡鱼的榻前半俯下身来："公主想知道吗？"

李羡鱼轻轻抬眸，对上他正望着她的浓黑凤眼。

他的眼睛似古镜寒潭，清晰地映出她的影子。

李羡鱼唇角微弯，好奇地问他："要是我说想知道，你便告诉我吗？"

临渊没有回答。他就这样看着李羡鱼，重新俯身，又向她靠近了些——呼吸可闻的距离。

李羡鱼能清晰地看到他乌黑的羽睫、窄长的凤眼以及色淡而线条锋利的薄唇。

李羡鱼心跳微乱，觉得自己读懂了临渊的暗示。于是她试着从锦榻上支起身来，亲了亲临渊的眼睛。

临渊轻轻看了她一眼，继而羽睫低垂，凤眼轻合。

李羡鱼听见她的心跳声更快了几分。她有些心虚地左右看了看，见殿内无人值守，这才悄悄离近了些，试探着轻轻吻上临渊的薄唇。

她极少这样主动，每个动作都显得这般谨慎小心，似一只新破茧的蝴蝶正轻柔地振翅。她扇起的风轻微，却在少年微合的眸底掀起滔天巨浪。

临渊呼吸变得粗重，撑在榻沿上的长指骤然收紧。但他没有睁眼，没有惊动李羡鱼，而是任由她试探着，一点点将这个吻深入。

　　她的吻轻而温柔，似柳絮拂过心弦，没什么侵略的意味，却令人觉得这般酥痒，这般难以忍耐。

　　临渊呼吸微重，强忍着等了她一阵，见她始终没有加重力道的意思，终于无法忍耐，俯身将她抵在榻上，伸手抬起她的下颌，替她将这个吻加深，将半开的水彻底煮沸，直至彼此的呼吸都紊乱。

　　这漫长的一吻结束后，李羡鱼躺在柔软的锦枕上，微微仰起绯红的脸看着眼前的少年："临渊，你现在是不是可以告诉我了？"

　　临渊俯下身来，轻吻她雪白的耳郭，在她的耳畔启唇，语声低沉似雪上松风："愿为公主，一世为臣。"

　　李羡鱼有刹那的出神。继而，她杏眸微弯，伸手轻轻环上他的颈，在他淡色的薄唇上轻轻啄了口。

　　这是她至今听过的最动人的情话。

　　临渊晦暗的凤眼里波澜微起，他将李羡鱼拥紧，想重复昨夜的温存，李羡鱼却在他的怀里脸颊通红地轻声道："临渊，我想起身了。"

　　临渊剑眉微皱，似有不甘，但最终还是直起身来，向李羡鱼伸手，扶她从榻上起身。

　　暮春时节，李羡鱼穿着的寝衣这般单薄，月白绸缎勾勒出少女玲珑有致的身形，领口因一夜浓睡而微微敞着，精致的锁骨下方还遗留着春夜里未散的落樱。

　　临渊的凤眼愈见晦暗，他抬手将她的皓腕握紧，不让她继续往里闪躲。

　　"不急。"

　　临渊语声低哑，半跪到榻沿上，修长的手指抬起她的下颌，在她微启的红唇间深深地吻下去，来势汹汹，不容抗拒。

　　李羡鱼指尖握住锦被，仰起脸轻轻回应他。

　　春风拂过红帐，令彼此的呼吸都渐渐紊乱。

　　李羡鱼感受着临渊吻过她的红唇，吻过她微微仰起的颈，最后停留在她的耳珠上，齿尖微合，薄唇辗转，抬起她下颌的长指随之垂落，将她柔软的裙裾向上推。

　　当临渊修长的手指探入李羡鱼的裙摆的时候，她轻轻颤了颤，慌忙伸手握住他的手腕，脸颊滚烫地道："临渊，我们该去见母后了。"

　　临渊剑眉微皱，侧首看了眼放在桌角的铜漏，终究还是停下动作。

　　他羽睫微垂，将下颌抵在李羡鱼的肩上，语声有些发闷，似在平复自己的情绪："知道了。"

　　李羡鱼也将滚烫的脸埋在他的胸膛上，听着他急促而有力的心跳声。

　　直至彼此的呼吸稍微平复，李羡鱼才从他的怀中仰起脸来，小声问他："那我现在唤月见进来？"

临渊微抬凤眼:"唤旁人做什么?"

他将修长的手指停留在李羡鱼的领口上:"公主的寝衣是臣给穿的。"

他毫不迟疑地道:"昨夜公主沐浴,也是臣……"

李羡鱼羞得满脸通红,匆促地抬手掩住了他的薄唇,将他还未说完的话语掩下。

临渊抬眉,一双浓黑的凤眼毫不回避地与她对视。

李羡鱼两靥绯红,在他说出更惊人的话之前让步:"我……我不唤月见进来便是。"

临渊薄唇轻抬,从榻上起身,重新将手递给她。

她走到殿内的浴房里,就着临渊打来的清水洗漱过,又回到寝殿中,于那座珊瑚屏风后更衣。

当着临渊的面,她仍旧有些羞怯,解衣的动作格外缓慢,好半晌方将身上单薄的寝衣解下。

她脸颊微红,背对着临渊,将换下的寝衣递给他,仅着贴身的心衣向他伸手,蚊蚋般轻声道:"临渊,我的衣裳。"

临渊的视线在她纤细的蝴蝶骨上微微停留,继而他垂下那双眸色微沉的凤眼,替她递来一件银红色绣缠枝海棠的留仙裙。裙裾处以银线锁边,织出繁复的云水纹,行走间似花开云上,春至潮生。

李羡鱼没见过这件衣裳,想来是他们到胤朝后临渊令司衣的宫人们连夜赶制的。

她将衣裳拿在手里,有些犹豫:"会不会太鲜艳了些?"

毕竟他们此行是去见临渊的母后——胤朝的赵太后。

临渊没有答话。他从李羡鱼的手里重新接过这条留仙裙,俯身替李羡鱼穿好:"公主素日穿什么,去见母后便穿什么,无妨。"

李羡鱼也俯下身来,与他一同整理着繁复的裙裾,心绪也如裙裾般起伏不定。

"临渊,你的母后是什么样的人?她……会喜欢我吗?"

临渊替她整理裙幅的长指微顿,他半垂眼帘:"昭昭,你见过雪貂咬兔子的场景吗?"

李羡鱼点头:"我见过的。"她道,"当初宁懿皇姐的雪貂咬我的小棉花的时候,我就在殿内。"

她记得那个场景。

那时候她正在偷偷地看她的话本。雪貂进来的时候,她没有发觉。直到月见惊叫出声,她才看见雪貂咬着她的小棉花不放,即便宫人们迅速地将雪貂驱走,小棉花的腿上也见了血,留了两道好深的牙印,在顾太医处将养了好久才痊愈。她现在想起来仍然觉得后怕。

临渊颔首,简短地道:"公主就是那只兔子。"

李羡鱼一怔,继而惊讶地轻呼一声:"我是兔子,那母后……"母后岂不是咬兔子的雪貂?

临渊没有否认。他道:"臣不在后宫的时候,公主不必单独去拜见母后。"

李羡鱼有些不安，试着回忆起封后典仪上的赵太后。

她们没有太多交集，但她印象里的赵太后是位极淡雅端庄的女子，行止得宜，气度从容，并不似临渊描述中的那般凶狠。

临渊抬眼，对上少女干净得似两丸被泉水浸过的墨玉——不染尘埃的清澈的杏眸。他又垂下眼帘，大抵明白，李羡鱼应当不曾经历过这样的事。

大玥的后宫嫔妃虽多，但李羡鱼的母妃失宠已久，她的披香殿倒也算是一方未被波及的净土。

于是，他没有列举具体的事例。

例如仗着得宠，来皇后宫中挑衅，却在回宫的途中从辇轿上跌落，被毁去容貌的陈婕妤。

例如倚仗家势，初入宫不把皇后放在眼中，处处与皇后作对，最终因一场痼疾而溘然长逝的孙昭仪。

例如身怀有孕，意图夺嫡，暗中命人在谢璟与他的茶盏中下毒，最后溺毙在荷花池中，一尸两命的赵美人。

他在年幼时看见这些人从母后的宫中完完整整地出去，神情或得意，或轻蔑，或挂着掩饰不住的笑意。

但她们都没能活过一个月，便因各种意外暴死宫中。

他握紧李羡鱼的素手，目光微寒，一字一句地叮嘱她："臣不在的时候，母后赏公主的点心，公主不必吃；赏公主的茶水，公主不必用；赏公主的物件放在一旁，臣回来自会过目。"

李羡鱼微怔，听出临渊话中的深意，轻声问："是母后不喜欢我吗？"

可是，她甚至都还没有正式面见过临渊的母后。

临渊替她穿好外裳，牵着她往镜台前走："因秉性不同，雪貂不会真心喜欢一只兔子。"

李羡鱼被他摁坐在镜台前的玫瑰椅上，抬眼看向铜镜里彼此的影子。

镜中的少女乌发垂腰，身材纤细，还未上妆的俏脸莹白，杏眸圆睁，清澈明净，还真的有些像临渊口中的兔子。

反观立在她身后的少年，即便是在铜镜里，亦是神情冷峻，凤眼犀利。

但他此刻手里执着把玉梳，正给她顺着垂在腰后的长发，乌黑的羽睫轻垂，剑眉微蹙，似在思量应当给她梳个什么样的发式。

他不像雪貂，倒有些像会吃兔子的狼。

李羡鱼望着镜中的他，唇畔梨涡微现，语声绵软："临渊，你不喜欢我吗？"

临渊一顿，继而道："臣是臣，母后是母后。"

他说罢，不再迟疑，迅速地将李羡鱼的长发绾起，绾成她素日最常梳的百合髻，以一支玉蜻蜓簪子固定。

临渊剑眉微蹙，拉着她起身："走了。"

李羡鱼提裙小跑着跟在他的身后，有些匆忙地解释道："等等，我还没梳妆……"

临渊与她相握的手却不松。他不放她回去梳妆，只是利落地从妆台上拿起一盒抿唇用的胭脂纸递给她。

李羡鱼只得接过胭脂纸，行走间匆匆放在唇间一抿。

胭脂的颜色很好，覆在她的红唇上，鲜活如春。

临渊睨了眼，凤眼微深，将她的素手握得更紧。

李羡鱼正将装胭脂纸的盒子藏进袖袋里，察觉到他加重的力道，随之仰面望向他。

"临渊？"

临渊毫不迟疑地停步，俯身，吻上她刚涂完胭脂的柔软的唇瓣。

李羡鱼微怔，等她回过神来的时候，唇上的胭脂已被他吃掉。

她抬起羽睫，对上临渊注视着她的晦暗的凤眼。

他语声微哑："等到了母后殿中，不必久留，问完安便走，你记住了吗？"

李羡鱼迟疑着问："母后真的这样吓人吗？"

临渊与她相握的长指再度收紧。

他道："不是母后的事。"

李羡鱼讶然，不解地问："那是什么呀？"

她的话音未落，临渊已俯身凑到她的耳畔，启唇在她的耳珠上不轻不重地咬了口。

李羡鱼满面通红，听临渊在她的耳畔低哑地道："是臣与公主的事。"

拜会完母后，他们还有更重要的事要做。

在宫中东面的静安殿中，李羡鱼见到了临渊的母后。

赵太后今日一身宝蓝色宫装，妆容淡雅，神色平和，见李羡鱼与临渊入内，便仪态端雅地放下了手中的书，令宫人给他们看座赐茶。

李羡鱼上前向赵太后行过礼，又乖巧地在临渊旁侧的花梨木椅上落座，伸手去端宫人奉上的茶盏，指尖还未来得及触及茶盏，临渊便毫不犹豫地将她的茶盏拿走。

他冷淡地道："昭昭不爱饮茶。"

李羡鱼微怔。她侧首看向临渊，在对上他警告的视线后，便也乖巧地点头，试着打圆场道："我在大玥的时候也很少饮茶。"

赵太后依旧坐在上首，闻言并不愠怒，视线落在李羡鱼的面上，语调依旧平静："是吗？"

李羡鱼微垂眼帘，避开她的视线，轻轻点了点头。

赵太后微抬眉梢："那你在大玥的时候，都喜欢喝什么？"

李羡鱼轻声答："白水便好。"

赵太后微抬素手，向身后侍立的宫娥淡淡地道："尺素，去换一盏白水来。"

名为尺素的宫娥恭敬地福身，往垂帘后退下。

少顷，一盏白水被送来，盛在白底淡花的瓷盏里，清澈见底，无一丝杂质。

李羡鱼伸手接过。她端起茶盏，依着来时临渊的话，轻抿一口沾了沾唇，便对赵太后莞尔："多谢母后。"

赵太后颔首，那双淡漠的凤眼里始终波澜不兴。

在李羡鱼望向她的时候，她也细细地打量着李羡鱼。

她们曾经在李羡鱼的封后大典上见过一面，离得甚远，她看得并不真切，而今日，这位远道而来的大玥公主便坐在她的面前，除去皇后隆重的吉服，除去庆典当日的盛妆，更可见少女的本来面貌——明眸皓齿，雪肤红唇，鲜妍明媚得似一枝春日里开出的碧桃花。

赵太后持盏看着。

她想：自己也曾年少过，但作为世家培植出来的嫡女，自己即便是在闺中时，也从未这般天真明媚过。

宫里倒是有过这样的女子，但也没有一个似她这般清澈得见底。

方才她抬眸望向渊儿的那一顾，便似将心思都明明白白地写在脸上，刻在眼睛里。

赵太后轻轻垂下眼帘，换了个持盏的姿势。

她想起渊儿执意离开胤朝之前的事。

他说，要去迎娶他的皇后。

她问："是什么样的女子？适合做胤朝的皇后吗？"

她那性情冷漠的儿子只留给她一句话："儿臣喜欢，便合适。"

未承想，渊儿喜欢的是这样一名少女。

这桩亲事确实令她觉得不可思议，就像天上盘旋的鹰叼来一只白白嫩嫩的兔子，却不是为了拿来果腹一样不可思议。

赵太后垂眸淡笑，抬手让李羡鱼走近些，又语调平静地启唇问她："来哀家宫里前，渊儿与你说过什么话吗？"

李羡鱼没想到赵太后会当着临渊的面这样直白地发问，微微一愣，继而小心翼翼地否认："没有，陛下在下朝后便带昭昭来寝殿拜见母后。"

赵太后"嗯"了声，像是信了她所言。

李羡鱼悄悄松了口气，示意跟来的月见将带的礼物奉上，向赵太后轻声道："这是昭昭从大玥带来的礼物，还望母后喜欢。"

赵太后视线徐徐落下，轻易地便从一众的珠宝古玩间寻出一方绣帕来——浅蓝底，绣着云间白鹤，图案灵动，看着倒不似宫中绣娘的手艺。

赵太后执起这方绣帕，侧首问李羡鱼："是你亲手绣的？"

李羡鱼轻轻点头应了。

"不知道母后喜欢什么纹样，昭昭便寻了个祥瑞些的绣了。"她展眉莞尔，"若是母后有其他喜欢的，昭昭也可以再绣一方。"

赵太后平淡地道："这方便好。"

她将绣帕收了，又褪下她腕上戴着的一对白玉镯子送给李羡鱼："哀家挺喜欢你这样的孩子，这对白玉镯便算是见面礼，收着吧。"

李羡鱼向她道谢，乖巧地双手接过。

她腕上已经戴着临渊雕的红珊瑚手串了，可赵太后亲手送的白玉镯，她不能不戴，唯有当着赵太后的面，将红珊瑚手串褪下，打算暂时收进她的荷包里。

荷包被取出，赵太后的视线轻轻往上一落，临渊立刻察觉。

他剑眉紧皱，立刻起身，挡到李羡鱼身前。

李羡鱼微讶，而赵太后缓缓搁下茶盏，凤眼微抬，语声里辨不出喜怒："怎么？还怕哀家吃了她不成？"

临渊并不答话，只是迅速地抬手，夺过李羡鱼手里的荷包，塞进他的袖袋里。

李羡鱼有些茫然。她放轻嗓音，悄声问他："临渊，你拿我的荷包做什么？我还没把手串放进去。"

临渊睨她一眼，一言不发地取出她绣给他的那只荷包递给她。

李羡鱼杏眸轻眨，当着赵太后的面也不好多问，便将临渊的荷包接过，将那串红珊瑚手串收进他的荷包里。

她方将荷包放回袖袋里，临渊就冷淡地道："时辰不早了，儿臣就不叨扰母后了，这便带着昭昭回宫。"

他话音刚落，便垂手握住李羡鱼的皓腕，带着她大步流星地往殿外走。

李羡鱼被他拉着往外走，不得已在屏风前仓促地回过头来，对赵太后软声道："那昭昭改日再来看母后……"

她的话音未落，人已被临渊带着绕过殿内的玳瑁屏风。

少女银红的裙裾似春日桃花般在材质冰冷的屏风前微微一现，又很快隐去，似落花被风带走。

寝殿内重新安静下来。

赵太后重新端起茶盏，慢条斯理地撇着茶沫，想着方才的事。

李羡鱼的荷包绣工粗糙，针脚凌乱；而渊儿的荷包针脚细密，图案灵动，且手法与送给她的绣帕一样。这里头是怎么一回事并不难猜，但她始终无法猜到，她那自幼习武、性情冷厉的儿子，为何也会有拿起绣针，一针一线地给女子绣荷包的一日。

赵太后端着茶盏的玉指微屈，保养得宜的容貌隐在淡乳色的茶雾里，令人辨不出那双凤眼里深藏的思绪。

在她看来，这是软肋，是绝不该有的东西，是天家的大忌，即便剜心刺骨，也当亲手诛除。

若在往日，她自不容许这个软肋存在，但时移世易，渊儿的软肋，兴许便是她的助力。

赵太后搁下手中的茶盏。

氤氲的茶雾里，她轻轻垂下眼帘，眼底似有轻嘲之色。

未承想，母子一场，终究还是算计到了这个份上。

静安殿内帷帐深垂，檀香缭绕。

相隔一道红墙的宫道上，却是春日融融，风轻日暖。

李羡鱼牵着临渊的手，在春风里与他行出很远，远得连身后巍然的殿阁都仅能望见殿顶金色的飞檐。

李羡鱼步履轻快地绕过几名扫落花的素衣宫娥，弯眉问临渊："我们现在去哪里？是回我的凤藻殿吗？"

临渊侧首："不回宫室，昭昭想去何处？"

李羡鱼答不上来。

毕竟她初来胤京城，对胤朝皇宫的布局并不熟悉，一时半会儿也想不出有什么特别想去的地方。

"那……还是回凤藻殿吧。"她左右看了看，见洒扫的宫人们离得有些远，便招手让他俯下身来，在他的耳畔轻声细语道，"我想回去沐浴。"

临渊垂眼："若是想去沐浴，倒也不必回凤藻殿。"

他将李羡鱼的素手握紧，带着她往与凤藻殿相反的方向行去："臣带公主去汤泉宫。"

李羡鱼跟在他的身后，踏着满地的落花往前走："汤泉宫是什么地方？与我的凤藻殿有什么不一样的吗？"

临渊抬首，将坠在她发间的一朵梨花拂去，抬首望向远处的宫阙，脸上笑意淡淡："公主看过便知。"

李羡鱼听他这般开口，便也暂且摁下好奇，轻轻点头。

临渊口中的汤泉宫离此处不远，从远处看，仅见红墙青瓦；入内后，殿中的陈设看着亦与其他殿阁并无不同。

正当李羡鱼茫然不解的时候，临渊将殿内伺候的宫人遣退，带着她独自前往汤泉宫后殿。

后殿里遍植碧桃树，而在林木深处，藏有一座天然形成的汤池。

汤池形似水滴，前窄后宽，四面有汉白玉砌成的池岸。

池面上铺着厚密的碧桃花瓣，看不清水深几许。

李羡鱼杏眸微亮。

玥京城里没有天然的汤池，她只在书中见过。

她觉得新奇，便松开临渊的手，挽起裙裾，在汤池边缘半蹲下身来，小心翼翼地探出指尖，试了试水温。

温度适宜，恰能在春日里沐浴。

李羡鱼抬眼望向临渊，有些跃跃欲试："那便不回凤藻殿了，我就在这儿沐浴。"

她站起身来，秀眉微弯："我去让宫娥们带换洗的衣裳过来。"

临渊抬手握住她的皓腕，示意她不必挪步："臣会去。"

496

他语声刚落,松开长指,往前殿的方向大步而去。

随着他的背影没于游廊尽头,李羡鱼踮足望了望,见宫人们皆已被遣退,便躲到一株茂盛的碧桃树后,抬指缓缓将领口的系扣解开。

外裳、披帛、心衣、罗裙……身上的衣饰被她轻柔地褪下,搭在汤泉旁一方干净的青石桌上。

继而,在临渊回返之前,她从树后步出,小心翼翼地踏进温热的汤泉里。

泉水不深,她若是坐在池底,温水恰好能没过她的颈。

李羡鱼便在池中侧坐,将双臂叠放在汉白玉砌成的岸上,脸颊枕着自己的小臂,安然地看着庭院里的春光,感受着日光落在她的脊背上的暖意。

少顷,照在她身上的日光微微一暗,少年颀长的影子投下来。

李羡鱼回过头去,见是临渊从游廊里回来,手里还拿着两套用来更换的衣裳。

除了她的绣金红裙与贴身的衣裳,他还带来一套男子的衣袍。

李羡鱼微愣,少顷明白过来他要做什么,被浴水蒸出粉色的双颊渐渐红透:"临渊,你也要沐浴吗?"

临渊将带来的衣裳放在干净的石凳上,那双凤眼看向她,语声在春风里有微微的哑:"公主不允许吗?"

李羡鱼望着他,脸颊愈烫。

这地方是临渊带她来的,她若说不能,似乎有些不近人情;若说可以,她却又有些羞于启齿。

临渊深深地看向她,从她绯红的双颊,到羊脂玉般洁白的肌肤,再到藏于涟漪之下的玲珑秀色。他凤眼微沉,抬手开始解衣。

墨色缠金的袍服、干净的月白里衣,如落花般纷纷坠在青石地面上。

他抬步迈入汤池。

汤泉的水微微上涌,没过李羡鱼的下颌。

李羡鱼两靥通红。她收回搭在池沿上的双臂,将羊脂玉似的肌肤藏进池中厚密的碧桃花瓣中。

临渊涉水向她走来,在她身后不远处盘膝坐下,修长有力的手臂环过她的腰身,轻而易举地将她拉坐在怀中。

李羡鱼光裸的脊背贴上他炽热的胸膛,羽睫轻轻颤了颤。

她羞赧地唤他:"临渊。"

临渊低应了声,从她的身后俯下身来,吻她的耳郭。

李羡鱼的脸颊烧起来,她软软地倚在临渊的怀中,指尖搭在他的手臂上,尝试着与他说些什么来缓解此刻的局促。

"临渊,我记得你曾经与我说过,你有一位同母的皇兄。"

她选的话题并不好。

临渊吻她的动作微顿,少顷,他轻轻垂下眼帘,不轻不重地咬了下她的耳垂,低声承认道:"是。"

李羡鱼的耳根处随之红了一片。她指尖微蜷,趁着临渊还未继续吻下去,小声将心里的疑惑问出来:"我怎么没有见过他?"

她想了想,又补了一句:"我也没有见过你的任何一位宗亲。"

临渊眼睫深垂,掩住眸底的冷意:"他在臣回胤京城之前,坠崖暴毙。"

李羡鱼身体微震,暂且从旖旎的气氛里回神,回首望向他。

临渊抬起眼帘,凤眼里的寒芒随之散去。他抬起指尖,骨节分明的大手握住她的素手,与她十指紧扣。

"至于其余宗亲……"他语声淡淡,"臣的皇姐皆已出降,平日都在公主府中起居,不于宫内居住。其余皇兄,既已过弱冠,常留在胤京城内亦是无益,臣登基后,他们便即刻被分封到各处,无诏不得入京。"

李羡鱼侧首看向他,本能地问:"他们若要再度入京,是不是便要等到年节的时候?"她抬起羽睫,看着汤泉旁正在盛开的花树,略有惋叹之意,"如今还是暮春时节,离年节还有好远。"

临渊与她相握的长指收紧,他凤眼里光影闪动:"昭昭想见他们?"他微微咬牙提醒她,"臣的皇兄们已有家室,且妻妾成群,还有子嗣。"

"你想到哪里去了?"李羡鱼两颊微红,用蚊蚋般的声音解释道,"我只是想着,母后独自住在这后宫里,会不会有些冷清?若是皇兄皇姐们都回来,会不会热闹些?"

"母后不爱热闹。"临渊抬眉,断然拒绝。他再度俯下身来,被汤泉水浸得温热的长指抬起她的下颔,以那双浓黑的凤眼看着她,语声有些低哑:"臣也不爱热闹。"

这偌大的后宫里,有他们二人便好。

李羡鱼在临渊的寝殿中醒来。

远处的龙案上还放着他未批完的奏章,李羡鱼视线微停,随即似乎想起什么,匆忙自春凳上拾起她的外裳穿在身上。

临渊垂首,替她整理着臂弯间的披帛,语声里带着淡淡的笑意:"公主这么急着更衣,是要去做什么?"

"回凤藻殿呀。"李羡鱼将领口的系扣系好,抬手点了点远处的龙案,"毕竟,你有奏章要批,我应当回避。"

她说着,便想抬步。

临渊却将她的皓腕握住。

他语气很轻:"公主想回避什么?奏章还是臣?"

李羡鱼双颊滚烫,有些不敢抬眼看他,支支吾吾地道:"旁人……旁人不是都说,后宫不许干政?"

临渊不以为意。他将李羡鱼打横抱起,带着她走到龙案之后,让她坐在他的怀中,他的薄唇擦过她的耳畔,带来微微的热意:"公主何必在乎旁人说些什么?"

498

李羡鱼的耳根红透，她往他的怀中躲了躲："我知道了，你……你快继续批奏章吧，别耽误了国事。"

临渊道："不会。"

他当着李羡鱼的面翻开一本还未批完的奏章。

李羡鱼的视线却没往奏章上落，而是微微一转，留意到龙案上放着的两盏灯。

一盏碧纱灯、一盏莲花灯，正是她在大玥时送给临渊的物件。

她曾以为那盏碧纱灯已在玥京城的动乱中遗失，没想到它被临渊完好地带回胤朝，放在了他每日办公用的龙案上。

她有些出神，以至临渊唤她，她都没有听见。

还是临渊在她的唇瓣上落下一个吻，她方红着脸回过神来。

"临渊，你不是在批奏章吗？"

临渊浅尝辄止，凤眼深深地看着她："公主不愿与臣一起看吗？"

李羡鱼摇头："我看不懂。"

大玥从未有过公主干政的先例。

她在深宫中也从未接触过政事，也从未有人教过她。她即便去看奏章，多半也是如在庐山云雾中，难得要领。

临渊垂下眼帘，将手中的奏章翻到最初那页："臣可以给公主讲解。"

李羡鱼羽睫轻扇，似乎渐渐明白过来，秀眉微弯，轻柔地问："临渊，你是想我陪着你吗？"

即便是在临渊批阅奏章的时候。

临渊长指微顿，面上似有一刹那的不自然，但没有否认。

李羡鱼越发好奇。她离近了些，近得长而密的羽睫似要扫过他冷玉似的面庞："为什么呀？"

临渊侧首看她："公主想知道吗？"

李羡鱼点头。

临渊却不说话，只将手中的奏章暂时放下，微微垂下眼帘。

李羡鱼左顾右盼，见殿内没有宫人值守，这才攀着他的肩膀仰起脸来，在他的薄唇上轻啄一口。

她展眉："临渊，现在你可以告诉我了。"

临渊将她的素手握紧，轻笑了声："兴许是影卫做久了，我已习惯与公主寸步不离。"

李羡鱼微怔，轻轻抬起羽睫，望见淡淡的笑意在少年冰冷的眼底铺开，似春来冰雪融。

李羡鱼莞尔。她没再拒绝，乖巧地在临渊的怀中坐好，听他给她讲奏章上所写的事。

与她想的不同，临渊性情冷漠，但教起人来，或者说教起她来，算得上十分耐心。

可惜，她并不是一位很好的学生。

奏章上的事对她而言太过陌生而晦涩。

她并不熟悉胤朝的州郡，一些官职也难以分清，更不知官员们的秉性，不知谁的奏章可以全信，谁的又只能信上一半。

她从天边红云初起听到夜幕沉沉降下，还是不得要领。

因此，临渊对龙案上的奏章批阅得也格外缓慢。

李羡鱼有些悢然，主动选择放弃："我听着有些犯困，还是不学了。"

她想了想，又道："我就坐在旁侧给你研墨吧。我一直陪着你，直到奏章批完。"

临渊没有勉强。他重新搬了张靠背椅来，将她放在椅子上："公主若是什么时候有了兴趣，随时可以告诉臣。"

李羡鱼点头，挽起袖口，替他研墨。

临渊不用给她讲解后，批奏章的速度不可同日而语。

李羡鱼在研墨之余偷眼看他，见他神情专注，下笔如飞。

明明他才执政不久，处理起政事来却是如此熟练，看起来丝毫不必旁人担忧。

李羡鱼渐渐放下心来，只安静地陪着他。

当窗外的月光照进室内，李羡鱼渐有困意的时候，临渊终于搁笔。

龙案上的奏章被他归拢到一侧，等着天明时由宦官送出宫禁，交到各位官员的手中。

李羡鱼从靠背椅上站起身来，揉了揉坐得有些酸软的腰肢，抬目往窗外看了看。

夜色已深，似又到了就寝的时候。

临渊明日还有早朝，因此不曾耽搁，即刻令宫人们送晚膳进来。

李羡鱼跟他一同用过晚膳，又在承乾殿的浴房里洗漱过。

她在镜台前落座，正想以玉簪将乌发盘起，重新回到她的凤藻殿里，还未抬手，就被临渊自后拥住。

他将下颌抵在她的肩上，唇齿间的热气落在她的颈间，带起一阵酥痒。

他低声问："公主在这里住不惯吗？"

李羡鱼脸颊一红："可是，这里是你的寝宫。"

皇帝的寝宫不许旁人留宿。

无论是大玥还是胤朝，都是一样的规矩。

即便帝王的寝殿中来人，来人也不许过夜，三更未至便要被宫人送走。

临渊嗓音低沉，带着淡淡的笑意，说出的话却不容置喙："公主不必理会旁人。"

"这东西六宫皆是公主的。公主想住在何处，便住在何处。"

不会，也无人敢来打扰。

语声刚落，他便将镜台前的李羡鱼打横抱起，往龙榻边走去。

微凉的床帐从他的双肩泻落，流水般拂过她的脸颊。

李羡鱼面上愈烫，在临渊将她放在锦榻上的时候匆促地抬手，轻轻抵住他的胸膛。

她面红欲滴，语声绵软地与他商量："我都没好好逛过胤朝的皇宫。"

李羡鱼说着，拉过他的手，放在她软得没有力气的腰肢上，贝齿轻咬红唇，抬起一双烟雾蒙蒙的杏眸望着他，似娇嗔，也似告饶。

临渊凤眼微深，但最终还是在李羡鱼的身侧躺下，克制着将她紧紧地拥入怀中，下颌抵在她的颈间，安安静静的。

落花时节，春意阑珊。

风吹草叶的"沙沙"声里，李羡鱼一夜好眠，再度醒转的时候，春光已透过帷帐。

李羡鱼蒙眬地从龙榻上坐起身来，侧首望见身畔的衾枕空空，也不知现在是什么时辰，遂抬手将低垂的帷帐撩起，轻轻往外唤了声："临渊。"

应声的是月见。她从珊瑚屏风外匆匆进来，将帷帐系到榻前悬着的金钩上，笑着对她道："陛下去前殿上早朝去了，临走的时候还特地吩咐奴婢们不要吵醒您。"

随着遮挡视线的帷帐被挂起，李羡鱼同时望见远处的长窗外，天光已然大亮。

几株棠梨树沐在春光里，绿枝轻摇，落英如雨。

李羡鱼趿鞋站起身来，低眸看了看放在春凳上的银漏。

辰时初过，离临渊下朝还有很久。

那她便先不等他了。

李羡鱼秀眉微弯，步履轻盈地走到镜台前，对月见轻声道："你去将殿外守着的宫娥们都唤进来吧。"

月见笑应，转身走到屏风外，将隔扇敞开。

等在游廊里的素衣宫娥们鱼贯而入，捧铜盆的捧铜盆，持巾帕的持巾帕，抹苓膏的抹苓膏，令原本冷肃的金殿显得没那般寂静了。

李羡鱼洗漱罢，又在临渊的殿内用过早膳，便将宫人屏退，带着月见往回走。

月见问道："娘娘，咱们现在便回凤藻殿吗？"

李羡鱼却摇头，步上承乾殿前绵延的汉白玉宫道，抿唇轻笑："月见，你带我去宫里四处逛逛吧，也不拘去哪儿，就当随便走走。"

月见笑应。

春意阑珊，红墙两侧的棠梨树落花满地，扑面而来的春风不寒。

李羡鱼持着一柄轻罗小扇，踏着春光往前，走过胤朝巍峨的宫室，走过花木繁盛的御园，最终在一方清静的凉亭里停留。

凉亭临水，水中遍植荷叶与睡莲，在春日里青碧怡人。

李羡鱼不由得想起披香殿里的八角亭。

亭边也有荷塘，塘内还有临渊捞给她的红鱼。

她在来胤朝的时候也没忘记将那条红鱼带来，如今就养在凤藻殿后的春池里。

不知道这方池塘里有什么，她这般想着，便对月见道："月见，你去问当值的宫人要一碗鱼食过来。"

月见点头，匆匆抬步往亭外去。

此处并不偏僻，月见回来得很快。不到一盏茶的工夫，满满一碗鱼食便被递到李羡鱼手里。

一把鱼食洒落，小池塘里金鳞翻涌。

李羡鱼这才知晓，塘内养的是金色的鲤鱼。

李羡鱼瞧了阵，觉得赏心悦目，便将守着小池塘的宫娥唤来，对她道："这些鲤鱼有主吗？我想捞一条回去，与我殿里的那条红鱼做伴。"

宫娥踌躇了下，向李羡鱼福身道："回娘娘，这些是太后娘娘养的鲤鱼，奴婢做不得主，得先去静安殿里回过太后娘娘。"

李羡鱼听见这些是太后养的鱼，便打消了念头，轻轻弯了弯秀眉："既然是母后养的鱼，我还是不拿了。"

她说罢便将碗里的鱼食抛尽，拿帕子拭了拭指尖，将瓷碗还给宫娥，又顺着亭畔的宫道往前走。

她如今已是胤朝的皇后，在宫禁内行走，无论走到何处，都不曾有金吾卫过来拦她。

等到她走得有些疲倦的时候，她身旁的宫室已从热闹变为清静。

此间来去的宫人们的年纪似乎也见长。

正当她疑惑的时候，远处的游廊里传来轻微的脚步声，似有人正说着话，往此处走来。

李羡鱼抬起眼睫，在木制的游廊里看见为首的两名陌生的女子——四十余岁年纪，身着檀香色宫装，衣饰简素，身后仅跟着寥寥数位宫人。

月见同时瞧见，在她的耳畔悄声提醒："娘娘，这二人看衣饰，似乎是宫里孀居的太妃。"

李羡鱼轻轻点头，还未来得及启唇，对方也看见了她。

二人皆有些惊讶，不约而同地停下语声，向她行礼。

"皇后娘娘。"

李羡鱼颔首回礼，轻声询问："这里是太妃们的居所吗？"

两位太妃称"是"，其中一位又忐忑地问道："皇后娘娘来此，是有什么要事吗？"

李羡鱼微顿，不好意思说自己是闲逛至此，便弯了弯杏眸，轻声细语道："我今日无事，便来看望太妃们。"

太妃们似有些讶异，对视一眼，又一同看向面前的小皇后。

今日并无要事，李羡鱼也未盛装打扮，仅着一身素日常穿的红裙，手里持着一柄绣铃兰的轻罗小扇，雪肤红唇，梨涡浅浅，一双弯起的杏眸清澈得似太液池里的清水。

她还是棠梨初开的年纪，不似后宫里威严的皇后，倒似在春日出行的闺阁少女，令人心生亲近。

两名太妃也卸下防备,笑着对李羡鱼道:"既然如此,皇后娘娘可要去嫔妾的宫里坐坐,嫔妾的宫里也许久没来过客人了。"

李羡鱼闲来无事,加之方才的话已出口,便莞尔应下。

她随着两位太妃走到她们如今居住的宫里,又在正殿的花厅中落座。

两位太妃随即令宫人看茶,准备迎客的点心。

李羡鱼也是这时才知道,这两位太妃一位姓苏,另一位姓孙,因没有儿女,故而留在后宫。

其中那位苏太妃是位话多且自来熟的,在点心奉来后,很快便打开话匣,与李羡鱼说起宫中的事。

先帝去后,她们这些太妃的日子过得宁如静水,她说来说去也不过是昨日听戏,前日去喂鱼这些不要紧的小事。

李羡鱼饮着宫娥们递来的牛乳茶,吃着甜口的点心,眉眼弯弯地听着。

待听到她们说起晴日里无聊的时候,关系好的太妃们会三三两两地聚在一起,摸叶子牌的时候,李羡鱼下意识地问道:"母后也会来吗?"

苏太妃一怔,继而摇头道:"太后娘娘不与嫔妾们一处。"

李羡鱼暂时将茶盏搁下,略带好奇地又问:"那母后素日都做些什么?"

兴许,她可以跟着学学怎样做一位皇后。

苏太妃回忆着道:"往日里先帝还在的时候,娘娘执掌六宫,对宫内的事无论大小皆会亲自过问,素日少有闲暇。

"至于现在……嫔妾也不大清楚。"

孙太妃眉生艳羡:"许是在享天伦之乐吧。"

李羡鱼没得到想要的答案,反倒被带起一些心虚。

她是知道临渊对赵太后的态度的,虽不知曾经发生过什么,但这对天家母子之间似乎并不和睦,更谈不上什么天伦之乐。

她这般想着,便悄悄将话题转开,重新绕回到太妃们平日里的起居上。

苏太妃没有察觉,依旧兴致勃勃地与她攀谈。

在她的语声里,光阴流水般转过殿前的红墙青瓦。

一轮红日渐渐攀上中天。

李羡鱼见时辰不早,便起身辞别两位太妃,往她的凤藻殿回返。

来时她是步行。去时因有些倦怠,李羡鱼便改乘辇轿。

路途迢迢,辇轿徐行。

当李羡鱼在轿内支颐,有些困倦的时候,垂落的轿帘被人打起,临渊低沉的语声乘着春风落在她的耳畔。

他唤她的小字:"昭昭。"

李羡鱼轻轻抬起羽睫,望见临渊身上朝服未换,连冕旒都还未取下,就这般长身立在她的轿前,单手打起她的轿帘。

· 503 ·

轿外的春光被他挡去大半，单薄的日光在他的侧脸上勾勒出一层金晕，将原本过于冷峻的轮廓都柔化了。

　　李羡鱼将手里的团扇放在膝上，展眉对他露出笑颜："临渊，你下朝回来了？"

　　临渊薄唇轻抬，低低地应了声，抬手示意宫人落轿。

　　辇轿轻轻落下，未惊点尘。

　　李羡鱼还未起身，临渊便步入轿里来。

　　绣着金色鸾鸟纹的轿帘从他的指尖落下，轿内的光影随之转为暗淡。

　　他坐在她的身旁，将原本宽敞的辇轿变得逼仄，让她的衣袖都挨上车壁，又以长指抬起她的下颌，俯首来吻她。

　　李羡鱼两靥浅红，握着团扇的指尖收拢，微微抬起脸，轻轻回应着临渊，感受到他冕上的玉旒拂过她的侧脸，带着流水般微凉的触感，而他的薄唇炽热，似要将她点燃。

　　呼吸交缠间，李羡鱼两颊红如朝霞，呼吸也渐渐乱得不成样子。

　　临渊这才放过了她。

　　李羡鱼绯红着脸想要起身，却被临渊握住皓腕。他将她抱坐在膝盖上，修长的手指拂过她吻过后越发鲜艳柔软的唇瓣，语声有些低哑："臣上朝的时候，公主去了何处？"他剑眉紧皱，"去了母后的宫里？"

　　李羡鱼抬眼望着他，似从他的眼底看见了对"静安殿"三个字的戒备，仿佛那里是什么吃人的地方，她进去后便不会再出来一般。

　　李羡鱼想启唇，但总觉得在轿中说这些不好，便轻轻眨了眨眼，在他的耳畔小声商量："先回凤藻殿，我再告诉你好不好？"

　　临渊剑眉微抬，但终究没有拒绝，说道："一言为定。"

　　语声刚落，临渊便将李羡鱼从膝上放下来，让她重新在轿凳上坐稳，才起身，步出她的辇轿。

　　辇轿重新出发。

　　再落轿的时候，便是在凤藻殿朱红的殿门前。

　　仍旧是临渊亲手替她打起轿帘。

　　李羡鱼莞尔，将指尖轻轻搭上他的小臂，步下辇轿，跟着他走进凤藻殿的寝殿内。

　　隔扇一合，临渊便将她的素手握紧，在珊瑚屏风前侧过脸来，凤眼深深，似还在为之前的事耿耿于怀。

　　李羡鱼便将今日的事如实说给他听。

　　"我只是在宫里随意走走，途中遇见两名太妃，便在她们的宫里坐了会儿。"

　　临渊垂下眼帘，淡淡地应了声，说道："臣不便随公主去太妃的宫里，若是公主日后仍旧想去，可带上公主宫内的侍女青琐。"

　　青琐就是戎狄攻破皇城那日前来救李羡鱼的女子，名为宫娥，实则是临渊给她的护卫。

她羽睫轻扇，顺着他的话问："我带上青琐便能去吗？"

临渊皱了皱眉："若是公主执意想去。"

李羡鱼又问道："那我带上青琐，能去母后的静安殿吗？"

临渊长指收紧，眸色骤然晦暗。

李羡鱼吃疼，轻轻"咝"了声。

临渊回过神来，立即松开长指，俯身替李羡鱼轻揉着皓腕间的红印，羽睫垂下，看不清眼底的情绪："公主若是非去不可，可等臣下朝归来。"

李羡鱼听出他的言外之意，抬起那双清澈的杏眸望向他："临渊，那些太妃都过得安宁，既没有被茶水毒死，也没有因为吃宫里的点心而暴毙。"她语声很轻地道，"母后也许并没有那样……不讲道理。"

临渊语声淡淡："那是因为公主看到的是还活着的人。"

至于死了的，埋在妃陵里，埋在冷宫里，甚至被一床破席卷了扔到乱葬岗上的，她并不能见到。

李羡鱼微怔。少顷，她尝试着问道："临渊，你与母后之间，是有什么过节吗？"

临渊并不抬首，生硬地否认："没有。"

李羡鱼走近了些，近得连她纤长的羽睫都要贴上他冷玉似的面容。

她放软了语声与他商量："那是发生过什么事吗？你能不能说给我听？"

临渊不答。他直起身来，牵着李羡鱼的手，带她往龙案前走。

李羡鱼却不肯挪步。她在珊瑚屏风前站着，踮起足，对临渊轻轻招手，示意他俯下身来。

临渊薄唇微抿，依旧长身而立。

李羡鱼杏眸轻眨，也不强求，只是独自往前走，当着他的面，将一张小木凳搬来，放在他的面前。继而，她踏着小木凳站起身来。

临渊剑眉紧皱，却仍是抬手将她稳稳地扶住。

李羡鱼倾身过来，趁着他抬手的时候，捧起他的脸，在他的唇上轻轻吻了吻。

她站在小木凳上，看着他波澜微起的凤眼，杏眸弯弯，绵甜的嗓音放得更软，似春日里纷飞的柳絮："我会替你保守秘密，绝不会说给旁人听的。"

临渊睨她一眼，最终还是将眼帘垂下，说道："并非什么有趣的事，公主还是不要知晓为好。"

他说罢，转身便要重新抬步。

李羡鱼以为他生气了，一时有些着急，忘记自己还在小木凳上，本能地提裙想要追上他。

她足尖落空，身子随之往前倾去。

失衡感传来，李羡鱼低低地惊呼出声。

临渊霎时间回首，箭步上前，将向他倒来的少女紧紧地拥住，以免她摔在坚硬的宫砖上。

李羡鱼回过神来的时候，临渊已俯下身来，让她的足尖重新触及地面，拥着她的大手松开，似要再度直起身来。

李羡鱼却抬手趁机环住了他的颈。她将脸埋在他的颈间，长而密的羽睫轻轻扫过他的颈侧。

"临渊，真的一点儿都不能告诉我吗？"

她还是很想知道临渊之前的事的。

临渊的动作顿住，他沉默着没有作答。

李羡鱼似从这里见到他的动摇，略想了想，便轻轻踮起足，似初次在八角亭里亲热那样，在他的喉结上轻轻咬了口，见他没有明确拒绝，便尝试着轻声道："就一点点，一两句话都好。"

毕竟管中窥豹也比懵然不知好些。

临渊语声微哑："公主套话的方式……还真是特别。"

李羡鱼脸颊微红。她又不能对临渊严刑逼供，就只能这样，但是，这样似乎也不能让临渊告诉她。

于是她唯有将踮起的足放下，轻轻地道："你若是真的不愿意，那我就不问了。

"等想告诉我的时候，你再告诉我便好。"

她说着，便想转身躲到偏殿，去看她之前还未看完的话本，步履未抬，皓腕便被临渊紧紧地握住。

李羡鱼讶然回眸，还未来得及启唇，便被临渊打横抱起。

他大步往前，将她放在锦榻上，单手撑在榻沿上，不让她逃离，一双浓黑的凤眼深深地看着她，一言不发。

李羡鱼茫然不解，指尖轻轻抵上他的胸膛，语声很轻地问道："临渊，你不是不愿意告诉我吗？"

临渊牙关紧咬，蓦地合了合眼，再睁眼时，眸色依旧晦暗。他俯下身来，在她的耳畔哑声询问："公主为何不再试一次？"

李羡鱼微愣。

临渊握住她的素手抵上他的衣襟。

"也许臣……并没有公主想的那般不可动摇。"

李羡鱼指尖微蜷。她在羞怯与知道临渊往事的急切里徘徊少顷，最终还是决定试上一试。

她将指尖抬起，尝试着将他的衣襟解开。

可临渊还未更衣，身上尚穿着上朝时穿的玄色龙袍，衣饰繁复，玉带纵横，即便是站着让她解衣，也有些不易，遑论这样他上她下地躺着，她的指尖根本使不上力。

更何况她本也不敢用力，怕将他的朝服扯坏。

李羡鱼艰难地尝试了阵，终于声如蚊蚋地与他商量："临渊，你能不能……？"

她没好意思说出来，只红着脸推了推他，示意他躺下。

临渊深深地看了她一眼，修长有力的大手随之握住她的纤腰，带着她在锦榻上骤然一个翻身。

珠钗摇曳，天旋地转。

李羡鱼盘好的乌发散下一缕，拂在临渊的颈间。

回过神来的时候，她发觉她已与临渊换了个位置，成了她伏在他的身上，压着他。

临渊将她的皓腕握紧，凤眼微合，嗓音却依旧低沉沙哑："公主之前问的事，还想知道吗？"

李羡鱼自然是想知道的。她轻轻点头。

他唇齿间的热度令李羡鱼不由得轻轻颤了颤。她红云满面："你不是说……？"

他不是说让她问的吗？

临渊凤眼微低，嗓音哑得厉害："公主问，臣自会答。"

趁如今还能思考，李羡鱼匆匆启唇，将方才没有得到答复的事再次问他："临渊，你与母后之间……"她想了想，换了个婉转些的词汇，"是曾经发生过什么令人不愉快的事吗？"

"令人不愉快的事？"临渊伏在她的颈间，凤眼里波澜渐息，如覆霜雪，"臣与母后之间，本就没什么称得上愉悦的事。"

李羡鱼微怔，怯怯地问道："连一件也没有吗？"

临渊轻轻合眼，记忆里深埋的往事浮光掠影般在眼前闪过。

从他记事以来，与母后相处得更为和睦的一直是谢璟。

他们是同一类人。

外人只见其端雅，不见其暗敛的锋芒，与其同行，不知其袖里藏刀。

他最不喜的便是这类人。但是说来可笑，他最不喜的这类人偏偏是与他血脉相连的至亲。

他声音冰冷："没有。臣幼时多是在南书房里度过，即便下课后，也多是跟随各位将军习武，习骑射，习君子六艺。"

他与母后、谢璟相处的时间寥寥无几，更谈不上什么深情厚谊。

李羡鱼："母后……母后从来没有带你玩闹过吗？哪怕是……给你做个布老虎，亲手做一盘糕点。"

临渊毫不迟疑地答："没有。臣的母后是赵氏女，是世家培养出来的皇后。她要养的也并非是儿子，而是未来的储君。"

他记得有嫔妃私底下说过，皇后像熬鹰一样养儿子。

文韬武略，君子六艺，哪一样不比寻常孩童的玩乐重要？

李羡鱼羽睫微垂，隐约明白过来，临渊为何与他的母后并不亲近。

可临渊对他的母后的态度不仅仅是冷漠，还处处防备，如同隔着鸿沟，应当是在此之后又发生了什么令彼此难以释怀的事。

于是，她迟疑着道："那之后，是又发生过……"

她的话未说完，临渊凤眼晦暗，眼底暗潮汹涌，似想起了什么令他极为不悦的旧事。

临渊哑声问道："公主可还记得，臣是如何去大玥的？"

李羡鱼隐约记得，临渊与她说过，他来到大玥，是因为皇兄的暗害。

"臣的母后出身于世家，赵氏一族便是她的耳目，即便身处深宫，京城内外的消息亦瞒不过她，遑论臣生死不明这等大事。"临渊克制地说道。

李羡鱼问："母后坐视不理吗？"

临渊："公主低估了母后。"

他将自己回到胤朝后查到的事如实道来："母后得到消息后，立即遣人追查，很快便查到是谢璟下的手。但她选择将消息掩下，选择替谢璟掩去去过边关的痕迹，以此瞒过前去追查的大理寺的人。"

他的母后，坚毅狠绝，确实非常人能比。

李羡鱼怔住，思绪有一瞬的游离。

她不由得想：若是当时赵太后没有那么做，兴许临渊便会被前来追查的胤朝官员找到，也不会流落到明月夜里，经历那么多残酷的事，而这一切，竟是因他生母的一个选择——选择他的皇兄，而放弃他。

李羡鱼轻轻地道："临渊，我带你出去玩吧。"

临渊似乎未曾想到，她会这样作答。他思绪微顿，深深地看向她。

李羡鱼抬手环住他的脖颈，以鼻尖碰碰他的鼻尖。

这样亲昵的姿态里，少女将鲜红的唇瓣轻轻抬起，眼眸清澈，明亮如星。

"我没有在胤朝的宫廷里长大，不知道母后更偏爱谁，又为何要这样做。

"但是，我可以陪你把小时候的遗憾都补回来。你小时候没玩过的东西，我跟你玩。你小时候没吃到的点心，我买给你吃。"

她嫣然而笑，垂手牵过临渊的手："我们现在便出宫去。"

临渊反握住她的素手，眼帘微垂，看不出眸底的情绪。

李羡鱼凑过来，拿那双墨玉似的清澈的眼睛望着他，轻柔地询问，带着一点点忐忑："去吗？"

临渊眼底暗色渐敛，薄唇轻抬，将她那缕乌发拾起，拢到她的耳后："去。"

李羡鱼嫣然而笑，去珊瑚屏风后更衣。

因为要出宫，她将过于繁复的衣饰都换下，仅让宫娥找了件寻常的胭脂裙并月色的云纹上裳。发髻也被她彻底打散，绾成她素日最常梳的百合髻，以一支海棠垂珠步摇绾住。

等她更衣罢，又在镜台前落座，唤来月见替她梳妆。

凤藻殿内的妆奁备得齐整，发簪、步摇、花钿、发梳……皆是依她的喜好而制，比之在披香殿里的时候，更为琳琅满目。

李羡鱼秀眉微弯，将其他宫人屏退，由月见替她梳妆。

黛眉轻描，唇红微点，镜中的少女愈见明媚姝丽，似春日里初发的鲜妍的碧桃花。

即便是伺候李羡鱼许久的月见亦忍不住轻轻赞了声，又殷勤地拿出各种颜色的胭脂来给李羡鱼选择。

"娘娘瞧瞧，今日用什么颜色的胭脂好些？是海棠红，还是石榴红？"

李羡鱼指尖轻点，很快便从各色胭脂里选出临渊曾经送她的那盒。

她抿唇轻笑，抬手将瓷盒递给月见："这盒便好。"

可她指尖方抬，胭脂便被一双骨节分明的大手接过。

李羡鱼从镜台前回过身来，望见临渊。

他原本戴着的帝王冕旒已经被取下，玄色的朝服也换作曾经在大玥行走时常穿的武袍，墨发半束，腰间佩剑，除一张俊美的面容太过惹眼外，倒似是寻常行走江湖的少年。

李羡鱼杏眸弯起，有些期待地道："临渊，我们现在便出宫去吗？"

临渊没有立刻作答，他的视线垂下，停留在李羡鱼身后的镜台上。

镜台上铺满了李羡鱼的物件：眉黛、胭脂、唇脂、发簪……种种件件，皆是小巧而精致，为这座华美的殿宇平添了几分女儿家特有的温柔。

临渊目光微顿。

他素来不喜繁多的物件，总觉得杂乱，今日却破天荒地没将她的东西收起。

他微垂眼帘，旋开手中的胭脂，以指腹细细地沾染些，动作细致地点在她的腮边。

少女雪肤明净，双颊上本就泛着淡淡的粉色，被胭脂点染后，更见娇艳，如枝头绽开的春色，令人觊觎。

临渊轻轻抬起她的娇颜，专注地看了阵。继而，他令月见替她找来一顶幂篱："公主戴上，以免出宫时被人认出。"

李羡鱼接过幂篱，视线却落在他的面上。

她隐约觉得，比起她这名大玥来的公主，在胤朝长大的临渊被街上的权贵们认出的概率似乎更大些。

临渊察觉到李羡鱼的视线，随意拿起一张铁面覆在面上，将她想说的话尽数堵了回去。

李羡鱼杏眸轻眨，也乖巧地戴上幂篱，从镜台前站起身来。

临渊垂手，牵过她的素手，带着她往凤藻殿外走去。

经过临窗的长案的时候，李羡鱼视线一偏，落在临渊临时挪过来的那沓高高摞起的奏章上。

她迟疑着停步："临渊，这些奏章……"

临渊俯身，将她打横抱起："无事，"他道，"臣会深夜批阅。"

卷十七　露华浓

即便到了胤朝，临渊和李羡鱼也未选择以帝后的身份正式出宫，而是如曾经在大玥时那般，他带着她避开巡查的金吾卫，背着宫内所有人，暗出宫门。

当两侧的宫墙往后退去时，李羡鱼环着临渊的脖颈，启唇道："若是现在被金吾卫瞧见了，传出去，怕是要被言官口诛笔伐。"

她想了想，找出个在话本里看见过的词来形容："他们一定会说我是胤朝的妲己、褒姒。"

临渊步履不停，带着她往前，半束的墨发拂过她的脸颊，送来他淡淡的笑声："公主戴着幕篱，臣也戴着铁面，若是被人看见，传出的也不是昏君妖后的故事，而是侍卫与不知哪位宫女偷欢。"

李羡鱼略想了想，忍不住笑起来："可是，这样也没有好听到哪里去。"

临渊"嗯"了声，说道："因此，臣不会被人看见。"

李羡鱼绽开笑颜，将脸埋在临渊的怀里，安静地等着临渊带她出皇城，至胤朝热闹的街市上。

不多时，皇宫巍峨的殿宇被抛在身后，临渊最终将她带到胤朝的主街——鹤望街上。

他在鹤望街的石制牌坊前将怀中的少女轻轻放下。

李羡鱼足尖方碰着地面，便笑眼弯弯地牵过临渊的手，带着他走进眼前的长街里，寻找新奇的吃食与有趣的物件。

长街热闹，商贩的吆喝声里，行人如流云来去。

李羡鱼顺着人流往前走，一路买了胡饼，买了豌豆黄，买了画成兔子模样的糖画。

她将各种各样的吃食都往临渊的手上堆，像是真的要将临渊小时候没吃过的都补回来一般。

临渊没有拒绝，每样都浅尝几口，似要配合李羡鱼将整条鹤望街上的小食尝遍。

直至一条长街行至尽头，直至他手里再也堆不下，二人才渐渐偏离热闹的主街，往僻静处行去。

李羡鱼在无人处从他的手里拿走剩余的半盒豌豆黄，还未吃上几口，视线抬起，却见不远处有一条暗巷，与她曾经见过的陋巷相似。

李羡鱼视线微顿，心弦绷紧："临渊，你们胤朝……也会有人市吗？"

临渊微垂眼帘，将兔子糖画的尾巴咬去，语声很淡："战乱时兴许会有。"

如今并无。

李羡鱼放下心来。她将豌豆黄放好，重新牵过临渊的手，带着他往暗巷里走，一壁走，一壁悄声问他："那这些暗巷里会卖什么？"

临渊略忖了忖，还未想好从何处开始举例，一个摆在一株茂密的银杏树下的半旧书摊便出现在二人眼前。

这个书摊看着十分寻常，与大街上常见的摊子并无区别，也不知摊主为何要故意避开人群，躲到这暗巷里来售卖。

正当李羡鱼疑惑的时候，摊主也抬头看见了二人，见他们衣饰不凡，那双眼睛蓦地一亮，赶紧起身招呼道："这位姑娘，可要买些话本回去？我这儿的话本可是整个胤京城最全的。"

他别有深意地暗示她："别处没有的，我这儿可都不缺。"

若是往日，李羡鱼自然会感兴趣。但如今，她仅转过身去，笑着望了望立在她身侧的临渊，对那卖话本的摊主道："我已经有胤京城里所有的话本了。"

摊主自然不信。他左右环顾，见四下无人，便从书箱底下拿出几本崭新的话本，压低了嗓音对李羡鱼道："新出的，宫闱秘事，保准姑娘没有看过。"

李羡鱼闻言微微一愣。

宫闱秘事……写在话本上？

李羡鱼不由得侧首看向临渊。隔着幕篱垂落的白纱，她看见身侧的少年眸色微沉，修长的手指无声地垂下，摁上腰间的长剑。

握着她素手的长指收紧，他主动带着她走到近前，问那摊主："是什么秘事？"

摊主没有察觉他的冷意，只当生意上门，便故弄玄虚地朝远处皇宫的方向略一拱手，隐晦地道："自然是帝后之间的事。"

此言一出，李羡鱼越发讶异。

她与临渊的事？

她不由自主地俯下身去，从摊主的手里将那本话本接过来，想要略做翻阅。

她指尖刚抬，那摊主就赶紧制止："姑娘，您还没付银子。"

临渊皱眉，随手丢下一锭银子给他："买这本。"

摊主拾起银子，在掌心里掂了掂，见分量不轻，顿时眉开眼笑，态度也更为殷勤。

"这位公子别急，我这里还有。"他说着，又赶紧从箱底摸出五本封面不同的话本来,"这些讲的都是宫闱秘事。其中的内容都不同,但都好看得紧,公子可要再买些?"

李羡鱼微怔。她看着那些没有书名,还不让翻看的话本,一时间甚至有些怀疑摊主是在诓她。

临渊羽睫轻垂,不辨喜怒,又抛下两锭银子给他,冷冷地道:"各买一本。"

摊主更是笑得发自肺腑,赶紧收了银子,将那几本话本捆扎好递给临渊:"公子慢走,若是下回还有什么话本想买,可随时来此巷找我。"

临渊淡淡地道:"看完后,若是属实,我自会来寻你。"

他这是要秋后算账的意思。

李羡鱼有些同情地看了看那还沉浸在发了横财的喜悦里的摊主,轻轻牵过临渊的手,带着他重新往陋巷外走去。

她想找个地方看一看,这些话本里究竟写了什么,然而鹤望街上人流云集,并不是个看书的好地方。

李羡鱼便在其中选了一间小茶馆,择了个清静的雅间,与临渊点了壶清茶、三两碟点心,又一同坐下来,将话本分了一分。

统共六本,正好一人三本。

李羡鱼将幕篱搁在长案上,顺手翻开最薄的那本,视线才扫过几行字,便不由得顿住。少顷,她忍不住轻轻笑出声来。

她将手里的话本摊平,倒过来递给对面的临渊:"临渊,你快来看,这本话本写得好离奇。"

其中居然写陛下久闻大玥公主有妹色,故而率兵去大玥逼婚。不料当日恰逢戎狄兵临城下,陛下冲冠一怒为红颜,大退戎狄三千里,迎大玥公主为后。

临渊垂首,视线略微一扫,将手中的话本握紧,神情冷漠:"不算离奇。"

这都不算离奇吗?

李羡鱼讶异之余,隐隐觉出端倪,在临渊的身侧落座,将他手里的那本话本拿过来,轻声将首段文字念出。

"陛下曾有一名唤作婉婉的侍女,身段婀娜,姿容甚妩,只可惜红颜薄命,未满双十便病逝宫中。帝心悲恸,久久不能自拔。直至大玥公主远嫁胤朝,容貌竟与那侍女生得有八九分相似……"

李羡鱼羽睫轻扇,看向身侧的临渊,忍着笑问他:"真有这样的事吗?"

临渊目光微寒,重重将手里的话本合上,说道:"公主觉得呢?"

李羡鱼拿话本支着下颔,做出若有所思的模样:"毕竟呀,我又没在胤朝长大,胤朝这里发生过什么事我也不知道。"

她眨眨眼睛,促狭地问他:"那名叫婉婉的侍女,生得真有那样好看吗?"

临渊剑眉微抬:"公主要这些胡编乱造的话本做什么?"

"这几本我还没看完。"李羡鱼小声解释,"其实,只当普通的话本看,写得还挺有意思的。"

临渊眸色微沉，将李羡鱼手中的话本尽数拿走，没有还她的意思。

李羡鱼微怔："临渊？"

临渊牵着她往隔扇前走，凤眼深沉，辨不出喜怒："既然公主觉得有趣，臣回宫后自会一一过目。"

李羡鱼心虚地轻声道："可你还有奏章要批……"

临渊将手里那几本荒谬的话本握得更紧，目光微寒："总有批完的时候。"

许是他们在宫外逛得太久的缘故，待重回宫禁时，宫内已是华灯初上。

李羡鱼跟在临渊身后，顺着明净的宫道徐徐向前。

承乾殿的朱门于暮色中遥遥在望。

与往日不同的是，殿门前除了戍守的金吾卫，还等候着一名身着素衣的宫娥。

李羡鱼远远地瞧着，觉得这名宫娥有些面熟。

临渊握着她素手的长指收紧，他冷冷地问："母后命你来做什么？"

宫娥上前福身，手里还端着个以红布掩着的瓷盆。这名宫娥正是太后身边的宫女锦帛。

"娘娘让奴婢给皇后娘娘送礼来。"

李羡鱼视线落在她手中的瓷盆上，微带讶然地问道："这是母后的赏赐吗？"

话音刚落，见面前的锦帛恭敬地应声，李羡鱼便也弯眉，轻声谢过太后，本能地想将红布掀起。

临渊却将她的指尖摁下，将手里的话本递给她，亲自掀起了掩住瓷盆的红布。

盆内并无他物，唯有一盆清水、一条金色鲤鱼。

殿前的长信宫灯光辉粲然，映得这条鲤鱼通体金光闪闪。

鲤鱼在盆里摇头摆尾，来回游弋，看着十分活泼。

"鲤鱼？"临渊剑眉微抬，"母后这是何意？"

李羡鱼却认出来："这不是我之前在亭里见过的鲤鱼吗？"

她秀眉微弯，侧首对临渊悄声道："今日清晨你不在的时候，我曾经去宫中喂鲤鱼。原本是想问宫人要一条与我的红鱼做伴，但听宫人说，这是母后养的鱼，我便没让她们去讨要。"

临渊薄唇紧抿，语气冰冷："母后的消息倒是灵通。"

他这句话显然不是对李羡鱼说的。

锦帛将身子福得更低，恭敬地道："回陛下，娘娘也仅仅是在宫人们闲谈时无意得知。"

临渊并不与锦帛多言。他垂眼问李羡鱼："昭昭想要？"

李羡鱼看了看那鱼，又看了看临渊。

她看出，临渊好像并不喜欢这份礼物。

其实白日里，她仅顺口一提，但是如今鱼都送来了，她若是说不要，想来会拂了母后的意，让临渊与母后之间闹得更僵。

于是，她轻轻点头。

临渊剑眉微皱，但终究还是令锦帛将这条鲤鱼留下。

他端着瓷盆，带着李羡鱼步入内殿，将隔扇轻掩，屏退宫人。

李羡鱼将手里的话本放在长案上，拿着换洗的衣裳，去了趟浴房。

待她回来的时候，临渊也换回了常服，此刻正坐在龙案后整理今日要批阅的奏章。

那条鲤鱼被他放在临窗的长案上，离他足有半个寝殿那么远。

李羡鱼拿布巾擦拭着犹带水汽的长发，带着些不安悄声问他："临渊，这条鲤鱼有什么不妥吗？"

临渊将手里的奏章搁下，接过她手里的布巾，替她擦拭发尾。

他语声很淡："这是父皇与母后大婚时收到的贺礼。

"曾经，宫中的鲤鱼多是红黑两色。直至父皇大婚时，某位臣子献上两尾金色鲤鱼作为贺礼。"

李羡鱼讶然，转首望向他。

"这便是其中的一条吗？"她看了看临渊，有些犹豫地问道，"鲤鱼能活那么久吗？"

临渊指尖微顿，说道："不是当初那两条。应当是它们的子辈、孙辈，抑或是更远的后代。"

李羡鱼思忖着道："当初的鲤鱼要是还活着，是不是也算见证了父皇与母后的半生？"她有些惋惜，"可惜，鲤鱼不会说话。"

不然，若是由鲤鱼来转述那些史书上不会记载的事情，可比话本里写的还要精彩而真切得多。

她的话音方落，隔扇便被人轻轻叩响。

是殿外值守的宫人前来送膳。

李羡鱼暂时止住语声。

她乌发还湿着，没法盘髻，便躲到帷帐后，等临渊命宫娥们进来。待她们将晚膳布好，又鱼贯退下，她方重新从帷帐后步出。

临渊正在布好膳食的长案前等她。

李羡鱼便也走上前去，与他一同在长案后坐下，执起银筷。

长案上的菜肴琳琅满目。

正当她想着要从何处落筷的时候，临渊将面前的两道菜肴换了位置。

临渊将她不喜欢的乌米糕换远，将那道清蒸鱼换到了她的面前。

他顺手替她捡了一筷鲜嫩的鱼肉："幸好鲤鱼不会说话。"

李羡鱼杏眸微睁，看了看碗里雪白的鱼肉，又看了看远处侥幸活下来的鲤鱼，最终还是藏下心中的好奇，乖乖地低头用膳。

一顿晚膳很快用罢。

当宫娥们将所有的膳食撤去，将长案清理完毕后，临渊亦返回龙案前开始批阅堆积整日的奏章。

李羡鱼亲手替他研了些朱砂。

她看这些奏章不似一两个时辰便能批完的模样，想了想，与他商量："临渊，我能看些话本吗？"

临渊笔势稍顿，起身从箱笼里拿出几本崭新的话本递给她："公主看便是。"

李羡鱼却欲言又止。她低头看着被临渊挡住的屉子，其实想与他说，关于婉婉的那本话本，她还没看完，才看了两行，还挺好奇后面都写了些什么，一抬眼，却对上他的视线。

龙案上碧纱灯与莲花灯一同燃着，明亮的灯火衬得他的眼瞳浓黑，她看不清其中的情绪。

李羡鱼脸颊微红，将原本想说的话悄然咽下，乖巧地接过他递来的话本，在他的身侧安静地翻看着。

夜风徐来。

灯内燃着的红烛愈烧愈短，令殿外的夜色无声地潜入殿里来。

手里的这本话本偏偏又写得有些无聊，不似关于婉婉的那本有趣，看得李羡鱼一阵阵犯困。

她掩口轻轻打了个哈欠，暂且搁下话本，拿了支银簪挑了挑即将熄灭的灯火。

灯火暂明。

她侧过脸去看临渊案几上的奏章。

今日的奏章似乎堆得分外高，过了这么久，也不过变矮一点儿。

李羡鱼快快地问："临渊，你的奏章还要批多久？"

临渊将一本新批好的奏章放到一旁，略做估算后答："三四个时辰。"

李羡鱼低头看了看案角的银漏，语声很轻地道："那时候都要天明了。"

临渊"嗯"了声，起身将李羡鱼抱起，带着她往龙榻边走："今夜公主不必等臣。"

李羡鱼却不愿回榻上，伸手轻轻握住临渊的袖口，示意他将自己放下。

临渊略微停步，微微抬眉看她："公主？"

李羡鱼仰起脸来，杏眸清澈明净："出宫的时候我们是一起去玩的，没有回来后让你一个人熬夜的道理。"

临渊微垂眼帘，浓黑的凤眼里染上淡淡的笑意。他终于俯身，将李羡鱼重新放在龙案后。

李羡鱼站起身来，从箱笼里寻了两支崭新的红烛换上，又理好衣襟在龙案后落座，似做好了秉烛达旦的准备。

临渊失笑，将屉子打开，将李羡鱼还未看完的那本话本递给她。

李羡鱼却没接。她轻声问道："临渊，我有什么能帮得上你的吗？"

临渊微顿，将话本放下，拿了那盒朱砂给她。

李羡鱼下意识地伸手接过，认认真真地研了些。

春日里朱砂不会凝固，加水研好后能用许久。

李羡鱼很快便研好一整夜的用量，暂时找不到什么事可做。正想要启唇再问临渊的时候，她却听见轻微的一声水响。

是远处的金色鲤鱼在水中跃起，溅了一地的水花。

李羡鱼微怔。少顷，她似乎想起什么，语声很轻地去问临渊："临渊，以前父皇在的时候，母后都会做些什么呀？"

临渊短暂地回忆了下，继而答道："统御六宫，处理后宫中的琐事。"

李羡鱼单手支颐，看着他的侧脸，微微出神。

可是，如今东西六宫皆空着，各位太妃的起居也是由母后管辖，她这位皇后其实没有什么事可做。

临渊在灯下回首看她，似乎看出她的百无聊赖，便问道："公主想做些什么？"

李羡鱼放下支颐的素手，点了点他面前堆积如山的奏章，说道："我想将这些奏章都挪走。"

临渊薄唇轻抬，随意地将剩余的奏章整理到一处，信手拿起："臣去偏殿里批。"

李羡鱼抿唇，拉住他的袖口："临渊。"

临渊抬眼看她。

李羡鱼站起身来，将他拿着的奏章重新放回龙案上，又从上面拿走一本摊开，认真地问道："临渊，母后会帮父皇批奏章吗？"

她记得，她曾经听临渊说过，他不在胤朝的时候，是由他的母后垂帘听政。

临渊垂眼看她，少顷淡淡地道："不会。"

他在李羡鱼的身旁落座，看向盆里游弋的金色鲤鱼："后宫不得干政。"

李羡鱼羽睫轻扇，说道："可是，你还教过我如何看奏章。"

可惜，她并不是一名很好的学生。即便临渊耐心地教，她也没能够学会。

临渊"嗯"了声，十分自然地道："臣不是父皇，公主亦不是母后。"

李羡鱼秀眉微弯，又将上面的一本奏章拿过来，与之前的凑成一对。

"你再教我一次吧，挑容易的教，兴许我便能学会。"

临渊没有拒绝。他将李羡鱼抱起，让她倚在他的怀里，又将六部的奏章各自取出两三本，让她过目："尚书省分六部——吏、户、礼、兵、刑、工，公主可有感兴趣的？"

李羡鱼一一看过去。首先排除最难懂的兵部，然后排除最为烦琐的礼部。至于刑部、吏部，这两部牵扯过多，她也自觉地避开。最后，她将视线落在户部的奏章上。

她道："要不，我就试试户部的吧。"

她轻声补充道："在披香殿的时候，殿内的账簿也是竹瓷整理后，由我过目。"

兴许户部也可以视为一座大一点儿的披香殿。

· 516 ·

临渊没有拒绝。他将其余几部的奏章归拢到一旁，专挑户部的给李羡鱼讲解。

李羡鱼细细地听了一个时辰，不知不觉在纸上写下许多摘要。

待听得半懂的时候，她便将临渊赶去一旁继续批奏章，避免耽误明日的早朝。而她问临渊要了本户部官员的名册以及简单陈述各官员职责范围的册子，在一旁认认真真地看着。

更漏迢递，碧纱灯内的烛火换过数次。

一声钟鸣后，晨光逼退了殿外的夜色，照亮落花满地的棠梨树。

临渊也将最后一本奏章合拢，侧首看向身旁的少女。

淡金色的晨光里，她捧着本厚重的名册坐在他的身旁，乌缎似的长发柔顺地垂在腰后，如一方墨色的底，衬得她身上的色彩越发鲜明。

乌黑的羽睫、鲜红的唇瓣、纤柔的素手，从侧面看去，她姣好得似一幅日光里的画。

临渊停下整理奏章的动作，在这般好的春光里安静地看了李羡鱼一阵，直到她也将手里的名册翻过最后一页。

她将名册合拢，伸手揉了揉眼睛，也回过头来看他。

视线相接，李羡鱼困得支撑不住，迷迷糊糊地问他："临渊，你的奏章批完了吗？"

临渊颔首，俯身将她抱起，放在柔软的锦被间。

"已批阅完毕，臣现在便去早朝。"

李羡鱼心弦微松。她轻轻合眼，语声轻得似拂过柳叶的春风："我也看完了。等你早朝回来，我再与你说……"

临渊低应一声，还未来得及说话，李羡鱼已沉沉地睡了过去，手里还拿着那本看完的名册。

临渊没有惊醒她。他替她将锦被掖好，起身去更换朝服。

经过长窗前的时候，他看见瓷盆里金色的鲤鱼还在不知疲倦地游弋，这令他短暂地想起了他的父皇。

他想：他的父皇应当从未在清晨时见过这样的场景，也从未遇见过令自己心动的少女。

若是此生见过日月，人又岂会再为萤烛之光动心？

春日好眠，李羡鱼这一梦便是许久，再睁眼时，殿外天光明亮，正午的更漏声迢迢而来。

李羡鱼从龙榻上支起身来，微一侧首，便看见了临渊熟悉的眉眼。

他应当是下朝后回来补眠。

此刻他未戴冕旒，未着朝服，身上的寝衣极为素净，除袖口与领口处的两道银纹外，并无其余纹饰，衬得他本就清丽的容貌越发寒冽如檐上雪。

517

李羡鱼低垂羽睫，轻轻执起他的袖口，想着改日趁宫人拿去浣衣局浣洗的时候，在这里绣点儿什么上去。

　　云鹤纹抑或是蟠螭纹，应当与他相称。

　　今日她倒是可以先去描个花样。

　　李羡鱼这般想着，便放下临渊的袖口，小心翼翼地从龙榻内侧挪到外侧，没有吵醒他。

　　明媚的春光透帐而来，令李羡鱼看见了放在春凳上的一沓宣纸。

　　这些是她昨日夜里记下的摘要。

　　李羡鱼伸手拾起，看见字里行间增添了不少临渊的笔迹。

　　他替她更改补充错漏之处，比曾经教过她的夫子还要细致。

　　她杏眸微弯，正打算趿鞋起身，腰身却被环住。

　　临渊不知何时已经醒来。他半坐在龙榻上，修长的手臂环过她的纤腰，垂首将下颌抵在她的肩上。

　　"昭昭想去做什么？"

　　他的嗓音里还带着初醒时的微哑。

　　李羡鱼停下趿鞋的动作，重新回过身来，略想了想，将手里修改后的摘要拿给他看。

　　"想去洗漱，然后将这份摘要重新誊写一份。"

　　临渊低应了声，将她揽回来。

　　"不急。"他合眼，语声很轻，"再睡一会儿。"

　　李羡鱼轻轻莞尔，将手里的摘要放在春凳上，重新团回锦被中，在他的怀里寻了个舒服的位置，听着他轻浅的呼吸声，缓缓睡去。

　　天光移过殿顶赤红色的琉璃瓦，又在春风里金芒渐消。

　　李羡鱼在临渊的怀中安宁入梦。她梦见某年春日，他们再赴江陵。

　　春时的江南杂树生花，绿野连空。她在晴日的庭院里荡着秋千，秋千飞至最高处的时候，正好望见在巷中打马而过的临渊。

　　待她醒转的时候，庭院里的棠梨树落花满地，而梦里的少年就睡在她身旁。

　　见她醒来，他亦抬起薄薄的眼皮，淡笑着唤了声她的小字："昭昭。"

　　李羡鱼将鲜红的唇瓣抬起，唇畔梨涡浅浅。

　　许是梦境里过得太过悠闲，以至她都忘了要誊写摘要的事，仅软声问他："临渊，我们现在要去做什么？"

　　临渊将她抱起，往浴房里走："沐浴。"

　　随着他的令下，久候在殿外的宫人们鱼贯而入，不到一盏茶的工夫，便将浴房内布置妥当。

　　盛着温水的铜盆与巾帕被端正地放在木架上，沐浴与抹身用的各类香膏也依次放在李羡鱼触手可及的铜台上。

浴房当中宽大的浴桶里被注满了温度适宜的浴水。

花瓣沉浮间，热气氤氲，朦胧了彼此的眉眼。

李羡鱼将宫人遣退，躲在屏风后将春衫解开。

浴房内如此安静，隔着一道晴日春景的锦绣屏风，李羡鱼都能听见临渊在屏风外洗漱的动静。

她依稀能从铜盆晃动的声音里听出，临渊正在净面。

李羡鱼便从屏风后探出头来，轻声问他："临渊，你不沐浴吗？"

临渊放下手里的方巾，平淡而自然地答："等公主一起。"

李羡鱼面色更红。她缩回屏风后，慢腾腾地解衣，直至将最后一件小衣搭在春凳上之后，方双靥绯红地从屏风后挪步出来。

在浴水凉透之前，这场沐浴终于结束。

李羡鱼换上她的织金红裙，回到临渊的寝殿内，在临窗的长案后落座，拿布巾擦拭着未干的乌发。

临渊信手接过布巾，一面替她擦拭，一面令宫娥进来布膳。

宫娥们提着食盒鱼贯而入。

李羡鱼想要起身走到屏风后去，却被临渊轻轻压住肩膀。

他示意李羡鱼不必起身，继续当着诸多宫人的面，细致地为她擦拭着发尾的水痕。

李羡鱼拗不过他，唯有偷偷看向前来布膳的宫人们，见她们依着规矩，没有抬首张望，面上的红色方褪了些，安静地等着她们鱼贯退下。

庭院里春风徐来，与临渊手中的布巾一道，将她发尾的水汽带走。

当宫娥们布完晚膳，循序退下的时候，李羡鱼的长发已不再滴水，得以披散在肩后。

因在寝殿内，她便没有立即绾发，以玉梳梳过后，便这样乌发垂腰地在长案前落座，与临渊一同用膳。

今日的午膳里同样有鱼。

李羡鱼轻搛一块，旋即便想起那条还放在瓷盆里的金色鲤鱼来。

她侧首遥遥望了眼。

鲤鱼依旧活跃，丝毫没有换了个地方的不适。

她想：还是等午膳后，趁着临渊去钦安殿议事的当口，早些把鲤鱼放进凤藻殿的小池塘里，也能和她的红鱼做个伴。

李羡鱼思量间，午膳很快用罢。

转眼已是临渊要出发去钦安殿的时辰。

临渊起身，开始更衣。

李羡鱼闲来无事，遂从屉子里拿起玉梳，想替临渊束发，指尖轻抬，玉梳却被他接过去。

他将李羡鱼抱起，放在自己的膝上，对着铜镜替她绾发。

李羡鱼倚在他的胸膛上，羽睫轻轻扇了扇："临渊，你不是要去钦安殿议事吗？"

他为何放着他的发不束，反倒替她绾发？

临渊淡淡地应了声，随手从眼前的妆奁里拿起一支赤金穿花戏珠步摇簪在她的鬓间，将刚绾起的长发固定好："公主可以同去。"他道，"今日来的，是户部官员。公主若想了解户部的事，前去听他们回禀，比看奏章更为直观。"

李羡鱼却有些踌躇："可是这样会不会招致群臣非议？"

毕竟她帮临渊分担些奏章是私下的事，只要她与临渊不提，旁人便不会知道，可皇后见臣子这样的事，无论怎样想，都太过逾矩了。

临渊显然已替她斟酌过了此事，闻言平静地道："昭昭若想避嫌，可藏在钦安殿的玳瑁屏风后。"

李羡鱼羽睫轻垂，微微思量了阵，最终还是轻轻点头："我会做好摘要的，若是有听不懂的，等回来之后问你。"

临渊轻笑了声，寻来昨夜写完的摘要递给她。

"等回来后，臣会重新整理。"

李羡鱼笑应一声，将他递来的摘要卷好，藏进袖袋里。

二人的长发很快绾好。

临渊执起她的手，带她行至钦安殿中。

殿内的摆设简单，那座一人高的玳瑁屏风后原本并无他物。李羡鱼到来后，临渊才让人搬来长案与玫瑰椅，放上文房四宝，方便她在屏风后写她的摘要。

随着李羡鱼在椅上落座，细细地藏好她垂地的红裙，临渊亦命御前伺候的宦官去传户部的官员入殿。

玳瑁屏风密不透光，李羡鱼看不见官员们的容貌与举止，倒是能清晰地听见他们的声音。

户部主管财政，他们说的也皆是各处要动银两的事。

有的说东陵城干旱，过冬的小麦死苗，百姓青黄不接，须拨款赈灾。

有的说宝兰郡春虫泛滥，啃食桑叶，导致当地养蚕为生的桑农们损失惨重，当地的郡守上书，恳求减免今年的赋税。

还有的说新帝登基，后宫空乏，应当拨银两给礼部，大开三年一度的选秀，广纳秀女，充实后宫。

除了最后一条被临渊当场驳回，其余诸事，他均是问明缘由和诉求后，让宦官们先记录在案，并未即刻做判断。

李羡鱼在屏风后认真地听着，手中的摘要写了一行又一行，认真得像是在大玥的时候第一次跟着教引嬷嬷们学礼仪。

直至宦官们引群臣离开，钦安殿内重新恢复静谧后，李羡鱼才回过神来。

她搁了笔，从长案后起身，还未抬步，便见临渊已走过玳瑁屏风，行至她的面前。

在玳瑁屏风深长的影子里，李羡鱼仰头望向他，手里捧着几张晾干墨的摘要，清澈的杏眸里微带不解。

她轻声问："临渊，为什么这些要用银子的事都是推后再议？是胤朝的国库空虚，还是其中有什么说法？"

临渊替她将摘要收好，执起她的手，带着她往殿外走去。

春风过庭，吹来他轻轻的语声——

"胤朝的国库并不空虚，但银两的来去总有缘由。无论是赈灾、补充军备，还是零碎之用，桩桩件件，总得查个分明。"

李羡鱼轻抬羽睫："是担心有人中饱私囊吗？"

临渊没有否认。他道："胤朝疆土辽阔，天灾难免，但未必会有奏报上这般频繁。"

总有人在其中花言巧语，夸大其词，想要从中渔利。

李羡鱼思量着道："那今日之事，是要转交给大理寺清查吗？"

临渊垂下眼帘。

"大理寺在明，若是动用大理寺来清查，前朝难免会风声鹤唳。"他将李羡鱼的素手握紧，带着她离开眼前四通八达的明净的宫道，转而走向宫中偏僻的西北角，"臣带公主去一个地方。"

李羡鱼轻轻颔首。

她跟着临渊走了许久，直至黄昏的光影渐暗，方在一扇通体无纹饰的玄铁大门前停步。

不知是天色渐黑，还是此处不容旁人接近的缘故，周围已不见上值的宫人，唯有两名身着玄色劲装的影卫上前向二人拱手行礼。

"陛下、娘娘。"

临渊淡淡颔首，带着李羡鱼一同步入这扇森冷的铁门。

殿内的布置令李羡鱼忆起大玥的影卫司。

其间行走的也并非宫人，而是身着劲装、戴有铁面的影卫。

李羡鱼不由得轻声问："这里是胤朝的影卫司吗？"

临渊却否认，说道："此地是锦衣处。锦衣处与大玥的影卫司相似，但其中的影卫并非跟随公主，"他顿了顿，眉眼间微有寒意，"而是，为天家做一些不会放在台面上的事。"

例如追查、暗杀、嫁祸。

李羡鱼羽睫轻颤，安静地看着临渊将今日的卷宗交给锦衣卫的首领彻查。

随着锦衣卫们抱拳而去，李羡鱼想起一句话来——一朝天子一朝臣。

这场彻查之后，前朝兴许会有一番天翻地覆的变化。

她身体微微紧绷，半晌没有启唇，直至他们回到承乾殿内。

待宫人尽退，殿门紧掩，临渊将一块刻着穷奇的玉牌交到她的手中。

"公主收好。"

李羡鱼下意识地抬手接过，因其上的穷奇狰狞，玉质冰寒，隐约觉出这应该不是送给她的饰物。

她指尖微蜷，轻声问他："这块玉牌有什么特别的用处吗？"

临渊信手解开领口的玉扣，语声极为冷静："这块玉牌是锦衣处的令牌。公主持令在手，整座锦衣处皆可调动。"

李羡鱼微怔，拿着玉牌的指尖收拢，微带紧张："这样重要的令牌，交给我保管，合适吗？"

临渊垂下指尖，修长的大手反握住她微凉的手："并非保管。

"这块令牌，公主可随意使用。无论是查户部公事，还是查官员的私事，抑或是遣人寻仇，皆随公主心意。"

他说至此，薄唇微抬："自然，公主若是不想要，也可以归还于臣。"

随着临渊清朗的语声落下，玉佩的冷意亦从她的指尖传到掌心。

李羡鱼微垂眼帘，觉得她此刻握住的，并非临渊递来的玉佩，而是他始终挡在身后，从未让她窥见过的，皇权中阴暗而血腥的一面。

她可以选择将令牌归还，对藏在令牌后的事视而不见，也可以选择将令牌收下，与他一同去面对皇权之后的阴私与算计。

李羡鱼没有迟疑，秀眉微弯，从他的掌心里抽回素手，将那枚令牌郑重地藏好。

她抬起羽睫，看向他的眼睛，格外认真地向他保证："我会好好用它，绝不会以权谋私。"

临渊与她对视，那双寒潭似的凤眼里有淡淡的笑意闪过。

半响，他垂下眼帘，轻轻失笑："公主在这个时候还想着公事吗？"

李羡鱼羽睫轻抬，因他话锋的转折而有些茫然。

春雨蒙蒙，树影深深。

李羡鱼推开殿内的支摘窗，想如前两日那样，拾起临渊留在窗畔的摘要。

窗扇微启，扑面而来的水汽里挟裹着淡而清冷的雪松香气，李羡鱼抬眸，见到了窗外等候已久的临渊。

他未曾执伞，半束的墨发被雨水沾湿，发尾散落在肩上，水汽将领口金线暗绣的雷云纹浸透。他手里拿着给她改好的摘要，正拿那双浓黑的凤眼看着她，剑眉微皱，薄唇紧抿。

"公主是否有两日未见臣了？"

李羡鱼被他看得渐渐有些心虚。她将他手里的摘要接过来，又转身回殿内拿了碟新做的点心给他，补偿似的道："松子百合酥，小厨房做的，你尝尝。"

临渊抬手接过，将瓷碟放在两指宽的窗台上，执箸攥起一块。

李羡鱼趁着他低头吃点心的时候，悄悄将窗台上的瓷碟挪到窗外，想将支摘窗合拢，素手方抬，他便搁下了银箸。

"庭院中还在落雨。"他抬起眼帘，拿那双漆黑的凤眼看着她，语声低哑地询问道，"公主要撵臣走吗？"

李羡鱼嗫嚅道："我给你去拿柄伞来。"

临渊半垂眼帘，并不答话。

李羡鱼越发心虚。她低下微红的脸，语声轻得似庭院里飘落的春雨："我的葵水还未来完……"

临渊道："臣知道。"

李羡鱼脸颊更烫。她悄悄觑了他一眼，又看了看庭院里细密如织的雨帘，终于从支摘窗前挪开，放他进来。

她这一时的心软让之后的事都变得顺理成章。

他在她的浴房里沐浴更衣，在她的长案边与她共用晚膳，直到夜幕深垂仍旧没有要走的意思，还躺上她的榻，十分自然地占走她的半边枕头。

李羡鱼红唇微抿，隔着夜色看着他，想谴责他的得寸进尺，却又不知该从何说起，最后仅带着些娇嗔地唤他的名字："临渊！"

临渊同时抬眼看她，随即低应了声，抬手将睡在身侧的少女拥入怀中，将掌心贴上她的小腹，替她揉起肚子。

李羡鱼启唇想说什么，话未出口，耳根倒是先红透。

临渊身上很烫，掌心亦然，热度透过薄薄的寝衣传来，令她原本坠胀的小腹变得没有那般不适了。

李羡鱼唇瓣互相轻轻碰了碰，最终将拒绝的话悄然咽下。

时间轻移，春雨渐歇。

李羡鱼羽睫低垂，终于窝在他的怀里沉沉地睡去。

之后的几日，临渊再未离开过她的寝殿。

他清晨上朝，正午前回来为她批改摘要，与她一同用膳，夜晚则与她同榻而眠。

随着光阴的悄然逝去，摘要上要修改的地方愈来愈少。

三日后的清晨，李羡鱼醒来后，终于在春凳上收到一份一字未改的摘要。

她细细地翻看着，杏眸轻轻弯起。

她想：等临渊回来后，她应当能尝试着替他批几本奏章。

但现在天光方亮，庭院内的白石小径上仍笼着淡淡的晨雾，离临渊下朝回来尚有一段很长的时间。

她应当先寻些事做。

李羡鱼支颐想了想，暂且将手里的摘要放下，起身走到妆奁前，从夹层里寻到一把钥匙。

这是在大玥的时候临渊给她的胤朝国库的钥匙。

523

她从未用过，今日得空，正好去对一对户部的账薄。

她这般想着，便在镜台前落座，展眉对月见道："月见，你先替我梳妆吧。"

月见笑应一声，手脚利落地替她绾起繁复的流云髻，戴好一整套头面，扶着她起身，往庭院那边走。

胤朝的国库建在泰和殿内，皇城千步廊旁侧，殿前有无数金吾卫持刀把守，戒备森严。

李羡鱼款步上前，将临渊给她的穷奇令牌与国库的钥匙一同取出。

她对金吾卫道："我想来看看国库。"

金吾卫首领恭敬地接过令牌与钥匙，验过真伪后，对她郑重地拱手："娘娘稍候。"

他的话音落下，金吾卫们齐齐收刀上前，将那扇要数人合力才能推动的玄铁大门于她面前敞开。

李羡鱼捧着账薄，抬步入内。

几名金吾卫紧随其后，替她将目光所及的箱笼一一打开。

霎时间，宝光耀目。

如临渊所言，胤朝的国库并不缺银子，珠宝古玩更是数不胜数。

若是李羡鱼从账薄的第一页开始核对，待整个国库清点完毕，至少要花整整半个月的工夫。

李羡鱼选择退而求其次。

她从账薄里头随意挑出几样她感兴趣的，让随行的金吾卫寻出来给她过目，看看是否有缺损。

其中便有一样是汝窑烧的陶瓷狸奴，大不盈掌，迎光看去时玲珑剔透，娇憨可爱。

李羡鱼忍不住好奇："这曾经是哪位太妃的爱物吗？"

守着国库的金吾卫们打开账薄，从中翻到这只狸奴的来由，由一人向李羡鱼拱手回禀："回娘娘，此物曾是贡物，被分送至太后娘娘的宫里，又被太后娘娘退回，此后一直无人取用。"

李羡鱼将狸奴放在掌心上，就着春光看着眼前小巧的物件，想起当时见到的静安殿内的摆设——雅静简肃，确实与这只陶瓷狸奴格格不入。

太后娘娘确实不会喜欢这样的狸奴。

思绪未定，她便听到身后长长一声通传："太后娘娘到——"

李羡鱼微讶，回过身去，见赵太后一身湖水蓝宫装，踏着清晨的日光从容而来。

"母后。"李羡鱼福身向她行礼。

赵太后抬手，示意李羡鱼不必多礼，语声依旧平静，听不出喜怒来："哀家听闻今日宫内盘点国库，便顺路过来看看。"

李羡鱼羽睫微低，心里微微忐忑，轻声解释道："昭昭仅是随意抽查几样。"

赵太后垂下眼帘，视线落在她手中捧着的户部账簿上："渊儿是将户部交予你管辖？"

李羡鱼指尖轻蜷。

帮临渊分担些奏章是他们私下商量的事，她并不知道赵太后是否会因此嗔怒，觉得她干政。

于是她避重就轻地回道："昭昭只是帮着看看账簿。"

赵太后没有多问，也不说信与不信，仅是平静地道："日前内务府运来些新鲜的樱桃，哀家一人享用不尽。听闻你是个爱甜的，不若来哀家宫中，一同用些。"

"顺便陪哀家说几句闲话。"

李羡鱼心里打鼓，不知道该不该应下。

正当她想着要不要推托身子不适的时候，赵太后的视线随之投来。

她生了一双与临渊相似的凤眼，也因岁月渐增而越发澄明如冷泉，似一眼便能洞彻人心。

李羡鱼将要出口的语声停住，待回过神来的时候，已错过了婉拒的机会。她唯有鼓起勇气来，轻轻点头道："那昭昭便叨扰母后了。"

她将手里的账簿合拢，跟随赵太后一同往静安殿走去。

清晨的殿阁分外静谧，唯有庭院中微风拂过落花的细细的"沙沙"声。

重帘低垂处，赵太后令人为李羡鱼赐座。

宫娥们殷勤来往，为李羡鱼奉上茶点。

因李羡鱼之前提过不爱饮茶，装在茶盏里的是冬日梅花上的雪露，清澈得见底。

糕点琳琅满目，但最引人注目的，还是盛在正中琉璃盏内的樱桃，小巧玲珑，鲜妍欲滴，可谓冷肃的静安殿里罕见的亮色。

赵太后饮茶不语。

李羡鱼也不好贸然开口，便顺着她的意，小口小口地吃着樱桃。

盏里的樱桃皮薄汁多，几乎没有酸味，很是可口。

若是在凤藻殿里，李羡鱼少不得要吃一小碗。可现在面对赵太后，李羡鱼微感局促，仅用了几颗，便停下动作，端正地坐好。

赵太后也缓缓搁下茶盏，启唇，与她说起静安殿里的事。

"哀家这些时日也在查账。

"原本也没什么可查的，不过是殿内新换了名掌事宫女，觉得旧人留下的旧部毕竟没有自个儿的亲信那样得力，因此便寻了个由头，找了些错处，空出些缺来罢了。"

李羡鱼指尖轻蜷，隐约觉得她这话听着有些耳熟，倒不像是在说静安殿里的事，反倒像是借此在说如今新登基的临渊与户部的官员们。

她心弦微紧，不敢妄言，唯有试着将话重新带回给太后："那母后觉得，怎样处理才算妥当？"

赵太后端起茶盏，凤眸看着盏中沉浮不定的碧叶。

"水至清则无鱼。

"张弛有度，方是长久之计。"

李羡鱼乖顺地点头，本着少言不会出错的想法，就这般安静地听着。

殿外清风过庭，天光在明净的宫砖间寸寸移过。

赵太后始终保持着平淡的语调与李羡鱼相谈，处处不提户部，话中所述却处处是户部的事，由浅入深——由起初的她来讲述到逐渐开始询问李羡鱼在此事上的意见，或许应该说，临渊对此的态度。

就当李羡鱼指尖微微冒汗，觉得难以招架的时候，宦官们的通传声遥遥而来。

"陛下驾到——"

赵太后语声停住，抬起那双凉薄的凤眼。

李羡鱼秀眉微展，同时回过头。

珠帘脆响，帷幔翩飞。

年轻的帝王疾步走进殿内。

他显然是刚自早朝上回来，发上冕旒未卸，朝服亦未更换，行走间神色冷峻，凤眼晦暗，似挟裹着冬日的风雪，直至看见她时，眼底的冷意方为之一退。

他道："昭昭，过来。"

李羡鱼起身，歉然地对赵太后行礼："母后，凤藻殿里还有些杂事，昭昭便回去了。"

她的话音未落，临渊便抬手紧握住她的皓腕，视线却落在赵太后的身上，语声冷硬："儿臣告退。"

话音未落，他便这般在众目睽睽下拉着她大步往外走去。

李羡鱼回过神来的时候，静安殿朱红的殿门已被抛在身后。

她侧首回望，见并无宫人跟来，方悄声问他："临渊，你怎么那么快便回来了？"

临渊步履微顿，那双深黑的凤眼看向她。

"公主不想看见臣吗？"

李羡鱼唇角微抬："没有，只是怕耽误前朝的事。"

临渊眼底的暗色这才消退些。

"不会。"他简短地回答，握着她素手的长指收得更紧，"即便会，臣也不得不来。"

李羡鱼有些担忧，想要停步："那你是不是应当先回前朝去？"

李羡鱼的话音未落，临渊已然停步，俯身，将她打横抱起，就这样不由分说地将她带回承乾殿中。

宫人尽退，隔扇轻掩。

临渊将她放在月牙凳上，凤眼里依旧有着未散的寒意，一字一顿地问："是母后让公主去她的宫室的？"他唇线紧绷，"威逼还是利诱？"

李羡鱼抬起羽睫，对上他寒凉的凤眼，清晰地察觉到他对此事的在意，不容儿戏，便没有隐瞒，将今日发生的事一五一十地与他说了。

为了让他宽心，她秀眉轻弯，很是认真地向他保证："关于户部的事，还有你教我批阅奏章的事，我都没有告诉母后。"

临渊剑眉皱得更紧，语声里是毫不掩饰的警惕："臣与公主说过，不必吃母后赏赐的东西。"

他直起身来："臣去传太医。"

李羡鱼匆促地伸手牵住他的袖口："你别去。"

他们方从静安殿里回来，立即便传太医验毒，这样的事若是传出去，总归不好听。

她连忙找补："那碗樱桃母后也用了些，不会有什么问题。"

临渊凤眼沉沉地看着她，少顷皱眉："公主若是喜欢吃樱桃，臣会替公主准备，无须去母后宫里。"

李羡鱼抬眸望向他，纤长的羽睫轻轻扇了扇，轻声问："临渊，你是在生我的气吗？"

临渊薄唇紧抿，并不言语。

李羡鱼略想了想，从月牙凳上站起身来，伸手环上他的脖颈，示意他俯下身来，又在他的薄唇上轻啄了口，放软了语声，重新问道："临渊，你在生我的气吗？"

临渊睨她一眼，依旧不答。

李羡鱼再想了想，又低首轻轻咬了咬他的喉结。她自知理亏，便将脸埋在他的肩上，轻轻地向他保证："往后若是我还要去母后的宫里，一定会先告诉你……"

李羡鱼话音未落，临渊已抬手将她带入怀中。

他呼吸微沉，一只手摁着她的蝴蝶骨，另一只手紧扣着她的腰肢。

"没有往后，臣不会再让公主单独与母后见面。"他一字一顿地说完。

蝉鸣喧嚣，夏夜深长。

翌日，李羡鱼昏昏沉沉地睡至正午方起，醒来时天光已然大亮，身旁衾枕空空，未见临渊，倒是榻前的春凳上放着两大碗鲜艳欲滴的樱桃。

李羡鱼羽睫轻扇，未立即明白过来临渊这是什么意思。

人不在，却要给她留两碗樱桃，难道是真的怕她因樱桃而去赵太后的宫里？

她忍不住轻笑出声，便一壁趿鞋起身，一壁朝隔扇外唤了声"月见"。

月见进来后，她说道："月见，你将这两碗樱桃一并洗了，我在午膳前便吃。"

她要吃得干干净净，一颗都不给临渊留下。

月见笑着应了。

她先将樱桃搁到一旁，又备好清水、巾帕伺候李羡鱼更衣洗漱。

直至梳洗完毕，李羡鱼的酸乏之感略减，月见才将两碗樱桃洗好，照旧放在榻前的春凳上。

李羡鱼坐在临渊的龙榻上，端着琉璃碗，一颗又一颗地吃着樱桃。

方吃完一碗，她正打算对第二碗下手的时候，悬在隔扇外的珠帘轻响。

是临渊下朝归来。

李羡鱼示意他摊开掌心，将装在琉璃碗里的樱桃倒出来，分他一半。

临渊没有拒绝。他将那半碗樱桃接过，就坐在李羡鱼的身畔与她一同吃着。

李羡鱼吃完最后一颗的时候，他也正好将分给他的那半碗吃完。

临渊薄唇轻抬，起身净手，又拿帕子替李羡鱼擦拭过指尖，薄唇轻抬："公主现在想做些什么？用膳可好？"

李羡鱼想了想，摇头道："刚吃过樱桃，还是晚些吧。"

临渊低应一声，将她打横抱起，带她走到龙案后，让她坐在自己的膝上。

龙案上堆放着今日的奏章，依旧如小山一般。

李羡鱼试着从里头寻出一本户部的奏章来，轻声问临渊："临渊，今日若是有空，你可以教我怎样批奏章吗？"她秀眉微弯，"我将户部的官职都记得差不多了。"

临渊眼底笑意淡淡，将手里的朱笔递给她，从堆叠的奏章里寻出几本："那便从简单的事务开始。"

李羡鱼认真地点头，开始跟着临渊批阅她生平第一本奏章。

这本奏章是一名地方官员递来的，说的是本地有一种特产，叫作阳桃，想要献给陛下。这是极简单的一件事。

李羡鱼看奏章里画的图样像是种水果，再翻了翻胤朝的地图，见此地甚远，便试着问临渊："是回复他'好意心领了'吗？"

临渊"嗯"了声，握着她的手简短地写下三字："不必送。"

他道："此人年过六十岁，已有些糊涂。他日前便递过类似的奏章，今日又递。再隔几日，他想来还要旧事重提。"

他看了眼龙案上小山似的奏章，语声淡淡："也是时候让他们告老还乡了。"

那便是要罢官。

不知为何，李羡鱼想到静安殿内赵太后借着女官之事与她说过的道理。

李羡鱼暂且搁笔，在他的怀里轻轻仰头望向他，语声很轻地道："临渊，若是真的老糊涂了，让他还乡也是一件好事。

"但是圣人也曾说过，水至清则无鱼。遇见那些功大于过的，是不是也能放他们一马，让他们将功折罪？"

至少，他不要将他们赶尽杀绝。

临渊睨她一眼："这是母后与公主说的话？"

李羡鱼却摇头，轻声道："母后想要的是维持原状。"

她只是想让那些曾经对胤朝有功的臣子保住一条性命罢了。

二者还是有所分别的。

"也不至于赶尽杀绝，"临渊语声淡淡，将手里的奏章合拢，"只是不会如母后所愿罢了。"

李羡鱼抬起羽睫看向他。

她想：若是她没有猜错，这句话的背后，一定又有一场不可避免的冲突。

临渊与母后之间的冲突、新贵与旧部之间的冲突、前朝与后宫之间的冲突……

她羽睫轻扇，隐隐有些担忧。

卷十八　清平调

若是重来一回，她不仅仅是出不了殿门，怕是都下不来榻。

临渊也没有勉强。他将李羡鱼换了个姿势，让她躺在锦榻上，在她的腰后垫上柔软的大迎枕。

他半跪在榻上，以膝盖分开她并拢的双腿，将她的足踝抬起。

李羡鱼羞得不敢抬首，意识迷离时，被抵着的感觉传来，是临渊找准了位置。

弓如满月，剑拔弩张。

廊里传来宫娥的通禀声："陛下、娘娘，锦帛姑姑带着太后娘娘的口谕过来，说是请陛下与娘娘到静安殿里用膳。"

临渊冷冷地拒绝："令锦帛去回母后，说朕政务繁忙，无暇见她。"

隔扇外的宫娥却迟疑，踌躇着道："可是，陛下，锦帛姑姑还说……还说……"

临渊睁眼，语声骤寒："她还说什么？"

宫娥战战兢兢地复述道："太后娘娘说，若是陛下不肯去，她便到承乾殿里来看您，也好叙一叙母子间的情谊。"

临渊凤眼冰寒，锋芒隐现，说道："既然母后执意让我们去，那你便去回禀，半个时辰后，朕会至静安殿中见她。"

宫娥如蒙大赦，连连应声，顺着游廊，往前殿的方向快步走去。

临渊声音低沉沙哑："公主不必去。"他道，"臣很快便回来，与公主一同用膳。"

李羡鱼有些忐忑，语声很轻地问临渊："是发生什么事了吗？"

来胤朝的时间尚短，她还不知临渊与他的母后都是如何相处的，但从今日双方的态度来看，这场午膳似乎有些来者不善。

"无事，"临渊轻轻垂下眼帘，掩住眸底的寒意，"不过是臣早朝的时候将几名赵姓的官员免职罢了。"

早朝时罢的官，现在还不到正午，消息便传到了静安殿里，比他所想的要快上许多。

李羡鱼羽睫轻颤。

她记得临渊与她说过，他的母后是赵氏出身，是世家培植的皇后。

如今临渊罢免赵姓官员，自然会触及世家的利益，兴许，也同时触及了赵太后的逆鳞。

李羡鱼羽睫低垂，细细地想了想，总觉得放心不下，便走到箱笼前蹲下身来。

"既然母后说的是请我们同去，那于情于理，我都不应该缺席。"

她语气格外认真，也很快从箱笼里寻出一件云肩来。她走到屏风后，重新更衣。

临渊亦抬步走到屏风外，将与云肩相配的外裳递给她，微微侧过脸，薄唇紧抿了一下："一场鸿门宴，公主还是不要赴的好。"

李羡鱼半拢着衣襟，从屏风后探出头来，轻轻地问："临渊，我会给你添麻烦吗？"

临渊微顿，似乎未想到她会这样问，回过头看向屏风后的少女。

绣金屏风上，五爪金龙威严肃穆。藏在屏风后的少女身材纤细，小脸莹白，明眸清澈如上好的墨玉，清晰地映出他的影子。

他深深地垂下眼帘，俯身替李羡鱼系好领口的玉扣。

庭院中蝉鸣喧嚣，承乾殿内临渊嗓音低沉，似雪上松风："公主从来不是臣的麻烦。"

静安殿离此处并不算远，李羡鱼跟着临渊到正殿的时候，比说好的半个时辰尚早一刻。

随着宫人一声通禀，赵太后于宫娥的簇拥下款步而来，仪态端雅，面上神色淡淡，看起来与往日并无不同。

她在正殿的紫檀木八仙桌旁为二人赐座，令宫娥们布菜斟茶。

李羡鱼小心翼翼地向她行过礼，便端坐在临渊身旁，连指尖都不敢妄动。

许是她今日格外拘谨的缘故，赵太后视线倒是先落到了她的身上，那双略显淡漠的凤眼于她华美如霞的云肩上淡然一顾，继而又平静地挪开，端起茶盏从容地浅饮。

静安殿内静得落针可闻，连宫娥们布菜时碗底轻碰桌面的响动都如此清晰，李羡鱼几乎能听见自己不安的心跳声。

幸而在布完菜后，赵太后便将宫娥屏退。

她亦将手里的茶盏搁下，对眼前年少的帝后启唇道："自先帝大去后，后宫寂静，静安殿内同样清寂，除诸位太妃每逢初一、十五循例过来请安外，鲜有人来。"她眼帘微抬，语声平和得仿佛今日真的仅仅是一场寻常的家宴，"难得你们今日肯来陪哀家用膳。"

临渊同样抬眼，他的凤眼深沉，看不出其中的情绪："母后有话要问，儿臣岂能不来？"

赵太后神情淡然，并未在这个话题上深入，仅颔首道："用膳吧。"

临渊不再多言，抬手执筷。

李羡鱼也将银筷执起，视线轻落。

静安殿的菜肴很是丰盛。

放在赵太后跟前的，多是些清淡的菜；而在临渊与李羡鱼跟前的，则是少年人偏爱的荤食，其中以鱼类居多。

离他们最近的则是一道红焖锅子。

锅内的肉色偏红，似羊肉，但又有细微的不同。

李羡鱼吃不准，便也没敢贸然去碰，仅撷了些鱼肉与时蔬到自己的碗里，小口小口地吃着。

在静安殿里用膳与他们私下用膳自是不同，规矩颇多，其中食不言寝不语便是头一条。

因而整场午膳用得寂静无声，直至双方都搁筷，赵太后方轻轻启唇："渊儿，是哀家宫里的菜不合你的胃口？这场午膳下来，哀家未见你如何动筷。"她将视线落在临渊面前的那道红焖锅子上，"尤其是这道锅子，你更是一筷未动。"

临渊视线轻垂，说道："若是儿臣未曾记错，母后的宫里从来不烹狗肉。"

赵太后端起眼前的茶盏。

乳白色的茶雾氤氲，衬得她眉眼邈远，她道："这世上何来一成不变的事？

"得鱼忘筌，藏弓烹狗，在帝王家本是常事。"

临渊语气冷漠："若母后真这般想，未必不是一桩好事。"

赵太后眼帘微垂，语声淡如流水，听不出什么情绪来："狗肉粗糙，经络盘结，火候不够不易炖烂。且藏弓烹狗本易遭人诟病，又何必要赶尽杀绝？"

临渊眼底寒芒暗藏，简短地道："忠心护主的狗自然不可烹。"

但若是为犬不忠，还总想着反咬主人一口，倒不如分而食之。

赵太后拿盏盖轻撇茶沫，看盏中绿叶浮沉："史笔如刀，人心向背，牵一发而动全身。便如这盏茶水，由梅花雪露、雪山泉水、花间朝露等三种水煮沸冲成，并不似你所见的那般纯粹简单。"

临渊并不退让："梅花雪露、雪山泉水、花间朝露皆是清水，即便共存，亦同样清澈见底。

"但若其中有杂物，能剔则剔，不能则尽数更换亦无妨。"

赵太后抬眸。

茶雾已淡，显出她凤眼深黑，如古井幽潭。

"因噎废食，饮鸩止渴，终不可取。"

临渊同样抬眼，毫不退避地与赵太后对上视线。

静安殿内宫人尽退，隔扇紧掩，未有旁人，临渊便也不再与她打机锋。

他单刀直入,将覆住汹涌暗流的最后一层浮冰打破:"先帝在时,弹劾赵氏一族的奏章数额甚巨。无奈先帝暮年沉疴缠身,无法处置,不得不暂且压下。"

此事交由他登基后处理。

这是父皇给他的第一件政务,亦是留给赵氏一族的最后一个悔改的机会。

赵太后搁下茶盏,瓷质的盏底碰上桌面,发出不轻不重的一声响。

"你登基之前,赵氏一族处处为你周旋,力争太子之位。

"你登基之后,离开胤朝,远赴大玥,亦是赵氏一族替你稳住时局。于公于私,赵氏一族均于你有恩!"

临渊凤眼里锋芒尽显:"儿臣与谢璟相差七岁,谢璟晓事时,儿臣尚是孩童。母后与赵氏一族选中的,原是谢璟,并非儿臣。

"至于儿臣远赴大玥这段时日,母后垂帘听政,替赵氏一族将侵占民田案、私盐案两桩大案尽数压下!母后真当儿臣懵然不知?"

他们针锋相对,旁侧的李羡鱼则愈听愈觉震惊,一时间连手中端着的茶盏都忘记搁下。

临渊与赵太后,一个人锋芒毕露,另一个人绵里藏针,不似母子,更像是两位政见相左的对手。

他们之间隔着赵氏一族,隔着昔年谢璟之事,桩桩件件,似在二人之间劈开一道鸿沟,谁也无法跨越,谁也无法填补。

李羡鱼羽睫轻颤。

她之前仅听临渊隐晦地提及几句,时至今日,亲眼看到,亲耳听到,方深刻地认识到,临渊与太后之间虽是母子,追根究底,却和她与母妃之间截然不同。

母妃未病的时候,她与母妃之间也曾起过争执。

那时候,她尚不懂事,在习字上也不甚用心,一手簪花小楷写得歪歪扭扭。

她的母妃看后总是眉心微锁,叹着气教她。

有一日母妃话说得重了些,她便与母妃拌嘴,将手里的湖笔一丢,撇下母妃与陶嬷嬷跑了出去,躲到东偏殿外的一座假山洞里掉眼泪。

后来天降雷雨,她捂着耳朵瑟瑟发抖的时候,还是母妃执伞找到了她,还递给她一罐好吃的梨膏糖。

年幼的她将梨膏糖抱在怀里,哭着与母妃和解。

这也是她们之间闹过的最大的一场矛盾。

临渊与赵太后的关系却不同。

临渊并非一罐梨膏糖便能哄好的孩童。

赵太后要的亦非与临渊的和解,而是赵氏一族的繁荣昌盛。

她眼睫垂下,思绪凝滞,连指尖无意间落在盏壁上,被滚沸的茶水烫得微红都未察觉。还是临渊侧首看见,迅速地将她手里的茶盏接过,搁在案上。

他薄唇紧抿,暂且停下与赵太后的交锋,拉过李羡鱼的素手,低头去看她的指尖。

李羡鱼也收回思绪。她意识到赵太后还在跟前，脸颊上微微一烫，匆忙将素手缩回，将微红的指尖藏进袖口里，小声道："没事的，已经不红了。"

临渊剑眉紧皱，说道："回去上药。"

语声落下，他立刻执起李羡鱼的手，带着她站起身来，向赵太后拱手一礼，头也不回地阔步往外。

李羡鱼跟着他步出静安殿，直至殿外微烫的夏风拂到面上，方缓缓回过神来。

她抬眸看向临渊："临渊……"

临渊握着她素手的长指微顿，他道："臣与母后素来如此，公主不必在意。"

李羡鱼羽睫微低。

她对前朝的事了解得不多，但能够听懂，临渊与赵太后的冲突，还是出于赵家。

赵家是世家，势力盘根错节，难以根除，而她似乎帮不上临渊什么。

李羡鱼这般想着，思绪微微一顿。

她想起父皇的后宫里，早年间来的妃嫔，多数是世家出身。

她也在无意间听年老的嬷嬷们议论过，说是在父皇刚登基的时候，大玥的世家争先恐后地往后宫里送女儿。直至父皇日渐昏聩，不理朝政，这样的事才彻底消失。

她抬起眼来，又看向身前的临渊。

夏风拂过她的鬓发，将她的语声隐在喧嚣的蝉鸣里，轻得难以听闻。

"临渊，我听说历朝历代的皇帝都会大开选秀，甄选十五岁到二十岁的世家女子入宫，也是有这个缘由在吗？"

因为她们的家世，便是皇帝坐稳帝位的根基与助力，也是铲除其余世家最快的刀。

临渊没有隐瞒。他牵着她往前走，步履不停："是。纳世家高官之女，既是笼络，亦是令外戚之间互相制衡。"

李羡鱼轻声问："临渊，那……你也会这样做吗？"

她的语声落下，临渊随之停步。他回过身来，拿那双浓黑的凤眼看着她。

"无论什么理由，臣都不会纳人入宫。"他语声平淡，却无半点儿迟疑，带着刀剑出鞘般的锐利，"开国皇帝草莽出身，从未有世家替他铺路，依旧能打下胤朝辽阔的疆土。"

他坚信，即便不依靠世家，他依旧能守住胤朝，护住千里迢迢跟他来胤朝的少女。

夏风闷热，蝉鸣喧嚣。

李羡鱼伸手拢了拢耳边的碎发，轻轻弯眉，对他嫣然而笑。

"临渊，我不太懂得这些。"

"但是，我会永远站在你这边。"

临渊微顿，在呼啸的夏风里低首看她。

白玉宫道两旁遍植梧桐，叶片深碧，叶影斑斓。

李羡鱼站在红墙下光影重重处，雪肤鸦发，鬓边的流苏步摇轻盈地摇晃，扫过她羊脂白玉般的侧脸，映出琉璃般的光泽，清澈、明净，如大玥盛产的红宝石。

他凝视良久，直至李羡鱼被他看得双颊染红。

她轻声问："我说错话了吗？"

临渊薄唇微抬："没有。"

他牵过李羡鱼的手，带着她顺着汉白玉制成的宫道向前走。

在路过一棵枝繁叶茂的木芙蓉花树的时候，他暂时停步，回应她方才的话："公主同样可以相信臣。"

李羡鱼抿唇莞尔。

二人回到承乾殿时，龙案上的奏章依旧堆叠如山，光是瞧着都令人生畏。

李羡鱼抬步走过去，想先将其中户部的奏章，尤其是那些无聊的请安的奏章都整理出来放到一旁，步履方抬，皓腕却被临渊握住。

他将李羡鱼抱起，放到殿内的靠背椅上，又从箱笼里取来烫伤用的膏药。

他在半人高的木椅前俯身，将她的素手牵过，放于自己的掌心里。

茶水滚烫，但李羡鱼毕竟未直接触及，而是隔着一层薄瓷，所以烫得并不厉害，此刻再看，柔白的指尖上红色已褪，看不出异样来。

连李羡鱼也说："已经没事了。"

她想将素手收回，临渊却将她的皓腕握紧。他轻轻垂下眼帘，将手中青底的瓷盒打开，以指腹蘸取薄薄的一层透明的膏脂，均匀地涂在她的指尖上。

膏脂微凉，而他的长指滚烫。

兔缺乌沉间，日子如翻书般一连过去几日。

随着夏意渐浓，承乾殿里开始用冰，李羡鱼也在这逐渐闷热的天气里学会了替临渊批阅一些简单的奏章。

最初，她担忧自己的笔迹与临渊的不同，会招来非议，因此试图写在宣纸上，让临渊帮着誊写到奏章上。

临渊却并不在意，亲自拿过一本奏章，给李羡鱼递笔："公主写便是。若有非议，臣自会处理。"

李羡鱼一开始尚有些迟疑，但想到每回她先写在宣纸上，临渊再誊写到奏章上，这样确实有些空耗时辰，便点头同意了。

数日后的黄昏，侍女们往铜鹤冰鉴里添冰的时候，宦官们送来了日前的回复奏章。

李羡鱼从其中抽出几本自己代为批阅的奏章，依着次序忐忑地看去。

当翻阅到第三本的时候，她果然看见有官员询问陛下的笔迹为何不同。

她拿湖笔的末端抵着下颌，望着庭院里青碧的梧桐，思绪在热闹的蝉鸣声里有片刻的游离。

她总想着帮临渊分担些什么，但后宫不能干政，她能做的事是这样少，连批点儿不重要的奏章都会被人质疑。

正当她略微失落的时候，远处珠帘脆响，是临渊下朝回来。

踏进承乾殿里的时候，他剑眉紧皱，眼底还沉着未散的寒意，大抵是在朝堂之上遇到了什么令人不悦的事。

　　二人的视线对上。

　　李羡鱼轻轻眨了眨眼，将奏章的事暂且摁下。

　　"回来啦？"她秀眉弯弯地站起身来，从旁侧的冰鉴里拿出两盏冰碗，"御膳房做的冰碗，你也尝尝吧。"

　　她将手中的冰碗递向他。

　　临渊抬手接过。

　　隔着白雾似的寒气，他剑眉微抬，清晰地看出她藏在眼底的思绪。

　　"是谁惹公主不高兴？"

　　李羡鱼羽睫轻扇，侧身将龙案上摊开的奏章挡住，依旧眉眼弯弯地道："你先吃冰碗再说，不然等会儿可就不凉了。"

　　临渊轻轻应了声，在李羡鱼的身旁落座，陪她一起用起手中的冰碗。

　　直至冰碗里最后一颗樱桃被李羡鱼吃掉，临渊方抬起手臂，轻而易举地将她藏在背后的奏章拿了过来。

　　李羡鱼想拦的时候已经晚了。她垂下指尖，有些心虚："临渊，我替你批奏章的事，好像被人发觉了……"

　　临渊视线淡扫，语声平静："这点儿小事，公主不必挂心。"

　　李羡鱼有些迟疑。

　　后宫干政这样的事，算是小事吗？

　　临渊似乎看出了李羡鱼的不安，将她抱起，让她坐在他的膝上，当着她的面，执起朱笔，在那本奏章上写下批示："笔迹不同，是朕的皇后代为批示。卿若不服，可让自家夫人代为上奏。"

　　李羡鱼忍不住轻轻笑出声来："要是他没有夫人呢？"

　　临渊将奏章放至一旁，眉梢微抬，并不在意："那与臣何干？"

　　李羡鱼认真地想了想，少顷，许是想象出那名臣子看见这句话时的表情，便忍住笑意，点头应道："好像确实没有什么关系。"

　　经这一闹，李羡鱼低落的心绪重新轻快起来。她从临渊的怀中起身，在他旁侧的玫瑰椅上落座，微微仰脸看向他："那我们现在是先批奏章，还是先用午膳？"

　　临渊侧首看她，似乎忆起了方才的情形——李羡鱼坐在长窗前，支颐望着庭院里的梧桐树，秀眉微蹙，闷闷不乐。

　　他思绪微顿，改为问她："公主想出宫游玩吗？"

　　李羡鱼没想到他会这样回答，踌躇地轻声道："可是，我们还有奏章没有批完……"

　　临渊道："我们回来再批。"

　　李羡鱼顿了顿，又道："我们午膳也还未用。"

临渊答:"宫外亦有酒楼。"

李羡鱼羽睫微扇,也没说好与不好,仅悄悄将方才的那本奏章合拢,拿案几上的白玉镇纸压住,以防在殿内无人的时候被风吹走。

临渊薄唇轻抬,站起身来,将手递给李羡鱼。

李羡鱼也起身,指尖轻轻搭上他的掌心,杏眸里浮起盈盈笑意:"我这便去拿幕篱。"

正午时分,二人离开皇城,同至鹤望街上。

即便现在是夏日,这条胤朝皇城内的主街依旧热闹。

游人、摊贩交织,货郎手里响鼓"咚咚",叫卖声不绝于耳。

李羡鱼戴着幕篱,从摊贩处买来两碗消暑的乌梅汤,又牵着临渊往偏僻的阴凉处走,许是心中挂念,不知不觉间,倒是再度走到了他们曾经买过话本的那条暗巷。

一整个春日过去,暗巷内并无多大变化,铺地的青石也未添新裂痕。

唯一不同的是,那株茂密的银杏树底下不见了那名卖话本的摊主。

李羡鱼觉得奇怪。她将幕篱撩起些,拿团扇轻轻扇着风,左右环顾,觉得这个夏日里再没有比银杏树底下更好的纳凉地方,那名摊主应当没有换地方的缘由。

难道他今日中暑,不能出摊?

她这般想着,便捧起手里的乌梅汤浅饮一口。

汤熬得很浓,酸得她将暑热与卖话本的摊主都抛到了脑后,只顾着抬手紧紧地拉住临渊的袖口。

"临渊,你带糖了吗?"她秀眉蹙紧,艰难地启唇,"这乌梅汤也太酸了些。"

临渊没有随身带糖的习惯,遂执起李羡鱼的手,带着她往巷外走去:"臣带公主去买。"

李羡鱼连连点头。

这条暗巷不深,他们很快行至巷口,还未回到鹤望街上,倒是见街边门扉一启,屋宅内走出一名将要出摊去卖麦芽糖的老者。

李羡鱼杏眸微亮,提醒临渊:"麦芽糖。"

临渊领首,快步过去,对老者道:"一袋麦芽糖。"

"好嘞。"老者刚出门就遇到生意,自然格外热情。他手脚麻利地装好一袋,递给李羡鱼的时候,金黄色的麦芽糖满得都快要从袋口掉落。

李羡鱼匆匆拿起一块,放入口中。

香甜的麦芽糖入口,霎时间便将乌梅汤的味道驱散。

李羡鱼眉眼微舒,趁着临渊付银子的时候轻声问那老者:"老伯,您是住在这巷子里吗?"

老者笑应:"我是住在这巷子里,都住了二十来年了。"

李羡鱼便问他:"那您认识巷子里那名摊主吗?"

她的语声刚落，临渊拿着银子的长指微顿，他略微侧首看向她。

李羡鱼并没有察觉。她回过身去，遥指那棵高大的银杏树："便是坐在那棵银杏树底下摆摊卖话本的摊主。他今日怎么不在？"

老者"哦"了声，又笑起来："姑娘找王二狗啊？那您可来晚了些，他昨日便跑了。"

"跑了？"李羡鱼微讶，连忙问道，"这是怎么一回事？他为什么要跑？"

老者拿起银秤，给临渊找着银子："听说他遇见了一位得罪不起的大主顾，指名道姓地要买他的话本，还指定只要其中一种。"

李羡鱼羽睫轻扇，下意识地又抬眼去看临渊。

临渊垂下眼帘，不与她对视。

老者没有察觉，打开话匣，絮絮地说下去。

"刚开始的时候，王二狗倒是赚到笔银子，但这话本啊，总有卖完的时候。

"王二狗将整个京城都跑遍了，再没找到类似的话本，原本还以为这桩生意就这样了了，没想到啊——"

李羡鱼的好奇心被勾起，她等了阵，见老者正低头慢腾腾地剪着银子，便忍不住问道："没想到什么？"

老者将剪好的银子递给临渊："没想到，那大主顾却说，收不到话本，就自己写，每七日就要交一本，不然便送他去见官。"

老者想起当日王二狗狼狈的模样，禁不住发笑："这王二狗哪儿会写话本？王二狗听到消息的时候就一脸苦相，还没熬到日落，就赶紧骑驴跑了！"

他骑驴跑了？

李羡鱼杏眸微睁，半晌方回过神来。

"谢谢老伯。"她对老者道过谢，拿着麦芽糖，拉过临渊，将他带到僻静的暗巷里。

四面无人，她将幕篱取下，拿那双清澈的杏眸望着他："临渊。"

临渊轻轻垂下眼帘，将她手里的麦芽糖接过，平静地应道："臣在。"

李羡鱼鼓腮道："你将他赶走，我便买不到话本了。"

临渊抬眉："臣带给公主的话本，公主还未看完。"

李羡鱼想起那满满一游廊的话本，为自己的贪心微微心虚，但还是小声辩解道："那不一样。"她道，"那可是我们之间的话本……"

临渊不认："臣与公主之间，何曾有过婉婉？"

李羡鱼避重就轻："可是……可是除了关于婉婉的那本，其余几本都挺有意思的。"她怅然地道，"其中一本还未写完，我原本是想问问摊主，还有没有后续的。"

现在，王二狗跑了，谁来给她讲之后的故事？

临渊似看出她心中所想。

"臣来给公主讲。"他俯下身来，语声虽淡，却未有半分迟疑，"臣的记性不差，哪怕数十年后，今日之事臣亦不会忘却。若是那时公主想听，臣亦可将今日之事复述一遍。"

甚至重现一次,他也未尝不可。

李羡鱼耳根微红:"可是……"

她未能将剩余的话说完,临渊已侧首,吻上她鲜艳的红唇。

她唇瓣柔软,齿尖还带着麦芽糖的甜,令人长久地流连。

夏风过处,二人彼此的呼吸渐渐紊乱。

李羡鱼满面绯红,在"怦怦"的心跳声里轻轻推开他:"会被人看见……还是……回街上去吧。"

临渊垂眼轻笑,执起李羡鱼的手,带着她重新回到鹤望街上。

他问李羡鱼:"公主想从何处逛起?"

李羡鱼也没有特别想去的地方,便就近随意地指了指一间铺子:"那便先逛这间。"

她与临渊越过人流,并肩迈过店铺的门槛。

商铺内迎客的女侍殷勤地上前,笑着招呼:"公子、姑娘,今日来此,是看钗环还是镯子?"

她为二人奉茶,见二人衣饰不凡,便将他们往最昂贵的首饰前引:"这些都是新到的首饰,是我们古玉阁里最好的一批。姑娘看看,可有中意的?"

李羡鱼并不缺首饰。但是既然都进了铺子里,她也没有推辞,视线随意地往柜台间一落,旋即却愣住——目之所及尽是鲜艳的红色。

红宝攒凤流苏簪、红宝环珠玲珑镯、赤金缠红宝项圈……几乎每一件都离不开红宝石的点缀。

一瞬间,她都要以为自己不知何时回到了大玥的玥京城里。

她抬起眼帘去看身旁的临渊,想问问他,胤朝也这般盛产红宝石吗,可当着女侍的面,又不好开口。

女侍却误会了她的意思,以为她是喜欢,想让身旁的公子掏银子买下,一时间介绍得越发殷勤:"姑娘的眼光可真好,这些可都是从邻国运来的红宝石,品质上乘,即便是在胤京城里,亦是罕见的佳品。"

李羡鱼因她话里的推崇而微微讶然。

毕竟她在披香殿的时候,妆奁里放满了各种红宝石制成的首饰。

她的几位皇兄更是无聊到曾经拿红宝石去弹雀。

在大玥,红宝石是最为常见的一种宝石,品质下乘的,更是连寻常百姓都买得起几枚。

她从未想过,在相隔万里的胤朝,红宝石会被这样推崇,视若珍宝。

李羡鱼信手从里头拈起一支发簪,问那女侍:"这支簪子要多少银子?"

女侍笑着答:"这支簪上镶嵌的红宝石可是上品,要五十余两银子。若是姑娘喜欢,便五十两整银给您包上。"

李羡鱼微讶。在她看来,这支簪上镶嵌的红宝石无论是大小,还是品质,都极为寻常，还不如簪身用的赤金昂贵，若是在大玥，至多十两。

李羡鱼轻轻摇头，将手里的簪子放下，离开放着红宝石首饰的台面，重新环顾室内。

她很快便从台面上拿起一串款式别致的黑曜石手串来，问那女侍："这手串要多少银子？"

女侍有些失落，但还是答道："姑娘，这手串要八两银子。"

李羡鱼越发惊讶。

黑曜石别称龙晶，在大玥价格昂贵，非红宝石能比，她未承想，在胤朝，两者的价钱却是完全倒过来的。

她若有所思，伸手去拿袖袋里的荷包，指尖才触及荷包的绸面，临渊便已将银子付完。

他问："昭昭可还有其他想要的？"

李羡鱼接过手串，莞尔道："我们还是去找吃食吧。"

临渊颔首，执起她的素手，带她往外走。

方迈出古玉阁的门槛，李羡鱼便发现，仅仅这一会儿的工夫，鹤望街上便冷清了不少。

游人们行色匆匆，不时抬首望天，而原本晴朗的天穹上此刻浓云堆积，似顷刻间便有一场大雨。

李羡鱼抿唇："入夏后，天气可真是说变就变。"

她伸手轻轻碰了碰临渊的掌心："咱们还是回宫吧，让御膳房做些新鲜的吃食送来也是一样的。"

临渊应声，将她打横抱起，赶在这场大雨之前，将她带回宫禁之中。

夏日里的雨来得迅疾，仿佛李羡鱼方踏上承乾殿内的木制游廊，滂沱的大雨便紧随而至。

李羡鱼在廊里停步，侧首看着密集的雨帘，听见了远处雨打芭蕉的声音。

"希望不是雷雨。"她怅然地轻声道，"也不知道母妃在江陵怎样了，今日的江陵是不是也在落雨。"

临渊将她的素手握紧，低声问她："公主想念大玥了？"

李羡鱼羽睫微低，不知道该怎样作答。

若是她说想，临渊应当会带她回大玥，可是若是这样，便又要让赵太后垂帘听政，赵氏一族也会因此越发强盛。

他们再回胤朝的时候，不知又会是怎样的情形。

于是她藏下思念，抬手去接落下的雨水。

珍珠似的雨滴渐渐汇集成水流，在她的掌心里盈盈滚动，如莲叶上的水珠。

她似乎想起什么，将话茬儿转开："临渊，在胤朝，红宝石昂贵吗？"

临渊"嗯"了声，将其中的缘由解释给她听："胤朝本身不产红宝石，所有红宝石的来源皆是邻国大玥。"

李羡鱼顺着他的话想了想，却仍然不解："可是，胤朝与大玥是邻国，还有边境接壤，路也并不算难走，为什么大玥的红宝石运到胤朝，价钱会翻几番？"

临渊道："曾经，胤朝与大玥并非友邦。两国之间不设商路，亦不许通商。所有来此的红宝石皆是行商私带，若是在大玥境内被查获，按律当斩，故而价贵。"

李羡鱼想起胤朝的黑曜石。

她想：黑曜石在大玥价格昂贵应当也是类似的道理，行商因为要冒着生命危险私带，故而才会那般昂贵。

少顷，她似乎回过神来，杏眸明亮，侧首望向身旁的临渊："可现在，胤朝与大玥签过国书，化敌为友，是不是也可以通商了？"

临渊顿了顿，没有多言，仅简短地道："开设商路，须多方首肯。"

李羡鱼弯眉笑起来："我去写信给我的皇兄，他会同意的。"

临渊羽睫微垂。

此事他并非没有想过，但如今最难处置的，还是朝中的世家。以赵家为首的各大世家曾在大玥战乱时，于边境大量走私红宝石，如今手中囤量甚巨。若是两国之间开设商路，互通有无，红宝石的价格必会暴跌。

不仅仅是赵家，此举算得上损害了朝中所有士族的利益。

但从长远来看，这确实是一桩好事。国富则民强，行商们上缴的赋税亦可用来购买军备，修筑堤坝。

且除国事之外……

他侧首，看向站在滴水下的李羡鱼。

她明眸弯弯，唇畔笑涡浅浅，似乎这数日的烦闷都被这场夏日的大雨涤去。

他视线微顿，冷漠的眼中铺上了淡淡的笑意，俯身轻吻李羡鱼盛着雨滴的掌心。

"公主去写家书。"

雨露沾唇，令他淡色的薄唇微见绯色。

"其余的，臣会处置妥当。"

胤朝天穹晦暗，浓云堆积，需要这场雷雨来洗涤干净。

一道白色的闪电划过天际，雷声"隆隆"而至。

廊外雷电交织，风雨如晦。

廊内却依旧夏意盎然，狂风扑面不寒。

李羡鱼秀眉弯弯，一只手拢着被风吹起的红裙，另一只手执着临渊的大手，与他顺着游廊，并肩回到不远处的承乾殿里。

雨日天光昏暗。

李羡鱼便将搁在案首的碧纱灯点燃，于他的龙案上铺开宣纸，起草要寄回大玥的家书。

她一字一句地思量，写得认真而详细，小到她来胤朝之后发生的趣事，大到与临渊商量后于两国之间开设商路的想法，种种件件，无一遗漏。

正当她写得入神时，远处的隔扇却被人叩响。

殿外的风雨声里依稀传来影卫的回禀："陛下，锦衣处收到大玥送来的家书。"

李羡鱼杏眸亮起，搁笔从龙案后站起身来，伸手碰了碰临渊的袖口："临渊，是寄给我的家书！"

初到胤朝的时候，她便给众人寄过家书，算一算日子，现在恰好是收到回信的时候。

临渊"嗯"了声，阔步走过殿内的绣金屏风，行至隔扇前。

李羡鱼则在龙案前等他，见他回来的时候手里拿着厚厚一沓书信，心情越发雀跃。

她秀眉微弯，向临渊伸手。

临渊将书信放在她的掌心里，语声低沉地问她："公主的家书，臣可要回避？"

李羡鱼闻言莞尔，抬手握住他的袖口，拉着他并肩在龙案后落座。

"又不是什么见不得光的事，咱们一起看吧。"她说着，便将书信在龙案上铺开，拆开最近的一封。

这封信是竹瓷寄来的，讲的皆是披香殿内的一些琐事，无非是今日修葺宫墙，明日清理小池塘里的淤泥，间或夹杂着一些宫里的趣事。

李羡鱼笑着将书信看完，倒是没有急着提笔回复，而是继续拆看剩余的书信。

第二封书信是外祖从江陵寄到玥京城，又由玥京城的斥候送到胤朝的。

信中写着二老身体安泰，母妃的病情也不再加剧，让她保重自身，不必替他们挂心。

李羡鱼看罢微微出神，良久方将信笺搁下，去看最后两封。

这两封分别来自她的皇兄与宁懿皇姐，除了各自的问候与一些琐事，书信末尾不约而同地提到同一件事——宁懿皇姐与太傅的婚事。

两封信中还提及，宁懿皇姐的公主府即将建成，婚事则定在今年的立秋。

皇兄仅简单地陈述此事，而皇姐的书信后还附有一张烫金的请柬。

李羡鱼将请柬捧在手里，秀眉轻弯，羽睫微垂，既喜悦，又怅然。

临渊将她的神色纳入眼底，启唇问："公主想回大玥吗？"

李羡鱼指尖微蜷，将手里的请柬握紧，似乎踌躇了阵，最终轻声问道："那……我能一个人回去吗？"

临渊剑眉紧皱："胤朝与大玥之间路远万里，往来一趟至少数月，其中未必没有变故。"

他拒绝得毫无商量的余地："即便要回，公主也须带上臣。"

李羡鱼猜到他会这样回答。她羽睫轻扇，在心底挣扎少顷，终于抬眸望向他，语声很轻地问："临渊，若是我们一同回大玥，胤朝这里，由谁来理政？可是仍要请母后垂帘听政？"

她对前朝的事懂得不多，但也知道，若是由赵太后垂帘，赵氏一族自会越发势大。

他们再回到胤朝的时候,也不知会是怎样的情形。

临渊半垂眼帘,并未正面作答,而是道:"臣会安排妥当。"

李羡鱼最终还是将手里的请柬搁下。她站起身来,执起临渊的手,带着他向方才来时的游廊走去。

廊外大雨倾盆,天地喧嚣。

李羡鱼语声轻柔,却并不为风雨声所掩:"回大玥的事可以再等等。"

等前朝的纷争平息,等两国之间的商路修好,那时候,她再顺着这条崭新的商路,去看看大玥如今的海晏河清。

至于宁懿皇姐的婚事……

她想:她若是能在立秋前将贺礼送到,来年见到皇姐的时候,再好好地与皇姐道一次歉,宁懿皇姐应当会原谅她的。

临渊侧首,墨黑的凤眼里清晰地映出她的影子。他问:"公主现在想去做什么?"

李羡鱼从侍立在旁的小宫娥手里接过竹骨伞,秀眉弯弯:"当然是去凤藻殿的库房,为宁懿皇姐选添妆的物品。"

临渊终于失笑。他将李羡鱼手中的竹骨伞接过,带着她转身往与凤藻殿截然相反的方向走去。

李羡鱼仰脸看他,微微讶然:"临渊?"

临渊"嗯"了声,却并未停步。

雨中的水汽扑面而来,他羽睫轻垂,将眼底的情绪掩下:"带公主去国库,"他道,"臣还不至于吝啬到让公主从自己的嫁妆里出添妆的东西。"

夏日的雷雨来去皆快,仿佛还不到一个时辰,落雨的天穹便重新转晴。

李羡鱼与临渊同住的承乾殿却渐渐变得冷清。

先是李羡鱼因为宁懿皇姐添妆与家书的事,在国库与凤藻殿间来回忙碌了几日。

等李羡鱼忙完回到承乾殿时,原本每日下朝便会回来寻她的临渊却回来得愈来愈晚——起初是日落时分,后来是华灯初上,到最后,连临渊都与她说,这段时日不必等自己,而她每每在深夜醒来时,总能看见临渊不知何时已睡在她的身畔,剑眉微锁,羽睫深垂,眉眼间微有倦意。

她不知道前朝究竟发生了什么事,只是在替临渊整理奏章的时候,看见官员的名册里更换了许多新的名字。

有的是告老,有的是犯错被贬,有的则是因急病在家中暴毙。

临渊不曾提及,李羡鱼便也没有多问。

她仅是将自己关在承乾殿里,白日里看看话本,入夜后帮临渊批复些户部的奏章,既不去御花园,也不再去国库,即便得到太后传召的消息,也是想法子让御医帮忙蒙混了过去,等待回信的这段日子倒也过得安宁。

不知不觉间,整整两个月的光阴倏忽过去。

随着前朝官员的更替，宫廷内的夏味也愈来愈浓。

渐渐到了一年内最热的时候。

梧桐深碧，蝉鸣喧嚣。

承乾殿内的铜鹤冰鉴也从左右各一对添置到四角齐全。

李羡鱼方从浴房回来，不好离冰鉴太近，便坐在稍远处的支摘窗畔，将还未干透的长发拢到肩侧，吹着夜风，吃着御膳房送来的冰碗。

其中的樱桃她都还未吃完，垂在窗外的湘妃竹帘便微微一响。

李羡鱼闻声回过头去，望见临渊玄衣佩剑，逾窗进来。

"临渊？"李羡鱼有些讶然，随即弯起杏眸，轻声问他，"你今日怎么回来得这样早？"

临渊没有立刻作答。他在李羡鱼面前站定，俯身低头，叼走她刚攥起的那颗去核的樱桃。

薄薄的果皮在他的齿尖裂开，绯红的汁水令他淡色的薄唇微显鲜红，在这般闷热的夏夜里，有种荼蘼花般的艳。

李羡鱼视线挪过去，不由得想起她曾经给临渊涂胭脂时的场景。

临渊同时抬首看向李羡鱼，那双浓黑的凤眼里映出她耳朵薄红的模样，似看出她心中所想。

他薄唇微抬，将口中的樱桃吃下，俯身吻上李羡鱼微启的红唇。

李羡鱼耳根微红，轻轻合上眼。

新熟的樱桃汁液酸甜，流淌过彼此相贴的唇瓣，令她的心跳变得迅疾，似夏夜里雨打蕉叶。

临渊修长的手指穿过她未干的乌发，托住她的后脑勺，他将这个夏日里的吻一再加深，直至彼此呼吸微乱，少女面红如霞。

临渊松开桎梏着她的大手，转而将她拥入怀中。他俯下身来，轻吻过她的耳尖，在她的耳畔低声回答道："前朝的事，暂时告一段落。"

余下的，便要等到大玥的国书送来后，他再做定论。

这期间的日子，是他们难得的闲暇。

李羡鱼抬起羽睫望向他。

视线相对时，她显然也意识到了这点。

鲜红的唇瓣轻轻抬起，她在喧嚣的夏夜里满怀期待地问他："那我们现在，是不是能够出去玩了？"

临渊薄唇微抬："宫内，还是宫外？"

李羡鱼侧首瞧了瞧更漏。

这个时辰，宫外都已经宵禁了。

他们两个人独自在街上行走，既没什么好玩的，又容易被人发觉。

于是她从长案后站起身来，将素手搭上他的掌心，杏眸弯起："还是宫内吧。"

临渊应声。他没有问李羡鱼要去哪里，而是执起她的手，带着她顺着夜色中的廊庑向前行走。
　　夜风微烫，明月铺霜。
　　临渊手里的碧纱灯光辉如水，引着二人缓缓走进宫中的御园里，停在一架楠木制成的秋千前。
　　李羡鱼提裙走上前去。她站上秋千凳，双手握住秋千索，在夜风里侧首望向临渊。
　　"临渊。"她弯眸唤了声他的名字。
　　临渊低应，眼底铺上淡淡的笑意。
　　他将碧纱灯搁在一块平整的青石上，抬手握住秋千索的上端，微一使力，木制的秋千便载着秋千上的少女轻盈地往前荡去，似落在草叶间的柳絮重新被风吹起。
　　如水的夜色中，李羡鱼笑声清脆，散落在肩上的乌发与臂弯间的披帛翩飞似蝶，银红色的裙裾在夜色里盛开若花。
　　她抬首望着远处银白的月色，又随着秋千飞到高处，从而看见更广阔的天地。
　　她看见高耸的红墙变得低矮，殿顶染着月光的飞檐似与她齐肩，便连璀璨无尽的星河都像是触手可及。
　　李羡鱼将鲜红的唇弯起，乌黑的杏眸里映着天上的明光。
　　她与临渊分享她看到的场景，兴致浓处，本能般问道："临渊，你能上来吗？"
　　临渊微顿。少顷，他依言登上她的秋千，修长的大手随之环过她的腰肢。
　　秋千凳没有想象中那么宽敞，李羡鱼不得不紧贴着他站立。
　　这样亲密的距离，令她清晰地感受到他掌心的热度，以及落在她颈侧，比夜风更为炽热的气息。
　　李羡鱼微微红了脸，渐渐无心看景。

　　星沉月落时，御花园里薄雾蒙蒙。
　　回到承乾殿中的李羡鱼一夜好眠，巳时的更漏响至末尾，她方在斜雨敲窗声中蒙眬醒转。
　　她撑着榻坐起身来，轻轻撩开垂落的龙帐。
　　临渊不在殿内，倒是榻前的春凳上放有厚厚一沓从大玥送来的家书。
　　李羡鱼红唇微抬，趿鞋倾身，将家书拿到手里，还未来得及翻看，视线倒是先落在最上面那封形制格外不同的书信上——绯底烫金，封面上绘着振翅回首的朱雀，末尾盖着大玥的国玺。
　　这是大玥送来的国书，给的也并非是她，而是身为胤朝国君的临渊。
　　这也是所有书信中唯一拆开过的一封。
　　临渊将它放在榻边的春凳上，信口的火漆也并未重新封好。
　　李羡鱼略想了想，便抬手将国书展开。
　　国书中写的是大玥同意与胤朝通商，在两国之间共修商道，底下附有此事的相关细则与大玥边境的部分地形图。

想来等临渊的回书送至,商道便可动工,李羡鱼杏眸弯起。

正当她忍不住开始推算在两国之间建立一条商道要多久的时候,远处的隔扇却被叩响。

隔扇外,月见语声急促:"娘娘,您可起身了?太后娘娘要见您……"

李羡鱼微怔,匆忙将手里的国书藏到枕头底下,趿鞋站起身来:"怎么是这个时候?"

月见语声更是焦急:"太后娘娘说,娘娘抱病已有两个月,要亲自来凤藻殿看您。"

李羡鱼也有些慌乱。她匆匆将隔扇推开,将月见拉进来:"快,快替我更衣梳妆。"

月见连连应声,赶忙替她打水洗漱。

原本闲适的两个人立刻变得手忙脚乱。

待李羡鱼洗漱梳妆罢,匆促地回到凤藻殿的时候,小半个时辰已经过去。

幸而雨天路滑,太后的仪仗行得缓慢,抵达凤藻殿时,李羡鱼已在正殿花厅前迎候。

赵太后在宫娥的簇拥中行至李羡鱼面前,微微抬手,止住她想要行礼的动作。

"在哀家跟前不必如此拘礼。"

李羡鱼轻应一声,迎赵太后上座,又让宫娥们奉上准备好的茶点。

她藏起心底的不安,微微垂下羽睫:"昭昭不知道母后要来,准备得仓促了些,还望母后恕罪。"

"无妨。"

赵太后端着茶盏,坐在花梨木椅上,那双淡漠的凤眼微垂,凝视着眼前的少女——鸦鬓雪肤,杏眸桃腮,上裳的领口系得快抵到她小巧的下颌,银红色的裙裾边缘还留着被斜雨沾湿后的淡淡水痕。

她这段时日的行踪与想法其实并不难猜。

赵太后凤眼垂下,浅啜一口茶水,说道:"皇后的身子抱恙已久,如今可好些了?"

李羡鱼心里清楚,她所谓的病症,都是太医们杜撰出来的,若是赵太后唤亲近的太医过来诊治,必定纸包不住火。

她避重就轻地道:"兴许是春日里留下的寒症,从立夏后便差不多好了。"

赵太后略微颔首,倒也不再追问,仅平静地饮茶。

李羡鱼唯有陪在她的身侧,等着她兴尽离开,抑或临渊下朝回来。

茶雾袅袅里,赵太后仅浅啜两口,便将手中的茶盏暂且搁下。

她语声平和,如盏中的茶水,不见波澜:"哀家有几句体己话要与皇后说,你们都退下吧。"

赵太后语音刚落,跟随在她身畔的宫娥们依次福身,鱼贯退下。

李羡鱼无法,唯有将月见等宫人一同屏退。

隔扇紧掩，本就安静的花厅越发寂静，连庭院中"沙沙"的雨声似也被尽数隔绝。

李羡鱼双手捧着茶盏，感受着从盏托透来的热度，努力平稳着激烈的心跳。

最后还是赵太后先启唇："哀家听闻，渊儿想与大玥通商，这桩事，你如何想？"

李羡鱼的心高高悬起。

她觉得，这对胤朝、大玥而言，皆是一件好事。

但是她又想起这段时日里翻看过的官员名册，被换掉的官员里，赵姓者并不在少数。

赵太后的立场，大抵也与她的、与临渊的，都不相同。

于是她小心翼翼地避开话题："都说后宫不许干政，昭昭对前朝的事没有什么看法。"

"是吗？"赵太后语声很淡，听不出什么情绪，"那便聊聊后宫的事吧。"

李羡鱼羽睫轻扇。

她如今是皇后，后宫的事是她的分内之事，是躲不开的责任。

因此她点头，轻轻应道："是有关太妃们的事吗？"

赵太后没有否认。她眼帘轻垂，像是陷入了一场久远的回忆中。

她道："哀家是先帝的元后，在他还是皇子时便嫁与他做正妃。彼时夺嫡之争何其残酷，先帝也无心情爱，内院之中始终未有旁人。"

李羡鱼羽睫微扇，似在读一本已经知道了结局的故事。

毕竟先帝的太妃们，如今就住在东六宫里。

但她没有出言打断，赵太后便也在袅袅茶雾里不紧不慢地说着。

"后来，先帝登基。朝野也如现在这般，世家横行，外戚当道。先帝也为此很是烦闷了一阵，但最终，找到了最妥善的处置方式。

"以世家挟持世家，以外戚制衡外戚。"

即便早已猜到，李羡鱼羽睫仍是轻轻一颤。

赵太后的神情却并无变化，她依旧平静地讲述着："先帝的后宫里一茬又一茬地进人，比哀家年轻貌美者多如过江之鲫，但哀家始终是先帝的皇后，哀家的儿子是如今的陛下。惠妃曾经再得宠，亦未能撼动哀家的地位分毫。"

她问李羡鱼："你可知这是为什么？"

李羡鱼不敢乱猜，仅是乖顺地摇头。

赵太后缓缓抬起眼来。她已不再年少，但眼底的光芒依旧锐利："因为哀家出身于赵氏，赵氏一族，便是哀家手里的刃、身后的盾。有赵氏一族在，便无人能够威胁哀家的后位。"

李羡鱼相信她的话。

因为即便是今日，赵氏一族依旧盘踞在朝堂上，屹立不倒，而赵太后也确实是先帝后宫里最后的赢家。

但李羡鱼不知道赵太后为何要突然与她说起这样的事。

赵太后没有解释。她抬手，将保养得宜的玉手轻覆在李羡鱼的手背上，她尾指上的镏金护甲触感微凉，如她此刻冰冷的语声："色衰爱弛，没有谁能够永远天真年少，唯有利益，方是久长之道。"

花厅里的冰鉴在李羡鱼的身后散着丝丝缕缕的凉气，令她的指尖轻轻颤了颤。

她想将手笼回袖中，赵太后修长的手指却随之收紧。

"如今胤朝内，唯有你能够劝动渊儿。"赵太后加重语气，"循循善诱"，"只要你想，赵家同样能够成为你的后盾。

"即便是十数年，数十年后，哀家不在这世上，只要赵家在一日，便可保你后位无虞。"

李羡鱼的羽睫蝶翼般轻轻一颤。少顷，她缓缓收回素手，捧住尚有余温的茶盏。

庭院中的雨犹未停歇。

天地嘈杂，衬得她的语声轻柔——

"母后说得是，谁都会有不再年少的时候。可是，并非所有人都会因色衰而爱弛。"李羡鱼秀眉微弯，对赵太后露出笑颜，带着这个年纪的少女特有的天真与明媚，似春日天光，照亮晦暗的雨日，"我相信他。无论年少与否，无论我是什么身份，公主也好，皇后也好，昭昭都会永远站在他那边。"

赵太后与李羡鱼对视。

良久，她缓缓站起身来，看着李羡鱼淡淡而笑。

赵太后言语间不带什么感情，平淡得如同陈述："哀家很喜欢你。你令哀家想起先帝的淑妃。"

李羡鱼尝试着问："淑妃娘娘？她是个什么样的人？"

赵太后笑了笑，伸手取下发间的鸾凤衔珠步摇，簪入李羡鱼的鬓间："一名……真心喜欢过先帝的女子。"

李羡鱼还想再问，却听见身后"砰"的一声。

紧闭的隔扇霍然洞开。

身着玄色朝服的临渊凤眼晦暗，疾步行入殿中。

他将李羡鱼从花梨木椅上拉起，侧身挡在她的面前，对着赵太后冷冷地道："昭昭身子弱，禁不起母后恫吓。母后若有何事，直接传召儿臣便好。"

赵太后玉手垂落，凤眼转寒："若是哀家说的你能听进十之一二，哀家又何必如此？"

临渊薄唇紧抿，不再多言。他紧握住李羡鱼的手腕，带着她大步往外。

他身高腿长，步履迈得这般大，以至李羡鱼要提裙小跑着才能跟上他。

李羡鱼跟着临渊走过还在落雨的庭院，绕过汉白玉雕刻成的照壁，直至走到远处的抄手游廊里，他方蓦地停住步伐。

李羡鱼来不及停步，险些撞上他的脊背。

临渊回首扶住她的双肩，神情紧绷地从上至下仔细地看她，似在确认她是否还安然无恙。

李羡鱼也望着他。

他身上朝服未换,墨发湿透,发尾犹在滴水,显然是得到消息后冒雨赶来的。

"临渊。"她唤了声临渊的名字,从袖袋里拿出锦帕,想替他擦拭还在滴水的墨发,他却将她的素手紧紧地握住。

他抬手,顺势从她的鬓间拔走那支显然不属于她的步摇。

他剑眉紧皱,问李羡鱼:"母后又与你说了什么?"

李羡鱼轻轻眨了眨眼,视线落在他湿透的衣服上:"你先回承乾殿将湿衣换下,我再与你说。"

临渊睨她一眼,见她的发髻与裙上亦有湿意,方俯身将她打横抱起,往承乾殿的方向疾步而去。

半个时辰后,承乾殿浴房的隔扇重新被人推开。

临渊将李羡鱼抱到了离冰鉴最远的剔红高案上,拿干净的布巾替她擦拭长发。

他再度问道:"公主现在是否可以告诉臣了?"

李羡鱼拿手拢着裹在身上随时都会落地的绸缎,点了点头。

她轻轻地将赵太后说的话复述给临渊听,又弯起杏眸,笑盈盈地问他:"临渊,等我一把年纪的时候,你还会像这样喜欢我吗?"

临渊短暂地停住动作。他俯下身来,双手捧起她的脸,拿那双浓黑的凤眼看着她。

"那时臣也老了,尘满面,鬓如霜。"他抬眉问,"公主可还会如现在一般喜欢臣?"

李羡鱼的眼睛里藏着笑,她不假思索地道:"我是这样慕色的人吗?"

临渊深深地看着她,没有答话,而是侧过脸来,吻上她的红唇。

李羡鱼微怔,继而素手自然地环上他的颈,在这个闷热的夏日里轻轻回应他。

半晌,李羡鱼两靥深红。她用清甜的语声赧然地反问:"临渊,你难道就不慕色吗?"

明明是两个人的事,怎么能只说她一人慕色?

临渊将她拥紧,轻轻吻过她红如莓果的耳珠,说道:"臣只慕公主。"

承乾殿殿门紧闭,殿内檀香氤氲。

李羡鱼羞赧又局促,试着说些什么,来转移此刻的注意力。

于是她问道:"临渊,先帝的淑妃是一位什么样的人?"

临渊平静地道:"淑妃本家姓吴,出身于簪缨世家,是在一场选秀中入宫,被封为贵人,后逐步升为淑妃。"

李羡鱼抬眸望他,轻声问道:"她现在也随子嗣到封地居住了吗?我在宫中太妃的居所里未曾见过淑妃娘娘。"

临渊不带情绪地道:"死了。

"她死的那日,还是母后亲自去送的鸩酒。"

李羡鱼微震,不由得追问道:"是怎么回事?她做错了什么吗?"

临渊淡淡地"嗯"了声。

此刻庭院中雨过天晴，犹带水珠的草叶间虫鸣声声。在这嘈杂的夏声里，他短暂地回想起淑妃死的那日。

同样是夏日。晚阳斜照，遍地铺金。

他的母后换上隆重的礼服，描上盛妆，带着鸩酒、匕首与白绫，亲自去送淑妃最后一程。

彼时他还年幼，倒是谢璟已经元服。

谢璟对母后道："此事交由宦官们去做便好，母后何必亲自去这一趟？"

母后坐在镜台前，仪态端雅地拿黛螺画眉，语声平静得近乎冷酷："本宫不过是想去看看，世家出来的嫡女，对帝王动了真心，最终会是个什么下场。"

临渊眼眸微沉，有刹那的走神，直至李羡鱼在他的怀中仰头，轻轻地唤他的名字："临渊？"

临渊回过神来，将眼底的暗色敛下，语声里透着不易察觉的冷意："身为武将之女，她的父亲功高盖主，她便不该进宫，更不该对父皇动心。"

李羡鱼轻声询问："为什么？"

临渊道："她是家中独女，极受宠爱。她入宫，便如质在手，她的父兄不敢反。她在后宫时，本应为父兄筹谋，却耽于情爱，以至最后，她曾经得宠时她与父兄所得的殊荣，皆成了御史台弹劾吴家有谋逆之心的罪证。"

这一场淑妃以为的情爱，实则尽是帝王心术，并无半分真心，走到尽头时，更是图穷匕见。

淑妃死，吴家获罪，三族被夷。也不知那时她是否后悔过。

李羡鱼亦有些出神。

她想：她好像明白了赵太后话语背后的深意。

这座宫廷里曾经有人输过，输得一无所有，连自己的性命都输了出去，而赵太后以胜者的姿态告诫她，不要步淑妃的后尘。

临渊垂首看她，问："公主害怕吗？"

李羡鱼杏眸轻眨，想着应当如何回答。

临渊深深地看着她，因她的踌躇而紧皱剑眉，原本在给她上药的长指垂落，转而握住她纤细的皓腕，不让她逃离。

他俯身去咬她的耳尖，低沉的嗓音里带着淡淡的不悦："臣不是先帝。"

他的唇很烫，令李羡鱼不得不回过神来看向他。

她羽睫轻抬，墨玉似的杏眸在灯光里愈显清澈。

她想：她已经想到了答案。

李羡鱼红唇微抿，语气认真地道："若说淑妃有错，那也是错在她选错了人。因为一开始的选择是错的，所以她做什么皆是错。为父兄谋官爵也好，将真心交给帝王也好，无论怎样都是错的。"

临渊没有否认。他微微俯首，轻咬李羡鱼的耳根，低声问她："公主可曾觉得自己选错过？"

他唇齿间的热气落在李羡鱼的耳畔，令她觉得有些酥痒。

她往旁侧让了让，鲜红的唇瓣轻轻抬起："临渊，你觉得呢？"

临渊不禁失笑。他松开齿尖，将李羡鱼拥在怀中："臣不是先帝，公主也不是淑妃。"

李羡鱼莞尔。她不再作声。

淑妃的事，对李羡鱼而言，只当故事听过；对他而言，却另有一层深意。

淑妃是母后所杀。

母后要是想，自然也能对李羡鱼下手。

今日母后旧事重提，是提点，也是威胁。

他的母后，精准地找到了他的软肋。

他问："公主晚膳想用些什么？臣去吩咐御膳房准备。"

李羡鱼支颐想了想，秀眉弯起："樱桃。"

毕竟她在大玥的时候，新鲜的樱桃少见，即便是送到宫里来的，也多被制成果脯与蜜饯。

来胤朝后，她有些将之前没吃到的都吃回来的意思。

临渊自然应下。

他抬步往外，行过绣金屏风后，殿外的夜色扑面而来，令他本就深沉的凤眼更显晦暗。

他不能继续让母后与李羡鱼留在同一座宫阙里，就像是不能让雪貂成日里看着兔子。

雷雨涤尘，几场暴雨后，红墙金瓦焕然一新。

前朝的尘埃也终于落定。

无论世家权贵们如何竭力反对，在胤朝与大玥之间修商路的事仍旧被提上了日程。

商路将要动工的前日，李羡鱼坐在铜鹤冰鉴边上，在等着临渊下朝回来的时间里，快速地翻阅今日送来的户部奏章。

如今的奏章比她刚来胤朝的时候要减少许多。

自从临渊严令禁止后，终于不再有人隔三岔五便递来啰啰唆唆的请安的奏章，也不再有人三番五次地上奏章，非要千里迢迢地送阳桃来。

李羡鱼指尖轻轻点着奏章，大略算了算，觉得今日应当又能早睡，兴许还能抽空看上几本没看过的话本。

她思绪方起，隔扇便被人推开，是临渊下朝回来。

李羡鱼将手里的奏章放下，秀眉轻轻弯起："今日怎么这么早便回来了？"

临渊行至她身旁，伸手解着朝服的系扣："明日商路动工，因此臣会在今日去一趟郊外的鸿胪寺。"

李羡鱼闻言微讶。

"鸿胪寺？"她下意识地道，"是去祈福吗？可是……"

可是她记得，临渊说过，他不信神佛。

临渊没有过多地解释。他换上在大玥时常穿的玄衣，配上一柄锋利的长剑，目光微寒，语声里倒是听不出什么情绪："公主在此等臣，臣会在入夜前回来。"

李羡鱼的心悬起。

临渊很少与她说这样的话，但是每次说出，皆是去涉险。

李羡鱼隐隐觉得不安。她从龙案后站起了身，走到他身旁，抬手轻轻握住他的袖口："临渊，你今日要去做什么危险的事吗？"

临渊没有正面作答。他将贴身戴着的李羡鱼曾经送给他的那块玉佩放到她的手里："公主在臣回来前不要出承乾殿。

"等臣回来，便是尘埃落定。"

李羡鱼将玉佩握住，心里不安的感觉愈甚。

她问道："临渊，你去鸿胪寺做什么？"

临渊侧首看向窗外。

天色晦暗，浓云堆积，今日大抵又将有一场暴雨。

他长指收紧，握住腰畔的佩剑，眼底锋芒隐现："去给那些被逼到绝路的世家最后一个反扑的机会。"

这也是他必须做的事。

在这场倾盆大雨降下之前，临渊离开了承乾殿。

殿内重新变得安静。

李羡鱼坐在长案后，眼帘低垂，也没了看话本的心思。

她将奏章放到一旁，让月见将承乾殿的殿门合拢，以身体抱恙的借口闭门谢客，在殿内安静地等他回来。

她这一等便是许久——等到大雨倾盆，密集的雨线将殿顶的琉璃瓦打得"哗哗"作响；等到骤雨停歇，黄昏的光影渐暗，值夜的宫人鱼贯而来，手持长杆将廊下悬着的风灯点亮。

更漏迢递，廊下连绵的滴水声里，李羡鱼越发心神不宁。

如今都快要过了约定的时辰，临渊今夜还回来吗？

她不安地想着，正迟疑着是否要遣人去京郊寻他的时候，悬挂在支摘窗外的东珠帘子在夜风里清脆一响。

李羡鱼循声抬眸，望见她挂念的少年逾窗进来。

"临渊。"

李羡鱼深锁的秀眉展开，她从龙案后站起身来，提裙向他小跑过去。

临渊薄唇微抬，抬臂将向他跑来的少女拥入怀中。

552

李羡鱼踮起足，伸手环着他的颈，眉眼弯弯地望着他，还未来得及启唇，微烫的夏风便从敞开的支摘窗拂来，将他的墨发拂到她的颈间，同时带来掩不住的淡淡的血气。

李羡鱼的心重新悬起，她匆促地往后退让，低眼去找他身上的伤处。

借着廊前透来的月光，李羡鱼终于看见了他玄衣上的剑痕。

肩膀、手臂、脊背……四处皆是，腰腹间的那一道尤为严重，即便已经包扎上药，纱布上的血迹依旧触目惊心。

李羡鱼呼吸微颤，抬起指尖，想解开他的衣裳看看伤势，又怕将他弄疼，将包扎好的伤口重新撕裂，唯有抬起头来看向他。

她语声很轻，压抑着颤音："这是怎么回事？怎么出去的时候好好的，回来的时候便成了这样？"

临渊握住她的素手，放到唇畔，轻轻咬了咬她的指尖，凤眼晦暗如雷雨中的天幕："唯有这样，方算得上名正言顺。"

李羡鱼羽睫轻抬，并不明白。

临渊没有过多地解释。他执起她的手，走到龙案前，提起朱笔，开始批阅今日的奏章，从刑部的开始批阅。

李羡鱼没有看奏章的心思。她起身想去给临渊传太医，皓腕却被他紧紧地握住。

"臣来时已去过太医院。"他将李羡鱼拉坐到自己怀里，修长有力的手臂环过她的腰肢，语声低微，"公主若是无事，便陪臣看一会儿奏章。"

李羡鱼指尖落在他的手臂上，想起身，又怕触到他的伤口，最终还是不敢妄动，唯有顺着他的话，低头去看他手里还未批完的奏章。

这是一本刑部尚书弹劾朝中几大世家的奏章，言之凿凿，各种罪证罗列详细，势在必得。

其中赵氏一族的罪证尤为详细。

即便如此，赵氏毕竟是当今太后的母族，在朝野之间仍有转圜的余地。

临渊抬手，重新取过五本未批阅的奏章。

其中三本是为赵氏一族求情的。

在撇开一本无关的奏章后，李羡鱼看到最后一本日落后送来的急奏写的是在鸿胪寺中寻到刺客遗落的物件——那柄刀鞘内侧有赵氏一族的徽记。

临渊轻轻垂下眼帘，亲自持笔，将这一行添至刑部尚书奏章的末尾，最后，朱笔一勾，为此事落下帷幕。

此后整整七日。

前朝疾风骤雨，连后宫中亦是浓云密布。

李羡鱼藏在承乾殿内闭门不出，便连凤藻殿也不曾回去，直至七日后，临渊带回此事最后的定论。

为顾全太后母家的颜面，临渊将刺杀之事摁下不表，仅以其余罪名将赵氏身居要职的官员尽数罢免，下令其族人三代以内不得入朝为官，同时对外称胤京城暑热难挨，太后凤体欠安，即日起移至松陵行宫安养。

赵太后离宫那日是个夏日里少有的大风天。

李羡鱼随着临渊，在黄昏时分，亲自送赵太后的仪仗到了京郊。

华盖遥遥，旌旗重重。

身着湖水蓝宫装的太后坐在仪车上，依旧和往常一样端庄雅静，仿佛真的如对外宣称的那般，是去松陵行宫避暑，而非满盘皆输，被迫离开这座她曾争斗半生的宫廷。

直至仪车出城，眼前群山在望，帝后即将回宫的时候，赵太后突然打起车帘，抬手屏退左右。

她垂下凤眼，淡淡地对李羡鱼道："皇后避了哀家七日，但在去行宫之前，哀家还有几句话想单独与皇后说说。"

临渊垂眼，将李羡鱼的素手握紧。

"母后有什么话，在此说与儿臣听亦是一样。"

赵太后微抬凤眼，深深地看着他。

不知何时，她身畔的雏鸟已长成翱翔于天际的雄鹰，而他要捍卫的，是冠着他姓氏的王朝，不是培植她成为皇后的赵氏一族。

立场之前，皇权之下，他们母子即便是至亲，最终仍然形同陌路。

赵太后那双与他相似的凤眼抬起，朱唇扬起个柔和的弧度，语声却冰冷："你我母子之间，如今还有什么可说的？"

临渊不语，也不退让。

赵太后也不再启唇，仅这般挑帘平静地等候着。

京郊的官道上，长风呼啸，将仪车旁的旌旗吹得"猎猎"作响。

气氛凝滞间，李羡鱼抬手摁住了被卷起的裙裾，轻轻仰头看向临渊，对临渊展眉："我很快便回来。"

临渊低首看着李羡鱼，剑眉皱得更紧了，但最终还是将她的素手松开，转身退到远处的城门口。

李羡鱼走向赵太后，如初见时那般向她福身："母后要与昭昭说些什么？"

赵太后注视着她，从她发上的玉蜻蜓步摇看到她手腕间的红珊瑚手串，最终语调平淡地问道："你也觉得，哀家会蠢到让赵氏的族人，去刺杀自己的儿子？"

李羡鱼没想到赵太后要问的是这样的话，微微愣了愣，本能地想将这个话题避过，但赵太后的视线这样笔直地投来，直抵人心，不容她退避。

李羡鱼羽睫轻扇，终于在赵太后的视线里轻轻抬起眼来，语声很轻地问道："母后，当年淑妃的家人，真的意图谋反吗？"

她的语声落下，官道上重新归于寂静。

赵太后淡淡地笑了笑，终于没有作答。她收回手，又端坐。

绣着鸾凤的车帘重新垂落，远避的宫人们再度上前，簇拥着赵太后的仪车再度启程。

马蹄"嗒嗒"，烟尘滚滚。

在仪车行过李羡鱼身畔的时候，她听见赵太后隔着绣金的绸帘与她说的最后一句话："那就祝你，不会有赌输的那一日。"

李羡鱼秀眉微弯。她没有反驳，仅依着晚辈的礼节微微福身，对着赵太后远去的仪车恭顺地道："昭昭恭送母后。"

她想：不同的人之间，也许本来就不能互相理解，但这都不重要，重要的是……

她回过身去，提着被风吹起的红裙，走向还在等她的临渊。

"临渊，"她眉眼弯弯，执起他的手，往远处的皇城走去，"我们回承乾殿里去，我有很重要的事要告诉你。"

当他们回到承乾殿的时候，恰逢最后一缕天光敛尽，李羡鱼看着金色的光芒消散于殿顶赤红色的琉璃瓦后，方执着临渊的手，带着他回到素日居住的寝殿。

临渊拿火折点燃了沿途的宫灯，将光线昏暗的寝殿照亮。

他侧身问她："公主要与臣说什么？"

李羡鱼却没有回答。她拉着临渊走到长案后，将案几上放着的东西都推到一边，又将他摁着坐下来。

"我去拿给你。"她抿唇笑，解下臂弯间缠绕的披帛，折叠两下，将临渊的眼睛蒙上，"你在这儿等等我。在我回来前，你可不能偷看。"

临渊没有拒绝。他坐在长案后，听李羡鱼步履轻盈地绕过绣金屏风，顺着游廊离开他的寝殿。

她这一去便是许久，直至两刻钟后，绣鞋踏过木制游廊的轻微声响才再度传来。

临渊侧首，听见李羡鱼推开紧闭的隔扇，绕过横置的屏风，走到了他的长案前。

同时，面食的香气扑面而来。

李羡鱼语声带笑："好了，你可以看我了。"

临渊取下蒙眼的披帛，见李羡鱼眉眼弯弯地站在他的面前，手里还捧着一碗长寿面，面上卧着一个鸡蛋。

他面前的龙案上还搁着一盏熬得浓浓的乌梅汤。

李羡鱼对上他望来的视线，鲜红的唇瓣抬起，唇畔绽出两个梨涡来。

"临渊，生辰吉乐。"她将手里的长寿面放到他的面前，同时在对面的长案后落座，满怀期待地支颐望向他，"这是我自己做的，你尝尝。"

临渊视线微顿，低声问："公主怎知今日是臣的生辰？"

他分明给内务府下过令，今年的万寿节不必操办。

李羡鱼被他问得有些赧然，耳根微红，很轻地道："其实，在大玥的时候，在我们还未成婚的时候，我偷偷去内务府里，看过你的生辰牌。"

临渊垂下眼帘，素来清冷的凤眼里染上了淡淡的笑意。他将碗端到面前，抬手执筷，尝了口李羡鱼亲自为他做的长寿面。

面条入口，他不易察觉地微微一顿。

李羡鱼似有些局促，小声找补："这是我第一次下厨，可能不太好吃。你要是觉得难吃，象征性地吃一口便好。"

临渊将面咽下，薄唇微抬，笑意在眼底散开："不算难吃。"

他相信李羡鱼是第一次下厨。

因为她在做这碗面的时候，似乎忘记放盐了。

但他没有多言，仅重新执筷吃面。

一整碗长寿面很快被吃完，酸得令人蹙眉的乌梅汤也被他饮下。

临渊将空盏与空碗放在一旁，拿布巾拭过手，抬眼看向李羡鱼，似在等待什么。

李羡鱼依旧是眉眼弯弯的模样，见临渊看向她，便十分自然地从袖袋里拿出藏着的香囊递给他。

"今岁的生辰礼。"

临渊伸手接过。

藏蓝底，流云纹，四面以银线锁边，勾勒出翻涌起伏的云海，与当初李羡鱼绣给他的荷包很是相衬，正好能够同时佩戴。

临渊将香囊收下，与李羡鱼送的荷包藏到一处。

他眼帘微低，想：大抵等十年、二十年后，他能收集一整套李羡鱼送的配饰。

临渊眼底笑意深深，如见春日："今夜月圆，公主可想赏月？"

李羡鱼杏眸弯弯，轻轻点头。

临渊将她拥紧，在扑面而来的夏风与蝉鸣里，带着她登上承乾殿的殿顶。

这里是宫里离明月最近的地方。

银白的月色铺霜飞雪，照亮了整座巍峨的宫阙。

他们并肩坐在赤红的琉璃瓦上，看着漫天流转的星河。

李羡鱼鲜红的唇瓣轻轻抬起，她微拢长发，侧首看向身旁的临渊，清澈的杏眸里映着星河皎洁的光。

"临渊，生辰吉乐。"

临渊执起她的素手，与她十指紧扣，低沉的嗓音里带着淡淡的笑意："生辰吉乐。"

他们相顾而笑，执手看向殿前星河，看庭院间永不止息的夜风拂过盛开的紫荆花，走过流转如银的月色。

此间风好。

岁月缱绻，葳蕤生香。

番　外　河清海晏

银月皎皎，繁星低垂。

三年后的春日，一望无垠的红土地上，一支远游的商队正在此歇脚。

李羡鱼裹着厚厚的棉绒斗篷坐在一张红褐色的毛毡上，捧着手里微烫的烤饼，听着对面的少女滔滔不绝。

"你都不知道那时候有多危险！那匹灰狼的爪子就搭在我的肩上，只等我一回头，它就要咬断我的喉咙！幸好我那时警惕，随身带着一把柴刀……"

少女正说到兴头上，一阵水沸声起，篝火堆里新煮的砖茶沸腾。

一双骨节分明的手执起陶壶，将新煮好的热茶倒在盏中。

氤氲的茶雾里，坐在李羡鱼身旁的男子轻轻唤她的小字："昭昭。"

李羡鱼回过神来，弯眸将他递来的茶盏接过，又将手里新做的烤饼分了一半给他。

"田娘子新做的烤饼，你趁热尝尝。"

临渊右手接过她手里的烤饼，左手不动声色地将她的衣袖往下带了一带，掩住未被姜黄粉遮住的寸许雪白的肌肤。

李羡鱼没有发觉，依旧小口小口地咬着剩余的半块烤饼，专注地听着眼前的少女王杏儿讲的行商路上遇到的故事。

自幼跟着商队行商的少女极为健谈。她手里拿着一张烤饼，从在荒郊野外遇到野狼一路讲到他们行商的时候在古镇遇到不知好歹的奸商恶霸，听得李羡鱼都忘了时辰。

等李羡鱼回过神来的时候，星月的光辉已淡，她眼前的篝火已烧得只余木炭上的一点儿火星。

王杏儿讲得口干舌燥，一口气将已经凉透的砖茶喝下，站起身来，拍着自己裙裾上的沙子，对李羡鱼笑："那今儿就讲到这儿，明儿我再给你讲剩下的。"

李羡鱼有些遗憾，但也弯眉："那明日再见。"

她们这般道过别，便各自起身往自己暂居的帐篷走去。

临渊走在她的身畔，自然而然地执起她的手，与她一同走过熄灭的火堆，走到两匹拴在帐篷外的骏马前。

贴身的物件已被临渊收拾好，就放在马背上的行囊中，方便他们随时离开。

李羨鱼在马前停步，却没有立刻上马。她伸手摸着骏马柔顺的鬃毛，有些不舍地往王家帐篷的方向回望，也不知是舍不得新认识的朋友，还是舍不得那些未能听完的故事。

临渊侧首看向她，少顷，抬手替她拢好被风吹乱的斗篷："公主若想，可在商队中多留几日。"

李羨鱼微愣，仰眸对上他的视线。

临渊的面上与她一样敷着遮掩容貌的姜黄粉，但那双凤眸依旧朗若星辰，不带丝毫欺骗与迟疑。

"我……"李羨鱼迟疑着，片刻后还是轻轻摇头，启唇道，"还是不要了。"

她还记得他们当初离开胤朝的目的，是想看看这条胤朝与大玥共同建成的商路，是想看看沿途的风景与民生，也是想回到阔别的大玥，见见她久别的亲友。

在胤朝境内，为肃清遇见的贪官污吏，二人陆续停留了两个月。

到大玥，见母妃与外祖的时候，二人又在江陵小住了半个月。

之后二人遇到王杏儿的商队，与他们同行，又过了小半个月。

如今皇城将近，二人自然也到了与王杏儿的商队分别的时候。

毕竟，胤朝的帝后总不能一直"病"着。

李羨鱼想至此，又轻轻眨了眨眼，弯眉对他笑起来："只要商路还在，总有一日，我们还能与他们再见面的。"

临渊薄唇微抬，将骏马的缰绳递到她的手中。

李羨鱼杏眸弯起，就着他的手跨上骏马。

银鞭轻落，骏马踏着月色与红土，带她驰向玥京城的方向。

许是近乡情怯，等真正入了玥京城，走到宁懿长公主的公主府邸前，李羨鱼却又在府门外踌躇不前。

直到几名出府采买的侍女从身旁路过，她才走上前去轻声唤住了为首的那位。

"这位姑姑，我想面见宁懿长公主，不知道姑姑方不方便通传一声？"

为首的青衣侍女讶然停步，转首望向眼前戴着幕篱，看不清容貌的少女，犹豫着福了福身："不知道姑娘是哪家的贵女？若是有拜帖，奴婢也好代为转交……"

李羨鱼想了想，没有立刻回答，只是抬手伸进帷帽里，从发间取下一支簪子递给她，语声很轻地道："姑姑将簪子交给长公主便好。"

青衣侍女抬手接过，见手里的是一支垂珠点翠的簪子，簪头的翠色鲜妍欲滴，簪尾的垂珠亦用的是上好的东珠，颗颗浑圆如玉，光润无瑕，瞧着好像是宫里才有的式样。

侍女心狂跳，不敢妄自猜度眼前贵女的身份，赶忙躬身道："贵女稍待，奴婢这便进去通传。"

李羡鱼轻轻颔首，看着她的背影消失在朱红的殿门后。

不到半盏茶的工夫，方才那位侍女便从长公主府里出来，恭敬地为李羡鱼引路。

李羡鱼跟随她步入长公主府，沿路走过亭台水榭，最终停在宁懿长公主的寝殿前。

侍女向她福身："长公主在寝殿内等您。"

李羡鱼想要抬步，却又想起曾经在大玥的时候去宁懿皇姐寝殿的场面，幕篱后的脸颊微微红了，轻声问："会不会不大方便？"

侍女像是猜到了她的心思，低头隐晦地答道："贵女宽心。今日朝中有事，驸马不在公主府里。"

李羡鱼红着脸轻轻应了声，这才伸手推开隔扇进去。

寝殿内的布置与宁懿皇姐在宫中的相似，却又不尽相同。

例如在靠墙的地方添置了放置书籍与古卷的立柜，而在面向长窗的位置又放了一张实木打造的长案。

案上还放置着尚未审阅完毕的公文与堆叠整齐的卷宗，显然是太傅平素公办所用。

李羡鱼顺着长案的边缘走到帷幔深处，终于在一张贵妃榻上见到她许久未见的宁懿皇姐。

宁懿慵懒地倚在榻上，云鬓未绾，微挑的眼尾染着小睡初醒的薄红，红唇丰润如脂，即便不施粉黛也依旧是不可逼视的艳色。

隔着博山炉缭绕如云的烟雾，宁懿同时瞧见了李羡鱼。

她并未起身，只是懒懒地在榻上换了个姿势，那双妩媚的凤眼睨着李羡鱼，唇角微勾，但红唇间吐出的话语仍不饶人。

"整整三年了，小兔子可算想起本宫这个皇姐，打算来瞧瞧本宫的死活了？"

李羡鱼知道她嘴比心硬的性子，也不辩解，只是将戴着的幕篱摘下，眉眼弯弯地坐到她的榻旁："原本是想来的，但是因为建商路的事，一直都脱不开身。"

"如今商路建成，昭昭便回来了。"

李羡鱼说着，轻轻眨了眨眼，又将那些从关外搜罗来的有趣物件放到宁懿的手边："昭昭今日才进城，第一个便来见皇姐，连披香殿都没去。"

宁懿瞥她一眼，便漫不经心地轻哼了声，挑了挑眉梢："就知道拿这些小玩意儿来糊弄本宫。"

宁懿的话音方落，隔扇又被人轻轻叩响。

两列碧色衣衫的侍女从殿外鱼贯而入，将从小厨房里带来的糕点放在了二人之间的桌案上。

琳琅满目，尽是李羡鱼在大玥时最爱用的吃食。

李羡鱼弯眸，端起离她最近的一碗酥酪，在宁懿的注视下小小地尝了一口。

也不知是不是宁懿在建府的时候带走了宫里的御厨，这碗酥酪与她曾经在披香殿里吃的一般无二，香甜适口，让她像是又回到了曾经在披香殿里的时候。

　　宁懿许是小睡方起并无胃口，只是抬手示意宫娥们退下，就这般懒懒地看着她吃，等她吃了有小半碗，方问起她在胤朝的事。

　　末了宁懿扬扬眉，又添一句："你身边的影卫没跟着你回来？"

　　宁懿这句话问得隐晦，但李羡鱼自然能够听懂。

　　她抿唇笑了笑，放轻了语声问："皇姐想要见临渊吗？"

　　"临渊"二字未落，李羡鱼便听见"嗒嗒"几声，一道白色的影子从角落搁着的金丝笼里蹿出，小腿一蹬，跳上了宁懿的贵妃榻，又从她的臂弯里露出一双黑豆似的眼睛，警惕地看着李羡鱼，像是防备着临渊突然出现。

　　李羡鱼微愣，旋即失笑，伸手点了点雪貂雪白的皮毛："三年过去，总算不是花花绿绿的了。"

　　宁懿抬起凤眼睨向她，接着道："本宫的雪貂倒是有一笔账想和他算。"

　　宁懿抚摩着怀中躁动不安的雪貂，语声里带着显而易见的不悦："来大玥一趟，把它雪白的皮毛染得乱七八糟，还拐走了它最喜欢的兔子。它可是记了整整三年的仇，不是一点儿小玩意儿便能打发的。"

　　李羡鱼脸颊微红，连忙轻声将话茬儿转开："我在胤朝的时候接到了许多皇姐递来的家书，却没有一封提到太傅。"她轻声询问，"皇姐与太傅如今可好？"

　　她的话音刚落，宁懿便有些不悦地抬了抬眉。

　　"还能是什么样子？"她瞥了眼远处堆放整齐的公文，冷冷地嗤笑，"你还指望不开化的老古董变成风流俊美的少年郎？"

　　李羡鱼忍不住笑出声来："皇姐还是这样，嘴上从不饶人"

　　宁懿眉梢抬起，信手端走了放在李羡鱼面前的糕点："不想吃就别吃。"

　　她懒懒地起身，带着李羡鱼往公主府的后院走："既然无事，你便陪本宫去看几折戏。"

　　李羡鱼莞尔，自然没有拒绝。

　　阔别三载，二人之间自然有许多话说，不知不觉间，已至深夜。

　　宁懿遣散戏子，将李羡鱼领到一处院落："这处院子空着，你今夜就住在这儿。"

　　李羡鱼笑着应了，抬手推开眼前的隔扇。

　　轻微的门响过后，李羡鱼却愣在原地。

　　主屋内的布置与她的披香殿的布置有八九分相似，其中的摆设亦是几乎一模一样，便连那座隔开外间与内室的金雀屏风，都与她寝殿内的一模一样。

　　屋内的一应物什皆是簇新的，像是从未有人在此居住过。

　　李羡鱼愣在门槛前，少顷才想起去看她的皇姐："皇姐……"

　　"不喜欢吗？"宁懿站在廊前的宫灯下，语气懒懒的，"本宫在长公主府里也没什么事可做，索性依着披香殿的样子再建了个院子，免得你回来住不惯，说本宫苛待你。"

李羡鱼微愣，正想启唇，却见宁懿已将跟来的雪貂抱起，自顾自地往寝殿的方向走。

"本宫倦了，你自个儿找个地方睡下吧。"

李羡鱼望向她的背影，轻轻莞尔。

李羡鱼迈过门槛走进内室，在侍女的伺候下洗漱过后，轻车熟路地在那张红帐掩映的拔步牙床上睡下。

许是知道李羡鱼夜里不爱让人随侍的习惯，长公主府内的侍女皆退到廊里守着，留她一个人安然入睡。

春夜静谧，新换过的衾枕间还带着在熏笼上沾染的热气。

李羡鱼睡得香甜，直至后半夜听见春雨敲窗的细微声音。

她蒙眬地直起身来，想唤侍女将两侧的长窗合拢，未及趿鞋，便撞进一个熟悉的怀抱里。

李羡鱼揉了揉眼，见原本在城外暂时离开的临渊就在她的眼前。

他依旧穿着白日里的玄色常服，但面上的姜黄粉已经抹去，露出了原本清丽的容貌，衬得那双形状美好的凤眼越发朗若星辰。

"临渊？"李羡鱼惊讶地叫出声，很快又压低了嗓音，"你不是不进大玥的皇城吗？"

临渊垂下眼帘，起身替她合拢了两侧的长窗。

"原是不该进的。"他低声回答。

毕竟他身份敏感，若是在玥京城内被人察觉，肯定会生出不必要的事端。

李羡鱼也抬起眼帘看向临渊，正想趿鞋站起身来，却被他抱起，放回了尚有余温的榻上。

锦被被重新盖到李羡鱼的身上，他也在她的身旁躺下，自然而然地将身侧的少女拥入怀中。

李羡鱼羽睫轻扇，感受到他将下颔抵在了她的颈间。他语声很轻，像是不欲让她听见："胤朝到大玥，千万里路，又岂会差这最后一道城墙？"

李羡鱼的耳根为他唇齿间的热气所侵，渐渐生出红晕。她轻轻地应了一声，将脸埋在他的胸膛上，缓缓垂下眼帘，在这落雨的春夜里渐渐沉入梦乡。

翌日清晨。

宁懿长公主难得在正午前便已起身。她抱着怀中的雪貂，亲自来到李羡鱼住着的院落里让李羡鱼起身。

"都什么时辰了还睡着。"她哂笑着拿手里的折扇叩了叩眼前依然紧闭的隔扇，"小兔子怎么比以前还要贪睡？"

她的话音落下，房内却依旧安静，<u>丝毫没有李羡鱼前来开门的征兆</u>。

561

宁懿挑了挑眉，又唤了两声，见始终没有回应，索性伸手推开隔扇，头也不回地走进内室。

房内窗明几净，原本垂落的红帐被悬在两侧的金钩上，帷幔深处却已不见了原本睡在此处的少女的踪影。

唯独绣着木芙蓉花的锦被上留下一封新写的家书和一只绣着红鲤鱼的荷包。

这次的荷包里是一幅李羡鱼亲手绣的孔雀扇面，在那封家书里面，李羡鱼则写了许多赧于当面与她说的话，并在落款处认真地添了一句："等天下承平，海晏河清之时，昭昭会再来看望皇姐。"

宁懿抬了抬眉，将书信搁下，侧首看向庭院中的凤凰树，在浅金色的春光里轻哼了声。

"没良心的小东西。"

李羡鱼趁着时辰尚早，去了趟她曾经居住的披香殿。

庭院内的凤凰树翠绿依旧，在树下行走的小宫娥们也有不少地熟悉的面孔。

李羡鱼没有惊动她们，仅带着临渊绕到后殿的小池塘前。

此处向来僻静，清晨时更是安静无人。

李羡鱼侧坐在八角亭里的坐凳上，侧首看着池内青碧色的莲叶，托着腮，轻笑出声："小池塘里真的长出莲叶了。也不知道花开的时候是不是像宁懿皇姐宫里的那样洁白如雪。"

临渊顺着她的视线看去，平静地回答："若是臣不曾记错，去岁秋日，公主的侍女竹瓷随信寄过披香殿内的菡萏。"

李羡鱼微讶，旋即想起竹瓷确实寄来过，但是菡萏风干后既不白，又不好看，最后她便让月见拿去做了点心。

点心的味道倒是很好。

李羡鱼弯眸，又伸手拉了拉他的衣袖："那都是去岁的事了。这次我们既然来了，便带几片荷叶回去吧，我想裁了做书签。"

"好。"

临渊应声，越过亭栏，靴尖点水，为她摘回长得最好的几片荷叶。

他将新摘的荷叶交到李羡鱼的手中："这些可够？"

李羡鱼捧着荷叶连连点头，又赶紧起身，拉他离开："快走，快走。再不走，竹瓷可就要过来了。我这次是偷偷回来的，可不想被她撞个正着。"

她说着，又觉得自己像是在做贼，忍不住又笑："等会儿她过来，看见残梗，应当会以为是哪个小宫女摘去做荷叶羹了。"

临渊带着她往偏门的方向行去，又低声问她："公主可要去太极殿？"

李羡鱼拈着荷叶的指尖轻轻蜷了蜷。

她自然是想去的。

听闻去岁的春日,她的皇嫂给她添了个粉雕玉琢的小侄女,她至今还未看过小侄女。

但是如今的太极殿守备森严,她若是想悄悄进去,恐怕没有来披香殿这般容易;而若是以胤朝的名义去见皇兄和小公主,难免又要生出许多波折。

李羡鱼略想了想,还是对他轻轻弯眉:"还是不去了。"

她轻轻眨了眨眼:"往后还有很多机会,今日就不叨扰皇兄了,我们将带给小公主的礼物放在殿外便走。"

临渊应声,俯身将她抱起,如以前在大玥宫廷中时那般,带她避开金吾卫,前往太极殿。

途中有惊无险,等李羡鱼重新自临渊怀中下来的时候,二人已在太极殿后的海棠树荫下。

她将从披香殿内采来的荷叶塞到临渊的怀里,又踮足将花枝压下,将藏在袖袋里的荷包系到海棠花枝上。

荷包里装着他们送给小公主的礼物——两只她亲手绣的布老虎和临渊雕的长命锁。

荷包沉甸甸的,压得花枝都垂下了,她的皇兄只要路过便能瞧见。

临渊看着她将荷包系好,再次询问:"还有半日,公主想去何处?"

李羡鱼略想了想,侧过脸来看向他:"我想去青莲街。"

她接过临渊怀中青碧的荷叶,杏眸清澈明亮:"我想看看,如今的大玥是什么模样。"

春日里的青莲街如往常般热闹。

李羡鱼牵着临渊的手走在喧嚣的长街上,一路买着街边新奇的小食与物件。

游人如织,从他们的身旁而过,也让李羡鱼不知不觉间走到一处偏僻的巷口。

她停住步子,看着周围老旧的墙面与屋舍,少顷像是想起了什么,轻轻睁大杏眸。

"陋巷。"她惊讶地念出这个名字,侧首看向身旁的临渊。

这是她十五岁时出宫误入的暗巷,也是她第一次遇到临渊的地方。

临渊低首看向她,少顷启唇,低声问:"公主想进去看看吗?"

李羡鱼犹豫片刻,还是轻轻颔首。

她抱着怀中的荷叶,紧张地牵着临渊的手,顺着铺展的青石路往前走。

陋巷似乎在她离开后重新修葺过,两侧低矮斑驳的旧墙被拆去,扩建出这条丈许宽的小径,让日光能够照进原本深长的窄巷里,使陋巷不再显得那般阴暗与逼仄。

还未至深处,李羡鱼便又听见了熟悉的叫卖声。

"新到的货!路过的郎君娘子们瞧瞧啊——"

李羡鱼的心弦绷紧,她屏住呼吸,拉着临渊循声靠近。

二人拐过一处墙角,眼前豁然开朗。

没有拿着皮鞭的汉子,也没有锈迹斑斑的铁笼,更没有笼中面黄肌瘦的人。

陋巷深处是一座集市。

不少商贩聚集在此处，摆摊挑担，沿路叫卖。

李羡鱼在这般闹热的场景前愣住，好半晌才缓缓上前，从一名长相慈和的摊主手里买下一盒龙须糖，怯生生地试探着问她："这位大娘，我记得这里曾经有个人市……"

"人市？"卖龙须糖的摊主笑道，"姑娘有一段时日没来玥京城了吧？"

李羡鱼点头，不禁又问："现在那人市搬到了何处？"

这回不仅是大娘，便连周围的商贩也一同笑起来。

一名担着馄饨挑子的汉子对她笑道："哪里还有什么人市？自大玥新政推行后，大玥的子民再无菜人。这玥京城中，再无人市！"

李羡鱼愣愣地立在原地，直到手里的龙须糖在日光里熔化，在箬叶做成的小盒内积起金棕色的糖汁。

临渊低头，就着她的手浅尝了一口，又抬起眼帘看向她，在春风里低低地唤她的小字："昭昭。"

李羡鱼回过神来，仰头对上他望来的视线，也在他的眼睛里清晰地看见了自己的影子。

她嫣然而笑，执起临渊的手，与他一同向来时的方向走去。

他们的身后是如今热闹的陋巷。

春光旖旎，日色斑斓。

他们的身前是大玥繁华热闹的青莲街与远处巍峨伫立的北侧宫门。

他们行走在青莲街上，走过满城的红墙青瓦，似走过曾经在大玥皇城内的春与夏。

以往的灰败腐朽已经散去。

天下承平，海晏河清，便在彼此的眼前。

特殊故事线番外一　折花令

四月春盛，宣平将军府后院绿萝满枝，紫藤花开如瀑。

侍女竹瓷提着食盒从前院里走来，还未过垂花门，便听见春风送来少女清脆的笑声。

假山旁浓密的海棠花荫里，一架桐木秋千轻盈地飞起。

昨日方及笄的少女站在秋千凳上，手里握着青藤做的秋千索，裙裾飞扬间，目光流转如波，笑声清脆如铃。

竹瓷顺着白石小径走来，将手里的食盒放在离秋千架不远的青石桌上，笑着复述起将军夫妇临走前留下的话："姑娘，老爷与夫人出门去了，大抵要日落前才能回来，让姑娘好好留在府里，可别与将要来朝的胤朝使节起了冲突。"

竹瓷转述得这般细致，可惜作为将军府唯一的女儿，霍昭昭自由惯了，如今听闻不让她出门，不但不答应，还笑着对月见道："月见，再将秋千推得高些。"

月见笑着应了。

青藤做成的秋千索轻盈地摇晃，昭昭满不在乎地笑着回道："能有什么事呀？即便出了府，也是我玩我的。胤朝使团那样大一批人马，要是真的遇上，老远就能看见，怎么就能冲撞了？"

在她身后推着秋千的月见也笑："夫人早就料到姑娘会这样说，因此在出门的时候便让青葵她们将角门反闩了，大门处又添了好几名小厮守着，姑娘出不去的。"

昭昭杏眸轻眨，想了一会儿，又弯眉笑起来："知道了，知道了。既然门都上闩了，你们也不用这样寸步不离地跟着我，我又不能变成蝴蝶飞出去。"

月见与竹瓷闻言皆笑，见昭昭不愿她们紧跟着，便都与昭昭福了福身，一个理好食盒，另一个放开秋千，顺着她的心思，一并往前院走去。

整座春日里的庭院很快便仅余下昭昭一个人。

她眉眼弯弯，依旧自在地在海棠树下荡着秋千，心情轻快地想着今日要用什么法子才能偷偷溜出府去，一直玩到日落再回来。

桐木秋千在春风里越飞越高。

昭昭的视线也越过将军府的红墙青瓦，落到远处的街巷里。

正对着庭院的天水巷正是一日里最安宁的时候。

两道浅青色的长墙夹着中间漫长的青石板路，秀丽得似一道绕着都城的清溪，流波徐缓，静水从容。

可惜十五年如一日，都是一样的风景，没有什么新奇的地方。

正当昭昭百无聊赖地想要移开视线的时候，马蹄踏过青石的声音忽然落入她耳中。

昭昭讶然侧首，望见路面尽头，日头升起的地方，一名身着骑装的少年策马而来。

他单手持缰，玄衣束发，昭昭逆着日光看不清他的容貌，却可见其骑装利落，胯下的乌鬃马神骏，似一柄宝刀，骤然破开了眼前静谧的清晨。

昭昭的视线立刻被眼前新奇的场景吸引过去，但她仅是惊鸿一瞥，桐木秋千便重新开始下坠。

昭昭还未来得及出声唤住少年，少年的身影便已消失在将军府高耸的红墙后。

唯有落在青石板上的马蹄声愈来愈近，像春夜里的疾雨打在光滑的芭蕉叶上，稍纵即逝。

昭昭有些着急。

急促的马蹄声里，她提裙从还未停稳的秋千上跃下，就着墙角架着的一座梯子匆匆攀上红墙，顺着声音传来的方向眺望。

骏马的脚程比她想的还要快些，仅是这样一眨眼的工夫，便从远处的巷口到了将军府近前。

眼见着少年就要头也不回地打马而过，昭昭连忙唤住了他："这位路过的小郎君，你等等，我想与你做笔生意！"

她话音未落，便听见骏马的长嘶声蓦然传来。

途经将军府的少年单手勒马，从马背上仰首看向她。

日头斜照，淡金色的日光映亮了少年清秀冷峻的眉眼。

他的容貌生得极好，窄长的凤眼、高挺的鼻梁、淡色的薄唇，是所有情窦初开的少女都会喜欢的模样。

但少年神情冰冷，寒潭似的眼中如覆霜雪，带着天生的锐利的锋芒和拒人于千里之外的冷。

昭昭语声顿住，短暂地一愣后很快又回过神来。

她秀眉弯起，伸手往鬓间摸了摸，轻车熟路地自发上摘下一朵小巧的珍珠发钿。

梯子有些不稳，她半个身子都伏在了墙上，还不忘拿那朵发钿给他看："你帮我一个小忙，我把这朵发钿送给你，你可以拿去玥京城里的当铺换银子花。"

566

少年冷冷地睨她一眼，薄唇紧抿，似对她的提议并无兴致，低头重新握紧手里的马缰。

"你等等。"昭昭眼见着他要离开，以为他是不相信自己的话，便抬手先将那枚发钿隔着红墙抛给他，这才笑声清脆地补充道，"这件事不难的，你绕到将军府的角门那里，帮我将门闩下了便成，都用不了一盏茶的工夫。"

少年本能地抬手接住，反应过来后却又迅速地皱眉。

掌心里的发钿小巧精致，棠花般轻盈的一朵，染了少女发间淡淡的木芙蓉清香，像是一个布满蜜糖的陷阱。

他长指收紧，抬起眼帘看向红墙上杏眸明亮的少女，少顷启唇："跳下来。"

他的话音落下，还在墙头满眼期待的少女显而易见地一怔。

她低头看了看底下高达丈许的红墙，又看了看在墙边勒马的陌生少年，思量了一会儿，还是踩着梯子爬上墙头。

她拢着红裙坐在深青色的瓦片上，支颐，拿那双清澈的杏眸望了他一阵，却仍旧有些放心不下。

"就这样跳下来吗？"她思量着问，"你真的有把握接住我吗？"

毕竟要是他没能接到，她就这样摔到青石地上，若是运气不好摔断了腿，少不得要在床上躺三五个月，到时候说是出府游玩，便是连自己的闺房都出不了。

乌鬃马上的少年似看出她的迟疑。

"我有事在身，没时间给你开门。"他语气冷淡，长指一抬，将昭昭抛来的发钿插在红墙的砖缝里，"你找别人。"

话音未落，他便毫不犹豫地掉转马首，手中银鞭落下，乌鬃马长嘶一声，当即扬蹄往前奔跑。

还坐在墙头上的昭昭显然有些失望，但也不好强求，唯有提裙站起身来，俯身掸了掸裙裾上的灰尘，想踏着梯子重新回到庭院里。

她步子尚未迈开，绣鞋踏着的青瓦却在连日的春雨里松动，带得她的身形蓦地往旁侧一歪。

昭昭没有防备，只来得及发出一声短促的惊呼，便不可避免地往红墙下摔落。

正策马向前的少年蓦地回头。来不及过多思量，他迅速地抬手，将坠落的少女接住，反手将她脊背向下摁在了马背上。

他咬牙询问："你真跳？"

昭昭捂着"怦怦"作响的心口，一抬起眼帘便对上少年寒潭似的眸。

他离得这般近，近得她都能闻见他身上清冷的雪松香气。

她的脸颊霎时间红透。

她抓着马缰从马背上坐起身来，却没好意思承认自己是失足从墙上摔下来的，唯有侧过脸去，略带心虚地答："是你让我跳下来的……"

少年瞥她一眼，没有回答，而那匹乌鬃马仍在扬蹄飞奔，眼见着便要驰出天水巷。

昭昭转过脸来看向他，悄然将话茬儿引开："你现在要去哪里？要是顺路，便将我带到城西的戏班子门口吧。"

她伸手去摸发上戴着的钗饰，很快便将另一朵一模一样的珍珠发钿也拿下来，主动塞到他的袖袋里，很是认真地强调："我会付你钱的。"

少年一只手握缰，另一只手还要握住她的手臂，防止她从颠簸的马背上摔下去，暂时没空去将发钿还给她。

但他依旧冷冷地拒绝："不顺路。"

昭昭眨了眨眼，退而求其次："虽然不知道你要去哪儿，但看方向，总归是要路过青莲街的吧？"她杏眸弯弯，轻声细语地和他商量，"那你能不能就将我捎到青莲街上？作为报答，我可以请你吃京城里最好吃的百合糕。"

她话音刚落，少年长指收紧，眸色转深。

胤朝使节居住的使馆就建在青莲街上。

她误打误撞，恰好说对了地方。

他并未启唇，而是冷眼看着她。

在天水巷中的时候，他只想赶路，并未留意墙头少女的容貌。

如今人就坐在他的马上，他方察觉，眼前的少女生得过于好了——云鬓鸦发，樱唇皓齿，笑起来的时候杏眸弯弯，唇畔一边一个浅浅的梨涡。

少年皱眉。

她应当不知道自己就像一块百合糕，甜香软糯，天真可欺。

若是他顺手将人丢在这儿，兴许不消一个时辰，她便会被人骗走换成银两。

他本不想管这样的闲事，但墙是他让跳的，人也是他顺手摁到马上的，总不能就这样丢在路边。

于是他生硬地开口："城西何处？"

昭昭微愣，但很快回过神来，笑意在清澈的杏眸里铺开："城西的吉祥戏班，过了玥京城里最大的那座酒楼就能看见。"

少年不再多言，握紧马缰，催马向城西的方向而去。

自大玥新帝登基后，轻徭役，减赋税，改吏治，连带着玥京城里的民风都开化了许多，男女共乘一骑这样的举动也没有曾经那般打眼。

但为防半路被人认出，告到她爹娘那里，昭昭还是小心翼翼地拿出绣帕系在耳后，充当幕篱挡住了大半容貌，一路上倒也有惊无险，就这般跟着新认识的少年策马行至戏班门前。

少年在戏班门前三步远处勒马，同时抬眉看她。

蹭马过来的少女便乖觉地下了马。但她并未往戏班里去，而是回过头来，对他莞尔轻声道："附近好像也有卖百合糕的，你等等，我去买一块给你。"

她说着，也不待少年拒绝，便步履轻盈地走到最近的糕点摊子前，掏银子买下一块热气腾腾的百合糕，还特地让摊主用荷叶包好，方便他携带。

可等她回过头来的时候，街市上人流如织，已不见她在红墙上惊鸿一瞥的少年的身影。

昭昭捧着百合糕，在原地微愣。少顷，她略想了想，将荷叶包打开，在松软的百合糕上轻轻咬了一口，后知后觉地想：她好像忘记问他的名字了。

半个时辰后，清水巷的杂货铺前来了一名新客。

身着玄色锦袍的少年翻身下马，抬步走进这家不起眼的小杂货铺里。

铺主侯文柏原本正在柜台后打盹，一副灌饱了黄汤的模样，但少年甫一进来，他面上酒意顿消，当即上前，不动声色地将铺门掩上，对少年恭敬地拱手："七殿下。"

少年淡淡地应了一声。

新帝登基后，原本国运将衰的大玥有了复起之态，邻国纷纷遣使团前来朝贺，与大玥最近的胤朝亦不例外。

不过此次胤朝名为出使，实则是来探个虚实，是战是和，便在此行一念之间。

留在玥京城的细作侯文柏，便是此次与他接应之人。

然而少年尚未问起玥京城内的情形，放在桌角的滴水更漏便连响数声。

巳时二刻。

侯文柏的神情有些紧张。

这是他们在信中约好的时辰，但以侯文柏对这位殿下的了解，他极少这般不留余地，踏着时间点行事。

侯文柏压低嗓音询问："殿下，可是大玥有所察觉？"

"没有。"少年薄唇微抿，没有提及在将军府外接住一名少女的事，仅冷淡地道，"遇到一些事情，耽搁了半个时辰。"

侯文柏听他这般说，方缓缓松了口气，当即抬手轻轻击掌，便有数名等候在此的细作同时现身，将这段时日搜集的情报奉上。

少年抬手接过，一一过目。

在确认情报无误后，他当即垂手去袖袋里取自己的印章，好在盖印后，让死士们快马加鞭将情报送回胤朝。

侯文柏亦自柜台里取出印泥，双手奉上，安静地等候七皇子盖印。

但紧接着，他看见素来性情冷漠到拒人于千里之外的七殿下，就这般当着诸多死士的面，神色漠然地从袖袋里取出一朵小巧的发钿。

发钿色泽浅红，雕刻成重瓣海棠模样，其中还镶嵌着一颗圆润的珍珠，在春光里流转着晶莹的浅粉光芒，似少女甜甜的笑靥。

侯文柏蓦地瞪大了双眼。

少年同时察觉到了。他唇线紧绷，迅速地将手里的发钿丢回袖袋里，转而取出自己的印章。

"嗒"的一声，是印章落在印泥上的闷响，而印章落在情报尾页上的时候，他出手更重，有力透纸背之感。

他未曾启唇，侯文柏便也紧紧地闭着嘴，其余细作亦纷纷移开眼当作什么也没瞧见。

本就安静的杂货铺里越发静得落针可闻。

少年依旧翻看着手里的情报，但握在纸页边缘的长指绷紧，微垂的凤眼里如覆冷霜。

他想：他今日应当还要再去宣平将军府一趟——找发钿的主人算账。

当清水巷的杂货铺里众人如履薄冰时，吉祥戏班内一出《夜奔》正唱得热闹。

昭昭坐在二楼的雅间里，一面看着，一面眉眼弯弯地拿了支笔，在手里的小册子上添上"林冲夜奔"四个字。

吉祥戏班两个月前就开始演《水浒传》，一日两场，不带重样。

昭昭不能每日都来，便拿了本小册子，将看过的戏名记录下来，以免几个月后，戏班从头再演的时候，她看重了。

"林冲夜奔"四个字刚写完，昭昭还未来得及搁笔，雅间的隔扇却被人轻轻叩了叩。

外面传来戏班女侍的声音："这位姑娘，隔壁雅间内的客人让我送两碟点心给您。"

昭昭微微讶然，将手里的湖笔搁下，略想了想，还是道："不用了，我自己买的点心都还未动过。"

女侍却笑："那位客人说，您看过点心，便会收下的。"

昭昭轻轻眨了眨眼，好奇心起："那我便看看，是什么样的点心，这样稀奇？"

她起身将隔扇打开，从女侍手里接过食盒，随手打开。

食盒里整整齐齐地放着一碟白玉酥、一碟金丝卷与一碗冰镇的酸梅汤，都是昭昭素日喜欢用的小食。

昭昭杏眸微眯，似乎意识到什么，迅速地将食盒放在桌上，三言两语打发了女侍。

甫一等到女侍走远，昭昭便将摊在桌上的小册子一收，轻手轻脚地离开雅间，往稍远处的木制楼梯走去。

但她还未踏出几步，便见到一名双十年华的女子正在楼梯前等她。

女子侧倚在雕花栏杆上，涂着鲜艳蔻丹的手里握着一柄男子的折扇，此刻正有一下没一下地轻击着手畔的雕栏，腕间金钏玉镯相撞，清脆作响。

金玉相击声里，女子抬起那双妩媚的凤眼睨向昭昭，红唇微抬，语气慵懒："小兔子，走得这么急，是做了什么亏心事吗？"

女子凤眼扫过她的身侧，眼里笑意愈浓："侍女都没带，你是从家里偷溜出来的吧？"

昭昭被她抓了个正着，有些心虚，避重就轻地带开话茬儿："宁懿阿姐也是过来听戏的吗？"

倚在雕栏上的女子是已故康王留下的嫡女——宁懿郡主。

因康王妃与昭昭母亲交好，连带着两家的子女也素来走得很近，昭昭私底下便也唤宁懿一声"阿姐"。

"闲来无事，四处逛逛，没承想倒是刚好遇见了你。"宁懿抬起素手，饶有兴致地揉捏着昭昭雪白的小脸，鲜红的唇瓣扬起，"选一个吧——是随本宫在此听戏，还是本宫亲自将你送回将军府去？"

昭昭赶紧往后躲了躲，不让她继续捏自己的脸颊，同时叹气妥协："还是……听戏吧。"

要是真的让宁懿阿姐送她回去，又是侍女又是侍卫的闹得满府皆知，她往后半个月可别想再出门了。

宁懿像是早料到她会这样选择，闻言便将手里的折扇收起，施施然带她回到了她适才待的雅间。

她们来去不过少顷，房内八仙桌上的点心与茶水都还热着。

昭昭便趁着给宁懿分茶点的机会，重新选了离她最远的靠背椅坐下，确保她即便俯身过来，也够不着自己的脸。

宁懿倒也不在意，就这般以手支颐，垂眸看着底下锣鼓喧天的热闹。

一折戏唱罢，另一折还未开场的空当里，昭昭问起康王府里的事："听说雅善阿姐的身子近来好些了，可是我怎么总不见她？"

宁懿半合着眼："你若是惦念她，明日去王府看看不就成了？兴许还能顺道见见她回来处理杂事的长兄。"她说着，换了个姿势，拿折扇撑着下颌，一双凤目半睁半闭，"也不知他如今当了太子，可还认你这个妹妹。"

昭昭杏眸微眨，明白过来，她是在说年前那桩新事。

今上继位多年，励精图治，无暇顾及儿女私情，后宫单薄得仅有皇后一人，且多年未有子嗣，因而今年年初，于群臣的劝谏下，在年宴上过继了康王一脉的世子李宴为太子，日后承袭大统。

按理说，这对康王府、对宁懿而言都是一件好事，偏偏这对兄妹性情不合。

宁懿对她的这位长兄并不信服，便连对昭昭说起时，也毫不掩饰语中的不悦。

昭昭弯眸，打圆场道："阿兄不是这样的人。"

宁懿轻"哧"一声，不置可否。

昭昭杏眸弯弯，见一折戏又要开场，便也不再问康王府里的事，而是自顾自地用着点心，听着底下重新唱得热闹的戏。

很快便又是一折唱罢，原本悬在树梢上的金乌已升至中天。

戏班内的女侍们陆续前来，询问雅间内的贵客们可要用膳。

昭昭自戏里回神，望了眼桌角放着的更漏，匆促地自椅上起身："宁懿阿姐，我得回去了。"

她将手里的酸梅汤搁下，提裙往隔扇外走："我再不回去，怕是要被爹娘逮个正着。"

宁懿轻轻睨她一眼："有什么关系？府里就你一个女儿。"

即便她被逮个正着，将军夫妇也不会将她如何。

宁懿话音未落，却见昭昭已匆匆忙忙地提裙从雅间里出去，转眼间便拐过廊角，遂轻"哧"了声："慌慌张张的，像只小兔子。"

宁懿说罢，也从容地起身，抬步走到她自己的雅间前，信手将隔扇推开。

一名着月白襕衫的男子坐于房内的山水屏风后。

他的面前并无茶点，唯独放着一套色泽古朴的文房四宝。

此刻他正提笔在锦册上书写，偏冷的面孔上神情端肃，一眼望去，不似在民间热闹的戏班中，倒像是在府内安静的书房里。

宁懿慵懒地走到他跟前，拿手里的折扇敲了敲他正在书写的锦册："怎么？太傅的公务这般繁忙，在府里处置不完，还要带到吉祥戏班里来处置？"

玉制扇骨敲击锦册的清脆声中，傅随舟抬起眼帘。他将手中的湖笔搁下，语声平静地问："郡主这个时辰归来，想来是将军府的姑娘回府了吧？"

"自然。"宁懿挑眉，将手里执着的折扇丢到他的怀里，红唇扬起，笑意浓浓，"她可比你有趣得多。与你出来听戏，真不如回府里补眠。"

傅随舟抬手，将她丢来的折扇握住，面上的神情依旧平淡："听戏本也不是什么非做不可的事，郡主若想就此回去补眠，也并无不可。"

宁懿眉梢抬起，若有所思："怎么？太傅心里有什么非做不可的事吗？"

她眯眸，似乎想起什么，便轻"哧"了声，俯下身来，将食指竖起抵在他的唇上："还是罢了。难得出来一趟，我可没有心情听太傅说教。"

话音刚落，她收回指尖，启唇唤来了守在隔扇外的侍女："执霜、执素，备车回郡主府。"

守在稍远处的执霜、执素打帘进来，先是对宁懿福了福身，又犹豫着看向长案后的傅随舟。

傅随舟垂眼，随意地将桌上还未写完的锦册合拢："起程吧。"他语声淡淡，"回去再说也是一样的。"

一行人回到郡主府时，恰是午膳时分。

宁懿将前来送膳的侍女遣退，独自回到卧房里，斜倚在美人榻上，专心地吃着刚冰镇好的果子。

傅随舟在临窗的长案旁落座，将适才未能写完的锦册重新放在案上。

"十五日之后，便是康王的忌日。"他用修长的手指将锦册翻过一页，在恰当处略添一笔，"太子如今已入皇室玉牒，不在康王一脉宗谱。按大玥礼法论，今岁应是郡主前去主祭。"

宁懿指尖正捏着一串紫玉似的葡萄，闻言挑起眼帘，笑中带嗤："我道是什么大事，原来是他的忌日。"

她从美人榻上侧转过身来，拿那双妩媚的凤眼睨着他："既然你娶了本宫，那这桩'光宗耀祖'的好事便让给你如何？"

她击掌笑道："到时候，你去给他上香，你去给他捧灵位，说不准他什么时候还能托梦回来，封你个阁老当当，岂不是两全其美？"

傅随舟神情淡淡："并无不可。"

他的话音落下，宁懿眯眸。

她从榻上支起身来，也不趿鞋，就这样赤着一双雪白的玉足，踏着地上的波斯绒毯走到了他跟前，白皙的手指轻轻抵上他的下颔："我们都成婚这么久了，本宫还是看不惯太傅这一本正经的模样。"

傅随舟没有退避。他抬起眼帘，对上她投来的视线，面上平静得看不出波澜："康王是郡主的生父，他的忌日在府中自然是一桩正事。"

"是吗？"宁懿俯下身来，拿那双妩媚的凤眼看着他的眼睛，抵在他下颔上的指尖随之下移，挑开了他领口上系得整齐的系扣，"他活着的时候便不正经，连扬州瘦马都想往王府里纳。如今他得病暴毙，也不过是天理报应，也配让本宫一本正经地谈论他的身后事？"

傅随舟握住她还欲往下的柔荑："死后万事皆空。这场丧仪并非办给康王的，而是办给世人看的。"

尤其是康王死得蹊跷，死状更是狰狞万分。

玥京城内的流言更是甚嚣尘上。

有人传是当今圣上的旨意，以绝后患；也有人传是王妃看不惯他的行径，亲自动手鸩杀；亦有人传康王强抢民女、为祸百姓、作恶多端，终遭报应……虽皆无实证，但人言可畏，不得不避。

宁懿却不在意。她从傅随舟的掌心里抽出手来，缓缓探入他的衣襟，摁上他坚实的胸膛，凤眼里笑意浓如烈酒："自然是要办，也自然是要谈，但本宫没有太多时间。

"若是太傅现在不谈，本宫可就要去后院，让养在府里的戏班唱《游园惊梦》去了。"

傅随舟眉心微皱。

若是康王忌日前夕，郡主却在府中公然奏乐听戏的事传扬出去，圣上与东宫的案头少不得又是一堆弹劾的奏本。

他轻轻合了合眼，终于抬手拿起了搁置在旁的锦册，重新与她核对起康王祭礼的细则。

"康王忌日当日，请南华寺主持与众僧至康王府中，行水陆道场七日。抄送《金刚经》六十部、《梵网经菩萨心地品》二十四部、《大方广佛华严经》一部……"

他的语声淡而冷，落在房内旖旎的春光间，愈显得春色浓艳。

宁懿红唇微抬，指尖落在他的衣襟上，就着他的语声，轻车熟路地解开他衣衫上的系扣。

原是傅随舟坐宁懿站，但随着衣衫渐宽，而他念诵祭礼程序的语声依旧清冷，她微眯的凤眼里渐有不悦。

她停住手上的动作，就这般慵懒地侧坐在他的膝上，玉手抬起，将发间戴着的金簪悉数解下，看也不看便抛在地上。

金簪落地声"当当"。

她如缎的长发翩然落下，将傅随舟手里的锦册挡住泰半。

傅随舟语声微顿，但仅是片刻，便又凭借记忆，一字不差地背出余下几行字句："筹备香烛四十九对，元宝纸钱等物共九箱……"

宁懿眸眸看着他，眼尾微扬，嗤笑出声："太傅真是好定力，即便这样，也能继续与我商议康王的身后事。"

傅随舟垂下眼帘，将宁懿散落在他衣袍上的长发拢到她的耳后。

"还有两页。"他淡淡地道。

宁懿抬眉："可我偏不想等。"

话音未落，她便抬手环上傅随舟的颈，毫不犹豫地吻上他的薄唇。

她吻得很重，贝齿咬过他下唇的时候尤为用力，带着点儿报复的意味。

宁懿突然停住动作。

她握住他拿锦册的手腕，吐字清晰地问他："我最后问一次，要你手里的锦册还是要我？"她指尖收紧，涂着蔻丹的指甲在他的腕间掐出白印，一双上扬的凤眼妩媚又危险，"选错了，这个月就请太傅在书房里过夜……休想踏进卧房里一步！"

傅随舟不答。他垂下眼帘，手里的锦册终于落在了地面上。

他反握住宁懿的皓腕，将她打横抱起，在她的笑声里，起身走向身后低垂的鸾帐。

春日的天光渐暗，转眼又是一日的黄昏。

昭昭从吉祥戏班里出来后，并未立即回到宣平将军府，而是趁机去青莲街上逛了一趟，买了不少新出的话本，还顺道带了好几包将军府里没有的小食。

这一日里，她玩得尽兴，一路上也未想太多回府后的事。

直至踏进熟悉的天水巷里，遥遥地看见宣平将军府的金字牌匾，她方想起自己要如何回府这桩事来。

明目张胆地走正门自然是不成，可是走角门的话，她离开府中许久，守门的小厮担不起这个责，自然不肯替她隐瞒，定是要通禀给阿爹阿娘的。

原路返回更是艰难，毕竟从墙上栽下来容易，再攀回去，她却没有这个本事。

昭昭略感为难地走出眼前的窄巷，还未想好要如何将这件事蒙混过去，甫一抬眼，却望见属于她的庭院外多了一名少年的身影。

他立在一株茂盛的海棠树下，身姿英挺，握剑的手臂修长笔直。

黄昏的光影自叶隙间落下，将他的面容隐在斑驳的碎金里，令人难以看清他面上的神情。

带着不少话本与吃食归来的少女既惊讶又欢喜。她在红墙尽头停步，将手里拿着的糕点与话本一同抱到怀里，踮起足向他招手，那双清澈的杏眸里满是笑意。

"白日里帮过我的小郎君，你再帮我个忙好不好？"

晚阳流金，海棠树荫里的少年在她的视线里骤然抬眼。

他眉眼清寒，在淡金色的流光中锋利如剑，泛着薄霜般冷锐的光。

远处向他招手的少女对上他的视线，微微侧首，长而乌黑的羽睫微扇。

逆着天光，她看不见他面上的寒意，仅好奇他为何不肯挪步。

但很快，她便将这个困惑放下。

并不怯生的少女弯起唇瓣，提起红裙，就这般踏着落在青石地上的浅粉棠花，三步并作两步小跑到他跟前。

"你的乌騣马呢？"她提着裙裾往他的身后张望，语声里犹带清脆的笑声，"我想问问它，要是我给它买上好的草料，它能不能委屈自己借个马背给我，让我踩着它回到院子里去？"

她这样说着，又抬手去摸发间的簪饰。

今日她临时出游，并未如何盛装打扮，除两朵送给他的发钿外，鬓间还能取下的，便唯有一支精巧的玉蜻蜓簪子。

这是她今岁及笄时母亲送给她的簪子，她格外喜欢，一时有些舍不得送人。

昭昭这般想着，便放过玉簪，转而将怀里新买的吃食匀出一半来递向了他："或者，它想吃胡萝卜馅的煎饼或者玉米做的甜糕吗？"

少年没有伸手来接。他目光微寒，骨节分明的手指在她的面前展开，露出掌心里一朵秀丽的珍珠发钿。

"这是你的东西？"他冷冷地问。

昭昭低头看了看，一双清澈的杏眸弯成月牙。

"这是我的发钿。"她眉眼弯弯，语调轻快，"不过它现在已经是你的东西啦，你想卖掉或者送人都可以。"

少年将握着发钿的长指收紧，看向她的目光透着寒意："我何时说过要收你的谢礼？"

昭昭杏眸轻眨，好奇地望了他一阵。少顷，她杏眸弯起，得出个结论来："你是觉得过意不去吗？"

她抱着满怀的点心侧过身去，很是体贴地示意他看向不远处的院墙："那你可以送点儿回礼给我，例如帮我搬个梯子过来……"

话音未落，她便听见远处似响起了轻微的开门声。

一名穿着褐袍的中年男子从角门里出来，老生常谈地对着守门的小厮叮嘱："老爷与夫人离府的时候特地吩咐过，如今城内不太平，不许放姑娘私自出府。你们可都把眼睛放亮些，若是姑娘出了什么事，谁也担待不起。"

昭昭赶紧止住语声，踮足张望，眼见着那名褐袍男子似要往她这走，她面上掩不住地一慌，连忙牵过身旁少年的袖口，拉着他躲进了身后的窄巷里。

"别出声。"她将被春风拂起的红裙拢住，紧张地往巷子外张望，"他是我们府里的管事，要是发现我私自出去，再告诉我的爹娘，那我这个月可别想再迈出府门一步。"

少年站在一道被梧桐掩映的白墙下，面上的神情与他的语声一样冷："与我何干？"

前来找她算账的少年抬臂抽回衣袖，毫不迟疑地转身便走。

昭昭杏眸轻眨，看了看跟前面冷心冷的少年，又回头看了看巷子外的情形。见那名冯管事都快走到巷口那株梧桐树下，像是一抬头就能看见她了，她不得不匆忙地提起裙裾，跟着他的步伐往巷子深处小跑。

"你等等。"她轻声细语地与他商量，试图将他拉到一条船上，"我不挑剔的。没有马背，梯子也成。没有梯子，你将角门外的小厮引开也成——你应当不是玥京城里的人吧？我是在这里长大的，作为回报，我可以带你在玥京城里四处逛逛……"

她话未说完，前面的少年蓦地停步。

昭昭没有防备，险些就这般笔直地撞到他的身上。

匆促间她勉强停住步子，心有余悸地拍了拍心口，那双清澈的杏眸却随之弯起，眼角眉梢蕴满笑意："你这是答应了？"

少年不答。他垂下眼帘，握着长剑的手无声地收紧，语声里透着如霜的冷意："我从未说过自己的来历。"

昭昭先是一愣，继而没忍住，轻轻笑出声来："这还要说的吗？"她伸手指了指他剑柄末端悬着的那枚玄色剑穗，"玥京城里不让卖黑曜石，即便是城内富户偶尔得到一枚，也都是深藏在家中，哪有这般随身佩戴的？"

一是会引起不必要的盘查。

二是招贼——尤其是成色这样好，通透得都可鉴人的黑曜石，能让胆大些的蟊贼从青莲街一路跟踪他到北侧宫门。

她去买百合糕的时候就想提醒他的，可惜他走得太急，她没来得及与他说起这件事。

她这般想着，便趁着如今为时未晚，好心提醒他："你还是将它收起来吧，或者先拿去当铺里当了，等要出城的时候再赎回来。"

"不必。"少年松开手中的长剑，当着她的面将那枚剑穗扯下，连同她给的珍珠发钿一同摁在了她怀中的话本上，"是卖是当，都随你。"

昭昭杏眸微睁，回过神来后，连忙拿起那枚剑穗要还给他："这也太贵重了，我可不能平白无故收你这样大的礼。"

少年隔袖握住她的手腕，乌眸沉沉，看不出情绪："你自幼在玥京城内长大？"

昭昭羽睫轻扇，下意识地点头："是，可是……"

她话未说完，少年便蓦地抬首，警惕地看向巷口："有人来了。"他毫不迟疑，立即俯身将昭昭打横抱起，语声微沉，语速极快，"明日辰时我来见你，问一些玥京城内的事。"

昭昭惊讶地抬眸，还未来得及问他是什么样的事，便听见了"呼呼"的风声。

身着骑装的少年不曾牵马，也不曾架梯子。他黑靴点地，就这般身姿轻捷地带她越过了丈余高的红墙，将她放在庭院里的秋千上。

秋千轻晃，昭昭站在桐木打造的秋千凳上，视线第一次与他的视线平齐。

光影渐暗，黄昏的春风里，紫藤与丁香的清香徐来。

她望见淡金色的天光落在他的眼睫上，照得他那双过于清寒的凤眼如星似夜，流转着烈酒般琥珀色的光，映亮了整座安静的春庭。

昭昭羽睫轻扇，在他回身离开时出言唤住了他："等等。"

她站在摇晃的秋千上问他："你叫什么名字？"

她的语声落下时，穿着骑装的少年已踏上来时的红墙。

他站在鱼鳞般整齐的青瓦上，短暂地回头看向她。

落日熔金，照得少年眉眼清寒。

他语气冰冷："你问这做什么？"

昭昭秀眉弯弯，答得自然："这也是玥京城里的规矩。你知道别人的名字之后，也要报上自己的，不然传出去，可是要算你失礼的。"她说着，从袖袋里摸出一只绣着自己名字的荷包，对他嫣然笑开，"霍昭昭。"

少年冷眼看着她，剑眉紧皱，似对她的"强买强卖"有所不满。但还未等他启唇，远处的游廊里便有足音迢迢传来。

昭昭轻轻眨了眨眼，小声催促："快呀。"

少年薄唇紧抿，在昭昭的视线里转身跃下红墙，身影消失在她看不见的长墙外，被春风送来的语声低沉冷淡，一如其人："谢渊。"

昭昭侧首，猜了猜应当是哪两个字，少顷弯眸："还挺好听的。"

她步履轻盈地从秋千上下来，将手里那堆花花绿绿的话本与吃食一同放到海棠树底下的青石桌上。

少年给她的那枚玄色剑穗还放在话本顶端，当中镶嵌的黑曜石冰冷剔透，流转着霜雪一般微寒的光，昭示着这场春日午后的相遇不是梦境。

昭昭顺手将它收起，与他递回来的那枚珍珠发钿一同装进了袖袋里，想着等明日见面的时候，找个机会还给他。

毕竟她不是什么喜欢满京城传闲话的人，拿眼前这枚剑穗作为她的封口费，未免太过昂贵了些。

只是昭昭袖袋里的东西还未理好，月见已从游廊里过来，神色很是焦急，还未步下游廊，便急促地连声道："姑娘，奴婢可算找到您了！老爷与夫人刚从府外回来，还让奴婢唤您一同去花厅里用晚膳，这要是再找不到您，可就瞒不过去了。"

昭昭眉眼弯弯，背对着她偷偷掩上袖袋，这才笑着回应："知道了，知道了，我这便过去。"

宣平将军府前院。

霍霆与顾清晓执手走过照壁，剪影成双。

沿途的丫鬟与小厮依礼低首，但眼里都是藏不住的艳羡。

霍家与顾家是世交，宣平将军霍霆与顾家嫡女顾清晓青梅竹马一同长大，在顾清晓十五岁及笄那年便成了婚，五年后诞下府里唯一的姑娘昭昭。

如今距大婚已过去二十年，二人间的感情却丝毫不见生疏。

宣平将军去边关的时候，家书从不间断。

每回从边关回来，一入京，他便马不停蹄地来见自己的夫人。

二人恩爱甚笃，可谓玥京城内的一桩佳话。

今日将军休沐，不必上朝，便也未着将军服，仅着一身藏蓝色常服，腰间并未佩剑，但依旧身姿挺拔，带着武将特有的轩昂。

顾清晓手里执着一柄绣白昙的流云团扇，鸦鬓间簪着与廊上紫藤同色的垂珠步摇，清丽的眉眼舒展，笑声轻柔："今晨去城郊的时候，我们应当带上昭昭的，免得她连日闷在府里，平白觉得日子无聊。"

霍霆振振有词："其他时候便也罢了，如今胤朝使节来京，也不知是敌是友，京中时局紧张，还是不要让她四处乱跑，以免横生事端。"

顾清晓团扇轻摇，眼角眉梢都藏着笑："也不知你是怕她惹事，还是怕她偷偷跟来，又听见一耳朵你年少时做的荒唐事。"

霍霆不自然地轻"咯"了声，将她的手攥进掌心里："都多少年前的事了，你怎么还记着？"

确实是五六年前的事了。

那时候昭昭还是孩童，正是好奇又好动的年纪，成日里跟小尾巴一样黏着她的母亲，连带着他都没什么机会和年年单独相处。

好容易挑了个昭昭在女先生那儿习字的清晨，他带着年年去城郊看野丁香，顺便重温下年少时的事。

没想到他刚说起年年及笄时，江陵的男女之防很重，他不能明目张胆地带她出来玩，便成日里翻墙去她闺房外的游廊里等她这件事，软磨硬泡地从婆子嘴里问出他们去向的昭昭便骑着她的小马从田埂上过来了。

昭昭兴高采烈地在他们中间坐下，睁着一双清澈的杏眸，非要追着他问："阿爹，你为什么放着正门不走，非要走墙呀？"

霍霆对此头痛不已，连带着也狠狠长了记性，但凡是要带顾清晓单独出门，临行前必要吩咐下人们将昭昭看好，以免又因一句话被她追着问上好几个月，好不容易建立起来的威严尽数扫地。

不过随着昭昭年岁渐长，府里的下人渐渐有些看不住她了。

他们前脚刚走，昭昭后脚就会变着法子溜出去玩。

他在枕畔与年年提过几次，但年年只是笑，还说起他们年少的时候没少背着岳父岳母溜出府去，连带着他也只好睁一只眼闭一只眼。

霍霆思绪未定，身旁的顾清晓便碰了碰他的掌心，轻轻地提醒道："到花厅了。"

霍霆立即正色。

顾清晓也敛住笑声，如往常那般迈步走进花厅里，与霍霆相携落座，对早已等在这里的昭昭弯眉："我与你父亲去见了位故交，回来得晚了些，不曾给你带糕点，便让小厨房多添了几道你爱用的菜肴。"

她说着，便对旁侧等候的侍女笑道："布菜吧。"

侍女们齐齐应声，鱼贯上前布菜。

昭昭眼睫轻扇，坐在下首乖巧地应了声，心里却明镜般清楚。

父亲最好的故交就是那位姓羌的将军，是战场上过命的交情，但那位将军少年心性，尚了公主后依旧不改，不打仗的时候便成日里带着自家的公主夫人天南海北地游山玩水，往往一整年加起来都未必能有一个月留在玥京城里，如今更是没有他们要回来的消息。

阿爹阿娘今日说是去见故交，其实八成又是撇开她不知道到哪里玩去了。

不过本着就算说出来，他们也不会承认的心态，昭昭便也乖顺地没有说破，等侍女们将她喜欢的菜肴呈上来，便端了碗银耳甜羹，小口小口地用着。

顾清晓也用了些时令菜肴，视线却落在昭昭的发上，一副若有所思的模样。

她并未立即开口，而是等到一顿晚膳用完，这才柔声问她："昭昭，你发间的珍珠发钿呢？"

昭昭伸手摸了摸，继而弯眸，很自然地答："午后玩秋千的时候怕掉了，我便收到袖袋里去了。"她说着，便拿帕子拭了拭指尖，证明似的将袖袋里的东西拿出来，"可不就在这里……"

她话音未落，却见坐在她对面的父亲面色骤然一变。

昭昭微愣，也觉得手里的触感似乎不对。她下意识地低头，看见她手里拿的不是自己的发钿，而是她顺手放进袖袋里的那名少年送她的剑穗——玄底青流苏，中间还镶嵌着一枚色泽如夜的黑曜石，明显是男子的物件。

昭昭杏眸微睁，慌忙抬手，欲将这枚剑穗丢回自己的袖袋里，但还是晚了一步。

坐在她对面的霍霆手疾眼快，立即从她的手里将这枚剑穗夺过。

"昭昭！"他疾言厉色，看着眼前的剑穗如临大敌，甚至都拿出了在沙场上征战的气势，"谁给你的东西？！"

他倒要看看，是哪家不长眼的小子，敢翻他家的院墙，干他年轻时干过的混账事！

昭昭杏眸轻眨，眼见着剑穗到了阿爹手里，估摸难再拿回来，遂从木椅上下来，想要蒙混过去："没有谁给，这是我在后院里捡到的。"

霍霆闻言脸色更差："近日府中不曾来客！"

这等成色的坠子，也绝非府内的小厮抑或帮厨购置得起。

昭昭轻轻眨了眨眼。

其实她也知道自己说的谎禁不起推敲，但若是照实说，便是她在偷溜出去的路上遇到一名陌生的少年，还在自家的后院里收了他的剑穗，与他约好明日辰时再在庭院里见面。

这其中随便一桩事，都能让她十天半个月出不了府门，要是全加起来……

她光是想想都觉得后怕。

于是她思忖少顷，还是先从袖袋里找出了珍珠发钿戴上。

"真是在秋千下捡到的，女儿看着别致，又找不到失主，便顺手放在袖袋里了。"她眉眼弯弯，神情乖巧，但有关这枚剑穗的事是一点儿不认，"阿爹不喜欢的话，是卖是当，随阿爹处置。"

话音方落，她便看见自家阿爹脸色更沉，显然是不信。

在他继续追问之前，昭昭赶紧转开话茬儿："女儿突然想起来，先生布置的课业还未做，得连夜赶完才成……"

话未说完，她便像是真的着急那般，提裙便往游廊里小跑。

霍霆蓦地起身，想要拦她，尚未抬步，袖口就被旁侧的顾清晓轻轻握住。

她不轻不重地将他的衣袖往回带了带，眉间笑意浅浅。

"小厨房的绿豆汤熬得不错。"她将装在白瓷碗里的绿豆汤放在他的手畔，"你也尝尝吧。"

"等我将事问清楚再喝！"霍霆双眉紧皱，还欲拦人，转头却见就是这一耽搁的工夫，适才还在花厅里的少女早已跑得无影无踪。

他愤愤地坐下："年年，你也太纵着她了！"

顾清晓以瓷匙轻轻搅了搅面前的甜汤，眼底有略带无奈的纵容："她定要扯谎，你又拿她有什么办法？"

自家的女儿，他难道还能刑讯逼供不成？

霍霆皱了皱眉，将桌上的绿豆汤重新端起，就这般一饮而尽。

"问不出来又如何？"他搁下碗，将掌心那枚剑穗拍在了桌上，神情冷得迫人，"我倒要看看，他有没有这个胆子过来！"

兔缺乌沉间，转瞬便是一夜过去。

昭昭卯时初刻便起身，梳洗过绾好长发的时候，更漏也不过敲到卯时二刻。

正在替她整理披帛的月见不免惊讶："今日没有课业，姑娘怎么起得这般早？可要用完早膳后再去睡个回笼觉？"

"回笼觉自然是要留到午后再睡。"昭昭对着妆奁上的铜镜照了照，见没有什么不妥的地方,便笑着转身,推开隔扇,步履轻盈地往廊里走,"至于早膳,我自己会想法子解决的。"

月见跟在她身后,有些放心不下地询问:"姑娘这是打算背着将军出府去玩吗?要去哪里?日落前可能回来?"

昭昭笑声清脆:"我也不知道,兴许去青莲街上,兴许就留在府里……反正若是阿爹问起来,你便推说我在房内躲懒,如今还没起身。"

"那姑娘您可要早些回来。"月见忍不住唉声叹气,"奴婢每回都这样说,将军早就不信了。"

昭昭秀眉微弯,还想再说些什么,却不想方步下游廊,一抬眼,便看见自家阿爹正威风凛凛地守在垂花门前,身着战甲,手提银枪,俨然是要上战场的做派。

昭昭杏眸睁大,惊讶地出声:"阿爹?"

她低头看着阿爹手里寒光四射的银枪,越发震惊:"阿爹这是要去上值,还是去京城外剿匪?"

霍霆向她走来,面色冷肃:"今日告假,就在府中陪你。"

昭昭微愣,急忙摇头拒绝,神色越发乖巧:"阿爹还是去上值吧,月见与竹瓷陪我便好。"

"北面的战事初平,近来无事。"霍霆阔步走到她身前,盯着她欲闪躲的眼睛,"怎么?是有什么我不能知道的事?"

昭昭连连摇头:"没有。"

自家阿爹的脾气她是知道的,在这件事上可谓绝无商量的余地。

她这般想着,又忍不住悄悄看了眼远处放着的更漏,眼见着上面的漏刻又往辰时的方向靠近一截,自己一时间又想不出什么好的办法,唯有退而求其次,至少先从阿爹的眼皮底下离开。

于是她尝试着道:"那阿爹在这里守着,女儿和月见她们去后院里打秋千。"

霍霆冷冷地道:"只要不出府门,其余随你。"

昭昭略想了想,便先带着月见走到后院里,如常站到桐木制的秋千凳上。

月见站在她身后,替她将秋千高高推起。

院里春深,繁花满枝。

少女站在秋千上,红裙摇曳,杏眸弯弯,若是不去看那位冷脸立在垂花门外擦拭银枪的将军,这场面倒也算其乐融融。

但随着远处的更漏一滴连着一滴落下,离约好的时辰愈来愈近,自家爹爹丝毫没有要走的意思,手里的银枪倒是擦得雪亮,都能照见秋千上的人影,昭昭不免有些着急。正当她想着要不要谎称自己身子不适,诓骗阿爹替她去寻郎中的时候,游廊里有足音匆促而来。

昭昭在摇晃的秋千上别过视线,看见母亲身边的侍女流墨匆匆走来,对着院墙前的霍霆福身:"将军,夫人请您过去。"

"年年？"霍霆停下擦拭银枪的动作，瞥了眼秋千上的昭昭，皱眉询问，"有什么要紧事吗？"

"夫人没有明说。"流墨低头，小心翼翼地道，"只是奴婢瞧夫人一直摁着眉心，恐怕是早间起得猛了，现在觉得头痛……"

流墨的话音未落，霍霆立刻动身。

"我去看看！"他搁下手里的银枪，头也不回地疾步往前院走。

昭昭也赶紧从秋千上下来，轻手轻脚地走到垂花门边，在一架盛开的紫藤后踮足往游廊的方向看，直到看见自家阿爹的背影消失在游廊转角处，这才松了口气。

她也不耽搁，就这般提着红裙，三步并作两步走到了院墙边，手握着地上的梯子，悄声唤月见："月见，快过来搭把手。"

月见赶紧应声，与昭昭一同将梯子扶起，架在墙上，却还是有些放心不下："姑娘，夫人那里……"

昭昭将臂弯间的披帛多绕了两圈，以防冷不防踩上。她提起裙摆，头也不回地登上梯子，眉眼间、语声里都藏着笑："月见，你也不想想，母亲什么时候有过头疾？"

月见恍然："奴婢就说，夫人素日好好的，怎么突然就得了头疾……"她说至此，感觉梯子微微一晃，像是有些不稳，连忙双手紧紧地扶住，又仰头看着快要离开梯子攀上墙头的少女，"那要是老爷回来了，找不到您，奴婢该怎么交代？"

昭昭回头，对她嫣然而笑："就说我玩得累了，回房睡回笼觉去了。"

月见忍不住笑："姑娘怎么又是这句？这句话用了不下十次，老爷早就不信了。"

昭昭也轻笑出声："等下回得空的时候，我一定编个好的。"

她说着，就这般踏着梯子攀上墙头，往巷口的方向张望。

天水巷里晨雾已散，马蹄踏过青石路面的声音脆硬，犹如击玉。

乌鬃马上的少年玄色骑装，墨发半束，眉眼清冷，犹带着冬日未散的寒。

他在红墙下勒马，仰首对上她的视线。

此刻，远处的滴水更漏迢迢响起。

卯时三刻。

红墙外的少年极为守时，一刻也不曾来迟。

昭昭眉眼弯弯，从梯子上走到墙上的青瓦间，对他挥了挥手："我这就下来，你可要接着我呀。"

谢渊剑眉微皱，还未启唇，便见墙头的少女拢着红裙，挽着披帛，就这般轻巧地从红墙上跃下。

春风里，她裙裾摇曳，发间戴着的步摇"当当"，似一朵海棠从枝头坠落。

谢渊眉心紧蹙，下意识地踏马起身，将落下的少女接住，反手摁在了宽阔的马鞍上。

他看着她的眼睛，语声微冷："跳墙这样的事，有瘾？"

昭昭却来不及解释。她轻车熟路地从马鞍上起身，转身背对着他，伸手去拿悬在旁侧的马鞭："快跑。"说话间，她指尖已摸到了银鞭，便匆忙执起往骏马的鬃间一落，"不然等会儿可就来不及了。"

骏马吃疼，扬蹄往前飞奔。

谢渊单手控住马缰，在急促的马蹄声里问她："有人在追你？"

昭昭轻轻眨了眨眼，如实回答："现在还没有，但是很快便有了。"

谢渊瞥她一眼，简短地问："想去哪儿？"

昭昭将马鞭递给他："哪里都可以，越偏僻越好。"

谢渊应声，没再多问。

马蹄踏地的声音疾如落雨，载着二人往偏僻的巷中绝尘而去。

特殊故事线番外二　千金诺

宣平将军府前院。

霍霆疾步而返,不等侍女前来应门,便推开了眼前的隔扇。

室内窗明几净。

一道山水绣屏前,在房内伺候的侍女们垂首而立,神情微有忐忑。

霍霆问离他最近的人:"紫檀,夫人呢?"

名唤紫檀的侍女福了福身,往屏风后为他引路:"夫人在窗畔等您。"

霍霆阔步绕过屏风,甫一抬首,却见顾清晓好端端地坐在临窗的长案后,衣饰整齐,云鬓乌黑,清丽的眉眼间盛着笑意,没有半点儿不适之态。

更明显的是,她的面前还整整齐齐地摆着两碗冰镇好的绿豆汤。

霍霆当即觉出受骗,蓦地转身欲走,却被顾清晓轻轻唤住:"你扭头就走,是在与我置气吗?"

"没有。"霍霆不得不转过身来,在她的对面落座,将近身伺候的侍女都遣退。

直至隔扇合拢,他方皱眉道:"昭昭这丫头是不是提前来找过你,软磨硬泡地非要你帮她脱身?"

他都能想象出那个场景。

年幼的时候,这丫头便爱撒娇,一口一个"爹爹"唤得人心软,让他一直没能狠心管教她;如今长大些,便越发管不住,连不知道哪个浑小子递来的贴身物件都敢收。

他越想越气,再度起身:"不行,我得去后院里看看她!"

顾清晓也不拦他,只是轻笑出声:"依着昭昭的性子,就你离开这一会儿,她已不知跑到何处去了。你现在再回去,也只能听她的侍女扯谎骗你。"

霍霆眉心紧锁,却不得不承认她说得对。

顾清晓见此,便将手畔的绿豆汤推过来一碗:"小厨房新做的绿豆汤,还算是清热

584

降火。"

霍霆抬首接过，一气饮下，但心头的火依旧没消下去。

他忍不住道："年年，你也不管管她？"

顾清晓望了他一眼，唇角微微抬起："这哪里是我能管住的事？"她轻弯眉梢，"更何况，你年少的时候也没少翻我家的院墙，那时候，我家阿母可曾管过你？"

霍霆被她说得面上一烫，干咳道："那怎么能一样？"

他们两家是世交，父辈同在江陵为官，虽说是一文一武，但论官阶倒是同级。

霍、顾两家的父辈，一人为官刚直，另一人为官清正，即便分别为文官与武将，亦同样视对方为知己，连购置宅子时都选在了差不多的地方。

那时两家比邻而居，中间仅隔着一道窄巷，出了霍家的正门，还未走上几步，便能看见顾家的石狮子。

他与年年也是青梅竹马一同长大。

因此，就算他翻过顾家的院墙，那也是合情合理地翻，怎么能和外面来的野小子相提并论？

霍霆不悦地冷哼："我是担心昭昭遭人诓骗。"

顾清晓也端起绿豆汤来。她看着里面自己的倒影，眼底漾起笑来："你还记不记得去年夏日，也是这样用绿豆汤的时候，工部尚书的公子翻了我们家的院墙？"

霍霆一听，便气不打一处来。

"那纨绔！"他重重地将手里的瓷碗搁下，语声冷厉，"成日里游手好闲，不是在赌坊里就是在秦楼楚馆里，没有半点儿他爹为官的风骨！这等混账东西，也敢翻我们家的院墙！"

顾清晓以手支颐，也回忆起那个夏天的事。

她也是后来才知道的始末。

那时候昭昭还未及笄，玩心也重，成日里总想着溜出府到玥京城里玩，没承想，那日回来的时候正巧遇到了尚书府的纨绔。他也不知起了什么心思，一个劲地要请昭昭去天香楼用膳。

昭昭不理会他，他就一路跟到将军府门前，没有拜帖进不了府，便又绕到院墙底下，让跟着他的小厮们搭成人墙，让他踩着肩爬上墙头。

这一幕正好被在院子里打秋千的昭昭看见。

昭昭也不恼，还让侍女们给他搬了一架老旧发霉的梯子过去。

尚书府家的纨绔喜出望外，也不看一眼，当即踩上去，一下便踩断了梯子上的踏棍，从墙头狠狠地摔下来。

院墙高达丈余，他摔得着实不轻，据说被送回府后，一连在床上躺了好几日才能勉强下榻，能出门的当日，又被他爹押到将军府里，当着满院下人的面跪着认错，可谓吃尽了苦头。

顾清晓忍笑道："昭昭倒也没这般好骗。"

若是她瞧不顺眼的人，未必能进她的院子里。

半个时辰后，乌鬃马停在城西的一条窄巷外。

谢渊单手勒马，望向远处的巷口："再往前，就要出玥京城的城门了。"

昭昭亦抬起羽睫，顺着他的视线看过去，果然看见朱红的城门遥遥在望。

她唇角抬起，满意地轻轻点了点头，翻身从马上下来，对他弯眸："那就在这里吧。"

她回过身来，好奇地询问："你想找我问些什么？"

谢渊同时翻身下马，但手中依旧紧握着缰绳，俨然是问完便要离开的架势。

"玥京城近年来发生的事。"他顿了顿，又道，"仅在数年之前，玥京城内吏治混乱，盗匪横行，百姓人人自危，如今所见却并非如此。"

"这桩事可有些说来话长。"昭昭轻笑了声，左右望了望，在一株桃树前铺帕坐下。她支颐望着巷外来往的百姓，黛眉弯弯："还要从先帝驾崩前说起。"

谢渊微顿，终于松开手里的缰绳，抬步走到了她的跟前，垂眼看着她："你说。"

昭昭羽睫轻扇，将手肘支在膝上，半是认真地道："你这样看着我，我说不上来。"她伸手朝他比画了下，"你生得这般高，还在我跟前站着，就这般居高临下地看着我，不像是要与我说话，倒像是要审犯人。"

谢渊瞥了她一眼，没有说话，但还是在她身旁不远处坐下。

他问："这样可行？"

昭昭侧头看他，觉得他即便坐着，也比她高出一截。于是她起身坐到旁侧一块比较平坦的大青石上，这才回忆着道："数年之前，先帝还未驾崩的时候，政事是由当时的太子，也就是后来的康王暂理。只是康王耽于美色，荒废朝政，而先帝病入膏肓，也无法管束他，这才导致玥京城里乱作一团，全凭朝内的几位重臣与当时还是靖王的圣上勉力支撑。

"好在先帝病危之前下了道密旨——废太子，立靖王。玥京城里还因此起了一场很大的风波。

"不过后来风波平息，圣上枢前即位，数年来励精图治，罢佞臣，扶忠良，这才有了如今玥京城里海晏河清的景象。"

她简单地说了些当今圣上的政绩，又笑着补充道："那时候我才几岁，这些旧事都是我听阿爹说的，不一定全是这样，但应当也差不离。"

谢渊同时抬首，顺着她的视线看向巷外的长街。

即便是这样偏僻的地方，长街上依旧人流如织。

街边的馄饨摊子旁，几名泥瓦匠正大口吃着馄饨，高声谈论着近日又给哪家砌了新墙，建了屋宅，卖馄饨的摊主忙活个不停，在挑子旁热得头上冒汗，但脸上满是笑容。

就这般看去，确实有些百姓安居乐业的景象。

玥京城内从百废待兴到百姓安居，短短数年，着实不易。

无论是从曾经的情报上看，抑或是从眼前的少女口中听来，都没有亲眼所见来得真切，谢渊没有质疑。他从桃树下起身，牵过正吃着落花的乌鬃马。

临上马之前，他回首，平静地询问："宣平将军是先帝倚重的部将，如今一朝天子一朝臣，你的父亲不怕吗？"

昭昭也从桃花树下起身。她伸手理了理被坐得微皱的裙裾，语调依旧轻快带笑："不怕呀。圣上是明主，分得清忠良与奸佞。大玥国库不足的时候，圣上还愿意裁减自己的用度来给边关的战士们置军粮与冬衣。这些事诸位将军都看在眼中，又有什么好担忧的？"

她这般说着，又抬手将发上簪着的红宝石步摇取下，大方地伸手递给他："对了，那枚剑穗我可能没法还你了，就将这个抵给你吧。"

谢渊低首，望见桃花树下少女笑意盈盈，白皙的掌心里放着一支半开海棠步摇。

海棠花瓣是由上好的红宝石雕成，底下坠着的同色流苏摇曳着缠绕在她纤细的指尖上，越发显得她本就洁白的手指莹白如玉。

他再度垂眼，拒绝道："不必。"

昭昭杏眸轻眨："都说无功不受禄。可是，我还想蹭你的马，去京城里逛上一圈。"她惋叹道，"毕竟，这可能是我这个月最后一次出来玩了。"

谢渊挑眉不语。

他眼前的少女看着天真乖巧，但是跳墙的动作这般熟练，毫不迟疑，显然不是第一次逃家。

昭昭似也看出他眼底的质疑，索性将昨日发生的事与他简单地说了一遍。

末了，她还叹了口气，略带点儿苦恼地抱怨道："正巧那一日我没准备出门，袖袋里便也没放什么东西。我是真的以为只有珠花……"

换平日，她袖袋里少说也能摸出些胭脂盒、小圆镜，或者备用的发簪、绣帕等物件，也不至于这么巧，一拿就是他的剑穗。

昭昭正这般想着，却见眼前的少年侧过脸去。

日光斑驳的树荫下，他眼睫低垂，令人看不清其眼底的情绪，但那双淡色的薄唇短暂地抬起一个弧度，似有笑意一闪而过，如春来冰雪消融。

昭昭讶然停住了视线，跟着侧过脸去，想仔细地看看，但视线还未落在他的面上，那缕笑意便已消失无踪。

他抬起那双窄长的凤眼看向她，冷淡地吐出一字："该。"

昭昭杏眸微眯，鼓腮气闷："明明是你的剑穗惹出来的事，你怎么还带幸灾乐祸的？"

谢渊没有回答。他在昭昭不满的目光里翻身上马，却不曾扬鞭，在桃树的浓荫里等了少顷，终于平静地启唇："不上马吗？"

昭昭讶然抬眼，看着眼前神情冷漠的少年，都有些怀疑自己听差了："你方才说什么？"

谢渊淡淡地反问："你不是说要去玥京城里逛一圈？"

昭昭杏眸亮起，毫不迟疑地提裙小跑过来，在他反悔之前翻身上马，在宽阔的马鞍上坐稳。

她将那支谢渊不肯接的海棠步摇重新簪在鬓间，心情颇好地伸手给他指路："我想去城东的天香楼里听说书先生说书，去白鹤街上的水云间茶楼里听新来的姑娘唱评弹，还想去城北的古玉轩里看看有没有新上的古玩，还有……还有那家开在暗巷里的糕点铺子，听说又上了新的点心……"

眼见着她要说个不停，谢渊立即截断她的话："光你现在说的这些，一日便走不完。"

昭昭唇角微扬，笑意盈上眉梢。

"一日走不完就两日呀，两日走不完还可以三日五日，"她十分贴心地告诉他，"反正我就住在将军府里，你得空的时候都可以来找我玩。"

她说得这般理所当然，像是早就算好了这个月的行程。

谢渊握缰的手微顿，他半晌没有答话。

昭昭也察觉到了。她从马背上侧过脸来，拿那双清澈的杏眸望着他。

少顷，她杏眸弯起，笑声清甜："都说君子一言，驷马难追……你该不会是要反悔吧？"

她的话音未落，乌鬃马便踏过一块翘起的青石。

马背起伏间，昭昭的身子也微微一晃，但她还未启唇，手臂便被紧紧地握住。

"坐稳。"她身后的少年握紧马缰，语声清冷，听不出情绪，"至多陪你半个月……"

令昭昭感到高兴的是，谢渊没有食言。

之后的半个月里，他总是在卯时三刻准时等在她的院墙外，带着她到玥京城里游玩，又在日落之前将她送回府里。

更令昭昭感到庆幸的是，她家爹爹似乎也默许了这件事，从一开始寸步不离地提枪守在她的垂花门前，到最后除了用膳的时候碰面，其余时候总也见不到人影，唯独脸色一日黑似一日。

倒是自家阿娘每日都是心情颇好的模样，总是笑盈盈地让小厨房添些清热去火的菜肴过来。

今日又是个晴日，还恰逢霍霆在家休沐。

昭昭还未起身的时候，顾清晓便已坐在窗畔，素手拈着一根银针，对着窗外的春光穿上分好的绣线。

稍远处，宣平将军霍霆正皱眉替她将几股缠绕在一起的靛青色绣线分开。

这是女红里最细致的活计，拿惯了银枪的将军极不熟练，分了好久，才艰难地分出两根。

他有些心烦地看了看窗外的庭院，侧首问顾清晓："是不是又要到辰时了？"

顾清晓理了理手里的丝线，有些漫不经心地道："好像是快到了。"

霍霆皱眉："昭昭是不是又和那小子出去玩了？"

顾清晓弯了弯眉，巧妙地避开他的话："我今日可一直待在房里。你都不知道的事，我又怎么会知道？"

霍霆有些气结。

他当然知道，而且起初可谓寸步不离地盯着她。

但近半个月来，只要他休沐在家，年年就会拉着他过来分绣线，而且每回都是辰时前后。

他每次都想早点儿分完回去，偏偏这些缠绕在一起的绣线比在边关打仗时遇到的戎狄还难对付，往往一分便是大半个时辰。

等他回到庭院里的时候，昭昭早就跑得没影了。

他想至此，忍不住看向了顾清晓手里的绣布："年年，你还要绣多久？"

"不久。"顾清晓略忖了忖，当着他的面将绣绷拆下，将足有三尺长的锦绣山河图展开给他看，"绣完这幅锦绣山河图便好。"

霍霆垂首，盯着面前才绣了不到半尺的锦绣山河图半晌，终于一言不发地扭过头去，认命地继续理手里的绣线。

玥京城里的白鹤街上，身着红裙的少女正牵着少年的衣袖，从一家卖胡饼的铺子里出来。

长街上天光正好，扑面而来的春风不烫。

她便这般一只手牵着少年的衣袖，另一只手拿着张新烤好的胡饼，顺着人流走马观花地闲逛，看到卖泥人的摊子要停步，看到编的蛐蛐笼子要买一个，尤其是看到卖话本的，更是走不动路，非要将她没看过的都挑出来买下，这才肯继续往前走。

眼见着一整个胡饼都吃完了，她却连半条长街都未能逛完。

倒是话本买了有十几本，昭昭手里都快拿不下了，只好拿绳索扎成一捆，转而对谢渊弯眸道："要不，你帮我拿一会儿？我等会儿请你吃李家铺子的驴打滚。"

谢渊抬首接过，皱眉提醒她："按你这种逛法，再有半个月，也逛不完这座玥京城。"

昭昭却不在意。她转过头去，步履轻快地往前走："有什么关系？反正半个月后还有半个月，日日复日日，年年复年年。要是什么时候逛完了，还可以回过头来再逛一次。"

谢渊轻轻看了她一眼，没有接话。

昭昭恰好走到一家卖糖画的摊子前，正想买一支做成白兔模样的糖画，见他不作声，便又转过脸来，轻轻眨了眨眼："你是急着要走吗？"

谢渊顺手将她看中的那支糖画买走，语声淡淡："不会停留太久。"

昭昭也买下了一支桃花模样的，若有所思："看你很留意玥京城里的消息，我还以为你是要在玥京城里购置宅子呢。"

"不会。"谢渊将买走的那支糖画递给她，"我不吃糖。"

昭昭一手一支拿着，原本想吃那只兔子模样的，但见摊主做得太过玲珑可爱，以至她有些不忍下口，便改为转头咬掉桃花的一片花瓣。

糖汁在唇齿间化开，甜得让人张不开口。

素日话多的少女短暂地安静了阵，吃着手里的糖画，转了个方向，带着他往一家还未逛过的饰品铺子前走。

谢渊也未再多言，就这般在人流里与她并肩而行。

直至途经宁远将军府前，他方驻步，抬眼看向府门上的金字匾额："自从我来玥京城，这座将军府的大门从未敞开过。"

昭昭也抬头看了看，为他解释道："这里是羌叔的府邸。他带着自家夫人，嗯，也就是当今圣上的皇姐——和静长公主游山玩水去了。"她说着，指了指一个方向，"要是再往白鹤街的方向走一会儿，还能看见一座公主府，也是常年空着的。"

谢渊听出她话里的艳羡，问："你也想去吗？"

昭昭微愣，似乎有些惊讶，也有些希冀。

"我是在玥京城里长大的，除了每年回江陵见外祖，几乎没有去过其他的地方。"她惋惜地道，"玥京城虽大，但是十几年下来，里面的风景早就不觉得新奇了。"

谢渊侧首看着她，轻轻重复着他们这段时日去过的地方："城东的天香楼、白鹤街上的水云间、城北的古玉轩、暗巷的糕点铺子，都逛腻了？"

"是啊，早就……"昭昭说到一半，才回过神来，但是为时已晚，只好若无其事地去看道旁的棠花，"羌叔府外的西府海棠开得真好，要不是他不在京城，我都想带你去他的府邸做客。"

她回忆着道："他和长公主养了一只叫小七的猫，还有一只会说话的鹦鹉。可惜它并不聪明，至今也只会说'十九'和'公主'四个字。"

她试图将话题扯开，眼前的少年却偏偏不上这个当。

他眉梢微抬，将话题带回："你都逛得腻了，还逛那么久？"

昭昭见绕不过去，便轻轻弯了弯秀眉，自然地道："因为你是第一次来玥京城里呀。"

那些她闭着眼睛都能想起来的风景，他都未曾看过。

那些她已经吃腻的点心，他也未曾尝过。

谢渊微顿。他从未想过是这样的答案。

春风过处，少年有片刻的静默。

昭昭也没再接话，低头看着手里拿着的糖画。

那支没舍得吃的白兔糖画渐渐被日头晒得有些化了，金棕色的糖汁顺着竹签淌下来，眼见着就要流到她的手背上。

她略想了想，从袖袋里拿了帕子，裹住有些发黏的竹签，又侧首问他："你为什么不肯留下呢？是不喜欢玥京城吗？"

谢渊抬手接住一瓣将要坠在她发间的海棠，乌黑的羽睫轻垂："我有非回去不可的地方。"

昭昭抬起眼睫看向他。

虽说他们相识半个月有余，但眼前的少年从未提及过自己的来历。即便她开口询问，他也是不动声色地避过。

以至如今整整半个月的光阴过去，她除了知道他的名字，好像什么都不知道。

她微微抿唇，怅然又不满："那你是三日后走，还是五日后走？"

她轻睨他一眼，半真半假地道："若是三日后走，我应当不能去送你了。"

谢渊问："为什么？"

"因为胤朝使节来朝的事。"昭昭微微侧过脸，不去看他的眼睛，真假参半地将之前听过的事转述给他，"当今圣上忙于政务，膝下没有公主。若是胤朝想要和亲，想来还是要从宗室女与臣女里选出一个人，封为公主，远嫁胤朝。三日后就是皇后娘娘为此事而设的春日宴。"

她说到这里微微一停，认真地强调道："我也收到了宫里送来的请柬，不能不去。"

谢渊"嗯"了声，语调平静："那便去。"

昭昭看着手里化得快要看不出形状的糖画，红唇微抿，不免有些生气。

他们之间即便不算有多深厚的交情，至少也是一同在玥京城里玩了大半个月，临到分别，他却连自己哪日离开都不肯告诉她。

她赌气地转过脸去，头也不回地往前走。

"去就去。"

反正谢渊也不要她送行。

天宁郡以南，崇山峻岭深处。

正坐在冬青树上小憩的羌无被一阵鹦鹉的叫嚷声吵醒。

他半闭着眼，信手捏住月梨黑色的鸟喙，嗓音里还带着小睡初醒的慵懒："这才什么时辰，你就又饿了。你是不是也太贪吃了点儿？"

月梨被他捏着鸟喙，没法叫嚷，便睁着那双黑豆似的眼睛，不住地扑腾翅膀，一副极不高兴的模样。

树影摇曳，坐在树荫里的李檀也抬起眼帘。她轻抚着怀里黑白花的狸奴，黛眉微弯，笑声轻柔："十九，你又克扣月梨的吃食了吗？"

"臣可没有。"羌无眼眸微弯，带着月梨一同从冬青树上跃下，与李檀并肩坐在清凉的树荫里，"是月梨突然吵醒了臣。"

他看着手中犹在扑腾的月梨，抬了抬眉梢："这副恼羞成怒的样子，就像有人当面说它的不是。"

李檀忍笑："可是这里除了我们，便只有小七。"她道，"我可没有说月梨的不是。"

她的话音刚落，趴伏在她怀里的狸奴动了动雪白的耳朵，懒洋洋地"喵"了声，像是在说并不是它，也像是见惯了俗世的老人对年轻一辈不予计较。

小七如今已二十余岁，在狸奴里可谓高寿。它胡尖有些泛白，也越来越懒得动弹，成日里伏在李檀的膝间打盹。

倒是月梨一如既往地活泼而聒噪，成日里"十九""十九""公主""公主"地叫嚷个不停。

李檀略想了想，又一本正经地从袖袋里取出一条朱红色的小蛇来："还有碧桃也在这儿。"

她的话音落下，小红蛇便趁机盘绕在她的手腕上，对着羌无的袖袋不住地探头。

羌无笑了声，松开手里的月梨，将藏在袖袋里的小白取出，放到小红蛇的旁侧。

小白冬眠初醒，此刻动作还有些迟钝，好一会儿才懒散地在李檀的腕上蜷起，与碧桃缠绕在一处，像一对上好的红白玉镯。

李檀低头看着，唇角微微抬起。

她还记得她第一次跟着十九回故乡的情形。

他的故乡实在太远，远到连习俗都与玥京城里的不同。

他的族人喜欢佩戴银饰，住青碧的竹楼，因为竹楼每逢春夏格外阴凉。

起初她听不懂羌语，只知道这里家家户户几乎没有不豢养蛇的。她走在路上都要小心翼翼，担心会不会冷不防踩到一条。

好在十九总是寸步不离地跟着她，没让这样的担忧成真。

随着漫长的光阴过去，她不仅学会了羌语，还接受了十九送给她的一条小蛇。

她给它取名叫碧桃，正好与十九的那条凑成一对。

如今想来，她仍觉不可思议。

羌无也伸手，拨弄着小白冰凉细长的尾，语声慵懒带笑："等过了春日，公主想去哪里？"

他从袖袋里拿出一张卷好的羊皮纸，在李檀的手畔摊开。

这是一张精心绘制的地图，记载着大玥的城池分布，其中大半城池的边缘都已经圈上了一个红圈，象征着他们已经去过。

羌无折了段青枝代笔，在地图上轻点几处，一副若有所思的模样："能避暑的几个地方我们都已逛过，再往北可就要出大玥的国境了。"

李檀低头看了看，听他这般说，便也轻声道："说起国境……我好像记得，今岁的春日，胤朝要遣使来朝，算算时日，如今应当已经快到玥京城了吧？"

羌无低头轻笑："公主记错了。"他点了点玥京城的位置，"他们应当早就到了，这几日都快离京了。"

李檀轻轻摸了摸怀中小七的下巴，隐隐有些担忧："不知道他们是来做什么的，可别又是求娶公主……"

她至今仍对和亲这件事心有余悸，即便那已是她十七岁那年的旧事。

那时，乌孙来朝，求娶公主。

她病重的父皇想让她为了阿兕和亲远嫁。

阖宫上下都在为此事做准备，都理所当然地觉得她应当为大玥做这最后一桩事。

唯有十九在春夜里问她，愿不愿意跟他走，回到他在天宁郡以南的故乡。

她最终还是没能拒绝。

就在他们决定漏夜离宫的前夕，父皇在太极殿内骤然梦魇，惊悸而醒后神色阴沉。

他遣退所有的宫人，在殿内枯坐半宿，未待天明，便颁布圣旨，驳回了乌孙的和亲请求。

隔日，乌孙的使节怫然而返，宫中的众人面面相觑，都道圣心难测。

曾为此事进言过的皇后与太子亦连遭疏远打压。

最后一刻，先帝更是立下密诏：废太子，立阿兕。

阿兕柩前即位，这才有了大玥如今的海晏河清。

宫内无人知晓先帝那一夜究竟梦见了什么，唯独李檀在他临终前短暂地听他提过一句。

那时先帝意识已不清楚，躺在龙榻上，枯槁如朽木。李檀要俯身贴近他的唇，才能听见他沙哑的"喃喃"："那一夜，朕在梦中，见到了往后的事。"

至于往后究竟发生了什么，这位年迈的帝王终究还是未能言明。

春风拂过头顶的冬青叶，十九的语声轻轻落在耳畔，将她的思绪带回。

"不会。"他眼眸微弯，"圣上登基的时候曾立过誓，大玥从今往后不会有被迫和亲的公主。"

李檀如此。

其余公主亦如此。

羌无指尖轻垂，不动声色地碰了碰袖袋里藏着的药瓶。

为这个誓言能够实现，他不惜在陪李檀游玩的间隙，数次回玥京城潜入康王宅邸，让这名昏聩无能，却成日里谋算着如何夺回帝位的废太子早日暴毙。

自然，这件事，他并未告诉任何人，包括李檀。

春风拂叶声里，李檀黛眉轻弯："我信得过阿兕，"她轻声道，"只是希望不要因此再起战事。"

羌无抬了抬眉："自然。"

他抬首，看向青山之后，玥京城的方向，笑声依旧是少年时的清朗："天下承平，不起战事，臣才能带公主天南海北地游玩。"

李檀也抬起眼帘，看向面前的群山与群山之上高远的天幕，唇角轻轻抬起。

从前，她不敢奢望。

但如今，她亦愿天下承平，海晏河清，愿曾经在御河畔许下的心愿皆能实现。

春夜梦短，三日光阴很快过去。

昭昭如往常那般卯时便起身，梳洗后却未先去前院，而是走到后院里，独自荡了许久的秋千。时间在秋千摇荡间一点一滴地过去，直至辰时的更漏敲响，红墙外无数人接踵而过，她却再也没见到曾经打马而过的少年。

昭昭不知为何有些怅然。她在春日的秋千上出神少顷，直至月见从前院里过来，对她笑道："姑娘，是启程去春日宴的时辰了。"

昭昭抿了抿唇。

她其实可以不去。

虽然请柬上未曾明说，其中的意思却并不难猜：这是为胤朝择选和亲公主的宴席，若非自愿者，称病不去便是。

她原本早就想好，要称病带谢渊去城郊的山寺里求签，吃里头新鲜的斋饭。

但是如今他都走了，还留下一句话，让她过去试试。

她便赌气地想去春日宴上看看。

左右这个和亲的人选也落不到她身上。

她这般想着，便提裙从秋千凳上下来，跟着月见往前院的方向走，才过垂花门，却见本应在上值的阿爹堵在青石路上，脸色微沉地看着她："昭昭，你可知道今日的春日宴是为了什么？"

昭昭自然知道。她轻轻点了点头，主动解释道："阿爹放心，女儿没想去胤朝和亲，只想去宴席上看看都有哪些贵女想去，席间又有什么新奇好玩的。"

若是当真无聊，她便找个理由回来，便当作应了前日答应过谢渊的话。

霍霆的神色仍是紧绷。

"不成！寻常的时候胡闹便也罢了，这场宴席绝非你能随意玩闹的地方。"

若是有个万一，胤朝的使节选中了昭昭，谁也承担不起破坏两国交好的罪名。

"阿爹，"昭昭放软语声与他商量，"女儿去去就回，至多一个时辰。"

她说着偷偷望了望他，见他依旧面寒如霜，便主动退步道："要不，半个时辰也成。"

霍霆双眉紧皱，毫不退让："不成！"

昭昭为难地道："那就三刻钟，不能再短了。"

若是再短，她连一盏茶都喝不成。

霍霆今日却格外不好商量。他一抬手，对跟来的月见冷冷地道："看好你家姑娘，不许她出府门半步！"

"阿爹！"

昭昭一愣，眼睁睁地看着他转身就走，临走前还吩咐小厮们将正门、角门都锁死，谁也不准给她放行。

昭昭无法，只好回到庭院里，鼓腮在青石桌旁坐着，连竹瓷给她端来素日喜欢吃的点心也一块未用。

少顷，她还是忍不住将侍女们支走，就着那架还未挪走的梯子重新攀上墙头。

她提着红裙，站到墙头的青瓦上，有些迟疑地看着离她足有丈余远的地面。

她现在跳下去，可不会再有骑着乌鬃马的少年伸手接住她，要是就这样摔到地上，也不知道会有多疼，运气不好的话，兴许还会摔断腿。

想起那名尚书府的纨绔栽在地上哀哀叫唤的狼狈模样，昭昭秀眉微蹙，第一次觉得，原来随口答应的话，践诺的时候会这般艰难。

就当她横了横心，想从墙上跃下的时候，她身后传来了顾清晓温柔的声音："昭昭。"

昭昭心虚地回过头去，看着自家母亲，试图将眼前这一幕掩饰过去："阿娘，我只是想看看风景，并没有想其他的……"

她匆促之下编造的谎言破绽百出，谁也瞒不过去。

顾清晓却只是轻轻笑了笑，对她道："你先下来。"

昭昭犹豫了一下，只好从梯子上重新下来，站在顾清晓跟前，有些忐忑地向她告饶："阿娘，这件事你能不能当作没看见？你千万别告诉阿爹。"

顾清晓垂眸看着昭昭，语声温和地问："这场春日宴，你是真的想去吗？"

昭昭没有作声，少顷还是忍不住点了点头。

顾清晓轻应了声，将一把钥匙递到昭昭的手里。

在昭昭惊讶的目光里，她轻轻笑了笑："去春日宴的轩车就在角门外，记得快去快回。"

昭昭杏眸微亮，一点头，便提裙往垂花门的方向跑。

临到垂花门前，她仓促地回头，对顾清晓露出笑靥："谢谢阿娘。"

顾清晓展眉，看着她的背影消失在茂密的紫藤后。

另一道身影也从游廊里步下。

霍霆站在顾清晓的身旁，双眉紧皱，似有不悦："你还是放她去了。"

顾清晓回过头来望向他，唇角微微抬起："谁年少的时候没做过几件荒唐的事呢？

"看在曾经你也爬过顾家院墙的分上，让她去吧。"

今岁的春日宴设在东宫，离宣平将军府并不算远。

仅两刻钟的工夫，昭昭乘坐的轩车便在东宫外停下。

昭昭从轩车上步下，将带来的请柬交给迎客的侍女，随着她们一同往今日设宴的旖春园去。

她来得颇晚，入园的时候，院内的亭台楼阁间已有不少贵女。

多数贵女昭昭都认识，还有少数叫不出名字的，想来是父亲近几年才到玥京城里为官，抑或是本人鲜少出来游玩的缘故。

人数倒是比昭昭原本想的要多上许多。

甚至，她还在假山上的八角亭里遇见了与她私交甚好的户部侍郎之女唐黛。

昭昭止不住讶异。趁着周围的贵女离得有些远，她登上石阶，走进亭里，与唐黛搭话："阿黛，怎么连你也来了？"

正在亭中摇着团扇纳凉的少女闻言一愣，回过头来看见她，同样惊讶："昭昭，怎么你也来了？"

昭昭轻轻眨了眨眼："我是答应了人，所以过来看看，很快便回去。"她问道，"你呢？你是真的想嫁到胤朝去？"

唐黛犹豫了下，放轻了语声："昭昭，你也知道的，我今年十七岁，已然到了议亲的年纪。可我父亲为官清正，与诸位大人少有私交，又不得上峰青眼，眼见着前程无望。我若是嫁个寻常人家，自然也帮衬不上家里什么，倒不如来春日宴上试试，若是得以中选，也是满门的荣耀。"

这满园的贵女，大多是抱的这样的心思。

昭昭望着眼前的少女，忍不住有些担忧。

唐黛生得明眸皓齿，即便在贵女堆里也是极出挑的姝丽。但她心思单纯，要是嫁得那么远，别说她的族亲，便是昭昭自己也难以放心。

昭昭不由得道："可是如今胤朝那边的人选都还未定，也不知嫁的究竟是皇子，还是胤朝的国君。"她蹙眉联想，"若是他生得奇丑无比，脾气古怪，再加上还有什么怪癖，比如白日里酗酒，酒醉后就打夫人可怎么办？到时候，写在国书上的婚事，想和离都不能。"

唐黛显然未往这般坏的地方想。经昭昭之口说出来，她便越想越慌，最后捏着团扇站起身来，磕磕巴巴地道："要不……还是算了吧。"

她突然觉得，其实在玥京城里找个知根知底的人家也没有什么不好。

唐黛匆促地起身往外走，想赶在胤朝的使节来之前离开。

她走得太急，手里的团扇都没拿稳，方踏上亭外的石阶，那柄绣着铃兰的团扇便如梨花无声地坠下，眼见着就要落到残留着水迹的路面上，一双白皙修长的手却将落下的团扇轻轻接住了。

唐黛抬起眼帘，望见下方与自己隔了两级的石阶上，银袍玉冠的青年眉眼温和，低头接扇的动作优雅。

从他的衣饰与腰间佩着的龙纹玉坠上看，他正是大玥年轻的储君——李宴。

唐黛微怔，回过神来后越发慌乱，甚至都忘了福身行礼。

好在李宴也并不在意。他微抬唇角，隔着两级石阶将手里的团扇递还给她。

唐黛伸手接过，粉白的双颊一路红到耳根。

昭昭也从八角亭里出来，还未来得及行礼，视线便不由自主地停住。

石阶尽头，少年卓然而立。

他墨发高束，往日里常着的玄色骑装今日换作墨蓝色的箭袖锦袍，金线暗绣的蟠螭纹在领口与袖口间盘绕，于春光里闪烁着灼灼流光，越发衬得少年腰背挺拔、轮廓冷峻，如同一柄镶有龙纹的佩剑，尊贵、锋利，透着霜寒。

熟悉的容貌、陌生的装束，令昭昭有片刻的走神。

她既惊讶又不解，下意识地唤他的名字："谢渊？"

他不是应当已经出城了吗？

谢渊抬起眼帘，对上她的视线，说道："借一步说话。"

昭昭没有拒绝。她提裙从石阶上走下，跟着他离开贵女如云的春日宴，走到一处偏僻的游廊里。

廊外桃花灼灼，廊里花香满衣。

谢渊停步，却没有启唇，似在等她先行发问。

昭昭便在离他稍远处驻步，略想了想，还是问道："你是胤朝的国君还是皇子？"

她此刻已从适才的惊讶里回过神来，想到能与当朝太子并肩而行的，只能是胤朝的皇室。

谢渊答道："皇子。"

昭昭又想了想，继续问他："那这次的春日宴，是为你选妃？"

"不是，"谢渊毫不避讳，"是为我同母的皇兄选妃。"

昭昭点了点头，问出最后一个问题来："那你告诉我的名字，是真的还是假的？"

谢渊垂手，取下腰间系着的穷奇玉佩，如昭昭当初在秋千上向他扬起绣着名字的荷包那样，将背面的"渊"字给她过目："是真的。"

昭昭瞥了眼，原本紧蹙的秀眉展开些。

"那你有什么想问我的？"她抿唇道，"若是没有想问的，我就先回将军府去了。"

廊里的少年抬眼看她，一双凤眼在春色里目光深沉，昭昭看不出其中的情绪。

他启唇："昭昭，你想成为大玥的公主吗？"

昭昭略微侧首。

"嫁给你的皇兄吗？"她想了想，又问道，"那你是不是要唤我一声'皇嫂'？"

谢渊看她一眼，剑眉微皱："皇兄并非良配。"

他并未隐瞒，语声冷淡地道："他意在太子之位，想迎娶的自然是胤朝的世家之女，而非邻国公主。"

无论是谁千里迢迢嫁到胤朝，他都不会善待。

哪日嫁过去的女子突然"病逝"也并非全无可能。

昭昭思量少顷，又启唇问他："既然你的皇兄不是良配，那我是不是应当嫁给你的父皇？"

她还在为被蒙在鼓里的事置气，便故意做出认真思量的模样："那你岂不是要唤我一声'母妃'？"

她眼前的少年确实被她气到了，抬眼睨她一眼，半晌没有开口。

昭昭也没有作声。她在原地站了阵，还是从袖袋里取出那枚剑穗递还给他。

"还你，"她道，"我从阿爹的书房里偷回来的。"

谢渊没有伸手。他垂下指尖，解下自己随身的穷奇玉佩递向她，抬眼时眸色深浓：

597

"这场和亲不可避免,无论如何,使节都会带大玥的公主回朝。"他一字一句地道,"但迎亲的皇子,未必要是我的皇兄。"

昭昭听出他话里的深意。

春风拂落庭院里的桃花,她也在风声里微微红了耳根。

她语声放轻,带着点儿犹豫与自己都不确定的情绪:"我们才认识没多久,你是真的想好要带我回胤朝吗?"

她像是在问谢渊,也像是在问自己:"要是成婚后发现我们合不来怎么办?"

谢渊抬眼看向她,语声里听不出什么情绪,倒像是在平静地叙述:"我并无什么怪癖,也不会白日里酗酒,更不会酒醉后就回去打夫人。"

昭昭一愣,少顷明白过来,她在八角亭里与唐黛说的话,应当是正巧被他听见了。

当着别人的面说坏话被抓了个正着的感觉有些微妙,让昭昭的面上又红了一层。

他接着道:"我们成婚后若是真的无法相处,也可选择和离,我会令可信之人送你回玥京。"

昭昭忍不住看向他,小声抱怨:"哪有人还没成婚就想着和离的?"

话一出口,她才想起这也是她与唐黛说过的话,唯有匆促地转开话茬儿:"那要是我不答应,你是不是过几日就要带着新封的公主回胤朝了?"她放轻了语声,"那你……还会来大玥吗?"

谢渊迎上她的视线,毫不回避:"不会,至少数年内不会。"

胤朝时局未定,他还有许多事要做。

故而,在今日,他就必须做出决断,否则便再也没有抉择的权利。

昭昭也在看他。

她其实并不能笃定自己喜欢他,甚至都不能说对眼前的少年有多少了解,但至少,他长得很合她的心意,性情虽然冷漠了些,但也说不上古怪,看着也没什么怪癖。

更重要的是,与他在玥京城里到处游玩的半个月里,她每日都过得很开心。

于是她抬步走过去,将他递过来的信物拿到手里,语声很轻地道:"要不,还是先试一试吧。"

谢渊微顿:"怎么试?"

昭昭耳根更烫。她没有作声,而是拉着他的袖口,带他走到游廊的拐角处,站定后,示意他俯下身来。

谢渊垂眸,没有拒绝。

昭昭也踮起足,将素手搭在了他的肩上,像话本里描写的那样,尝试着吻上他的薄唇。

少女的吻青涩而美好,似庭院里的桃花轻轻落在指尖上。

谢渊微顿。顷刻,他垂下眼帘,毫不迟疑地加深了这个吻。

庭院里桃花纷落,缠绵如织。

良久,二人分开时,适才还大胆尝试的少女面红如霞,呼吸与心跳声皆乱,像是春夜里打过棠花的雨。

她抬手掩着鲜艳微肿的唇瓣，侧过绯红的脸，也不知是羞赧还是无措。

立在廊下的谢渊凤眼微沉，再启唇的时候声音微显低哑："是先提亲，还是先请你们陛下的圣旨？"

"先请旨，"昭昭脸颊更烫了，语声轻得像是耳语，"不然我阿爹他大抵不会答应。"

她说完，还是挪步过去，将他掌心里的玉佩接过来，与那枚剑穗一同放进袖袋里。

谢渊的视线投过来。

昭昭抬起手背碰了碰脸颊，觉得脸上的绯红大抵是藏不住，索性大大方方地抬起脸来。

她杏眸弯弯，满是促狭地道："但是你不能两手空空地来，至少……也得买一整车的话本作为聘礼，然后亲自来将军府里，当着我阿爹阿娘的面，说一声'我与话本都归你'。"

她原本只是玩笑，廊下的少年却轻轻应道："好。"

昭昭微讶，侧过脸来看向他，羽睫轻轻扇了扇，带点儿新奇，也带点儿期待。

翌日，宣平将军府便收到宫中传来的圣旨。

其中的圣意简单而直白：敕封将军长女霍昭昭为嘉宁公主，三日后随胤朝使团回国，为七皇子正妃。

送圣旨的宦官方走，整座将军府便如水鼎沸。

霍霆头一个不答应。他紧攥着手里的圣旨，连武将的朝服都未来得及换，便要往府门外冲，语声里满是怒气："我这便去宫中面圣，即便冒着抗旨的大罪，也要请陛下收回成命！"

放昭昭去春日宴游玩是一回事，但是因此接到圣旨，他们真要送昭昭千里迢迢嫁到胤朝又是另一回事！

他作为父亲，绝不会答应！

顾清晓的眉眼间亦满是凝重，但她还是匆忙拦住要往外闯的霍霆，又将昭昭单独带到房里，放轻了语声问昭昭："昭昭，这究竟是怎么一回事？"

昭昭有些心虚地垂下眼睫，认真地想了少顷，还是将那枚剑穗与玉佩一同拿出来，都放在跟前的案几上，将这半个月里的事简要地与自家阿娘说了。

"就是这样。"她偷觑了眼顾清晓，"我还让他明日过来提亲。"

顾清晓黛眉蹙起。

"昭昭，你未免有些草率了。

"短短半个月，你便决定千里迢迢跟他回胤朝，可想过你日后是否会后悔？届时又该如何是好？"

昭昭想过这个问题，顾清晓话音未落，她便轻声道："其实，我也不知道跟着他回胤朝最后究竟会不会后悔。"她说到这里，微微一顿，轻轻弯了弯唇角，"但是我想，若是就这样放弃，等我好几年后再想起这件事，定然会觉得遗憾，遗憾当初没能试上一试。"

她并不确定自己与谢渊合不合适，但是世上许多事本就是这样，不等你做好准备就突然出现，要是不去尝试，便是永远的遗憾。

顾清晓坐在她对面的月牙凳上，神情却一寸寸柔和下来，像是隔着漫长的光阴，又望见当初奋不顾身执意要跟着霍霆去边关的自己。

顾清晓慢慢直起身来，对昭昭轻声道："若是你执意要嫁到胤朝，那便去试试吧。你阿爹那里，我会替你说情。"她说着，黛眉微展，语声温柔而坚定，"但若是你在胤朝过得不好，随时都可以来信。无论胤朝有多远，我和你阿爹都会去接你回来。"

昭昭眼睫微湿，好半晌才轻轻点头。

她道："无论嫁去哪里，我都是宣平将军的女儿。"

翌日清晨，庭院里淡烟似的晨雾未散，宣平将军府的大门便被叩响。

守门的小厮将正门打开，一抬头，便看见了绵延无尽的前来送聘礼的队伍。

小厮一愣，赶紧快跑着往回通传："老爷、夫人，胤朝送聘礼的队伍来了！"

霍霆先一步从花厅中踏出，脸上仍旧笼着薄霜，但强忍着没有阻拦。

顾清晓站在他的身旁，眼里满是不舍，但终究还是让月见去唤昭昭过来。

昭昭来得很快。她穿着第一次遇见谢渊时的红裙，戴着她的珍珠发钿，轻轻地走到前院里，看着送聘礼的队伍鱼贯进来，将带来的聘礼放在廊里。

首先被送来的是各色古玩字画、金银玉器。

这些贵重之物一箱连着一箱被放在照壁前，令在府门外看热闹的人群好一阵艳羡。

昭昭微微踮起足，认真地看了好一阵，久到她都觉得谢渊应当是将她说过的话忘记了，不会再送话本子来的时候，马首上系着红绸的车队缓缓驶来。

车帘被打起，车厢内便是满满当当的话本。

送聘礼的队伍再度忙碌起来，摩肩接踵地将话本往将军府的游廊里堆，从廊里堆到廊外，再从廊外堆到照壁前，直到前院里快没有落脚的地方了，才算缓缓停歇。

昭昭站在五颜六色的话本中央，杏眸微弯，望着手持婚书的少年向她而来。

春光里，他抬起眼帘，像她曾经戏言过的，当着她阿爹阿娘的面，将手递向她，毫不儿戏地向她许诺："我与话本都归你。"

这句话与他是这般格格不入，但昭昭还是轻轻笑出声来。

她提起红裙，迈过眼前如山似海的话本，将素手搭在他的掌心上。

在满地的话本与红绸间，她杏眸弯弯，格外认真地道："君子一言，驷马难追。"